南方的转折

〔英〕V.S.奈保尔 著
陈静 译

A Turn in the South

南海出版公司

新经典文化股份有限公司
www.readinglife.com
出　品

目 录

序　南方老家：小废墟的乡间风景

吉米在纽约工作，是一名设计师和刻字艺术家。霍华德是他的助手。时不时会变得消沉的吉米某天对霍华德说："霍华德，如果我不得不辞职，而你不能得到另一份工作，你将会做什么？"来自美国南方的霍华德说："我会回老家看我妈妈。"

吉米被打动，跟吉米告诉我时的我一样：霍华德拥有某种我跟吉米都没有的东西，一小块他当作完全属于他的家来想念的土地。而且那是——我听说这个故事的好几个月后——我认为我应该在那里开始这本有关美国南方的书：在霍华德拥有的家的附近。

霍华德安排了这次拜访。吉米决定跟我们一起去。我们在复活节周末成行；时机纯属巧合。

天正下着雨，纽约已经连着下了两天的雨。

在拉瓜迪亚机场霍华德说："我年轻时不喜欢这地方，因为传承。"

我以为他的意思是历史传承，继续存在的往事。但是从他那时说的其他事情中，我感觉他所指的仅仅是那是一个很少东西改变、很少事情发生的乡村之地。有时，我对霍华德的话有这种困惑；我太想在当中找到一些他并没有意指的含义。

霍华德身高六英尺，不过身材修长且行动轻盈。他当时二十八九岁或者三十出头。他非常有个性。他独自生活，并且他不愿意住在哈莱姆[①]（Harlem）。他是一名严肃的报纸和杂志读者，并且对外交事务特别感兴趣。他喜欢烹饪；通过周末的乒乓球运动来保持自己的体型。他很容易相处，不易发怒；我把这部分归因于他如此深信且仍旧靠近的家。

霍华德说："你们明白南方怎样开始了吧。这里有很多黑人，在飞机上。"

大多数乘客是黑人，而且他们并不像非洲或者西印度群岛的人。他们差不多都很克制，从大城市回家过复活节。

我们在格林斯博罗降落。这是一个大机场；然后，仅仅几分钟的路程之外，作为这里颇具规模的证据，还有另外一个机场，几乎一样大。我们在那里下飞机。在等候区域里有军人。天气比纽约温暖；我换了件更轻便的外套。

很快我们就上了公路。

霍华德说："看，山茱萸和松树。你在南方会见到很多。"

山茱萸是一种小乔木，现在正开着单瓣的白花。它并不是英国的山茱萸，在秋冬亮丽演出的亲水、红茎灌木或小乔木。在最清新的春绿色里，还有——霍华德为我指出它们——橡树和槭树。

土地是平坦的，像阿根廷的潘帕斯（pampas）或者委内瑞拉的拉诺斯[②]（llanos）。不过树木划分田野的边界，为事物提供了人类尺度。我们经过烟草库房，有点儿高、近似方形的波纹铁皮建筑物，过去烟草在这里加工。它们已经破败，波纹铁皮锈成深红色，树木风化成灰色。在绿

①美国纽约市曼哈顿的一个社区，曾经长期是20世纪美国黑人文化与商业中心，也是犯罪与贫困的主要中心。

②潘帕斯和拉诺斯均指南美洲的大草原。

色的映衬下，这种波纹铁皮锈成了可爱的颜色；那为这片土地增添了额外的美丽。

公路看上去跟美国其他地方的公路一样：路边有为汽车旅馆、餐馆和加油站准备的广告牌。

烟草依旧是一种作物。我们看见幼苗正在被机械化地种植：一个黑人在拖拉机上，两个人在后面的货车上，把根上带土的幼苗从有柄的穴播机栽下。全部作业以前是用手工完成的，霍华德说。他在学校假期里采摘烟草。绿叶上落下的树脂染黑了他的双手，而且很难被洗净。我从不知道这种来自绿叶的染黑树脂，不过很快就理解了。正是为了树脂和焦油，人们才会吸烤制烟叶。

我们在公路上开得很快，以至于在我为此做好准备之前，我们就已经在霍华德的区域里了。有一个小镇中心，一个附属于那个镇的小型富裕白人郊区，然后外面是黑人地区。差别是显而易见的。但是霍华德，现在靠近他的家，似乎已认领了白人地区和黑人地区。

他已经兴奋了整个早上，现在更加兴奋了。然后，进入另一个小镇，我们正在观察他还是一个男孩的时候就已熟悉的地方。他曾经割草，清理游泳池，并且擦洗一座房子的门廊，那就是鲍恩宅邸，仍旧或多或少拥有这个被称为鲍恩的小镇的人的宅邸。他也为其他房子里的人干相同的活儿。

一个现在已停用的绿色小木屋就在公路旁，曾经是他母亲的房子。他在那儿长大。他母亲现在住在另一所房子里；另一所房子——更大且更新——才是家。我们在公路上看见了它。那是一所混凝土砖房，距离公路有一段距离，在其他一些房子的后面：并不是在我想象中曾有过的树木围绕的老房子。我们没有停车，先去了汽车旅馆，在镇外。

汽车旅馆的主体建筑是一座木房。在沙地院子里，有几排附属的兵营式小屋在树下和灌木丛后面。一个黑人男孩正在用水管浇木房的门廊地板。他看起来有点儿羞怯——那天早上第一次我有种族约束感——他说办公室在里面。

没有明显的办公室。只有一个低顶的空房间，有两三排紧挨在一起的铺着红蓝相间格子桌布的小桌子。空调在很久以前已经被关掉，空气不流通，气味难闻。

霍华德大声叫喊，过了一会儿，一个穿着短裤、系着黄色塑料围裙、拿着一把大菜刀的年轻白人从后面穿过两扇门走过来。他气色不好，大嘴张开着，动作也不协调。一小会儿之后，一个有着一张扭曲的脸的肥胖白人老妇穿过同样的两扇门走过来。我感觉我们错误地打扰了他们，老妇人和其实还是孩子的年轻人。

两间房？我们是要两间双人房还是两间单人房？

我不能理解老妇人的问题。但是随后，穿着短裤、系着黄色塑料围裙的男孩放下了他的刀，稍微向我们示意，我们就跟随他——他用有力的、笨拙的脚步行走——出了餐厅，到了松树下的沙地院子，接着进入院子一角的一个低矮建筑。那里的土地是潮湿的，男孩一个接一个打开房间门，里面散发出土地的湿气和密闭的陈腐气味，铺着污迹斑斑的廉价地毯。

然而，更好的判断在起作用。甚至在吉米和我跟着穿黄色围裙的沉默男孩看这些房间时，霍华德并没有跟随我们，他从汽车旅馆里的某个人（也许是有着扭曲的脸的老妇人）那里听说在邻近的小镇彼得斯有一个更加新式的汽车旅馆。（鲍恩、彼得斯：美国的地方，大大小小，常以人名命名；而这些地名的平常会让一些旅行线路读起来像是一个陆军班或是一支运动队的点名册。）

去彼得斯，接着，我们出发，穿过公路景观。彼得斯汽车旅馆总而言之是更大的事物，有若干两层楼红砖建筑。那里甚至还有广告为游泳池（尽管过滤器出了点故障，水池因水藻而变绿）宣传。

霍华德走上我们前面的台阶，穿过两扇门进入办公室，然后转向我，带着一点儿幽默感，并且神秘地说："这是为你准备的东西。"

他的意思是办公室里的女士是印度人，不会弄错，来自印度的印度人，尽管她没有穿纱丽，尽管在她的声音和举止里有一种非印度式的自信。她的口音是美国的——对于我。只有一次使她露馅儿，当她以爽快、不客气的方式说诸如咖啡之类的东西"店内"不供应时，使得这个词跟"恶行"一词押韵。那是印度的；那有一种印度的味道。

后来我从霍华德那里听说，在过去六年左右的时间里，来自印度的印度人一直在美国南方从白人手里买下汽车旅馆。（而这或许解释了一段时间以后，我在佐治亚州西北部的一家汽车旅馆看到的大型霓虹灯广告牌，"美国人所有"。）

所以在那里，在对于霍华德是家的地方：白人，他们可能出自一部小说；而在不远处，来自世界另一边的人们，他们早已使自己成为美国人，根据他们对这个词会有的特别理解。

汽车旅馆女士的丈夫走进办公室。他也是印度人。他穿着一件浅黄褐色的短袖丝绒衬衫，带有一种得克萨斯口音——或许在我听来是那样。他妻子说过（而他正在证实）他曾经从事石油行业，在休斯敦，是一名石油工程师。六年前，他离开了石油和休斯敦；并且他认为（如他妻子更早之前所说，虽然承认北卡罗来纳州彼得斯是个非常安静的地方）自己做了一个正确的决定。

海蒂的房子，霍华德的新家，由海蒂用自己的双手分批建造而成。它距离公路有一段距离，在居住区其他房子的后面，并且有一条车道从公路上通向它。地点是精心挑选的。房子两边各有一个带台阶的前门廊，而在引自公路的车道尽头是一个门廊车库。房子后面是林地。

铺着松软地毯的客厅在欢迎我们到来。厨房在房间的一个角落，带有餐台。卧室和普通房间在从客厅延伸出去的一条中央走廊的两边。

海蒂是个高大但身材匀称的女人。她六十岁，皮肤依然很好，戴着眼镜。她弄出大量友好的响声来欢迎她认识的吉米；而霍华德扮演归家儿子的角色。他放松地坐在餐台面前的高脚凳上，双臂优雅地放着，一条腿交叠，一条腿伸直：在这所房子里，一个儿子，而现在再加上，我们的半个主人。有一扇通向门廊车库的门，旁边的墙上有家庭照片，包括霍华德穿着毕业礼服的一张。

我们享用了午餐：炸鱼、绿甘蓝菜、有着煮熟胡萝卜颜色的甘薯。我们四个就坐在前会客室用餐区的餐桌旁。

就在我们坐着的时候——我背对着前门，它通向两边有台阶的门廊——传来了大叫声。一队人马到达了：从奥古斯塔（Augusta）来的海蒂的姐姐，迪－安娜（依照我听到的名字），以及迪－安娜的丈夫和儿子。迪－安娜看上去不像海蒂。她比海蒂块头更大也更丰满，肤色更深（海蒂是棕色皮肤）。她更加活泼——有一点跟她的体形相符——不过她有更加敏锐的双眼：她不具有海蒂的宁静。

迪－安娜的儿子乍看上去好像穿着凌乱，不过随后我看出他的服装精心搭配过，绝对是为了展示：一件当代随意款式的石板蓝色外套，一件闪亮、有纹理的白衬衫，一条有补丁、标签外露的锥形裤，还有一双新鞋子（脚背部分的鞋面接近白色而显得很新）。复活节的宾客；精心装扮的节日。

他们聊了会儿最近的一场重大拳击比赛。他们全都喜欢获胜者。霍华德说他就像一位现代黑人，平和而有教养；另一个家伙高大强壮，但更鲁莽。

身着现代服装的年轻人问我在北卡罗来纳做什么。

当我告诉他时，他说："哪种类型的书，历史的？"

而当我和霍华德解释时，迪－安娜皱着眉头说："我希望你不会让我们沮丧。”

她儿子的认真现在似乎跟他的服装截然相反，他说：“我们有太多的往事。”他们对往事不感兴趣；他们对当下感兴趣。

我没想起问海蒂是否有工作。霍华德没有告诉我；那只是在我们到了这所房子之后，我推测她在一间便利店的咖啡座做兼职，那是由鲍恩家族的现任当家人所有。午餐后她带着我跟吉米去见他。她说他是一个好人。

这间便利店只是鲍恩先生的产权之一。我们去他的家具工厂见他。他说他并不是真正意义上的鲍恩家族的人。他只是跟这个家族通婚，而人们把他看作一位鲍恩，他也渐渐接受了这个名字。鲍恩镇里，关于这个名字的第一次记录是在《独立宣言》前的几年，不过在那时，镇的名字是劳伦斯（这暗示在独立战争期间或之后的某种剥夺）。

然而，历史并非鲍恩先生想要谈论的内容。他是一个六十出头的大个子，想让吉米和我去看他做的家具；他想要谈谈鲍恩家的生意；他想让我们知道这个小镇是一个进步的地方，尽管它只有数千居民，在当地银行却有着好几百万存款。他彻彻底底是一个鲍恩人。在给出所有这些数字时，他带着吉米和我绕着家具厂闲逛，给我们看他或他的机器用木板做的物件，海蒂站在旁边，穿着全套牛仔裙，姿态中有某种霍华德式的优雅。

鲍恩——我从没听说过这个地名直到霍华德告诉了我。而现在它无处不在，附着在每一种当地行业上，农场设备和农业物资店、杂货店、录像出租店、加油站、家具店、便利店。

他是一个好人，海蒂又说了一遍，在我们离开鲍恩先生和家具厂之后。当初她想要五千美元用于建造房子时，去找过他。他当天就告诉银行，安排了一次贷款，而银行需要的所有担保只是海蒂的汽车和其他一些小东西。并且，鲍恩先生是个有宗教信仰的人，海蒂说。他曾提供土地给黑人墓地。她在那里有一块家庭基址，有雕刻好的墓碑。

我们开车穿过郊区林地到达墓地。几乎开到了墓碑上。海蒂想让我们看到它们，但她不鼓励我们下车。我们就待在汽车里看了一会儿。那是一块小墓地，没有用栅栏或任何类型的树分隔开。现在正逢春天，万物生长，那就像林地的一部分。

其中一块墓碑是属于海蒂父亲的。当我们回到房子里时，她给我们讲了一些有关他的事情。他是个聪明人；因为他房子里总会有很多食物。他在一个农场上为一位白人工作——我开始理解，对于海蒂来说，以她的方式去定义人是多么有必要。那个白人对农场没有任何兴趣。海蒂的父亲为他打理一切：农产品销售以及所有事情。现在，海蒂的父亲在那里居住和死去的农舍已经破败不堪。它仍旧归白人家庭所有，不过他们不打算出售；他们想为了记忆而保留它。

海蒂的这位父亲从哪里来？他死于一九六一年。他也许出生在一九〇〇年前后？一八九四年，霍华德说。那是在黑人公墓里墓碑上的年份，在鲍恩先生所给的土地上。而父亲的故事是模糊的。他曾经是孤儿：他从难以相处的叔叔那里逃走，并在铁路沿线找了份工作，然后到达这里，为史密斯先生，一个白人，做佃农，最后成功，成为这个地区最先拥有汽车的黑人之一。获悉更多有关这位父亲的情况是不可能了，哪怕是把时间推回更远的地方。在此之上就是一片茫然，还有海蒂的姐姐、姐姐的儿子以及或许所有黑人都曾有的太多太多的阴暗。

后来，在小睡一会儿之后——吉米在海蒂房子的卧室中的一间，我在另一间——我们喝茶，然后出去开车兜风。海蒂对这片土地了如指掌；她知道谁拥有什么。在我们开车时，她好像开始了唱诵。

“黑人在那里，黑人在那里，白人在那里。黑人，黑人，白人，黑人。这边全是黑人，这边全是白人。白人，白人，黑人，白人。”

有时候她说："黑人曾经拥有这片土地。"她不喜欢这个说法——黑人失去了土地是因为他们曾经懒散或是由于家庭争端。但是黑人和白人出现在这里，彼此之间近距离地生活，并且海蒂自己也没有什么种族怨言。白人对她一直很好，她说。但是随后她又说，那或许只是因为她喜欢与人相处。

那是一片小废墟的乡间风景。房子、农舍和烟草库房被随意弃之不顾。每一个的破败不堪都是独立的，而它们在午后的光线下很美。一些农舍有着非常宽阔的屋檐，低垂下去，曾经提供遮蔽的波纹铁现在像一个过于沉重的物体，铁皮中间下垂，在一些地方成扇形散开。

我们去看这所房子，现在被废弃了，海蒂父亲在为史密斯先生做佃农时曾在那里住过。灌木丛正对着敞开的房子向上生长。山胡桃树，仍旧差不多是光秃秃的，现在只有几片叶子，高过了房子和烟草库房。颜色是灰色（树干和风化的树木）、红色（生锈的波纹铁）、绿色和芦苇的麦秆金色。当我们站在那里时，海蒂告诉了我们她父亲在那所房子里的死；事情的经过对她仍旧历历在目。

另一所房子，甚至更加美丽，是海蒂和她丈夫住了十年的地方。那是一间农舍，有大片的绿色田野，每一侧都有森林树木绵延一段距离。

对霍华德来说，家不只是他母亲的房子，那现在被关闭的绿色小屋，或者她已经搬入的混凝土砖新房子。家就是我们所看到的东西。而我们只看到一部分：所有在几英里之内、这些乡间道路周围的都是与霍华德家族的不同成员有关系的房子和田地。那是一段比我曾想象的要更丰富和更复杂的往事；在自然上也更加美丽。我被带去看的房子比很多在特立尼达或英国的人住过的房子可能都要大。

不过，依然，在往事中有黑暗降临的那个瞬间，历史的黑暗，哪怕在这里，在作为家的地方。

我们去海鲜烧烤吃晚饭，事实上那里也是唯一可能的地方。那是一家路边客栈，一个光线昏暗的大房间，有一台沉默的自动点唱机和几个精心打扮的白人家庭小组。不供应啤酒。于是我们点了冰茶，霍华德说这是非常南方的东西。它就像糖浆，无疑是女侍应生的味道，白皙、年轻和友好。她们中的一个非常年轻，或许十二岁左右，很高兴被打扮得像一个女侍应生，在假日周末帮帮姐姐或是父母的忙，供应点好吃的东西。

我问海蒂她需要什么给她自己和她的家庭。她的回答奇特而感人。对于家庭，她说，她希望她儿子中的一个能够把酒瘾戒掉。这很奇怪，因为那是一种缅怀：她谈及的儿子已经死了。

对她自己，她说她愿意再婚，如果还有可能的话。她不想为了结婚而结婚。她已经上了年纪——她知道——但那也是为什么她愿意再婚。她已经度过太多独处的时间；她想要有人陪伴。霍华德理解这一点。不过他和海蒂都认为对她来说要找到合适的人并不容易。

海蒂说："男人在这里很稀缺。这里只有非常少的男人。去教堂数一数男人。好的都走了。留着的都不怎么样。私下里，也许有一两个好的，不过……"

然而，过去又怎么样呢？那是一种还过得去的生活吗？她说她对过去没有遗憾。对她来说，事物没有变得更好吗？在二十世纪五十年代，事物没有变得更好吗？

她说："我几乎没有想过，哪怕是有关我自己的过去。"

而霍华德说："我已不记得过去。"

这些话很像海蒂姐姐在午餐时所说的。

不过接着海蒂说："我不喜欢烟草。在一排的末端，那气味会使我感到恶心。在我刚结婚时，我们会一早起床，那时露珠还在烟叶上，也没有气味。即使现在，烟草也让我感到恶心。年轻时，在烟草田地里，两小时之后我就会流泪。那是我跟着父亲一起干活的时候。"

而在那背后是不堪回首的往事。

星期六，海蒂曾带着早晨五点的复活节晨拜的节日兴奋与我们聊天。她说过她可能会去那儿。不过当吉米和我早晨在彼得斯印度人汽车旅馆退房，到她家用早餐时，发现她还在那儿。前一天下午开车四处兜风已经使她筋疲力尽，她不能去做晨拜了。她现在想她会去参加十一点的仪式。

吉米和我想着我们会在十一点半去听唱诗，至少是布道的开头，海蒂说布道会在十二点开始。问题是吉米的服装。在纽约霍华德说过，鲍恩是个非常乡村的地方，对于我们或许会做的无论什么事情，休闲服和运动鞋都是足够的。吉米有的唯一适合在这种温暖天气穿的衣服是香蕉共和国[①]（Banana Republic）牌旅行装。海蒂说那也没关系；不过她会在一个特定时刻在教堂里起身并请求会众对他着装的宽恕。

在海蒂客厅里的电视机上，有持续不断的宗教兴奋点，来自黑人教堂和白人教堂的仪式，牧师和唱诗班总是穿着时髦，每一个教堂都有它自己颜色的牧师长袍，几乎是它自己的制服。

一个传道者，带着一种严肃而虚张声势的举止，突然停下手上的事情，对一本关于《圣经》和来世的新书吹捧了一番。这本书回答了人们提出的问题，他说。“我们在天堂会快乐吗？”在我可以完整品味那种“快乐”——饮酒作乐、圣诞快乐、老国王科尔是个快乐的老灵魂[②]——之前，这本书回答的其他问题就被说了出来：“天堂里会有进步吗？”这个美国的天堂明显是美国本土的复制品，有黑人和白人，有北方和南方，还有共和党与民主党。

---

①美国时装品牌，GAP 集团下比较偏向贵族风格，设计款式较为流行新颖，同时属于中高价位。为美国大众普遍接受且喜欢的品牌之一。

②著名英国童谣《老国王科尔》的第一句歌词。

海蒂穿着牛仔裙进了她的房间，出来时穿上了为教堂准备的一件令人无法抗拒的亮粉色长裙；然后她戴上了她的深蓝色平顶帽。帽子，还有她的眼镜，令她看起来像一个行政官。

她开车去教堂。霍华德听任自己驾驶执照失效；他不能开车带海蒂然后回来接我们。我们步行。教堂大约一英里远。吉米穿着他的香蕉共和国牌服装。霍华德身着休闲装，脚穿运动鞋；他不打算参加仪式。他说他不喜欢去教堂；那是他曾是个孩子时不得不做了太多次的事情。

路很宽，一次能过一两辆车。草地上满是紫色的春日小花；不时，出乎意料地，有黑色的沼泽（让人想到原始的土地，在定居者到来之前，还有定居者肯定会感受到的孤寂）。

我们走过亚历山大先生的房子。他是一位上了年纪的黑人，为礼拜日而穿着正式，有外套、领带和帽子；他在他房子一侧的一块空地上练习推杆进球，或者至少举着球杆。他的小房子前面的区域被塞满了装饰性的花园雕塑以及任何可以作为装饰放在院子里的物件。他说他祖父开始了这种收藏，然后借着对时间水银般的感觉，他说："两百年。"有些是来自西印度群岛的牙买加，亚历山大先生把它发音为"吉－买加"。

我们继续走，霍华德说："你们能看出来他是个怪人。不仅是因为高尔夫球杆，还因为他不做礼拜。"

一辆汽车停在我们旁边的道路上。里面有三个白人——眼下在他们周围是非常显而易见的人的种族和肤色。他们想知道乡村俱乐部的高尔夫课程在哪里上。霍华德说帮不了他们，他自己也是个访客。然后他们开走了。

教堂小且整洁，红砖墙，白色尖顶，还有它搁在纤细木头柱子上的柱廊三角楣饰。在教堂一侧的院子里有很多汽车。我说汽车使得这个镇看起来富有。霍华德说每个人都有一辆，汽车没有任何意义。

当我们沿着台阶走上柱廊时，霍华德说："他们在唱诗。"他不跟我们一起进去。他说——现在非常孩子气，很像得到许可的小孩——他会在外面等着。

一位身材苗条、棕色肤色的年轻女子在门口迎接吉米和我，并告诉我们仪式的顺序。我们坐在后排。我想起海蒂说过的话："去教堂。数一数男人。"男人比女人少。一些孩子在后排，跟着他们的母亲。而每个人，正如海蒂所透露的，都穿着最好的礼拜日服装。

教堂里面跟它外面一样简单和整洁，有相当新的浅色硬木靠背长椅和一条浅褐色地毯。在大厅一端的高台上是唱诗班，两边各有一位钢琴师。唱诗班的男人们站在后排，身着套装；女人和姑娘们在前三排，穿着金色礼服。这很像我们在海蒂客厅里的电视上所看到的场景的一个小型本地版本。

在唱诗班后面，在这些穿着金色礼服的姑娘们和深色套装的男人们后面，是一幅怪异的透明的基督受洗的大型油画：水是蓝色的，河岸是绿色的。基督和施洗者的白色是一个意外。（同样的意外是，前一天晚上，在一位退休黑人老教师家里，耶稣基督的画像是一个有胡须的人物，看上去就像是《小巨人》里的卡斯特① 将军。）不过也许这种意外或不协调只在我的眼里，耶稣的白色至多就像印度教万神殿里众神的蓝色，或者日本文化里第一个佛教传教士达摩的印度特质，是一种象征元素。

唱诗结束了。那是给"拜访者的报到、宣告和赞赏"的时间。宣告此事的一个穿着深色套装身材矮小的黑人——不是牧师——用一种特别的方式说最后一个词②，把这个词拆散成音节，然后，似乎要从这个词里

---

①乔治·卡斯特（George Custer，1839－1876），美国陆军西点军校1861届毕业生，美国骑兵军官，美国内战时联邦军将领，战绩卓著，是美国历史上的传奇人物。1876年在"小毕霍恩河战役"中，卡斯特率领的第七骑兵团被印第安人全歼，他本人也被击毙。卡斯特死后，立即成了英雄人物，图书、报刊和电影争相渲染其功绩，但只字未提其对印第安人的屠杀。

②在原文中最后一个词是拜访者，visitors。

榨取最后一点儿滋味，在最后的音节上给出一个有力的重读，说了像“vee-zee-TORRS”的某种东西。

他说完便等着宣告。一个男人起身说他来自费城，回来看他家里的某个人。然后海蒂站起来，戴着她的蓝色平顶帽，穿着粉色裙子。她看着我们，然后向穿着深色套装的男人致辞。我们是她儿子的朋友，她说。他在外面某个地方。她解释了吉米没有领带和外套的原因，并为此请求宽恕。

我们随后站起来，我第一个，吉米跟着我，也像来自费城的男人曾做的那样，宣告我们自己。前几排里的一个肤色白皙的女人转过身来对我们说她也从纽约来，她作为来自纽约的人欢迎我们。那就像一次粘合，我认为。之后，在穿着深色套装的男人说起兄弟姐妹时，这些词似乎有一个多于形式的意义。

用于募捐的铜盆在座位上来来回回地传递。（上周募捐的数字，略高于三百五十美元，按照仪式顺序被公布。）牧师，一个有着清晰、斯文嗓音的年轻人，请求我们冥想复活节的奇迹。为了帮助我们，他召来唱诗班。

唱诗班的领唱，一个大个子女人，调整了麦克风。在这个微妙的小动作之后，激情涌现。圣歌是《我怎么样？》。有来自唱诗班的拍手，还有摇摆。一个穿着棕色套装的男人在会众中站起来，也跟着拍手和歌唱。一个穿白衣戴白帽的女人起身歌唱。于是我开始感受到宗教集会的愉悦：兄弟会、联合、礼节、仪式、衣服、音乐的愉悦，所有这些结合在一起，创造出一种忘我的可能性。

正是仪式——由来自那么多种源头的黑人形成——那才是意外；还有社区的概念。

在穿着深色套装的黑人讲话之后，另一个穿套装的人起身对会众讲话：“这是伟大的一天，”新的演讲者说，“这是主起身的日子。他为每一个人而起身。”会众中持续传来克制的“阿门！”的口号。演讲者说：“很多比我们境况更好的人没有这种特权。”

最后，那位穿着有两个红十字的优雅长袍的斯文年轻牧师讲话：“耶稣曾经祈祷。我们必须祈祷。耶稣曾经呼喊。我们必须呼喊……神曾对我们如此仁慈。他已经给我们第二次机会。”

磨难与泪水，幸运与悲伤。这些是这种宗教、这种粘合、这种抚慰联合——联合意外的、感人的想法给我——的主旨。而且，正如在穆斯林国家里一样，我理解一个传教士可能拥有的力量。

就像后来霍华德所说，在他、吉米和我一起走回去的路上，“一切都会发生在教堂里”。

用霍华德在出去的路上曾用的词，我们遇到了另一个当地怪人：黑人社区里的酒鬼。我们离这个男人的家还有段路时，霍华德发现他正从一扇窗户往外看。霍华德说：“向下看。不要跟他说话。不要看见他。”那是霍华德在这里也在纽约所学到的避免麻烦的方法之一，避免“目光接触”，他说，那样会激怒抢劫者、乞讨者、种族狂热分子、疯子和酒鬼。

嗜酒的男人定格在他的窗户里，注视着我们走向他的房子。当我们经过房子时，我用眼角的余光扫了他一眼。他穿着内衣站在窗前，隔绝在自己的房子里，两眼通红，精神与心灵似乎都非常遥远。

我告诉霍华德，那天早上我得知一个有其自身严格规则的黑人社区的概念，感到有些意外。

他说：“这个社区，或是你所看见的，将会在二十年或二十五年里消失。”种族隔离曾保留黑人社区。但是现在，黑人和白人，尤其是更年轻的一代，正在一起做更多的事情。这强调了前一天海蒂（为儿子伤心）曾说的有关黑人和白人男孩现在“一起喝酒”的内容。而我不确定霍华德和海蒂是否完全喜欢这种新融合及其预示的内容。我认为，没有社区，海蒂不会像现在这般平静安详。

在海蒂从教堂回来吃午餐时，我们聊了一会儿黑人地位的问题，没有触及前一天的主题。

黑人曾度过一段艰难的时光。现在，当事情本应该对他们更容易的时候，这个国家里有了新的种族元素：墨西哥人、古巴人和其他外国人。墨西哥人很快就会在这个国家的政治上有势力。亚洲人不再仅仅是购买汽车旅馆，也会进入其他的商业门类；他们来到这里只有几年时间。在不远的一家医院里，海蒂说，只有两名美国医生。

很快，霍华德和海蒂就开始相互提醒事物正在转变的方式。在过去，卡车会过来把采摘水果的黑人带走。现在卡车不来了：墨西哥人从事水果采摘。霍华德说，黑人使自己无声无息地从迈阿密退出。黑人不想要酒店的工作，认为那些工作有失身份。于是，古巴人接手了那些工作，黑人被再度禁止进入那里。以类似的方式，黑人允许了古巴人控制这座城市。西班牙语现在是迈阿密的语言。

后来，当我们返回机场的时候，我们看到一群白人会众从鲍恩的另一个浸礼会教堂出来。那离我们去过的那个黑人教堂并不远。只是在那时，我才意识到自己一直看到的是一个种族隔离的小镇，有旧的种族隔离制度。

当我们驱车经过乡间时，海蒂的唱诵赋予她的言语一个更加完整的含义："这边全是白人，那边全是黑人。黑人，黑人，白人，黑人。黑人，白人。"

以她自己的方式洞察这片熟悉的土地——在那里我看到的只是春天的色彩，路边的紫花，酸腐的杂草，松树、山茱萸、橡树和槭树，还有被废弃的农舍和烟草库房的灰色、绿色和深红色。现在返回机场，我更清楚地看到了往事，更清楚地明白了前一天的所见所闻。

我开始理解，离开家去纽约的霍华德，是如何把自己与往事和哈莱姆的愤怒分隔开的。

我问他为什么不住在哈莱姆。

“我的节奏不一样，而他们很在意这点。节奏？那就像你的能量级别。我该怎么说呢？我并不愤怒。哈莱姆的大多数人是愤怒的。”还在尝试进一步解释自己的他说，“我不一样。我在高中里就感觉到了这点。你的所思所想令你不一样。我一直感觉不一样。这让我相信我出生在了错误的城镇。像很多人那样。”

两天之后，在纽约（就在我开始真正的南方之旅前），我又跟霍华德聊了一次，确保我对某些事情理解正确。

对于亚洲人、古巴人和墨西哥人的存在，霍华德说：“一想到那个问题，我就变得非常亲美。”把亲美的态度延伸到外交事务上，是他的特殊兴趣。于是，从鲍恩的一个南方黑人小社区起步，霍华德已经成为一个保守派。他说：“我认为，出身南方浸礼派的背景，就是成为一名保守派的基础。”

我问起从教堂走回来时他说过的有关黑人社区的话。他说这个社区将在二十年到二十五年内消失。他的态度看似中立。是真正的中立吗？

他并没有承认。他说社区里的个体性更强，不过好处会从这个变化中出现。就像完成一次神秘的飞跃，他说：“变化如同死亡。好的事物可以由此产生。就像南北战争，在整个生活方式终结的时候。”

所以最后，事实证明了他早前的评论，有关他家乡的传承，不得不跟历史有关系，正如我一开始想的那样。我已经改变了自己的想法，因为这些话在当时看来寓意着千篇一律与枯燥无味：一样的建筑，孑立在田野里的废墟，小镇生活的沉闷无聊。他的本意也是如此，不过他还意指继续存在的过去。好像与我交谈的一个陌生人，他不得不找到一种方式谈论不堪回首的往事。

第一章　亚特兰大：调谐

我在纽约规划了我的旅程。一个建议是我应该去亚拉巴马州的塔斯基吉[1]（Tuskege），去看一下贸易学院，现在是所大学，那是布克·T. 华盛顿[2]在一百多年前专为那时刚摆脱奴役的黑人创办的。

塔斯基吉是一个我熟悉的地名，对我而言有神话的意味，这来自我对布克·T. 华盛顿《超越奴役》一书的记忆，当我在特立尼达还是个孩子时就知道了它。如此遥远：很难想象这个带有奇怪名字的地方依旧在那里，在寻常日子的光线里。

我得到了一个曾在塔斯基吉受教育的作家的名字，艾尔·默里。

---

①美国亚拉巴马州东部城镇，梅肯县县治。

②布克·T. 华盛顿（Booker T. Washington，1856－1915），美国政治家、教育家和作家。他是1890年至1915年之间美国黑人历史上的重要人物之一。1881年创办第一所黑人师范学校——塔斯基吉师范学校，并成为该校校长，华盛顿成功地使之成为著名的学校。

他是，或者曾经是拉尔夫·埃里森[①]的门生，住在纽约。在电话里他很友好，对我的计划感兴趣，准备继续交谈。他想让我去他的公寓，在哈莱姆的中心，他说，他认为我应该看看哈莱姆。这将是我为旅行所做准备的一部分。

他住在第一三二大街，认为我只须乘坐麦迪逊大街公共汽车即可。他说的话让人认为其他做法都是无效的，而我也是打算坐公共汽车的。但在最后时刻，我犹豫了，招手拦了辆出租车，很快我们就在哈莱姆了。过了一会儿，穿过同步灯，我们就置身于看上去像这座城市下层社会漫画的地方了。

那就像在时光中的一次跳跃，翻起了一页：上层窗户被吹开，在暖褐色石头与陈旧红砖的墙上变成黑洞，房子屈从寄居在石造部分里留存的古老工艺和优雅中（仿佛在一些被掠夺的古罗马遗址里），一些房子墙壁包围着的只是土地，等待某天的挖掘：人与地点之间没有明显的联系，这座城市下层社会的混合人口变了，人行道上的喧嚣消失了，现在全是黑人，周围女性不是很多，而男人们常是以懒散的姿态坐在台阶上或站在街角。在十五分钟前同样的光亮下，同样的天气，在依旧是第五大道的地方。

原本过一会儿就该停下来，但是车继续前行。在某个信号灯前，一个瘦瘦的面无表情的男孩跑到车前，对司机说了些什么。司机，一个胖胖的黑人，没有回应。信号灯变了，细腿男孩又在车辆间跑开，没再说一句话。他想要什么呢？司机，从口音可以听出是来自较小岛屿中的一个西印度群岛人，说："他想擦我的车窗。"他发出紧张不安的笑声——

①拉尔夫·埃里森（Ralph Ellison，1914－1994），当代著名美国黑人作家，20世纪最有影响的美国小说家之一。埃里森因主张种族融合、文化多元、没有直接参与20世纪60年代民权运动及在小说中没有像赖特那样创作抗议小说而备受指责。在美学上，他的主要观点是"小说家应该对民主承担道德责任"。他的小说致力于改变传统的黑人公式化形象，重塑黑人人性。

只是现在——才打开了他的窗。

不远处就是艾尔·默里住的公寓大楼。那是一组三四幢高层公寓大楼中的一幢，肯定是在旧的联排房的位置上建造的。在艾尔的楼里——从人行道往回退，有一条浅湾式车道通向玻璃门入口——出乎意料地，有一名穿着制服的开门人，还有公告提醒访客必须登记。

他的公寓在没有窗户的中央走廊的尽头。靠近走廊尽头时，暖和点了，电灯亮着。当艾尔打开门时，又是白天的光线了，透过他客厅一端的大玻璃窗又能瞥见纽约的天空。他是个棕色皮肤的人，比我想的要老一些。我原本期盼是个年轻人或是处于职业生涯中期的人；电话里他听起来很年轻。但是艾尔刚满七十岁。

他的客厅里满是书和唱片。看了一会儿就发现这些书是一套第一版或早期版本的二十世纪美国作品的严肃合集：艾尔已经收集了它们超过四十年。他的爵士乐唱片（放在唱片套里立着，摆满了很多架子）同样珍贵。爵士乐是他的酷爱，他还是这方面的知名撰稿人。在他最初向我展示的东西里就有路易斯·阿姆斯特朗[①]的私人照片——一个小个子男人，出乎预料，毕加索的个子，还让人意外的是，他是一个穿着仔细的人：有关这个伟大人物的一切都值得注意，它们几乎是天才的一个方面，并且令艾尔兴奋。

他是个热情的人，易相处，愿倾听。他的生活似乎是一系列的快乐发现。塔斯基吉，五十年前他曾学习的地方，就是那些发现中的一个。他爱他的学校，并且仰慕它的创建者。

他展示那个地方的照片：八九十年前由学生们自己建造的佐治亚风

①路易斯·阿姆斯特朗（Louis Armstrong，1901－1971），美国20世纪最著名的爵士乐音乐家之一，被称为“爵士乐之父”。他以超凡的个人魅力和不断的创新，将爵士乐从新奥尔良地区带向全世界，变成广受大众欢迎的音乐形式。阿姆斯特朗早年以演奏小号成名，后来他以独特的沙哑嗓音成为爵士歌手中的佼佼者。

格的砖砌建筑。它们是我第一次见到的属于塔斯基吉的照片，令我想亲临其地。而布克·T. 华盛顿，当艾尔说起他时，变得有点儿更真实了。他一八五六年作为一个奴隶出生，但那只是在南北战争前的五年；所以（不管他的记忆怎样）他并没有做奴隶很长时间。他本会在南北战争后的特殊时期里成长起来，那时自由人到处要求自己的权利，一些有天赋的人做得很不错。他是带着美国理念成长的，十九世纪后期的宏大理念。布克·T. 华盛顿，艾尔说，从他的能量和他对资本主义美国运行方式的理解来看，他必须被看作一个十九世纪后期的美国人。他本可以与他曾成功求助过的非常富有和有权力的人站在一起。

艾尔拿下来两本路易·R. 哈伦① 的传记来向我展示照片。它们让人感动：那些长久保留的姿势，布克·T. 华盛顿与他的家人，与他打扮时髦的男秘书，所有那些属于世纪之交的体面服装——而那个伟大人物的眼睛总是疲倦的。那些塔斯基吉的学生，男男女女，干着不久之前还是奴隶们干的活儿——耙干草、砌砖墙——但是现在都穿着体面的衣服，男的有时甚至穿套装，这对于作为奴隶几乎没有什么衣服的人来说非常重要。

塔斯基吉是在一个旧种植园的遗址上，艾尔说。种植园宅邸多年来一直留存在校园外；不过他听说那最近被购得，现在成了校长的住所。变化发生了，以美国的方式。或许可以说艾尔·默里，跟他的书和唱片一起，本身就是那种变化的一次展示。他出生在位于美国南方纵深的亚拉巴马；曾去过塔斯基吉；曾在空军服役并以少校军衔退役；然后有了作为学者和作家的第二职业。

那是在空军时期的尾声，他来到纽约，来到那座公寓。他在那里的

①路易·R. 哈伦（Louis Rudolph Harlan，1922 –2010），美国历史学家，编撰了两卷本布克·T. 华盛顿的传记并且编辑了几册华盛顿的材料。他分别在 1973 年和 1984 年因每一卷而获得班克洛夫特奖，并且因第二卷获得普利策奖。

邻居是中产阶级、职业化的黑人吗？不是，他们是混合的群体。例如，有位邻居在中心城区俱乐部里做看门人，艾尔是那里的会员。“在那儿，他是看门人。在这儿，他是我邻居。”艾尔喜欢那样，他也喜欢公寓，因其本身的缘故。

不过环境在那里。当他带我来到他令人眩晕的小阳台上，让我看风景，哈莱姆最初建设者们所设想的雅致，我从高处看到了地面上的街道，非常令我泄气。我还看到南面红砖排房的废墟。那里六年前发生了一场火灾，艾尔说，自那以后那些砖壳干脆就被允许放在那里。一棵大树（现在长出春天的绿叶）在一座房子的墙体里长了出来，没有损毁那些墙。这情景有点儿像作为纪念碑被保存在东柏林某些部分的战争废墟——而哈莱姆某些被毁坏的街道确实让人想起战争。

但是艾尔有很长一段时间住在下个街区，与被烧毁的房子相邻。他似乎已经不再看得见它们；他有了更大的视野。向南，整个曼哈顿平躺在我们脚下。如果几个街区以下的那座高楼不妨碍视线，艾尔说，我们就可以从我们所在的地方看到帝国大厦。向西是一排色彩缤纷的建筑，一位著名黑人艺术家，艾尔的一个朋友，曾以此作为一幅画的主题。当艾尔俯视下面的街道时，他看见两三座教堂，还有当地国会议员的宅邸：建筑是对当地生活重要方面的反映。

于是，在艾尔的帮助下，我的眼界改变了。在最初我只看见哈莱姆和沉郁的地方，我开始在这高高的阳台上看见艾尔所居住地区相对而言的秩序。还有最初哈莱姆的设计的光彩：恢宏，在设计者的意图中，胜于更往南的任何地方。

不过哈莱姆的那些最初设计者们超额建造了。没有足够多的人在十九世纪九十年代住哈莱姆的新房子。一些生意人那时开始买房子，打算出租给从南方来的黑人。他们打广告，尽力赢得布克·T. 华盛顿的好感和参与，在那时他是美国最负盛名的黑人。华盛顿不喜欢这个主意，他认为那太商业化了。不过华盛顿的秘书，埃米特·斯科特，塔斯基吉的三巨头之一（华盛顿的大房子、他的司库以及他的秘书仍旧并肩站在塔斯基吉），加入了这项商业冒险。于是黑人的哈莱姆以它将要继续的样子开始，在需要和利用里。一直有着那样细微的一种塔斯基吉联系。

艾尔·默里带我到附近走走。他请我留意非常宽的人行道：那是最初哈莱姆方案里雅致的一部分。他带我到一家关于黑人事业的书以及关于当地事件的海报和传单的书店。我买了一本杜波依斯[①]写的《黑人的灵魂》平装本，他是一位华盛顿的当代黑人批评者（艾尔的书架上有这本书非常早的一个版本）；我们与经营这家书店的那位热忱而且有教养的女士相互致意。他说，哈莱姆医院是街坊里最重要的建筑，它的水准是专业性的并且正变得越来越好。然后，随着我"松开"的视野的扩展，我们去了尚博格中心，一座致力于黑人研究的恢宏新建筑，拥有非凡的书和文献，还有热情的员工，黑人和白人。

中心给研究人员津贴使其在图书馆工作。我遇到的一位有津贴的做学问的人是位俊美的棕色皮肤的女士，她去过很多地方旅行，正在做有关巴西与西非之间文化联系的研究工作。她以一种发现者的兴奋来谈论她的工作。对她来说，黑人事业，或者是它的这种延伸，都如同一个新兴领域。

我没有坐出租车回去。街上没有出租车。艾尔陪我等了一会儿，聊聊拉尔夫·埃里森，直到一辆公共汽车到来。随后，很不情愿地，我又一次看见了（这次更缓慢，一站又一站）来的路上所看到的东西：衰落中的一座伟大城市的一整片街区。

---

①杜波依斯（William Edward Burghardt Du Bois，1868－1963），美国黑人运动领袖、社会活动家、历史学家。1908年他在《黑人的灵魂》一书中批判了布克·T. 华盛顿的观点和渐进主义理论。他认为，在种族主义统治下，美国黑人只有奋发反抗，才能实现社会变革并获得平等。

那是在一九八四年的达拉斯共和党大会上，去美国南方或者东南部旅行的想法向我袭来。此前我从未到过美国南方，而且尽管达拉斯不属于我后来选择去旅行的东南部，但在那里我有一种足够强烈的属于跟纽约和新英格兰截然不同的地区的感觉，那两个地区基本上也是我所了解的美国的全部。

我喜欢新建筑。对外形、光泽度、建筑的玩味，还有它所意味的财富。犹如乐事的建筑——见证它从更古老、仓储式风格城市的单调乏味中成长是非常有意思的。

那是八月中旬，天气炎热。我喜欢闹市区街道的强光与高楼大厦的深影的对比，以及那些影子营造出的另一种更倾向于温带气候的奇怪感觉。人们时常以类似那样的反差为伴。酒店房间的有色玻璃令炽热天空的耀眼光芒变得柔和：外面天空的真实色彩总带来一种惊奇。酒店、汽车以及会展中心里的空调使得高温在人们通过其间时变得刺激。

高温是一种启示，那令人想起旧时光。还有遥远的距离，那给出了早期定居者生活的另一种概念。但现在正是南方的气候被塑造成另一种运作方式。本应减弱的高温已经转变为一种乐事的源泉，一种感官上的刺激，一种吸引力：一次政治会议可以在八月中旬的达拉斯举行。

会展中心里讲坛后面的墙上平铺着各州州旗，按字母顺序排列。北美十三州的州旗与众不同，它们使我想到我在特立尼达还是一个孩子时就知道的英属殖民地旗子（还有英国人给出的殖民地格言，用拉丁语，来自维吉尔）。第一次我想到了特立尼达，一个前英属殖民地（始于一七九七年）和一个农业奴隶殖民地（直到一八三三年，奴隶制在大英帝国被废止），相比新英格兰或者北方较新的欧洲移民州，它应该与东南部旧奴隶州有更多共同点。我本应很早之前就想到那些，但是没有。我孩提时听说的南方的种族行为太令人震惊。那已经玷污了美国，也让我对美国南方关上了我的心门。

会展中心非常大。一眼并不能尽收其景。在那样广阔的空间里，讲坛上的人物看起来很小。他们本可以被忽略，不过上方的一个大屏幕放大了他们的影像，遍布整个中心的无数更小的屏幕重复着这现场直播的图像。那是催眠的，相同的特写面容或姿态从那么多的角度一齐涌来。目标也许仅仅是沟通和明晰；但是有关人们的首要地位没有更多本可以做出的堂皇声明；没有什么可以试图如此扩展失去瞬间的荣耀。然而，差不多作为其政治优点的一部分，这次大会在虔诚、谦卑与乐土中进行，并且每日在神面前放低自身。

一位著名的本地浸礼会牧师做了最后的祝祷。他的教会组织非常庞大，据报纸说该组织在达拉斯市中心的财产价值好几百万。他的仪式，在周日大会之后，会众爆满。那也会在电视上播出，是一次全程盛装的播送，有音乐和唱诵。但是这种地狱之火的布道也许来自于一个更简单、更困难的时期，在一年之中或许有五六个月人们无法逃离高温的时候，在旅行还很困难的时候，在人们还狭窄地生活在他们出生的社区里的时候，生活仅仅由绝对的宗教必然性赋予意义。

我开始想到写作有关美国南方的内容。我的第一部游记，在特立尼达首位黑人总理埃里克·威廉姆斯的建议下着手，是关于前加勒比海地区和南美洲奴隶殖民地的。那时我二十八岁。在我看来适宜的是我的最后一部游记——有关一个主题的旅行——应该有关美国东南部的旧奴隶制各州。

在达拉斯，然后在纽约，在我规划旅程的时候，我的思绪关乎种族问题。那时我不知道那个问题将在旅行期间很快自行解决，而我的主题将变成另一个我不了解但曾在达拉斯得到暗示的南方——属于秩序和信仰，还有音乐与愁思。

从纽约我去了亚特兰大。我曾听说那里有一位年长的黑人名流，一种美国黑人贵族；有许多成名的黑人商人和一些黑人百万富翁；还有黑人经营这座城市。我预定了一个飞机航班；在亚特兰大机场排队等出租车；然后开车穿过市中心庞大的道路工程来到酒店。我在那里，有点儿吃惊于如此长时间规划的旅程，以那样一种实际的方式开始。

如同要回应我的焦虑，我在纽约做的所有在亚特兰大的安排都泡汤了，一个接着另一个，非常迅速。一位记者去了另一个城市报道一件轶事；一位黑人商人在电话里说过去这二十年在亚特兰大之外的生活已使他与其失去联系；而由一位电影制作人引荐的一个黑人说，我听到的有关亚特兰大的一切差不多都是错的。

有关黑人贵族的谈论是夸大的，这个人说。按照美国财富的标准，在亚特兰大的黑人并不富裕；在亚特兰大人的富豪榜上，一个黑人也许能排在第二百零一位。政治权力？“没有其他种类权力的政治权力是毫无意义的。”

他抿了一口葡萄酒，我的线人，似乎完全没有为使我为难而不快。

我实际上相信他所说的。我已经感觉到人们在那么多照片上看到的亚特兰大的宏伟新建筑跟内罗毕[①] 的建筑一样与黑人没什么关系，比方说，跟肯尼亚的非洲人的财务或建筑的技能有关系。我已经感到对黑人权力和黑人贵族的谈论有点儿太过贸然了。

然而，我想自己去看看；我期盼着跟人们建立联系。但是从这个黑人身上没有一点儿那种类型的帮助的迹象。我应该去见安德鲁·杨，市长，他说；不过安德鲁·杨很可能有大约两百次会面在排队。（我可能是第二〇一号——一个流行的号码。）我摸索着这个黑人，事实上——他抿着葡萄酒，从眼镜上面看着我，享受着我的难堪，等待着我的问题然

①内罗毕（Nairobi），东非肯尼亚的首都，非洲最大的城市之一，国际化大都市，人口超过 200 万。

后猛地击倒它们——我觉得他正越来越多地受控于一种矛盾和无助的情绪，差不多就要失控了：很快我就会听到，不仅在亚特兰大没有有钱的黑人，在佐治亚也从没有过任何东西，没有种植园，没有棉花、玉米和土豆，在亚特兰大黑人世界的大船上只有他自己。

我在里兹－卡尔顿的房间，佐治亚太平洋大厦的窗户在夜间的景象就像一幅巨型流行艺术印刷品。这些相同尺寸的窗户全部被点亮。每一层都像一幅几乎相同景象的电影胶片，或是一条接触印刷照片。从我的房间里看，景象改变了，一层接着一层。在较低楼层，我俯视办公桌桌面和办公室地板。在齐眼高度的楼层，我看到办公桌投影在办公室的墙面上。然后，办公桌消失了。在较高的楼层，我只看见被点亮的天花板；而在最顶层，只有光亮，窗户上的一道光。办公室都空无一人；白天坐在里面的人都在郊区的某处。挂在资深人士办公室墙上的画作就像等级的随意符号，在这个距离只是些矩形，相当模糊，甚至没有色彩——大城市从非常高的角度如大地旋涡下的污迹般显现的方式。

一个正式的社会，私人生活，一个正式的观点：那些房间里的每一个都需要一次介绍，而拜访者不知道要叩响哪扇门。哪里会有新闻发生？难道那仅仅是电视上的一次播送吗？

但是随后我在报纸上看到了有关福赛斯（Forsyth）县事件的报道。福赛斯县位于亚特兰大北面大约四十公里的地方。一九一二年在该县，一个年轻白人女孩被强奸并严重殴打，几天之后死去。几个黑人被牵连。一个被用私刑处死；另外两个得到审判被绞死。所有福赛斯县的黑人被赶出该县；自那之后（据说）再没有黑人被允许居住在县里。

这最后一个事实，有关黑人不被允许住在福赛斯县，在这一年早些时候变成了一个公共问题，当时在一月中旬有人在福赛斯组织了一次“兄弟会步行”，以纪念圣雄甘地遇刺和马丁·路德·金诞辰的周年。这次游行受到一些当地人和三K党团体的攻击，成了新闻。一周后的第二次兄弟会游行——在所有的宣传后——成了一件大得多的事件。两万人去了福赛斯游行，大约有三千名国民警卫队士兵以及州和当地警员维持治安。尽管如此还是有抗议，五十六个人，其中没有一个是游行者，被逮捕。

幕后操控这几次游行或者是让这个问题尽可能变大的人，是一位亚特兰大黑人市议员何西亚·威廉姆斯①，谈起他的每个人都简单称其为何西亚。他六十一岁，曾在民权运动中做过马丁·路德·金的副手。何西亚之前曾对一些三K党团体提起诉讼，控告其在第一次兄弟会游行中侵犯人民的公民权利，并且他还想代表在一九一二年被赶走的失去土地的黑人向福赛斯县提出指控。

汤姆·蒂彭，来自亚特兰大《宪政报》，有天我和他一起吃早餐，几乎带着感情谈起何西亚·威廉姆斯。“一个根本力量，巴黎街垒传统中的煽动者，并且见识广博。”

但是那个星期我不能见到何西亚。

汤姆说：“他在监狱里。”

“监狱！”

“那没什么。他经常进监狱，不是这事儿就是那事儿。他没几天就会出来。”

当我看着何西亚·威廉姆斯自己的一些宣传材料，尤其是一本《何西亚·L. 威廉姆斯是谁？》的小册子时，我明白了他的监狱记录对他很重要。有一张他在一间牢房里的照片。“何西亚牧师保持着因民权而被捕入狱的记录……自金博士死后，他进监狱的次数差不多跟他活着时一样多（总共一百零五次）。”

---

①何西亚·威廉姆斯（Hosea Williams，1926－2000），美国民权运动领袖、委任牧师、商人、慈善家、科学家和政治家。曾是马丁·路德·金的核心集团的可信赖成员。

他出生于一九二六年。所以很多年来，他的种族抗议与斗争原本是绝望的事务。但是何西亚赢得了他的战争，并且（尽管他仍是一个勇敢的人：在福赛斯的第一次游行需要勇气）我感觉何西亚现在也许已经获得许可，成为一位明星，一位新闻里的人物，某个存在于一种特殊类型的电子媒介的现实或非现实中的人。他的政治生活要求他擂起自己的战鼓。在《人的维度——何西亚·L.威廉姆斯博士——年表》里，有一张何西亚身着学位袍的照片，他正从另一位黑人手中接受荣誉学位，有如下文字："今天他不满足于看着事情发生。他让事情发生。"

亚特兰大的北部郊区几乎与福赛斯县相连。让佐治亚看上去像康涅狄格的高速公路，使得人们可以在亚特兰大市中心工作，那里的大街上有黑人，然后轻松驱车二三十英里（在有空调的车里）到他们在郊区的房子，那里鲜有黑人——佐治亚的这个部分从不是种植园地区。在奢华的郊区购物中心里有名牌商店的分店。没有黑人运作的城市中心，白人的郊区可以生活得相当好。

一天，在报纸上有一则新闻提及这些郊区中的某个不想被接入亚特兰大的城市交通体系，因为他们不想被黑人渗入其中。没有像福赛斯那样的呐喊，没有邦联的旗帜，没有白色的兜帽和长袍——那不是这些新郊区的方式。一位交通官员说："这是一个潜意识问题，非常难应付。"

我遇到的一名律师说，要理解就有必要记住，在大约一百二十年前，曾有过奴役。对于穷苦白人来说，种族就是他们的身份。处境好的某个人可以绕开那个问题，可以找到另一种动机来实现自尊；但对于没有钱也没什么教养的人来说，就不那么容易了；没有种族，他会失去自己是谁的概念。

我谈起我与霍华德和海蒂在一起的周末。海蒂对于她的种族与家庭身份有一种强烈的观念，然而她也对鲍恩先生有极高的尊重，她认为他是个好人。那是否意味着什么？律师认为没有。南方白人会愿意为与他们有一种关系的黑人家庭做任何事，不过那种姿态是停滞的，并不会推及一般而言的黑人。

我们在吃午饭，那位律师和我，在亚特兰大市中心的一所大型俱乐部里。俱乐部开张时正逢亚特兰大普遍外迁的时候，而商务人士觉得需要有个地方以便他们在一天之中可以会面。那是亚特兰大白人职业人士生活中的圆罩的一部分：房子，有空调的汽车，办公室（或许像佐治亚太平洋大厦里的一间办公室），午餐俱乐部。

我问那位律师是否曾感觉被威胁。他说有时在大街上时这种感觉会伴随着他。他是指对暴力的恐惧。不过他也是指对于一个变得不稳定的世界的一种更大的恐惧：人们生活在其中的圆罩的保护性越强，人们对于圆罩之外的了解就变得更加不确定。

这也是为什么那位律师认为如果黑人中产阶层可以成长起来，如果黑人可以在商业上变得更活跃，那会是件好事。但是，正如每个现在谈论黑人的人一样，他立刻搜寻中立和真实的词语，黑人（无论他们如何向往）不具有商业意识、商业使命。在一个由经济驱动的社会里，黑人不具有经济驱动力。但是现在美国有新一类的移民——拉丁美洲人、亚洲人。那位律师认为，当黑人对于那些移民的存在对他们意味着什么有更好的理解时，黑人的种族情绪也许会改变。

在那里，就像汤姆·蒂彭曾告诉我的，在每件事情的背后，不言而喻：种族的想法，小小的神经质，奴隶制的遗存。

在我去见小说家安妮·莱弗·西顿[1]时，这个话题再度出现。她住在

①安妮·莱弗·西顿（Anne Rivers Siddons，1936－），美国悬疑小说家，作品屡登纽约畅销书榜，故事背景多设定在美国南方。著有《樱桃街》《心碎旅店》《邻居》《过季》《火烧岩》等18部小说。

北亚特兰大：丘陵宅地、高大的松树、山茱萸、杜鹃花。我曾在霍华德的家乡看到的春天在这里正值其顶峰，沿着郊区蜿蜒道路而立的房子看起来都掩映在树荫中。

安妮·西顿刚出版了一部小说《老家》，正在为它做宣传工作，她自己承担了一些费用，她已经开始写一本新书。她有一点儿孤僻，生活在内心世界里，执着于她的新书。她现在生活在如此的美景中；不过，正如我在看她之前一本书《福克斯的土地》时所见，她的思绪（正如很多南方人一样）很容易回到更加贫穷的日子。

她说玛格丽特·米德[1]做出了一次有关南方的重要观察：白人男人与黑人女佣的关系，男人与要求不高的情妇，这使白人女人和黑人男人变得无性生活。黑人男人，安妮·西顿说，是愤愤不平的。

而报纸——《宪政报》及其姊妹报《日报》（"像露水一样散布迪克西[2]"是在其社论版和送报车上的标语）——充斥着种族条目，交织着进行中的连载：福赛斯县，以及一个被指控使用可卡因的黑人政客的私生活的分支故事。

一天有这样一则报道。国际商用机器公司派一位黑人执行官到南卡罗来纳州哥伦比亚[3]（Columbia）；但是在乡村俱乐部里没有留给这个黑人的房间，也没有给他孩子们的聚会邀请。第二天又有一则报道：一名三十一岁的黑人妇女，一位年龄分别是五岁和两岁的两个孩子的母亲，带了一把左轮手枪去上班，并在佐治亚电力公司她的办公室里开枪自杀。她觉得正遭受公司的排斥，错失了升职机会。她在自杀遗言里说，她想给经理和主管们留下某些去思考的东西。

①玛格丽特·米德（Margaret Mead，1901－1978），美国人类学家，美国现代人类学成形过程中最重要的学者之一。

②迪克西（dixie）指美国南部各州及该地区的人民。

③美国南卡罗来纳州的州府和最大的城市。

绝望；但是当一种政治动机变得安全时，也有它所吸引的某种类型的玩兴。有黑人艺术节的新闻。有一位纽约雕刻家为亚特兰大而作的巨型雕塑的新闻，“纳尔逊·曼德拉必须被释放来带领他的人民和南非走向和平与繁荣”。这座岩石雕塑重七吨，对于它最初的场址来说太重了，那里只能承重每立方英尺一百磅。于是，雕塑将被搬移到亚特兰大市中心的伍德拉夫公园。（伍德拉夫是可口可乐公司的大人物，经营这个公司六十年；可口可乐和《乱世佳人》是南北战争后亚特兰大的两个传奇式成功故事。）一个带有工作门的十二英尺铁篱笆将被焊接在岩石上。这扇门将用真的钥匙锁着，钥匙将被交给亚特兰大市，这样——假设钥匙没有被放错地方——当曼德拉被释放时，这扇门就可以被打开。

来自汤姆·蒂彭在《宪政报》里的专栏：大都市亚特兰大是一个二百二十万人口的大城市；亚特兰大是一个四十五万人口的中等城市；黑人亚特兰大是一个三十万人口的小城市。“黑人领导范围是一个小城镇。”一名优秀的记者会找到清晰的好方法来陈述事情。汤姆·蒂彭也谈及此事：美国的白人没有“领袖”；只有黑人有领袖。而我觉得他那么说是因为（参见报纸上的其他专栏作家），当下有关在一些州的黑人政客的丑闻正在被用来全面诋毁黑人。

我喜欢有关领袖的那个论点。我觉得那可以被应用在许多黑人国家、落后国家与革命国家，在那里领袖就是一切，在那里来自外面的记者和其他人，会不知不觉地陷入一种探险家态度的变体（“带我去见你们的领袖”），单独赋予领袖尊严，而在其他类型的地方，它们会被更广泛地赋予国家和人民。但是接着我开始想知道，既然美国的黑人政治仍然是种族的、救赎的和单一的，那么是否美国的黑人终究不能被说成拥有领袖——他们简单追随的人。而我也想知道在这样的环境下，黑人要脱离他们的领袖是否可能，这种可能性是否大于加勒比海地区或非洲人民要脱离他们所创造出来的种族或部落首领的可能性。

我听到了更多有关身份的内容。

汤姆·蒂彭——摆脱他所说的标准办公室着装的西服和领带，穿着有很多口袋的背心出现——一个星期六早上带着我去东亚特兰大的一个百年历史的阿巴拉契亚拓居地：一座老式红砖的大型棉纺厂，几间白色木板屋，越过一条繁忙道路的高地上的一片墓地。最初工厂工资非常低，据说一小时五分钱；不过对于山地居民来说，工资的规律性就是一种保障，围绕工厂建立的社区都保存了下来，尽管很多人在不同时期离开，工厂本身现在也关闭了。

我们去了拓居地里的一个社区工艺中心。那是由一个名叫埃丝特·勒菲弗尔这个美丽名字的女人经营的。很多年前她作为一个民谣歌手来到了该拓居地——亚特兰大《宪政报》上一张十年前的照片显示她曾是一个拿着吉他的漂亮女人。但是接着，出于被她的歌声得到的回应感动——一位老妇人起身跳了一段特别的舞蹈，其他人都哭了。她更深地融入阿巴拉契亚社区里，甚至曾成为一名市议员。

她娇小、苗条，仍旧有魅力而且嗓音清脆。她自己不是来自于一个阿巴拉契亚社区，但她理解他们的亲密关系。她是来自宾夕法尼亚的门诺派[①]教徒，一位传教士的第八个孩子。她谈起以她门诺派教徒背景的出走，对她意味着什么。她曾感到孤独，她说。变得孤独意味着什么？她说她头脑里有成为山坡上最后一棵树的景象：其他的树全被砍倒了。对她而言，哪怕是放弃戴女帽也并非易事；她整个一生都被教导出于对神和男人的尊重而戴着那种女帽。甚至在她二十岁时，站在芝加哥的街道上还会让她紧张。那与其说是对黑人男人的害怕，不如说更多是对酗酒

①门诺派（Mennonites）是当代基督新教中一个福音主义派别，此派信徒共70余万人，其中美国约有23万。

且粗野（按照她所听说的）的白人男人的恐惧。

而接着她发现了外面世界的残酷，美国的残酷。她是怎样发现的？她讲了一个故事。一位阿巴拉契亚妇女有天来找她，说她需要一份工作，“女佣的工作”。埃丝特·勒菲弗尔带着这名妇女去见了某人，一个大把金发梳到脑后的女人，一个只比寻找女佣工作的女人高一两个台阶的女人（埃丝特·勒菲弗尔说）。而那个金发女人说：“她干吗想干女佣的工作？那是给有色人种的。”

那是一个小插曲，我认为，是一件本该忽略的事情。那个金发女人自己（从故事里）跟其他每个人一样也是受害者。但是这个插曲有很多层意思，埃丝特·勒菲弗尔曾为此感到不安和受辱。她说：“他们想让你待在他们为你设定的位置上。”谁是“他们”？她想了想，说是安排了体制而且想要保持每个人都在其位置上的人。

我问她在哪些方面身份是重要的，以及是否有某些实际的方式可以帮上忙。她说，你搬到一个新社区或接手一份新工作，而人们并不是太友好，如果你知道你是谁，那可以成为一种帮助；你可以经受住那些敌意。如果你不知道你是谁——如果（这也是我的延伸）你依赖于其他人来认识你自身的价值——那么你就有麻烦了。

她在给出自下而上的观点，她所关心的穷人的观点。从她所说的内容，我得到的印象是这些人有质朴的情感，并且靠自己的力量生活。我发现那很难想象。

（然而，在另一个层面，凭借我自己一半被隐藏的部分，我理解。或许在一个有很多群体或种族的社会里，每个人，除非他是绝对安全的，都带着一种特殊类型的压力生活。作为印度人社区的一员，在多种族的特立尼达成长，那里的人们在十九世纪晚期和二十世纪早期被带来耕种土地，我始终知道不落入虚无有多么重要。一九六一年，在我为了自己的第一本游记在加勒比海地区旅行时，我记得我的震惊、受辱与精神毁灭的感觉，当我看到马提尼克岛[①]的一些印度人并且开始理解他们已经被马提尼克所淹没时，我没有分享这些人的世界观的手段，在某个阶段他们的历史与我的相像，但是现在，在种族上并且以其他方式，他们已经变成其他的东西。大约八年之后，在中美洲的伯利兹[②]，一种类似的空虚感冲破了我的其他成见，当时我看见那个悲惨的英属殖民地里渺小、失落和半印度人的社区，在曾经是西班牙帝国的地方侵入的滨海林地，住满了奴隶和仆人，然后或多或少被遗弃了：新大陆的废墟。）

从一位宗教学者那里我听到了更多有关南方的身份的内容。在他指导的人中间有为牧师职位而学习的男男女女。我以为想要成为牧师的人也许是被某种宗教体验感动。不过那种态度是我自己性情与背景的一种反映，是我自己对一种宗教信仰的缺失。我待在英格兰已三十五年或更久，在那里正式的宗教差不多枯朽了。

在美国，尤其是在南方，宗教信仰几乎是普遍的，一份宗教职业就跟任何其他的职业一样。那是一个人可以出于很多原因而转向的某种东西；而我从这位学者那里听到的是，他所接触的人中的一些（并且他意指白人）转向宗教生活是为了得到身份的确认：来自贫穷家庭在种族上感受由南方的新发展带来的威胁的人，在蓬勃发展的新南方已经进入商界的人，他们随后觉得自身已遥远地漂离他们所了解的南方世界，以至于他们已经放弃，回到神的身边和他们感觉更自在的生活。

在远离亚特兰大的地方，我听到这次有关宗教与身份的谈论，在佐治亚西北部一个庄园里的露天聚会上：山丘，森林，景致辽远，山峦叠翠，碧空如洗。

---

①法国的海外大区，位于安地列斯群岛的向风群岛最北部，岛上自然风光优美，有火山和海滩，盛产甘蔗、香蕉和菠萝等。

②中美洲的一个国家，是中美洲唯一以英语为官方语言的国家。伯利兹东临洪都拉斯湾，与洪都拉斯共和国隔湾相望。伯利兹经济在传统上以林业为主，特别是糖、柑橘类水果、可可、稻米、烟草等，渔业也颇为重要。

聚会是在林木间一片未经修剪的长草地上，在一间在矮柱子上拼凑起来的灰色小木屋前。这木屋据说很有年头了。它几乎就在一个山坡的脚下；当你透过后门与窗户径直看到松树掩映下缓缓而上的土地的绿色时，这个地方确实有一种古老而遗世独立的感觉，跟某人如今可能为自己安排的独处相当不同。

（驱车驶出亚特兰大，进入丘陵，了解我正经过的小镇里黑人的稀少，我感到我正驶入荒野。几个月后，当我的旅程差不多结束时，我从其他方向接近亚特兰大，从纳什维尔和查塔努加，佐治亚的这一部分看上去被耗尽和践踏得更严重。）

聚会在其主旨里是“南方”的。林木间未经修剪的空地里，一面邦联旗帜在阳光里飘舞。一头被剥了皮的猪，在跨栏上固定姿势，一整天都被烘烤着，架在杆子上一侧稍稍靠着慢慢燃烧的硬木材。（一张桌子上是更加现代的快餐和蜡纸里的鼻烟之类的东西。）一支乐队从小木屋里演奏着蓝草音乐[①]。旗帜、猪、音乐：来自过去的东西。乐器很大，音乐简单而重复。有人告诉我，歌曲的歌词才是重要的。口音对我来说不容易倾听；但是这音效，尤其是隔开一小段距离，在绿色环抱的地方来自未扩音的音乐和歌声是令人愉悦的。

我们的女主人说：“印第安人或许曾住在这里。”

借着身在美国荒野之地的想法，我感到一阵寒意，想到在这片有保护性的斜坡、树荫和河流的绿色土地里的他们。后来我听说土地里到处都是燧石箭头。

正是在这种环境里，伴着从小木屋里传出的蓝草音乐，我听说了在印第安人之后到来的人们的宗教信仰和身份。我有一种在这里一层靠着一层堆积的历史感。印第安人几个世纪后消失了；穷苦白人；黑人；战

①乡村音乐的一个分支，其标准风格是硬而快的节奏；高而密集的和声；显著地强调乐器的作用。

争以及随后到来的全部；而现在，每个人都感到有需要，黑人和白人，贫穷和不怎么贫穷的，每个人按自己的方式，拯救自己的灵魂。

音乐家们年轻而且友好；他们中间有一位姑娘。结束时，他们把大件乐器放到皮卡上，离开了。当太阳下山时，没有风；旗子垂落下来。天气很快就变凉。那仍旧只是春天。

亚特兰大《宪政报》有关福赛斯县事件的档案并不是以一叠盖有日期戳的报纸剪辑形式出现，而是电脑打印资料。一九一二年事件的报道，正如一位报纸撰稿人所调查的，从每个方面看都是骇人听闻的。

被拖进树林、强奸和殴打的白人女子——并且在两三天后死去——是一位知名农场主十九岁大的女儿。现场附近的一面手镜引导警方查到一个残废的十八岁黑人男子。他认罪并说还有其他黑人涉案。总共有十一名黑人作为嫌疑犯被逮捕。在这名女子死后两天，一群人闯入福赛斯县监狱，开枪打死了其中一名嫌疑人，用铁撬击打尸体，并且把它挂到电线杆上。三周之后，残废男子和另一个黑人男子以强奸和谋杀罪名受审，并判定有罪。第二名男子的姐姐举证了他。审判后一个月，两个人被当众绞死，在一万名群众面前。曾住在福赛斯县的数百名黑人被驱逐出去。

被毁掉的年轻女子、残废的黑人、监狱里的私刑和血肉模糊尸体的悬挂示众、指证她兄弟的黑人女子，当众绞刑（一万人为此出现，在一个五十年后在亚特兰大繁荣之前人口不到两万的县里）——这个故事的每个细节都是让人无法承受的。然而，看起来在福赛斯县超越其他一切而存留的东西，是对没有黑人住在那里的认识，一种对有些人来说骄傲的缘由。

力图挑战这种骄傲的人是一个加利福尼亚白人，一名曾在福赛斯县住了五年的空手道教练。他呼吁一次兄弟会游行以纪念甘地遇难和马丁·路德·金诞辰的周年。在接到辱骂电话和威胁后，他改变了他的想法。但是游行的想法被另一个空手道教练接手，也是白人，来自邻近的县。这就是何西亚·威廉姆斯介入的游行——预计有大约五十人参加。就是这场游行，曾受到三K党团体和其他人的攻击，一周之后，两万人的大游行，有三千名国民警卫队队员以及州与当地警员的保护。于是，在一周之内，曾经是一次勇敢而孤独的事业被何西亚和少数其他人演变成一次安全的事业；而且将变得越来越安全。

一档广播节目被带到了福赛斯。一个非常出名的下午档电视脱口秀带着一位风趣的黑人女主持去了福赛斯，一期节目在一家当地餐馆里开始录制。何西亚，对于安全事业投入了与英勇事业同等的热情，在秀场外进行抗议，因为只有福赛斯的居民被允许有发言权，而他们当然都是白人。

何西亚曾设法被逮捕，来增添他的那项记录——在他的《何西亚·L. 威廉姆斯是谁？》小册子已经付印时的一百零五次入狱。根据亚特兰大《日报》所记载，何西亚在他被押入警车时大喊："这是福赛斯县！这就是你们所看到的！"而何西亚已婚的女儿，和他在一起，也大喊："我的爸爸！我要和他一起！"随后也被押入警车。

汤姆·蒂彭最初告诉我有关何西亚的事情时，还不能帮忙安排一次与他的会面，因为那时何西亚在监狱里待了几天。当何西亚出狱时，汤姆又找不到他。但是随后，某天早上晚些时候，汤姆打电话给我捎来消息，如果能赶到某座大厦，我或许能见到何西亚。他被传讯十一点三十分在联邦法庭接受另一项指控。当时差不多已经到点了，不过汤姆说那些事务通常会迟一会儿。

我打了一辆出租车。那是由一个非洲人驾驶的，一个来自加纳的男人。那对他来说是趟短途；几乎没花时间，他就又把我放下了。一个铺砌路面的开放式前院，大楼坐落在后面；一条安全门道；一个电梯到十六楼。硬木门，低天花板，棕色地毯铺就的走廊，整洁的铭牌：正式，毫无戏剧性，安全，甚至舒适。但是听审会已经结束了。在一间像小型演讲室或教室的房间里，角落里有一小群人，就像有时在一次学校考试后留下来探讨题目的被慑服的群体。

在这小群体里，我认出了迪克·格雷戈里[1]，灰胡子和白西装，一位在战争中变老的男人，但现在看起来相当像圣人。还有一个蹲着的人，留着更浓密的大胡子，那除了是何西亚本人不可能是其他人。即使在法庭里这个寂静的时刻，他的双眼仍透露着忙碌——一个有着太多事情要做和太少时间可用的男人。他有一把牙刷在衣服的上口袋里——一个随时准备进监狱的人。

他还有一位官方发言人跟着，一位身材苗条、棕色皮肤的女士。她有一份“立即释放”的散发材料。而且从她所说的来看，似乎我和何西亚会面并有一次推心置腹的交谈的时机并不好。何西亚和迪克·格雷戈里那天下午将乘飞机去华盛顿中情局外抗议。在那之后，他们径直去欧洲，去伦敦和梵蒂冈，做一些有关种族隔离的工作。来自官方发言人的散发材料是有关毒品的：何西亚在说近期发生的某些事件被利用来“诋毁黑人领袖”，黑手党和中情局是牵涉进毒品交易最多的那些人，那是在“摧毁着我们的孩子和我们国家的未来”。事实上，那就是为什么何西亚和迪克·格雷戈里要去中情局外抗议。

突然，在我可以完全接受何西亚的眼睛、胡子和牙刷之前，这一小群人就走了。

自打我到达之后，四五分钟已经过去，没有更多了。而为了突显在一号法庭里时机的不可预测性，有了我与某个在小群体离开时像我一样被抛在后面的人的邂逅。他是一名记者，相当年轻，也由于来得太晚错

①迪克·格雷戈里（Dick Gregory，1932－），美国喜剧演员、民权运动积极分子、社会批评家、阴谋论者、作家和企业家。

过了传讯。他也是新到亚特兰大，不知道什么有关这座城市的轶事。在审判室里，在棕色地毯铺就的走廊里，在电梯里，我们聊起他在英国的时光。他曾去那里研究古罗马城墙，哈德良长城和后来的安东尼墙。我从来没见过那些城墙并且对他不得不讲的东西很感兴趣。

我们在楼下分开。在我正准备从大楼前门出去时，我看到一小群人围在一个留着胡子的人周围。那看上去非常像我在楼上看到的，致使我以为这个人是何西亚，正在做一次非正式采访。只是在我几乎进入人群的时候，我才看清那个说话的人不是何西亚，他的肤色更黑，穿着不同，没有牙刷，只是有浓密的胡子。

会议业务对于亚特兰大很重要，这座城市的中心有很多大酒店，一个紧挨另一个。很难想到这些酒店会在同一时间全都满客。但那有时会发生。一天在里兹－卡尔顿餐厅的一个女孩告诉我，一次重要会议正在城里召开。这是一次关于什么的会议？干洗工。之所以重要，是因为他们人数众多——必须有那么多，如果你知道有多少干洗工遍布整个美国——他们已经填满了亚特兰大的所有酒店。

没有酒店像万豪侯爵那样营造出公司节日的感觉，而且没有一个如此令人无法抗拒。进入它就像是进入了一个巨大、中空、螺旋的锥体。那有一个四十七层楼高的中庭：弯曲走廊上的走廊，追随锥体的螺旋。那种螺旋是出乎预料的；眼睛总是被带引着向上看。巨大的红色飘带，像某种来自中国节日的东西，悬挂在半空。而所有的时间里，就像游乐场的交通工具，高大的玻璃幕墙电梯，它们的梁柱在灯光下突显，在中庭的墙上滑上滑下。

有一个在希尔顿酒店（那里也是中庭的风格，内带长廊，但感官上没有那么震撼）工作的黑人男子，我和他在一天晚上聊起亚特兰大的酒店，他认为我去里兹是做对了。他说："那里是精英们待的地方。"

似乎为此做证，我听说一天（有多少真实性我不清楚）歌莉亚·温德比[1] 正待在里兹，曾有人在电梯中见到她。

她在亚特兰大做宣传活动。大约两星期前，在纽约，我在一档脱口秀节目上看到了她。她正在聊她的生活，有关一个女人如何被她所爱的男人来定义的方式。当我听说她在城里时，我猜测她是来这儿推销她的书。但是远不止这样的推销。“魅力……传承……声望……梅西百货[2] 傲然引介歌莉亚·温德比出品的‘荣耀’……唯有真正伟大的香水才有激荡我们情感的力量。歌莉亚·温德比出品的‘荣耀’……歌莉亚·温德比会在赠送的照片和购买的任何荣耀产品上亲笔签名。”

以上的事情正在梅西百货里进行，就在里兹的路对面，早上，安妮·西顿来到酒店里，跟我聊起在南方的成长。她如我所预料地热情且聪慧；尽管她有点儿内向（因为她正在写作的书），尽管她正在为她的出版商做的宣传活动（与歌莉亚·温德比的规模不同）是一次进一步的损耗，她仍全心讲述，让我感受到一点她作为作家的资本。

她是南方人和佐治亚人，差不多也算是亚特兰大人。她出生在费尔伯恩（Fairburn），亚特兰大以南二十英里。费尔伯恩是一个农业和铁路城镇。她父亲是一名律师；尽管他们不富有，但他们是小康之家。她父亲是他家族里第一个上大学的人。

“一八二〇年前后我们从弗吉尼亚南下。家族中我们的分支有七代人耕种同一片土地。那让我感觉自己的根扎得很稳。但是同时，我感受到这会是一种桎梏。我觉得我们南方人会太深且太狭窄地聚焦在那片土地上。”

我告诉她有关我到霍华德家乡的旅行，以及在那里见到的一些黑人

①歌莉亚·温德比（Gloria Vanderbilt，1924－），美国艺术家、作家、女演员、女继承人和社会名流。

②美国的高档百货商店，主要经营服装、鞋帽和家庭装饰品，以优质的服务赢得美誉。

农民家庭。

她说："那是南方白人与黑人共有的一件事情。自奴隶制废除起，我们都曾是地主。"她告诉我那些霍华德和他妈妈曾告诉我的事情：那片土地是由黑人们为之工作的白人给予或委托给他们的。几十年前，她说，一项口述历史的研究发现这种土地的赠予曾被黑人和白人视为主仆关系中良性的一面。

我问："在怎样的方式下土地会成为一种桎梏？"

"我们没有意愿提升眼界来获取更宽广的视野。"

人们因为待在土地上而太容易安顿下来。他们倾向于说或感觉，"我们这种人不上大学。我们是农民"。

安妮·西顿说："在一所以来自周围农场的孩子为主的文法高中里，我是仅有的聪明孩子。每件事情对我而言都轻而易举，我感到羞愧。我用了十二年时间试图掩盖我是个聪明孩子的事实。智慧在这里没有容身之地。来引导我们的人显然是有智慧的。但是他们也有其他东西，使其更容易沉落。比如，他们很有魅力。"

在我们初次见面时，她曾说："我们是殖民地人。"她又提起这点。南方人，她说，对他们自己不确定。

"我在谈论白人。在我成长时，在南方农村和小镇里的南方白人感觉受到了黑人的威胁。你不会恨那些威胁不到你的东西。只要某人在你之下，你就知道你有了权力。事实上，那都有关权力。我们是被征服和被占领的人，在美国仅有的像那样的人。而这——我们对黑人的态度——是我们在任何情况下可以感受或执行我们权力的唯一方式。我们是一个贫穷的农业社区，我们有对于真实征服和占领以及绝对耻辱的刻骨记忆。

"我们是见识狭隘的人，我们中大部分人都没受过教育。我们所有的应对变化的唯一方式就是假装它不在那里。当民权运动开始时，尽管它就在那里，在亚拉巴马，我们却能装作它不在那里。当转变真的到来时，由那些黑人的手带到我们的门前时，那是在这个世界上我们最为憎恨和恐惧的。这些情绪仍旧在这里。深思熟虑的南方人怎么会不知道它们仍旧在那里？这会是很多想法产生的背景。”

“一直跟这样的种族概念在一起，你难道不疲倦吗？”

“我们中很多人发现那太令人窒息，难以在其中生活。”她说，那就是为什么许多南方知识分子从南方搬离出去。

我问有关种族抗议的情况。难道那不是已经变为正式的、几乎程式化的了吗？有福赛斯县的游行事件。那很清楚，从报纸上的报道可以知道，只有最开始的几个抗议者冒了风险。在那之后，抗议的情绪和语气都发生了变化。那已经成为公众的事业，受保护的事业；一些评论员已经变得自以为是。

“当然，福赛斯的白痴行为需要被处置。但是反应会是，而且确实是，变成老一套。”

她曾被来自福赛斯最初的新闻震惊。但是她不得不承认她自己的个人局限，作为某个年过五十的人，某个现在会在早晨醒来明白死亡正在临近的人。

“活跃的革命运动对年轻人来说是浪漫的。问题是：你在中年时如何对待激情，在你必须囤积激情时？这个问题没有解决办法，或者无论如何没有一个简明的方法。而且，除了来自媒体的关注和游行，我不知道该如何应对。抗议的形式已经是陈词滥调——天知道，美国人会抗议任何事情。”

但是种族作为一个问题——那不可能被避开。“在我所写的每一本书里我都在以某种形式论述种族。我猜，那是我的伟大战役。我通过写作来发现我现在身在何处、我在想什么，借以找到我自己世界里的秩序与简单。那是一个不可能完成的任务。你不能简化那个。你只能够稍微澄清一些。”

我谈到了在新大陆里奴隶制的奇异，属于它聚拢在一起的两个相距遥远的种族，非洲人和欧洲人。现在有了共同的语言，甚至是共同的宗教信仰。

“我倾向于认为他们对我们的充实胜于我们对他们的丰富。或许我们确实在某种深层次上意识到我们是多么相似。”

她稍后说：“关于民权运动我感到很内疚。我没有游行，回到游行中去本该是有激情、真实和自发的时候。我当时是一个初到亚特兰大的年轻女人，还深陷在什么是得体的那张网里。”

真正的有激情的时期是什么时候呢？

“我认为是在塞尔玛[①]（Selma）的大游行，大约在一九六五年。尽管我由于为我们学生报纸所写的专栏而身陷麻烦。我在一所小规模的大学。这是在奥瑟琳·露西进入亚拉巴马大学的时候。有来自全国的游行队伍来诘问那两个可怜的黑人，诘问甚至更糟。没有人来自我的大学。那是因为他们没兴趣，真的。我写了一篇专栏赞扬这种不介入，并且做出了一些过分单纯和自命不凡的声明，有关种族，诸如此类——”

“‘诸如此类’？”

“我们如何必须保持冷静，并且这肯定是一件好事情。而我被拉到教导主任面前，要求我重新考虑并且不要递交发表专栏。我不会那样做的。”

我想知道，出于她的背景，她是怎样到达那个位置的。

“我回想起高中里的一次小顿悟。我们处在某种跟黑人与白人有关的事情中。那是一节美国历史课。我已记不清具体的情节，但是我记得非常强烈的感受：这是错的。我以前从没有过那样的感受。我脱口而出，‘那是不对的’。那些又瘦又高的乡下小伙中的一个，他那时肯定有二十岁，起身称呼我为黑人解放运动者。当然我一辈子都在听着它，但是我

①美国亚拉巴马州中部城市，以 20 世纪 60 年代的塞尔玛选举权运动和 1965 年的塞尔玛到蒙哥马利游行而出名。

从没有站在它的另一边。我只是记得那个时刻彻底而直接的打击。

“我的觉悟被培养了一点儿。但还不完全。我仍旧感兴趣于兄弟会和舞蹈。你瞧，我们变得越来越美了。

“我们都知道——没有人曾告诉我们，但是我们用比言语更深奥的智慧了解——我们可以追求的最高点是俘获一个可以养活我们的丈夫。而且我们相信那个。在十四岁时我一直在恋爱。我们的母亲和祖母相信那是他们可以给我们的最好的东西，男人的保护。我有一个理论，南方精神病院里挤满了被憋坏的有才华的女人。”

我说：“在一个工业世界里遗存的田园或乡村社会？”

“是的，我也这样认为。”但是我插嘴了。她继续说：“在高中里我做一切我认为我应该做的事情。我是校友女王。”

“校友女王？”

“那是一场大型足球比赛。当男校友都回来时，有一位女王在她的球场里，她被赠予玫瑰并在半场时在她的球场里展示。我是一名啦啦队队长，所有的事情你都可以期待。我是一个受欢迎的姑娘。那就是我们都认为我们必须做的，得到这个男人并且好好过一辈子。

“而且我们中的大多数可以学会那样做。但是我们的另一面想要学习——我们总是羞愧于此。我们从不珍视我们的理智。我们从不珍视我们的个性。做出好成绩那是对的。那是成为一个优秀的小姑娘的全部。但是要成为一名伟大的思想者，要拥有出众的才华并追逐它，会使你离群索居。而那是我们最害怕的事情。那会让你孤独地前行。在一些事例中我的意思完全不夸张。

“我知道大学里的一个女孩是绝对有天赋的画家——哦，她很出色——她花了所有工作时间在艺术系的实验室里，绘画，那是她所做的全部。她隐蔽至极。她是那所大学里唯一被允许单独有一间宿舍的女生。她承受的耻辱是严酷的。”

我想要了解更多有关“离群索居”的情况。我记得埃丝特·勒菲弗尔曾说过有关离开她的门诺派社区并且感受“孤独”的事情：感觉你自己是山丘上最后一棵树，所有其他的都已经被砍倒。

安妮·西顿说：“你得到的感受是属于完全被暴露的，完全受累于纷乱。

“我认为那追溯到安全。我想我可以告诉你为什么南方妇女那样教她们的女儿，或者她们必须有一个男人来保护她们。在南北战争后，那些女人失去了她们的整个世界。她们的家被焚毁了，她们的奴隶（如果她们拥有他们的话）被驱散了，她们的男人可能被杀害了。而且我认为她们感觉这是因为她们的这些男人的纯粹愚笨和幼稚才发生的。那是一场愚蠢的战争。那是极度空虚和浪漫的。那是有勇无谋的。我们打了一场荒谬的战争，任何反应都会告诉我们，我们不能够赢。

“而这些曾失去一切的女人决心确保她们的女儿和孙女再不会把她们的权力交给会如此轻易地扔开它的男人。她们再不会允许她们的男人抛弃他们的性命。并且她们决心用诡计、魅力和女人的策略来控制那些男人，因为那些是她们仅有的武器。

“如果我们住在美国的东部，我们或许会使用我们的理智。在西部，我们或许会运用一种身体的主动权和勇敢。但是我们在这里，我们中的很多人在经济上被陷在这里。你不可以追求你不能够幻想的东西。这样，为了生存，我们不得不跟一个男人交往。我母亲到今天会更快乐，如果我有一张教学证书并且嫁给一名律师。‘你应该获得一张教学证书，那样你总有某件东西可以依靠’。”

安妮·西顿自己仍旧有某种属于她有关纷乱的挂念。“我最害怕的事情是对我不能控制的力量感到非常真实的脆弱。这件有关控制的事情对我是重要的。”

她再次谈及她青春期的习俗。“原本可以充实我们和区分我们的那些事情就是我们学会的事情，通过不作为是错的。我们成长却从不珍视真实的东西。南方对于它的女性是极其冷酷无情的，而且我们允许它对我们做的事情……我猜想这在其他地区也是真实的，但是我认为那在南方更加真切。要了解为什么我们如此怀疑是非常有趣的。”

“那影响了你的情感生活吗？”

“我只是现在才开始了解那有多么影响我的情感生活。那阻止我内审。那使我害怕。结果，我比很多人晚了二十年才达到那种内审。我所不满的是那种内审的力量本可以释放得更早。在我的写作和我的生命里。

“我在遗憾荒废的岁月。我在努力应对由于我父母的行为而带来的怒火——尽管那怒火出自对他们的行为，源于对他们内心所有的最高的爱的深深了解。

“我很高兴那在我身上发生。我或许会成为在南方的那些美丽的可悲的醉酒女人中的一个，在某处的乡村俱乐部阳台上。在南方有很多醉酒的女人。”

但是那里曾有家族七八代务农的土地的安逸，自从这个家族一八二〇年从弗吉尼亚南下以来。

“我很高兴我有那些纽带。自由漂浮的感觉使我惊恐。我几乎每周末都回去。我跟我父母一起进餐。”

现在来到了她早先曾提及的激情“囤积”的解释：留出情感给私人生活、私人关系，至少从公众问题中转移一些激情的需要。

“我曾跟两三位女性朋友谈论此事。我们发现我们现在都不理智地生父母的气。我认为那是因为我们感觉到最初的契约——父母和孩子之间的契约，述说‘我会一直照顾你’并且是一个办不到的承诺的契约——现在正在失效，而他们很快就要死亡。那就是我透过激情必须被聚焦所表达的意思。”

她如今有怎样的想法，有关黑人和同样被困扰的人？

“如果我们，南方妇女，感觉受苛责，我想知道南方黑人对此有怎样的感受，他们曾有过多得多公然的非难。尽管我怀疑我可能高度浪漫化了他们对此会有的无论何种感受——我有那样做的倾向。”

“你是否认为抗议正变得如此形式化，甚至黑人正在开始失去与他们所感受的东西的联系，并且经常说他们所想的是对他们的预期？”

“我认为生搬硬套和花言巧语已经取代了愤怒。在有关福赛斯县的麻烦事的真实冲击之后发生的第一件事情——南方的暴力，并没有消亡的冲击——那时迅即行动起来的是完美的游行。并且我们的的确确知道怎样去做。仿佛某位法力无边的游行主席拉下所有的开关——而且，天哪，在一个星期内我们有了完美的游行。

“我们有公共安全意识的正确要素、媒体意识的正确要素。正确的群众组成、年轻黑人和身经百战的老牌名流的完美平衡；并且我们有白人自由主义者的正确成分。你不会发现一位前总统行进在首次民权游行里。你知道，组织！公共汽车出现，就像那样。那是何西亚。小伙子，他现在能筹划一次非暴力抵抗！”

那不好吗，在美国的抗议可以像这样仪式化？

“我不想听到轻蔑。我还能有怎样看法？谢天谢地没有人在福赛斯县失去性命，没有伤害发生。我所想念的是致敬三位在密西西比的民权工作者的谋杀的纯粹愤怒的咆哮。在二十世纪六十年代。但那是流淌的鲜血唤起的愤怒。而我们肯定不要鲜血。”

不过对于抗议的形式化还有这个：一种有关种族和权利的正统想法。或许人民有时候会自我审查，表现出在说正确的东西。

安妮·西顿说：“我猜那发生在所有的革命中。他们不会终止。他们只是会进入多年以来的讽刺画里。而由此他们失去了他们的公信力。民权运动将失去其能量并逐渐消失而成为零星的小规模冲突，就像其他事情发生的那样。民权运动就像六十年代活跃起来的和平运动和女权运动一样开始消亡。如我所说，美国人抗议任何事情。我们是抗议者。但是抗议塑造这个国家。那是我们知道怎样去做的事情。”

我们聊了两个小时。在里兹的路对面，在梅西百货的底楼，微笑的穿制服的年轻男女，像为歌莉亚·温德比准备的设计师仪仗队轻盈地——轻盈地，像舞蹈者——走过深红色绳索护栏中间的走道，与此同时一支小乐队在演奏，而歌莉亚·温德比本人（难以想象一个拥有这个名字的真人并且实际处在名望、商品、图书、脱口秀的中心），一双黑眼睛，肌肤绽放，在百货公司的荧光灯里，光线映衬着空调，使泡沫世界完整，歌莉亚·温德比坐着为排队等待的人签名。

汤姆·蒂彭带我步行去了金顶的州议会大厦。在宽敞的中央大厅里，挂着在佐治亚州政治生活中著名人士的肖像，那里有来自南北战争的旗帜的展示。汤姆·蒂彭说：“大量历史在这里。”

而副州长泽尔·米勒在他的木质办公室里。他来自该州东北部，他说那里是印第安人地区，彻罗基人①（Cherokee）地区，直到十九世纪三十年代，那时彻罗基人沿着“泪水之路”被送往俄克拉荷马。是在那时这条路线被这样称呼吗？可能不是；那是现在很难思考而且让人头疼的。夺走印第安人土地的定居者是苏格兰人、爱尔兰人和一些德国人，他们从卡罗来纳和弗吉尼亚南下。该州东北部保持与世隔绝——美国历史忙于其他区域，在阿巴拉契亚的山丘和“山凹”与“峡谷”里的社区间跳跃——直到二十世纪三四十年代。那里少有黑人；那个区域不是一个“种族主义社会”。但是现在，由于来自其他地方的新来者，主要来自佛罗里达，他说，在当地人中间有了歧视。

那是副州长的背景。他的母亲在一九四二年来到亚特兰大，在他十

①一个美国土著部落，土生土长于美国东南部（主要是佐治亚、田纳西、北卡罗来纳和南卡罗来纳）。他们说彻罗基语，属于易洛魁语系。

岁大的时候，她在洛克希德工厂工作了两年。她省吃俭用，带着孩子们在比特摩尔酒店吃了一次午餐。有两年时间他们待在亚特兰大，接着他们回到了山里。而现在，副州长在木质的办公室里。

而那晚来到里兹－卡尔顿嵌板酒吧的亚特兰大市议会主席马文·阿灵顿，跟副州长关心他的往事一样关心他自己的往事。

但是马文·阿灵顿是黑人。他身体笨重而强壮，尽管有明显的内弯腿。他四十六岁，职业是一名律师。他的谈话，开放而无所畏惧，尽管他肯定讲了这些台词不下一百次，仍旧鲜活的是有关今天和昨天之间的差别，在他荣誉等身时的今天和亚特兰大如此隔离以至于仅有的黑人可以使用厕所的地方是汽车站时的昨天之间。于是他母亲，在她带着孩子们到城里时，催促他们用那里的厕所，如果他们不想为此往回走几英里的话。

黑人酒吧招待们，女性，很高兴看见阿灵顿。笑容来到她们脸上，尽管他不是一个富有魅力的男人，而且有一张又胖又长的脸。他穿着浅褐色套装；他似乎低坐在他的椅子里。他告诉汤姆·蒂彭他曾减肥二十磅。不过他冗长的一天——他相当迟才来到我们的聚会——已经使他精疲力竭；他只有一杯蔓越莓汁，他把大手伸入坚果盆里，大把地拿坚果。

我们谈论在亚特兰大的富裕黑人——他们是真实的吗？他说（就像在我曾读过的一篇亚特兰大《宪政报》的文章重印版里）他挣六位数的薪水。但是他认为在亚特兰大的黑人中没有那么多富人；而他给出的数字，有关薪水和开销，实际上是相当适度的。

他说他很抱歉在那时不能谈论更多，不过他愿意见我；并且他给我一次几天后在他的律师事务所的两小时约会。

“离群索居”。安妮·西顿曾用这个词语来描绘她南方教养的焦虑之一。而我在一所神学院从一个女人那里听到几乎同样的词语，我去那里追踪在佐治亚州西北部曾给予我的有关宗教信仰和身份的概念。

说起这些词语的女人——“我不想不是这群人的一部分。那是我的身份源头”——就像安妮·西顿，来自一个建立已久的家族，不在佐治亚，而是在密西西比。密西西比，这个女人说，有二百五十年的历史；她的家族已经在同一间屋子里生活了将近两百年。

“我身份形成的方式是通过我的家族和通过在杰克逊[①]（Jackson）以及在密西西比的我们。在长老会[②]教堂里我们有自己的座位。而那就是你的身份。我阿姨某天在去教堂并且在她的座位里发现一个陌生人时感到震惊。”

是否虔诚和正确性的概念里包含服务的概念？

不是，她说；那种概念不适用于她的家庭。其他人有服务的概念；这个概念适用于其他人。然而在亚特兰大她曾用了不少时间在服务黑人社区上。

“有一种位高任重使你们分开却又强加了一种职责，但是没有人与人的联系。并且我认为我花了那么多时间在亚特兰大黑人社区里的理由是我感到饥饿。”

“因为什么？”

“感到饥饿因为……”她找词语有困难，“因为接触。跟生活得比我更加真实的人。我们是真正的冷漠世人。”

她的意思是家族的礼仪、刻板和举止。当她挣脱时她甚至萌生了欢迎泪水的想法。在如今服务的概念里，以及在成为一名牧师的梦想里，她已然发现一种社区的新概念。

---

①美国密西西比州中部城市，该州首府和人口最多的城市。杰克逊市得名于美国第七任总统安德鲁·杰克逊。

②长老会（Presbyterian），西方基督教新教的一个流派，根源是从 16 世纪的苏格兰改革运动开始。长老会持守加尔文主义。20 世纪，长老会对普世教会合一运动有一定程度的参与。

“但是记住，”她说，谈及曾经是并且很可能仍旧是她的身份，“这是一个非常特殊化的族群。上层密西西比白人。”

而当她正在迈向一个新社区的时候，她所知的事物的旧方式正在转变。这个家族目前散布在整个美国；而旧家宅，“种植园”，很可能“将分化”。“我母亲以一种我可能从未了解的方式而心烦意乱。因为许多她的身份将要消失。那所房子曾经是聚会地点；很多人可以待在那里。对于我母亲来说那是一种地域感。那房子、那些树、那泥土。我阿姨们谈起南北战争仿佛那是发生在昨天。那里的人们炫耀这些旧宅，你知道。那是这个地方经济的一部分。他们穿上旧日装束并且展示这些房子。”

我说：“一种化装舞会。”

她说，出于对她新的社区概念的保护，“那更像宗教信仰”。

身份作为宗教信仰，宗教信仰作为身份：那正是另一位神学院学生的主题，一位来自完全不同背景的小伙子，佐治亚州北部的山地社区。

他说：“当我想起成长过程，两件事情差不多是同样的——家庭和教会。这个教会是小教会，有大约四十五名成员，都有亲戚关系。七八代人之前，我们家族的最初成员搬进那片区域，买下四百亩地，而我们仍旧以此为生。那不是一个种植园。在早期或许会有奴隶，但那很快就消失了。我们是一个小农场主的家族。我祖父有十五六个兄弟，而他们的后代都住在三英里的范围内。很少有任何人搬走。当你去那里了解那里的人，才知道他们是亲戚。

“与此同时，你自己的身份很容易就丢失了。但是我从此学会欣赏那有多么美妙：一个温暖、有爱、开放类型的家族，不只是父亲、母亲、兄弟和姐妹，还有同辈、阿姨和叔叔。

“教会差不多是同一件事情。家族成员。圣洁会是一种非常感染人的宗教，而在早期打动我的东西是人们在教会里与我所知道的在家里的他们多么不同。他们在教会里表达的情绪是不同的。会有大量的叫喊。

传教士会试图激发他们逐渐到达人类天性的有罪。礼拜仪式期间会有些时刻人们起身耳语，人们会试图解释正在说的东西。而当人们得到拯救时会有调谐。”

“这种宗教并不走向世界？”

“这种宗教是从世界移走，是世界的一次排斥。我仍旧在挣扎着找寻我如今怎样与所有那些关联的方式。在学院里的第一年我一个人在我的宿舍里度过。我害怕出去。然后我开始对这种具有如此僵化世界观的信仰的某些方面感到愤怒。”

不过现在（就像密西西比种植园，并且因为相同的经济理由）山地世界正在转变。“很多人不得不离开去找工作。”他们回来，那是真的；他们从未失去联系。但是，“二十世纪正在浸透山地”。

山地家族，旧种植园主家族：旧的社区观念不再有用，而那些家族的后代们正在牧师职业中寻找一种新的社区。不过对于弗兰克来说那并非如此。他在一个城市蓝领白人街坊里成长。那不是“种族的”，并且那跟社区无关。那是南方，但是在山地男孩和种植园女孩骨子里被培育的南方历史和南方往事必须被来自城市的男孩学习、领会。因为出身于一个群体，他早期的抱负不一样。

“我想要成为一个特立独行的人，一个不墨守成规的人，一个有自己权利和观点的人。但与此同时，我确实想要一个身份。而我在民主党中找到了。那是在高中开始的。我进入民主党团体并且迅速成为青年民主党的领袖。那成为我的宗教信仰，因为我根据这个党的成功或失败来评估一切。当我离开学校时，我直接进入党组织。党成为我的社团。但那不是一个真正的社团。那不具有一个基督教社团具有的关爱。在海军，我在阅读《圣经》中有了遇见基督的感觉，并且我由此受感动。但那是孤立的，直到我来到这里，那终究使这种与神的关系成真。我在这里找到了真正的社区，在神学院里。”

亚特兰大的城市政治主要是黑人政治，而迈克尔·洛马克斯是极有前途的黑人政客之一。他只有三十八岁，但是据说他会在一九八九年竞选市长。他并不来自亚特兰大，而是来自洛杉矶，并且他有自己的风格。他身材瘦高，穿着考究，有教养，说话柔和。他属于一种灰白肤色。他并不具有黑人人民公仆的声望；但是服务于黑人事业在他的家族传统里。他对黑人写作的了解是值得注意的；他的崇拜对象是早期的黑人激进分子威廉·杜波依斯，布克·华盛顿的批评者。而且他是一名专注的政客。

有关他的一切都是被深思熟虑的。他具有政客被提升的自我感觉，正如在我们交谈之后，我们在市中心，在梅西百货一侧的桃树街一起走回去时，我所了解的。他被认出；人们看着他。他对此开了个玩笑，不过这种公众反应对他很重要。

我们在图书馆会面，对此，作为富尔顿①（Fulton）县委员会主席，他是负责任的。他在前院如此友好地跟人打招呼，这些人是建筑师。他庄重地说，不过面带微笑，“我喜欢建造东西”。在图书馆议事厅的楼上有茶点：一套银色茶具和白色韦奇伍德瓷杯，还有一些精心挑选的小糕点，由来自委员会的某个人为我们摆放，一个白人，年轻，微笑着，乐于服务他优雅的主席。

黑人必须审视内部，迈克尔·洛马克斯说。现在需要的不是拥护游行，而更多的是拥护一次内部变革。

“民权运动扭曲了我们对人际关系的想法。那使其变成彻底对抗性的。在一种对抗性的关系里，有好人也有坏人，有受害者也有加害者。我们是好人，我们是受害者。”没有一个当前的黑人领袖谈论黑人责任，他说。

---

①美国佐治亚州西北部的一个县，县政府所在地是亚特兰大。

然而对他来说，借着全部他已经成为的，还有他的全部未来，仍旧有成为黑人的负担。他以这种方式谈论这种负担（并且他之前或许经常说起这些词句）：“在我生命里没有一天，或没有一刻，我无须念及我皮肤的颜色。而成为黑人并不仅仅关乎我所看见的。那关乎我对我自己所感觉到的。那是外在的同样也是内在的。

“我认为有时候一次驱魔必须为我们所有人发生，在那里你把所有那些种族的邪恶魔鬼拉出来。它们仍旧在我们内部，相互斗争。

“十年前我去巴西。我去了巴西北部叫萨尔瓦多（Salvador）的人口非常混杂的地方，在那里有和我肤色一样的人并不是什么稀罕事情。而我感觉到一种巨大的解放和自由感。但是我还感觉到一种失落感，因为人们不会因为我的皮肤而负面地对待我。那是自由，但是在我内心作为一名黑人我有太多预期，令我不可以接受那个人的忽视——那是另一种类型的隐形。

“你必须直面你自己的魔鬼。对我来说，那是直面我是一个黑人，以及每当一个白人看见我对他来说或许跟看到街上的一个酒鬼没什么两样这样的事实。那也粉饰了我思考自己的方式。我曾对成为黑人生气，为此忧伤。我不能够应对白人或黑人，直到我看着镜子，接受在那里我看见的男人。”

人们普遍认为，福赛斯县警长的正确行为对于缓解最初的形势起了很大作用。当我在电话里与他交谈时，我发现他说话平静且有条理；很多人已经去见过他。他告诉我怎样去他的办公室，地址是在福赛斯县监狱，他说。那使我想到好些西部电影。

办公室距离亚特兰大大约一个小时路程。假日环境，有森林、保管良好的道路以及由陆军工程兵团开挖的巨大人工湖，很难跟一九一二年的流血冲突联系起来：监狱里一个男人的私刑，另两个人的公开绞死，提醒黑人注意的流动人群。在这些春日森林中间的县城是非常美式的：快餐场所、看上去像教堂的银行、公告牌——平凡。

一个从杂货铺走出来的女人指引我去警长办公室。跨过镇里的主干道，穿过墓地，接着就到了一个低矮的砖砌建筑物旁。在繁忙的小红砖城镇里，那是一座新大楼，不是一九一二年的那座，不过仍旧跟西部电影里的警长办公室一样外观扁平；赫然标记着（就像在一部电影里）福赛斯县监狱，有一个停满汽车的柏油大前院——监狱和警长办公室，就像快餐场所，服务一个机动化的社区。美国国旗和佐治亚州旗在旗杆上并排升起。

两道玻璃门引向接待区域，那里两位年长的白人正坐在低椅上。一位秘书拿着文件坐在办公桌边上。在她后面，在水泥砖墙上，是一块佐治亚标志的牌匾，概略地描绘来自一七七六年的礼仪主题——一个在两根古典圆柱上的拱门，在圆柱之间的空间里松散地挂着一幅卷轴，上有佐治亚的格言：智慧，公正，节制。

警长正在开会，那位秘书说。一个穿牛仔裤的男人进来谈论一张违规停车罚单或者某件类似性质的事情——反映了一位警长办公室的日常业务。警长本人过了一会儿之后出来，没穿外套，一根涡纹花呢图案的领带系在他的白衬衣上。他说："过一会儿就跟你们大家在一起。"

很快我就被请进他的办公室，那里，在一个老式的帽架上，在最顶端，是一顶有警徽的黑色牛仔帽。警长说他只戴过那顶帽子一次，在福赛斯大游行的那天。在架子上还有警长非常干净的淡蓝色外套。

他四十多岁。他说他在这个县里待了二十年。他曾在"学校教书"一段时间；当了十一年的警长。

几年前，他说，福赛斯县曾被孤立，乡亲们都非常排外。同样的事情可以说发生在"整个北佐治亚地区"。"酒类行业随之而来，不少乡亲在这里非法酿酒，因为这里与世隔绝。而那是仅有的收入手段。"后来那里来了洛克希德和通用汽车工厂，还来了家禽工业。“家禽工业把我们的社区拉出了它较低的社会经济地位。你开始看见更好的道路，人们大批涌入。”与此同时有亚特兰大的兴起。“我们当前正在吸引的是大量的人。”土地价格翻了三倍。在一九七〇年有一万六千人；在一九八六年肯定有四万。“我们正在成为亚特兰大的一个富裕郊县。所以我们处在一个爆发式增长的形势里。”

所以，尽管在第一次兄弟会游行时“乡亲们扔石头”，投石者的目标不可能在新福赛斯真正成功。第二次游行，两万人的那次，并不是一个种族场合，警长说。游行者有黑人也有白人，他们在证明他们不想看见暴力。“美国公众不会容忍暴力。”

有关种族作为种族，警长说，没有什么可以被施行。“真实的问题是社会的和经济的……没有什么你可以做，因为人们迁移到他们感觉适宜的地方。他们迁移到与他们的社会经济地位相匹配的地方。”一位想要定居在福赛斯县的黑人医生可能会适应。不过那对于一个更低阶层的黑人来说会是不同的。人们需要与人感觉适宜。“如果你有两个令人遗憾的黑人乡亲和两个令人遗憾的白人乡亲，他们会打起来，因为他们不能和睦相处。”

关于大游行本身，那一直是一个重大新闻事件，警长说。很多的人参与那次游行，因为那是在二十年里的第一次游行。过去曾错过民权运动的游行的人现在希望参与一次。“那给了很多人一次机会来参与某件他们认为会成为历史的事件。”于是有这两种“不稳定”的群体——游行者和反对他们的人。怎样的人是反对的？“很多我在周六应付的人。执法部门百分之九十的时间在应付百分之十的人口。”这就是警长说的：他是执法部门官员同样他还是社会学家（和前教师）。他使得福赛斯县的事务看上去更加可控。

尽管他没有那么说，从他的谈话里也可以引出两组人寻求关注的概念。民权团体，他们的主要战役以及实际上他们的战争很久以前就胜利了，如今在争论并且寻求动机；还有以几乎相同的方式寻求公众注意和支援的白人至上主义者。福赛斯大游行，正如警长描绘它的，就像一次仪式化冲突，在照相机前演完，并且按照特定的规则。在这种形式化之外，这个问题已经死了。过度曝光是这种形式化非常美式的方面，我有同样感觉。每个人都采访和被采访；每个人，包括警长，都成为一个人物；每个人现在都耗尽了关注。

所以，如警长所说："这个问题是死的。"

并且警长进一步表明了观点。游行者赢了，但是自那之后的三个月里没有黑人搬进福赛斯。这个县仍旧全是白人，证实了第一个观点：那个问题现在不是种族的，而是社会的和经济的。

他令人印象深刻，瓦尔拉文警长。他是一位民选官员，而且他把自己看作代表美国人民意愿——他们曾掉转脸面对暴力。尽管他不愿意夸大事物的这一侧面，他也正在履行他的基督教职责，基督教成为一种教导爱与和平的宗教。(基督教有时候在这种环境里代表其他东西；三K党的基督教仍旧必须被考虑在内。不过警长把一九一二年的事件看作历史，七十五年之前。他代表美国人民当前的意愿。没有暴力；看清没有暴力是他的职责。)

他是否看清一种可能会转变的形势？

他考虑了一会儿并说："如果体制崩塌……"不过他几乎是立即补充道，"体制不可以崩塌。个体可能会崩塌。"

要用一种关于他的职责近乎哲学的观念遭遇这个有教养的人，要看福赛斯的三K党团体离中心有多远。这个观点实际上出自亚特兰大的黑人市长安德鲁·杨阐明。

"我并不把三K党的行动仅仅看作是种族主义的。"《日报》报导他在大游行后三天这样说。"这些是发现历史正在抛弃他们的人的绝望行为。基本上我们所需要的是帮助人们进入主流的一些职业培训计划。当前我们在佐治亚所应付的是一种下层社会——黑人和白人——问题。黑人下层社会卷入毒品和犯罪中。白人下层社会卷入毒品、犯罪和三K党中。你可以游行直到你的脚步停下来，但是那样不会改变它。”

这个观点并没有被接受。它没有被再次阐明；它消失在良好而安全的事业中。

一种类型的胜利已经被赢得。但是几乎没有改变。福赛斯县的消息也是黑人亚特兰大的消息。正是这种特别的挫折，亚特兰大市议会主席马文·阿灵顿曾经谈及或者想要谈论。

我们的会面并不美好。之前我曾致电他的律师事务所，他说我可以立刻过来。不过当我到那里时，他不在。据他秘书——他给了我一罐可口可乐——说他出去了。他过了半个小时才回来。他公司的办公室令人印象深刻。他们在亚特兰大市中心的一幢精细翻新的旧大楼里；《宪政报》里的一篇文章曾说这座大楼花费一百万美元。

当他回来时，他带我进他自己的办公室。那里阳光充足，可以俯瞰大街，比里屋更暖和。墙上有很多证书和家庭照片；而非洲雕像，旅行珍藏，在窗台上。

这个场合的失败部分是我自己的错，因为当阿灵顿脱掉他的外衣并且催促我开始时，我没想到可以说什么。我曾盼着预先有一会儿闲聊；盼着在这闲聊中我可以看见我会想要追究的想法或主题。不过这生硬的请求开始只把最显而易见的东西装满我的头脑。那对他的焦躁不安没有帮助。他时常起身并且踱来踱去；时常透过开着的门跟他的秘书说话；浏览他办公桌上的文件。他说他在同时做四十件事情。

出自这次不令人满意的会面的全部内容或许可以从《宪政报》和《日报》还有从他自己的宣传中收集：一个来自内城的人，在所有设施都被隔离时长大，父亲是一名卡车司机，大多数孩子的志向是源自他们的母亲。“我挣脱出来。”一个体育学位帮助他挣脱出来；他关心所有那些不能获得那样学位的人。而改变很少。鲜有经济力量随着他们的政治力量来到黑人中间；甚至黑人的商业街，奥本大道，现在也被忽视。黑人需要机会；机会只可以通过体制被给予。于是他似乎仍旧在把责任压在别人身上。这里没有迈克尔·洛马克斯曾提及的内部变革的想法。依然是愤怒。

当我说有过为黑人的运动时，他说：“再等另一个三百五十年？”

他抽了一支大雪茄；掐灭了它并且在靠近我坐的地方生成了一片芳香的烟雾。他为此抱歉；伴随着他的唐突，总有这些关心作为客人的我的小时刻。一位同事进来，他比阿灵顿对我更感兴趣。他的儿子进来，而阿灵顿看见这个自信的大男孩立刻变得柔和，他儿子告诉我他曾到英国并且在那里度过了两个半星期。过了一会儿男孩出去了。阿灵顿后来提起了他。世界对于像他儿子的人将是不同的，他说。那是他普遍的尖刻里一次温和与乐观的触动。

一种有关种族的尖刻。有关曾试图摧毁他的亚特兰大报纸，他说——并且他带我去了一间附室，向我展示亚特兰大《宪政报》里对他的攻击：他让人把它装框，跟一份印刷的抗议书放在一起，上面在其他人的中间有马丁·路德·金父亲的签名，有关新闻媒体对黑人民选官员的态度。而有一种尖刻，在所有之上，有关迈克尔·洛马克斯，以如此多的方式与他对立：阿灵顿高大、笨重、强壮，褐黑色皮肤，白手起家；洛马克斯瘦高，肤色白皙，来自有教养的家庭，并且意识到他的魅力。

阿灵顿曾在差不多六年前的亚特兰大市议会主席职位的竞选上击败洛马克斯。并且据说如果洛马克斯一九八九年竞选市长，阿灵顿倾向于跟他竞争。他想让我读一篇为一份亚特兰大报纸写的洛马克斯的人物简介。他在电话里跟他事务所里的某个人说话，并且以一个主管的方式要来一份“洛马克斯人物简介”的拷贝。后来他再一次在电话里对他事务所里的某个人说，要一份他自己宣传小册子《阿灵顿承诺》的拷贝。八页纸，十六张照片；印制精美。

他又打了几个电话。其中一次，当我正在浏览墙上的某件东西——在证书、相片和报纸专栏里陈列的往事——我听见他坚定地跟电话里的某个人交谈，或许有关他告诉我过来之后把他召唤出事务所的那件事情。好像那天他已经发现有很多事情在折磨他。

他再次谈及他的儿子。那种柔情引导他想起伦敦，他儿子到过的地方。但是，那里有暴动，他说。而且当他在那里时：“我在伦敦感觉不自在。”他补充道，“我去了莎士比亚剧院。不理解那个，但我为了文化而去。”我原本愿意了解更多。不过这成为被他起身踱步、找寻文件、抽烟、礼貌的小爆发打断的诸多头绪之一。这次去英国的旅行——透过阿灵顿的双眼看这个国家原本会是有趣的——是某件我们再也没有回去的事情。

我很快感觉到对我来说没有什么新的可以问了，所有我可以提出的论点都会在黑人劣势的主题上陷入泥沼。

那正是我曾担心的某件事情：亚特兰大的这些人物，因为他们已经被如此频繁地采访，尽管他们可能对城外人而言是全新的，而实际上被缩减为一定数量的姿势和态度，或许会成为他们的采访。就像某些作家——博尔赫斯，举一个著名的例子，他曾给记者以及其他以记者的方式想要绝对设定采访的人那么多采访，在档案里的这个，他曾想要不遗漏任何出现在每次其他采访里的东西，而他，博尔赫斯，最终成为不多于他的采访的人，一些故事，一些观点，一部浓缩的自传，一个口袋里的人格。那就是这种方式，我曾被告知，媒体为一名政客编造两三句口号并且把他缩减到那些朗朗上口的词句。我曾为此担心，有关不能熬过宣传；而对于阿灵顿那已经实现。我还不能超越档案。

在墙上是一幅装框的亚伯拉罕·林肯的名言：一名律师的时间和建

议是他存货的一部分。

我起身要离开。他很有礼貌，作为一次告别献礼，他带我兜了一圈他公司的办公室。我遇见的人都很友好和有魅力；有一位白人办公室主任。在一间办公室或在任何组织里的人的品质和情绪会立即泄露给你有关雇主或管理层的情况。所以对于阿灵顿，肯定有比那天下午他向我展示的侧面更好的一面。

下楼进入街道，在那里行人都是黑人，而结果是亚特兰大与我迄今为止见过的地区显得不同，人群具有一种加勒比海地区、拉丁美洲的外貌——而且甚至就城市而言，由于亚特兰大并不是一座立体的、多建筑物的城市，更是一座满是高楼和空地的城市，空地是停车场，所以那迅速获得一种半废弃的外观——下楼进入街道，我被一种似曾相识的压迫和郁闷的感觉缠绕。

我被带回到某些我在特立尼达的孩童时期的情绪中。在那里，尽管我的老师大多数是黑人（褐色皮肤而不是黑色），尽管对于这样的人（同样对于警察，也是黑人）我作为孩子拥有最高的敬畏和尊重，并且在我眼里像教师那样的人并不真正具有种族属性而单单是他们的职业，然而当我发现自己处在与他们的校外关系的那一刻，我开始了解——一个来自印度家庭的孩子，全是不能够被转移到家宅之外的礼制，当某人去学校和回家时，曾日复一日被掩藏和重现的礼制和态度——我开始了解黑人的身体素质，以及他们家庭生活的不同，甚至对我来说的不真实。

某些类似于此的事情发生在阿灵顿的办公室。他的尖刻、他在种族和内城（“内城是我的球赛”）上的强调以及他从黑人的贫穷中所借鉴的力量，已经在他周围建起了那种旧屏障。

尖刻是可理解的；愤怒是可理解的。但是我也感到愤怒和尖刻可以向其他从未被满足的人提出要求。他曾说：“我喜欢自由。我不能够像鸟一样飞翔。”很多人可以说某些类似于此的东西；不是每个人都可以把那当作一个政治宣言。而我感到，尤其是在我走回酒店时外面加勒比海地区外观的街道里，这里差不多有两种世界观，两种看见和感受不可以被调解的东西的方式。这是令人沮丧的。

我有一部分的思绪试图在亚特兰大黑人政客中找到一些加勒比海地区黑人政客的轮廓特征。在阿灵顿身上，第一次我认为我已经发现了某个可能有加勒比海地区环境塑造的人。在加勒比海地区，这样一个人，宣称他在人民中的出身(像圣基茨[①]的布拉德肖[②]或格林纳达[③]的盖里[④])并且宣布由于他的早期贫困而理解他人民的贫困，本可以继续完成殖民权力，本可以推翻旧体制并且在它的位置上建立起某种他已把自己塑成的东西。

不过这里，在亚特兰大——尽管，作为市议会主席，阿灵顿拥有一个种类的权力，说不的权力——这个权力是受限制的。或许正是这座城市的政治提供给一个黑人的尊严使他更加明了白人亚特兰大的大包围的财富和真实势力。于是亚特兰大的政治原本像一场游戏，一种愤怒从黑人那里的转移。就像民权法案提供没有金钱或承兑的权利，或许城市政治提供没有势力的地位，并且刺激另一种类型的不能平息的愤怒。

---

①圣基茨（Saint Kitts），位于东加勒比海背风群岛北部，与尼维斯岛组成的联邦制岛国，在 1983 年 9 月 19 日独立，现为英联邦成员国之一，面积 267 平方千米。

②罗伯特·布拉德肖（Robert Bradshaw，1916－1978），圣基茨和尼维斯的第一任总理（1967－1978），之前担任首席部长和劳工活动家。布拉德肖被赞誉领导圣基茨和尼维斯迈向独立。

③格林纳达（Grenada），位于东加勒比海向风群岛的最南端，南距委内瑞拉海岸约 160 公里。农业和旅游业是经济的基础，主要农产品肉豆蔻产量约占世界总产量的三分之一，现为英联邦成员国之一。

④埃里克·盖里（Eric Gairy，1922－1997），格林纳达第一任总理，从 1974 年国家独立起直到 1979 年被罢免。盖里在格林纳达独立前还担任政府首脑，1961 年至 1962 年出任首席部长，1967 年至 1974 年出任总理。

何西亚·威廉姆斯，在华盛顿就毒品在中情局外抗议之后，要去欧洲做一些有关种族隔离的工作。要么他没有去；要么旅程非常短暂。因为几天之后，汤姆·蒂彭为我安排了一次在亚特兰大跟何西亚的会面。会面是在东亚特兰大，在“街坊”中的一个，汤姆说；而他开车带我到那里来引介我。

我们停车的建筑看上去像一个小工厂或仓库，而它紧挨着一个破损的三面墙的棚屋。有一条中央走廊，有人坐在办公桌旁。印着“何西亚”的贴纸在墙上和门上，给了这个地方一种竞选活动总部的感觉。我们被领进一间里面的办公室，穿过一个有一位秘书坐在一张全尺寸办公桌的房间。

里间办公室的墙挂着很多民权游行的大幅黑白照片：何西亚，年轻许多，在一些照片里，跟着他令人吃惊的年轻的领袖，马丁·路德·金。有被警察逮捕时的照片。不过最感人的是那些强调更单纯事物的照片：游行者的工装裤和四轮骡车——这项运动的双子象征，感人，还有必然，还有正确，就像甘地帽和印度的手织品。汤姆·蒂彭，跟我一起看着照片，说在马丁·路德·金遇害时，人们决定在一辆四轮骡车上运送他的灵柩；但是仅有的能够被找到的一个——并且被征用——是在一座博物馆或游乐场里。

在墙上还有很多因为各种事情而赠予何西亚的盾牌和牌匾。还有一张有关杰迈玛大婶[1]主题的黑人力量臂弯的海报。这个大块头女人没有笑；她伸出一个大黑拳头；而口号是“不能再多”和“净重一千磅”。

何西亚（他曾在大楼里某个地方忙碌着）最终进来了，现在一个在他自己地方的人，被那里的人们遵从，比我在联邦法庭里看到时更

①杰迈玛大婶（Aunt Jemima），美国商业广告中的黑人厨娘，指对白人俯首帖耳的黑人妇女。

加平静。

汤姆·蒂彭引介了我；告诉他我对福赛斯县的兴趣。我看见他眼睛里即刻的接纳。甚至在汤姆离开我们回他的报社前，何西亚马上开始了谈论，开始自然地描绘这个故事，释放能量，来回走动，有时候直接来到我面前，当时我坐在长板桌旁，在大办公室里那是对办公桌的补充。

他把福赛斯的故事带回到这一年的开始，当来自加利福尼亚的空手道教练决定为了纪念马丁·路德·金而在福赛斯举行一次兄弟会步行的时候。何西亚在电视上听到此事，而且感兴趣。

“他并不了解在那里存在的暴力和激烈的种族主义。他们如此凶恶地紧跟着他，他开始意识到，‘我或许不能活着离开这个城镇’。在像那样的地方主要的武器是火。焚烧他们，焚毁他们的房子。一名来自邻县的武术学生自告奋勇来帮助这个家伙。练武术的小伙子有硬汉的名声。他对加利福尼亚人说，‘我们是白人男性。他们不能够对我们做这个’。他是个硬汉。不过他们不打算追赶他。他们会做的是追赶他的家庭。于是他开始伸手要求黑人的帮助。他变得愈发不坚定。

“当我听说此事，第一件击中我的事情是这个：‘我们曾经参与的每次运动，一些白人为我们辩护。这里这些白人小伙子有麻烦。如果金博士在这里，他会采取什么姿态？’我说，‘何西亚，打好你的包。我们必须去福赛斯。’

“我最终通过一份报纸得知练武术的小伙子的名字。我打电话给这个家伙。‘我的名字是何西亚·威廉姆斯。我给你提供我的帮助。’他受宠若惊。他说：‘我知道你。在我接受你的帮助前，我想要面对面跟你交谈。’不过我不会连夜开车去福赛斯。他说：‘我会开车到亚特兰大来。’我害怕他。我不知道他是谁。他或许来自三K党。我安排了一次在一家大酒店大堂里的会面。他就在那一晚驱车而来，他和他的岳父。他说：‘我知道你。我知道你的名声。我知道你是一个强硬的人。不过我告诉

你一件事。如果你来到福赛斯并且跟我一起游行，你不会活着离开那个地方。’

“我知道福赛斯是多么凶险。不过我认为他过于悲观。我召集了一次新闻发布会。我宣布我们在九点从金博士的墓地离开，我们将去福赛斯。我不认为有人会跟着我一起去。黑人害怕福赛斯。他们知道这个名声。黑人甚至不喜欢在福赛斯停车加油。

“迪恩·卡特，那个练武术的人，说：‘这些人是愚昧的。他们被告知要赶走黑鬼，不在乎那要耗费什么。他们从摇篮到坟墓都被教导要把那些黑鬼赶走。你要做无论怎么样都必须做的事情——你打他们，你杀他们——把黑鬼赶出这个县。那就像他们的文化。’那就是迪恩·卡特说的东西。‘那就像他们的文化’。

“我以为我知道这个地方有多糟。我并不知道那真的有那么糟。

“第二天早上有大约三十五到四十人。

“我感觉到，向上，这些人有一种深深的失望。我起身、教导、谈论、教导、谈论、说教，一路去到那里。当我们到那里时，有大约三十或二十人等着加入我们。一两个是等着潜入的三 K 党。不过同时有大约一千五百人在周围——报纸说两百人，不过我说是一千五百人——他们正在进行一次三 K 党集会，他们在大喊，‘杀死黑鬼！杀死黑鬼！把黑鬼赶回亚特兰大西瓜田’。一千五百人。四面八方。

“警长试图阻止我们下大巴。我说：‘我们是美国人。游行是一件言论自由的事情。’我不打算让任何人阻止我们行进。

“那些周围的人都被加大了马力，他们像奥运会跨栏选手一样俯冲并跨过四英尺围栏，大喊：‘杀死黑鬼！杀死黑鬼！’”

当我在法庭看见他时——没做什么，话也很少——他看上去疲倦、不安。然而现在，尽管他正在我椅子周围走动并且描述他的故事，跺着他的脚，砸下他的拳头，他看上去头脑清醒。他的言论似乎并不夸张或离奇。逐步表现出来的是他有多么老练。像印度圣雄一样，他知道怎样组织事情，怎样利用社会公共机构：法律，新闻。

游行的对手同样是有组织的。按照何西亚的说法，他们储藏了导弹库。

何西亚说，“新闻记者保持接近我”——奇怪，这种对一次危险游行的描述，有新闻记者在身边：他怎样把他们弄到那里？——“新闻记者保持接近我并且说：‘这糟糕吗？这糟糕吗，何西亚？’我一边说一边行动：‘不，那不怎么糟糕。’我自己职员中的一个过来并对我说：‘牧师，那很糟糕。’他是对的。那很糟糕。

“一个男人，福赛斯群伙中的一个，跑到我们大巴的前面然后又到大巴的车尾——载着我们去福赛斯的大巴，我租来的大巴——跑前跑后试图接触到我。我意识到他正在做什么。我看来要成为一名领导者，而我想我会试图通过目光来跟他交流。”（我记起霍华德曾告诉我的：在街头危险的时刻避免目光接触。那是霍华德一般避免麻烦的规则；而我在亚特兰大看到那一直被黑人侍者执行。）“当他回到大巴的前面，我对他微笑。他发狂了。他开始尖叫：‘黑鬼冲我微笑！你们要杀了这些黑鬼！我不想这些黑鬼游行。但是这个黑鬼冲我微笑！’”

警长接着要求何西亚让他的人回到大巴上。

“我让大家回到大巴上并且稍稍压下他们的火气，给他一次机会来牵制三 K 党。”

何西亚拉起一条裤腿的底部并展示在他浅褐色胫骨和小腿上暗红色的擦伤。他说擦伤是由游行期间扔来的一块砖头造成的。

那就是游行的结束。在返回亚特兰大的大巴上，他有了一个想法，他开始微笑。他儿子问他为什么在微笑，何西亚对他说：“我感觉好像我真的庆祝了金博士的生日。”

那是他圆满结束故事的说书人方式，那是从他对人们和他们中间的黑人开始庆祝“金博士”——何西亚不变地指称马丁·路德·金的方式——生日的错误方式的苛责开始的。

何西亚说："在回家的大巴上我告诉我儿子，'他们是一些我见过的最糟糕的白人'。

"我从前曾面对过暴民。不过他们通常是更年长的白人男性。如果有女人，她们也只是一两个并且很安静。但是在福赛斯，哦上帝，有很大数量的女性，很多还有小婴儿在她们怀抱里，并且尖叫着各种粗话，特别地憎恨。'杀死黑鬼！黑鬼得艾滋病！'年轻人的数量，青少年！我想：'哦我的上帝，我们还要有六十年有那个孩子站在那里。'"

在第一次游行之后，何西亚说，一些报纸报道他曾被驱逐出福赛斯县。那激励他组织第二次游行。那时有四千人游行。报纸说两千人，而他认为四千人。

"种族主义正在回来，嗨。就像在南北战争之后那样。他们当时把那形容为重建时期的结尾。好吧，我们现在正在第二次重建时期的结尾。"

不过福赛斯问题现在是死的，正如那位警长曾说的。有任何事情得到促进吗？

何西亚认为，尽管没有黑人移居到福赛斯，很多好处由这个事件产生。他提供了一份好事情的清单。一：在福赛斯的好的白人已经可以勇敢地面对三 K 党。二：各自为政的民权团体团结在一起，以一种自金博士死后他们就没有在一起的方式。

"三：福赛斯类型的力量所谓的领导者停止欺骗并开始领导，不再等待事情自然发生。力量领导者站出来发起并煽动对抗。四：最伟大的事情。那证实了金博士的策略并没有如其他人所说的，随着他的死而变得过时。他们对我说：'何西亚，你只是一个得了战斗疲劳症的老将军。是时候停止示威开始协商了。'他们已经把运动带出街道进入套间。出了街道进入套间。那就是他们转身做的事情。但是他们必须回到我的位置并且承认街头才是发生的地方。"

“一个根本力量”：那是汤姆·蒂彭描绘何西亚的方式。但是我没有看出是这样的。我看出他更多作为一名演员，表演他为自己创造的公众角色。我现在不这样认为了。他投身的市议会政治需要他成为一名表演者；不过通过他的表演技巧，现在，在他的办公室的私密中，我明白了他的清澈和宽厚；而我感觉圣雄自己——由于所有他自己的笨拙——或许流露出那种品质的某种东西。

巧合的是，在一个靠着墙的书架上的书中间有一本在书脊上有甘地字样。当何西亚必须走出办公室跟到来的某个人交谈时，我去看了那本书。那是一本平装本，并不如我所以为的是圣雄的自传；是电影《甘地》的剧本，扉页上有来自作者杰克·布里利给何西亚的题献：题献说那是（如果我记对了话）来自一个男人，他写一些话给一个承受打击的男人。这题献在我看来似乎在向两个人表示敬意，并且暗示了那部电影的特别力量的一个解释（在许多个中间）。何西亚曾诉说的故事（我是唯一的听众），他曾释放的能量，给墙上的大照片增添了一份含义：四轮骡车和工装裤，还有年轻的马丁·路德·金，何西亚敬仰和爱戴的人。

当他回到办公室，在他讲述福赛斯故事期间来到他身上的能量中的一点儿消失了。在它的位置上有的是权威；他现在在我眼里绝对的清晰。

我问及他最近有关反对毒品的运动，还有他在中情局外面的抗议。

他说：“毒品这事情很不好。毒品正在摧毁我们的人民，甚于任何东西——种族隔离、种族主义——自从奴隶制以来。对毒品贩子的恐惧，由毒品交易导致的恐惧，比毒品更糟。他们什么都不怕，不像那些吸毒的人那样。我在街头出生；我在街头长大；我仍旧在街头生活；甚至我也才发现毒品交易是多么的糟糕。”

所以在他的行为里有逻辑，就像在圣雄的行为里曾有的，从公众问题到个人、从外部敌人到内部的改革关注的转变。而他给出的成为一个非常老练的人的印象在我问及有关我们所在地方的大楼时得到补充。那是他在一个“街坊”里的政治总部还是什么？他说那是他的营业场所。他制造化学制品。这是出人意料的。我肯定在某个地方读到过它，几乎确定；但是那没有留下印象。

他说，带着自豪也同样带着亲切：“来，我会向你展示。”

我们走出去进入走廊，再走过办公桌，自打我来了之后，那里就有两个年轻人，一个年轻姑娘和一个年轻小伙，像学生一样安静，在何西亚的事务中服务某个目标。在走廊的尽头，何西亚推开一扇门，在那里，附着在他的办公大楼旁边，是一个有大圆桶的仓库，在一边是会折叠成纸板箱的几堆硬纸板。

“我制造清洁用化学制品，”何西亚说，“地板清洁剂、窗户清洗液。与日常清洗有关的一切。我必须使自己独立于城里的那些人。”

他雇了二十个人。这项业务比我认为的要大；而在这个男人的这一商业方面里，甚至有比之前的印度圣雄更多的某种东西，他作为一名律师开始他的职业生涯，对账目一丝不苟，对诸如新闻报纸之类的事情小心仔细，并且二十世纪初在南非，正是为了这种独立和罗斯金[①]式的美德的目的，开办了一所农场。六十年后圣雄的信念在异乡的实行，或许在这里的成就比圣雄在印度的更大：法定权利的赢得，面对一个奴役和暴力的背景，给一个长期被羞辱和剥夺权利的民族。

他带我到外面，等一辆出租车。那里看上去没有。他说：“我会让某个我认识的人停下来，叫他把你捎回去。”但是没有他认识的人出现。最后他请了等在一辆破旧货车里的两个他的人，开车送我回去。“给他们一些钱加油。”他说。而驱车沿 20 号公路回亚特兰大，在这些何西亚

①约翰·罗斯金（John Ruskin，1819－1900），英国维多利亚时代主要的艺术评论家之一，他还是一名艺术赞助家、制图师、水粉画家和杰出的社会思想家及慈善家。据说其著作《给后来者书》曾对甘地产生影响。

的追随者的陪伴下，穷人，在他们凌乱的货车里（收音机打开着），我感觉自己在另一种气氛里，并且感觉到在何西亚引领或代表的人和环境之间的距离，亚特兰大市中心的高楼在几条高速公路之上出现在远方。

从散乱的印象里(并且确实更多从特立尼达的尚戈和肖特斯[1]的故事，以及在那里对街角传教士和海滩洗礼的记忆）我曾认为美国黑人宗教是忘形和恍惚的宗教。我并没有为其仪式或其公共社交的一面做好准备，就像在霍华德的家乡。我并没有为其纯净做好准备，就像在何西亚身上。或者，后来，在罗伯特·威默身上。

他是一个四十九岁的英俊男人；正式的着装使他更帅。他是亚特兰大教育董事会的一员。他来自一个南卡罗来纳黑人家族。有一个五十亩地的家庭农场——不大，但是那维系了家族里许多人的生存。而这个家族有三代人在南卡罗来纳州奥兰治堡(Orangeburg)很出名。“或许四代”。

我告诉他像这样的家族传承并没有构成我对在美国南方的黑人生活概念的任何部分。

他说：“那是一个秘密。”

“秘密？”

“你不会告诉白人一切。”而从他口中这是如此奇特，在里兹－卡尔顿的嵌板大堂，他自信地坐着，与环境相符。

他说：“他们是有敌意的。理解他们的环境并且对为自己做某些事情感到自豪的人们知道，如果你是黑人，你就生活在一个有敌意的环境里。”

他告诉我有关他的大家庭的情况。“在大家庭里确实有一种共鸣。而源自那种共鸣和协作，我父亲的两个姐姐嫁给了一对兄弟，他们是烟

---

①尚戈（Shango）和肖特斯（Shouters）是两种源自非洲的宗教。

草农、牧场农和普通的菜农。我们就是来自那样的务农的起点。而且我们是相当心灵手巧的人，我认为。我们有十六个人。我母亲是一位A.M.E.牧师的长女。”

他告诉我有关这个缩写的情况。非洲卫理公会[①]。这个教会那年有了它两百周年的纪念，他说。非洲？那跟非洲有什么关系吗？没有。那是由一名前奴隶，理查德·艾伦创建的，那时他发现他被关在白人教堂的门外。而那是鲍勃·威默的主题：源于被关在外面而来到黑人中间的团结，曾驱使他们成立自己的教育机构的必要性——以及随着种族隔离的终结而出现的崩溃。

他父亲是一名农场主的长子。所以在他的家庭里有一种传统。而且还有一定的质朴。

“我们确实不是领导者。确实不是。你和其他人没有机会了解黑人他们真实的方式。我的家庭并不认为他们自己很突出。我们是有担当的人，承诺互相帮助。一种奉献由我祖父开始，并以我母亲为继。

“你必须明白你并不了解有关黑人的任何事情。

“民权运动对每个人来说都是伟大的。但是相比黑人，那开放了更多白人。我们是一个在美国的被封闭、隔离和迫害的群体，并且我们对此了解。我们学会的一切，我的年龄层，我们知道我们必须擅长任何我们所做的事情。我们必须有求知欲。有爱国心。比其他家伙更好。有教养。并且有宗教信仰。还要小心谨慎。我们必须小心谨慎因为我们不得不为了谋生、为了带着幸福的感觉生存和存在而跟不友好的体系交涉。我们做得不错，作为一个普遍的人群。我们建立我们的教育机构，教育我们自己。公共教育是一个相对新的概念。亚特兰大的第一所高中，布克·T.华盛顿高中，在二十世纪四十年代被建造。”

---

①卫理公会在美国的一个分支教派。

“关于此你现在谈论多吗？”

“不，不多，没有什么可说的。如果你说任何东西都在吹嘘你能生活得有多好。那什么都不是。否则你会自吹自擂。那在我的家庭以及其他像我的一样的家庭等同于罪孽——那是虚荣心。”

我问他有关教堂场所的情况。

“教堂是基本的。我并不是非常的虔诚。教堂是我学习怎样尊重自己和他人的地方。那是基本的。十诫——那是法则。就是这样。在我孩提时我曾以为它们是我母亲的法则，而且我想知道其他孩子怎样听到相同的东西。”

他是平静的。然而有其他人——我提起并不平静的马文·阿灵顿。

他说像阿灵顿那样的人是“演员”。他强调了这个词，然后他解释了一下。

阿灵顿是一名律师。“在单单在黑人教育机构里受教育的美国黑人，和那些去白人教育机构接受更高等教育的人的态度里有一种区别。

“每个人都想在他们所做的事情里成功。学习是一次你和你精神面貌的非常痛苦的转变。如果你打算在美国作为一名律师而成功，只有在你模仿或变成一名白人律师的时候，你才会成功。这个职业——并且这不仅仅针对法律职业——为你指定那个方向。你会成为自我毁灭的一个工具。”

毁灭——死亡。那是一个很重的词。不过他的意思是灵魂的死亡；并且，正如他所看见的，那是一种以某种方式随着取消隔离和随之发生的社区的损失而来到黑人中间的死亡。这正是霍华德——而且那现在显得就在不久之前——在我们从教堂走回他母亲的房子时曾触及的主题。

鲍勃·威默说：“我意指毁灭。让我告诉你为什么。在教师职业和法律职业以及其他任何职业里，你从白人教育机构学习有关黑人的特定事情。那当中有百分之九十是贬低的。弗雷德里克·道格拉斯[1]，他是我的偶像之一——而且其他人这样说过——说没有土地的耕耘就没有植树。有一段时间，由于金博士可以跟这世界剩余部分沟通的爱与同情，遍及整个世界，有很多人感到关于种族问题和黑人的待遇的某些事情是错误的。不过这些好人一直都知道，他们早已知道。金博士所做的是为白人充当一次疏泄。他对于美国白人是一次伟大的心理健康治疗。他为黑人所做的是使他们的权利合法并且激励数量巨大的黑人为他们的人民和自己采取行动。

“不过一旦黑人进入白人教育机构，他们会发现待在他们自己的教育机构里要好得多，成为一个美国白人没什么了不起。我们以为一旦有了相同的权利，所有我们的难题都结束了。所发生的是我们保留了百分之八十曾有的历史问题，而且现在我们还必须应对所有那些跟成为白人有关系的事情。

“让我给你一个可笑的例子。如果你是一个用人，你为一个白人家庭做晚餐，你知道他们会吃多少并且你知道如果稍稍多做一点儿就可以把那个随手带回家。你总是那样做。那是固有经济的一部分，隐藏的经济。”

还有其他例子，并非那么好笑；实际上羞于想起。在种族隔离的时期里，黑人不可以待在酒店或汽车旅馆里，或者在餐馆里得到服务。一些地方在后窗服务黑人；那经常在厨师知道他的订单是后窗订单时发生——如果他正在提供一个汉堡包，他会额外加上一块肉。这是吉士汉堡的由来。没有给黑人的酒店，那里逐渐形成了在某些黑人家庭或房子里的“旅客之家”，黑人们可能会暂住在那里。本地黑人通常知道这些场所在哪里，并且可以指引旅行者。“旅客之家”通常是某人房子

①弗雷德里克·道格拉斯（Frederick Douglass，1818－1895），第一位在美国政府担任美国外交使节的黑人。他主张废奴，毕生争取黑人权益。

里的一间房间；那提供给一些人一种谋生之道。

“民权运动使我们平等。我们不再必须变得足智多谋。所有我们需要的是一张信用卡和一份好工作。那么，什么是损失呢？曾经经营她的旅客之家的史密斯女士不再能够谋生。我们从一个家庭一晚四美元——包括早餐和你带走的一份三明治，还有交流——涨到假日旅店房间里一晚的十四美元。”

通过旅客之家的交流：那是种族隔离出乎预料的成果之一，那也是鲍勃·威默强调的某件事情。新的舞蹈，他说，由于这种交流在黑人之间传播得非常快。在那些没有电视的日子里，它就像魔术：来自这个国家不同部分的黑人总是可以在他们相遇时跳起相同的新舞蹈。随着种族隔离取消，这被丢失了。

“遍及整个美国有一次类似假日旅店的酒店的巨大增长。我记得并没有旅行到任何地方的人们会去市中心并入住假日旅店，只是因为他们有这个权利。”

宗教信仰就像在空气里的某种东西，一个人们可以根据他们的需要激起情感的库房。宗教职业可以涉及很多。对于某些人来说，职业包含着服务和社区的概念。对于带有一种更强的自我感觉的其他人来说，他们曾带着想赢的愿望入世后来却由于各种理由而退出，这个职业以一种要阐述世界、要传道、要向上帝和生命曾经存在的人们献祭的愿望产生。

我遇见的前白人商人，在一所宗教学校的一群成年学生中，曾感觉“被上帝贬低”。那只是在他做出他的宗教决定之后，由他一直寻求的使其业务维持下去的资本提供的一次报价。那次资本的报价曾是一个引诱；但他没有堕落。他是一个英俊的男人，有着迷人的蓝眼睛；他本不可能不了解他的外貌；他或许期待这个世界的一次更轻松的穿行。上述情况很可能被说成是来自亚拉巴马的引人侧目的黑人女子。她把她的美丽说成是某种理所当然的东西；还是某种仍旧是资本的东西。不过她离开南方后的生活是贫困和无序的。还有丹尼，一位音乐家。他也像那位前商人，曾感觉被上帝贬低——他用相同的词语。

丹尼说："我把我的生活描绘成一面破碎的镜子——一块在这儿，一块在那儿。"

我是那么被此所吸引——安妮·西顿曾谈论的这种类型的纷乱——并且对他不得不说的有关他宗教生活的发展的内容感兴趣，我想要再次跟他聊一聊。我们定了一个时间。他没有来，我打电话，他正在吃东西；我可以从噪音来判断，他说他有比他所想的多得多的事情要做。我们定了另一个时间。他来了。

他肤色黑且健壮结实，穿着他的短袖黄色开襟衬衫，他在里兹的休息室里看上去非常随意，在那里那天早上他们正在制作一段有关酒店的录像，有一个男模特，他们在变换周围非常明亮的灯光。这是我们讨论宗教信仰和浮华世界的背景。

我问他有关他有过的被上帝贬低的感觉。这是他故事开始的地方。

"我的一生都是这样一个胜者，总是沽名钓誉，甚至在高中里。做的每件事情我都是第一名。在音乐里，我必须成为领袖。我是足球队、篮球队的队长。我是班级里致告别辞的人——我曾获得班级里所有应届毕业生的最高成绩。甚至在家里做家务劳动，我也会尽我最大的力气，因为我知道父母会称赞我。我就是喜欢人们夸奖我。我认为我是这世界里的特例——我认为那跟自然而来的、神赐的恩惠和天赋有很大关系。

"我的父母也是专业人员。我父亲是一名牧师也是一名教师，我母亲也是。我们居住的小社区，通过他们俩都是专业人员也变得有点儿独特。那使我自豪，甚至在我还是小孩子的时候。我们住在得克萨斯的小地方。

"我甚至可以想到在社区里的大多数人还没有的时候我们就已经有

室内卫生间了。尽管我从不会吹嘘任何像那样的事情，那总是对我有影响。我们是第一或第二家搞到一台电视机的。我父亲实际上像社区里的领袖。种族融合后进入学校董事会的第一个黑人。

“我明白这个事实，变得爱自夸和表现出自豪——让它展现在表面——这造成人们不喜欢你或者厌恶你。所以贯穿我的一生，我总是知道怎样变得谦逊。不过目标是为了赞扬。

“我有一个音乐奖学金，一个足球和一个篮球奖学金。而事实上我没有接受它们中的任何一个，因为我不知道我想做什么。我估计最终音乐会成为我的最佳路线。我母亲在一年级和二年级教我，我姐姐和我总是在教堂的节目里，表演或演唱独唱。所以音乐一直是人们聚焦于我的一种方式。那不是我在思考的某种东西。那是某种我就是知道的东西——当你演唱时每个人都坐下并且聆听你，聚焦于你。我以前甚至经常下到杂货店里，为那儿的男人独唱，为了得到一些糖果。

“当我离开去念大学并且看到足球运动员——而我的决定都是围绕音乐做出。足球场上的家伙那么强壮和野蛮。那应该会是一条艰难的前进之路。

“在大学里有一次才艺表演。我正穿过宿舍，听见某人在楼下弹吉他，于是我下楼去看发生什么。我回到我的房间，拿起我的单簧管，下楼，跟这个家伙一起演奏——歌曲。那引来人群。人们开始下来倾听。在那之后，更多音乐家到来。从那一刻起我们决定为了才艺表演练熟一两段。那一晚我们很成功。一位夜总会业主在礼堂里，他邀请我们那一晚去他的夜总会演出。我们不为钱演出，而是为甜甜圈。我们那么喜爱它，我们除了那两段什么也不知道。但那就是它开始的时候，这个团体成为这座城市里最热门的团体。我们有了一位经纪人。我们环游全国。我们为自己创立了名声。

“我挣了那么多钱，还那么受欢迎，而我只有十九岁，只是大学里的高年级学生，住在一间极好的公寓里，我想我是上帝给女人的礼物。直到学校一下子变得没有吸引力。那看来确实毫不相干，因为我已经在通向名声和财富的道路上——我把名声放在财富前面。

“于是我离开学校，全神贯注于成为一个明星。在十七年里跟几家唱片公司一起环游美国和加拿大、非洲之后——我的生活变得支离破碎。”

这说来只是一瞬间。不过丹尼的隐蔽点是他曾误解了音乐世界，误解了他在其中的位置。他的位置一直是附属的、辅助的。他已经太快地把自己看作明星，允许自己被迷惑。

“我开始感觉对自己的生活失去控制。乃至上帝对我是不公平的。因为我知道我跟这个行业里的任何人一样有天赋。但是我一直被利用。他们会从我的歌里汲取想法，并且从未把我的题材向全国发表。”

“你的意思是你没有经纪人？在那些年里？”

结果证实当他在大学时他曾有的第一位经纪人并不长久。“有一件事情是，我的人生里只有自己，所以我就是一切。我猜我可以成为我自己的经纪人，一切。我不是唯唯诺诺的。我的骄傲使我失去了最初的经纪人对我说过的理智——如果我留在他的团队里，他会在财政上给我提供支持。但是我想自己的名字在最前面。于是年复一年我们四处飘荡。唱片公司和推广人知道演艺人员沉溺于一件事情——娱乐。于是他们利用我们，而我们允许自己被利用。

“我失去了我的团体。那正是危机到来的时间点。我在一家俱乐部里，我记得在思考，‘我最成功的时间是在我是一名学徒的时候’。那个词奔向我：学徒。‘某个有关系和金钱的人的学徒’。

“回顾过去，我认识到那时主正在安排我。那时我正在某种程度上被贬低——甚至认识到我需要跟着某个人，而不是处在直接控制中。但是我正在严格地在音乐上思考——也许我需要加入一个正在做什么、正在去某处的团体，并且成为一名跟随者而不是领导者。

“接着一次重大机遇出现。我记得我在一间录音棚里，准备为给我提供报价的公司做一张专辑里的一首歌——那就像一次试听。我是可怕的。我在录音棚里崩溃，像个婴儿一样哭泣。

“我记得在棚里祷告。我说：‘主，为什么你让这发生在我身上？我怎么能够回到我的家庭并且告诉他们我在重大转机上失败了？’我曾打电话给遍布美国的人，告诉人们留心着我，因为我最终将成为一个大明星。甚至尽管我父母从未赞同我在做的事情，我可以感觉他们在期盼我会成功，我的梦想会成真。我梦想过的最重要的事情是用一辆劳斯莱斯和一个百万美元的家来给我母亲惊喜。”

“为什么你认为你在棚里的失败那么糟糕？”

“我就是看上去不像能成功。我很沮丧。感觉我的生命已经结束。我感觉那像给我的最后一击，粉碎了一切。让你的骄傲供养你整个一生，然后就像称呼我为冒牌货一样被揭发。或许我从不是自己以为的那样。

“于是就在那段时间里，我开始考虑另一种方式。这一辈子在脑海里我好像总是听到的一个声音在说：‘如果你成为一名歌曲作者，首先。让其他人录制你的歌——那将是为你准备的最佳路线。’我就是感觉到了那个。但是我有太多骄傲。我不想以一名歌曲作者的身份成功。我想唱我自己的歌。但是现在我已经到达这个点，在那里那是一个最后的抉择。因为，哪怕我处在最低点，我也从未彻底放弃。所以这是为我准备的一个谦逊的点——或许我应该尝试成为一名歌曲作者。于是我把歌曲中的一首给了当地一位音乐家，一位了不起的音乐家，我成为他的制作人和经纪人。我们在当地层面上，是成功的。

“正是在那个时间我遇见一个向我诉说基督的人。他是一位牧师，一位黑人牧师，六十岁出头。他也是一位音乐家。我去办公室见我妻子，遇见了这个人。当我遇见他时，他的表情就像有灯光从眼中出来——就是炽热。这笑容恰好穿透了我。他带着那么多爱看着我。与此同时，我感觉他的表情正在把我拉向他。不过内心，我感觉污秽、不洁和羞愧。我想要向另一个方向前进。所有这些是在他和我妻子工作的保险公司办公室里。

“所有他所说的是，‘我一直盼望着遇见你。我听说过那么多关于你的情况’。他是一个萨克斯演奏者，不过他告诉我他只演奏圣歌，并且他问是否我们可以在一起用萨克斯演奏一些圣歌。内心我没有欲望，没有那样做的意图。但是我告诉他可以。

“在他来之前，大约一周之后，他送给我一本《圣经》。那是一本‘当代圣经’。在最前面有挑选出来论述特定问题的经文。一句是：《圣经》怎样说成功？它给出所有与成功以及当你痛苦和沮丧时怎样做的内容有关系的经文。所有那些经文与对主的信赖有关。信赖，而他会做。重点是在他。我这一辈子重点都是在我。我会做，或者我可以做。或者我已经做了。”

一想到“我已经做的”，丹尼笑了，仿佛他开了一个玩笑。

“当我跟这位老音乐家在一起时，我接受了基督。他与我分享基督。他向我打开了《圣经》。

“在他送了《圣经》之后一周他来到我的房子。在那个特定时间我妻子不在那儿。他带着他的萨克斯而来。我们演奏了一会儿。他确实变得对我的歌唱感兴趣。他与我分享了基督。我们做了祷告。我知道——不过那主要是为我自己阅读《圣经》并且看出我曾背负生活的重担的地方，要变得成功，要变得幸福，背负那重担在我自己的肩膀上——我透过《圣经》看到，神通过基督提供了一切我追求过的东西。

“于是我祈祷并且邀请基督来到我的生活中。我相信神化身为人来承担我们的罪过，这样我可以生活在神的正义里。有一段适用于此的经文深深地抓住了我。那是《加拉太书》5:22。‘当代圣经’用这种方式表述：

圣灵想要在你身上结出果实。‘果实’。单一，却复杂。果实，那是：爱、快乐、安宁、容忍、善良、温顺和自制。那深深地抓住了我。要变得成功就要拥有所有住在我体内的东西，因为不会是我的环境决定我的幸福，而是我与神的关系。所以要变得成功不再取决于个人成就，而仅仅是拥有了解神爱你的安宁和快乐。那么多以至于他会宽恕我所有曾做的事情。

“就在那一晚，在我家里跟老音乐家一起的祷告之后，我跟着他去了监狱并参与了一次礼拜仪式。这成为一件每晚都会做的事情——访问监狱。他会传道而我会演唱。”

“你怎样考虑监狱里的人，那些囚犯？他们怎么看待你？”

“我爱他们。我开始看见人。整个一生我看见的都是我自己。我的爱是一种自我导向的爱。我开始看见人们给我的比我给他们的多得多。换句话说，我开始用我看见神的方式看见人。

“在这个特殊的时间里，我仍旧在周末跟一个乐队一起演奏。不过我的歌曲改变了。我开始把世俗的歌词换成有关耶稣的歌。我开始在台上传道。”

“人们怎样接受那个？”

“当作一个笑话。”

“黑人听众还是白人听众？”

“混合的。我开始如我们所谓的在去演出的路上做《圣经》研读。跟音乐家一起。间隙期间的《圣经》研读。这个团体正变得比以前更加受欢迎。与此同时，引领我到基督的绅士耐心地，并且亲切地，告诉我，会有一个时刻到来，那时我会做出一个决定——绝对服从于基督。

“而那是我挣扎——我斗争——的时候。我日复一日夜复一夜地告诉主，我可以成为夜总会里的见证者，因为那里的人不去教堂也不想去教堂。但是我保持阅读《圣经》，并且在我脑海里倾听。‘你是不同的。你从他们中间来。何种伙伴关系可以用黑暗点亮，或者由非正义而正义？’

“在那时候，一天晚上，我妻子和我在家里。我有了一个幻象。在我得克萨斯的家乡。离我们的房子大约两百码有一个池塘。那是我最爱的地方，甚至现在也是。我在那里钓鱼，放我的来复枪，游泳。我看见自己走过通向池塘的田地。这时我听见一个声音呼唤我摩西。我抬头看，向上。我听出那个声音。我知道那是神的声音，在说：‘你已经尽你所能走得最远。’立刻，我闭上双眼，在田地里躺下。突然，另一个起初是透明的形象从躺在田地里的形象中产生。这个形象是强健的。随着它爆开衬衣，我可以看见我的手臂和肌肉内的血管凸起。在我脸上，是自决、雄心和极端的高傲。我继续向池塘走去，每一步都变得更加热切、自信和雄心勃勃。这时，我突然再度听到一个声音在说：‘摩西，这是你可以去的最远处。’这次我带着怨气仰视。在我脑海里我在说：‘不，你现在不能阻拦我。我差不多到那儿了。我可以完成。’

“来自上方的力量把我压制在田地里，我自始至终在对抗的力量。当我双膝跪地，仍旧在抗争，我的皮肤开始溶化我的骨头也开始溶化，直到最后我成了一个外表可怖的生物，像恐怖电影里的某种东西。但是我继续抵抗，直到什么都没有只有液体——我是一摊液体。接着另一个形象，起初是透明的，从在地上的那个形象里产生。这一次我是平静的——这个形象有平静在它脸上、我的脸上，还有爱和快乐在我心中。顺从，愿意服从并且信赖正在指引我的道路的声音。

“当我醒来时，我——在幻想里——在水中触碰我的双脚。妻子醒来时，我坐在床上，眼泪像水一样从我脸上淌下，浑身上下起着鸡皮疙瘩。而在我坐在床上时，仍旧在场的力量唤醒了我妻子。妻子在恐惧中醒来，她在尖叫：‘亲爱的，怎么了？亲爱的，怎么了？’我开始歌唱：‘没什么不对。神正在召唤我。’她立刻躺下，回到睡梦中去。

“那之后不久，我彻底屈服并且进入牧师行列。从有热门唱片的地方走开。明白神的爱和顺从于神的愿望就是成功。

“那是在一些日子以后，在我三十四岁生日上，我向主许诺，我会去他派我去的地方并且做他想让我做的事情。他引领我进入卫理公会①教派，在那里我成为牧师的候选人。现在，这个教派坚持一个人必须去念神学院。我挑选的学院，在我的家乡，非常非常昂贵。而我身无分文。我去那里被拒绝了。我被告知我必须有钱来念那个学院。拒绝我的人是委员会里的一名牧师。他说：‘先生，你来这里要一些勇气。你一个子儿也没有。’我说：‘主派我来的。’”

讲着这个他被拒绝的故事，丹尼笑了。

我问：“他实际说了什么？”

“他说了某些这样的话：‘让主给你一些钱，然后再回来。’”丹尼又笑了，仿佛他理解那是多么诱惑人，对于某个处在牧师位置的人，像那样回答。

丹尼说：“他很粗暴。那是在礼拜五。那个礼拜天我指挥唱诗班在我们的教堂里表演了一首萨克斯歌曲。教区督察那个礼拜天过来。他在听说我是一名牧师候选人后深受感动。礼拜一早上，我接到来自曾送我走的绅士的一个电话。他说：‘神肯定是派了你过来。我们打算让你进学校。’所有我的学费都已付清。到目前为止超过两万美元。那是在三年前。”

我问有关老音乐家的情况。

“他依然是我最亲近的朋友。我爱他。我称他是我的父亲、我的兄弟、我的朋友。我讲这个故事，也愿意它为人所知，这样某些人或许会被耶稣感动。”

---

①卫理公会（Methodists），基督教新教主要宗派之一，1738 年由英国人约翰·卫斯理和其弟查理·卫斯理于伦敦创立。原为圣公会内的一派，后逐渐独立。该宗认为传统教会的活动方式已不足以应付新的社会问题，主张着重在下层群众中进行传教活动，宣称求得“内心的平安喜乐”便是幸福。主要分布于英美等国。

第二章　查尔斯顿：往日的信仰

州际公路直接进入查尔斯顿半岛，你可以相当方便地抵达历史街区。在亚特兰大之后，它就像玩具城。旅店大堂里的人们穿着旅游服饰；他们的脚步声和说话声在墙壁和大理石地面上弹回，会聚成悬在奢华枝形吊灯上方的喧闹声，时不时有新来者用照相机对准那里，就好像这连同旅店大堂的许多商店一起也是查尔斯顿景区的一部分；奴隶集市和南部邦联博物馆位于外面的十八九世纪的街道上；翻修过的旧市场有很多货摊和小店，还有严肃的黑人妇女坐在人行道上，编织着篮筐。查尔斯顿景区不仅仅是十八世纪的市镇、奴隶制和南北战争，也有今日加勒比海风景区的一些景象。

在历史街区里，四轮观光马车总是跑来跑去，马有“尿布”来接住马粪。其他游客在散步和巡视。还有其他人——以奇怪的固守仪式的姿势，稍稍显出向后的倾斜——一次两个人在他们的脚踏四轮车上自己踏车环游，一种新的观光风格。

历史街区很小。看上去它不可能有任何真实的东西可以继续存在。不过查尔斯顿确实有它漂亮的十八世纪街道、教堂和墓地；并且在历史街区，仍旧有人带有以街道名为纪念的名字。（“他们现在做什么呢？”有天早上一位观光客问他的四轮马车车夫。他在探询他们正路过的老宅中的古老家族。在他的纯真里，仍旧相信他买了一张游览票进入的世界的完整性。马车夫没有辜负他作为奇闻传播者的角色，说：“哎呀，他们还没有起床。”这次交流，如其所发生的，是在其中一间房子撷取的。那就是我听到它的地方——作为可以存在于查尔斯顿市中心的观光客和被观光的事物之间小小距离的佐证。）

事实上，正是观光贸易保持历史性的查尔斯顿正常运转，保持古老家族在他们所在的地方；尽管有可能在可以预见的未来，观光贸易会通过推高房价来赶走一些人。在查尔斯顿发生的故事是金钱开始回到一些古老家族手里；而金钱据说在这人们曾满足于地名之古老的地方已经成为一种动机。地名——它们确实是某些建筑物的牌匾上所传颂的。这些事件本身是渺小的、殖民地时期的，不值得游客纪念。

在查尔斯顿景区，游客很快就会感觉窒息。但是那里有一座更大的城市。半岛之外有富庶的郊区。有查尔斯顿军港。还有不同的黑人地区。有大片精致的中产阶级地区，在一段白色恐慌时期里形成并巩固。在中心，在必定是老宅的场址上，有黑人住宅区，单调的砖块建筑物单调地延续到磨损的大地，把人们赶出房门并且暴露他们、他们的孩子和他们的晾衣绳的建筑物，于是贫民窟的印象，很多人在小空间里无遮蔽的生活，跟黑人面孔的印象一样是不可避免的。查尔斯顿的东区也是黑人的。那里的房子是旧式的，一些有人照看，很多没有，属于古老的查尔斯顿风格；但是没有观光者。于是，在剩余的古老查尔斯顿玩具城的一面之后，这些黑人看上去像查尔斯顿大厅里的非法占用和入侵者。然而他们跟这些旧家族一样古老。

只有当你从查尔斯顿半岛横穿到曾是奴隶种植园的地方，这座城市的广阔腹地，奴隶往事才变得生动起来。尽管大部分的地方现在只是森林。

土地平坦而多沼泽，它绵延数英里。森林——橡树、胶树、枫树、松树、美国梧桐、木兰：高树森林——证明了土地的肥沃。土地的平整、适宜和广阔表明了过去对大量奴隶劳力的需要；并且它们也使关于那种劳动的想法变得痛苦。

现在一切都已平静。不时，森林里会有一条门道，暗示土地被一家大公司收购；有一座老教堂；还有黑人定居点。这些定居点有一段历史。它们中的大多数是在旧种植园的遗址上，这些种植园在南北战争之后被联邦政府占领并被割成六十亩的小块土地分给从前的奴隶。现在的旧地产，历史性的，一些房子是好的，一些较差；不过土地在没有意图或需要的情况下传递的一百二十年之后，大多数的权利是不可能的。

我在一个星期天的早晨看见了这片滨海的南卡罗来纳森林。我的向导是杰克·利兰。他是一位退休的查尔斯顿新闻记者，属于一个古老家族。整个这片土地和森林对于观光者来说如此相似，他都一清二楚。这里的一草一木是他还是孩子时就已认识的一草一木；它仍然对他具有魔力。极少的种植园现在还生长东西。某些还养着牛。有钱的北方佬把其他的买下并且转变成狩猎保护区。

“这第二次北方佬入侵，如我父亲称呼它的，开始于十九世纪八十年代，并且持续到二十世纪三十年代。那是一件好事情，因为那保留了老建筑，给了本地黑人工作，还使经济提高了很多。”

这片土地以及在上面劳作的黑人，往昔的纪念——这些依旧在杰克·利兰的挂念之中，尽管他自己家族的种植园在五十多年以前就已被转让。而我们周日早晨的短途旅行有一个纪念目的。

我们将要去米德尔堡种植园。那里的一座超过两百年历史并且处在被冲走的危险中的小教堂，曾在联邦政府拨款的帮助下加固地基。那天早晨在小教堂里会有一次仪式，一次特别的春季仪式，但也是一次感恩仪式。米德尔堡种植园直到六年前仍为吉布斯家族所有；老吉布斯先生，杰克·利兰的岳父，发出仪式邀请给他认为想要参加的人。尔后会有一次在种植园宅邸的空地上的野餐。那座宅邸已经由买下地产的房产代理恢复。

小教堂位于森林里一条绵长小道的尽头。小道没有铺砌，软软的；地面上有阳光非常明亮的斑点。在森林的荫蔽处有点儿冷；在阳光的直射下升温是即刻的。教堂被称为庞皮昂山教堂；在南卡罗来纳平坦的沿海土地上，任何几英尺高的都是一座山。教堂矗立在一片曾耕作水稻的沼泽边。水的表面是一片片翠绿斑块。南卡罗来纳州这部分的原始稻田是由曾在东印度群岛学习种稻和筑堤的荷兰人建立。如今，由于一些距离之外的某座大坝或水利工程，沼泽地里的水平面已经上升；正是这样的水平面提升威胁到了这座一七六三年的小教堂。靠着来自联邦政府的资助，一座岩石护墙在水边绕“山”一圈被建造。

汽车在松软小道上一路颠簸到了小教堂。老吉布斯先生，穿着大格纹外套，迎接每个人，指引每个人到停车地点。

小教堂是一座单室的红砖建筑，由两边的侧门进入；里面粉刷成白色，没有装饰；而且，除了巴洛克圆顶和一端的壁柱，没有建筑上的花饰。地面平铺地砖；铺地砖，杰克·利兰说，对于殖民地居民来说尤其难以完成。唯一醒目的布置是布道坛，用本地雪松做的，它与小教堂是同时代的，是一位名字现在依旧为人所知的查尔斯顿家具匠的手艺。IHS[①]，种植园主和奴隶主的虔诚；现在是另一种虔诚的记号。实际上，在老吉布斯先生被认出，并且沿着地砖慢吞吞走上去，对有助于保护的每个人致以谢意之后，布道的主题——沼泽里不时传来摩托艇比赛的嘈杂，不过它激起的波浪此刻无危害地拍打在灰色岩石护岸上——是作为人们的粘合物的宗教信仰。社区现在具有一种特殊的意义，同时减弱和放大。

① IHS，拉丁文 Iesus Hominum Salvator，“耶稣是人类的拯救者”的缩写，在天主教堂中经常出现。

然后我们前往种植园宅邸。砖垛，绿色大门，没有墙的门道，从小路引向一条非常宽阔的橡树大道。这些橡树树龄有一百五十年；这些南卡罗来纳橡树具有中美洲雨树的树形和伸展姿态，它们曾作为某些农作物——可可和咖啡——的遮阳树而被引入加勒比海群岛，并且从那里开始遍及远至马来西亚的地方；这样凭借从世界不同部分带到一起的植被，帝国时代的热带种植园和殖民地获得了类似外貌。这里，在南卡罗来纳，是类似特立尼达雨树的某种东西。

透过树叶的明亮阳光再次在荫蔽的地面上洒下耀眼的斑点。然而，在这条又长又宽的大道之后，修复后的种植园宅邸却不太起眼，一座楼上三间房、楼下三间房的白漆木质建筑。这颠覆了人们有关种植园生活奢华的概念。杰克·利兰说这座宅邸之所以小是因为建造者是一名胡格诺派[①] 教徒。英国种植园主在他们干得不错时可以变得奢华；胡格诺派教徒会保持节省和简朴，在土地和奴隶上投资再投资。(最初的种植园宅邸，依照有关此次修复的小册子，甚至更不起眼，在底楼只有一间客厅和一间餐厅，前后都没有阳台或门廊。)

与主楼分离的是一间“外屋”，附属建筑是这样被称呼的；这间外屋，多少还状态良好，是一间带有砖砌烟囱的伙房。另一间外屋已经被焚毁，现在只留下了它砖砌的烟囱。黑仆是粗心大意的，杰克·利兰说。正是由于这种粗心大意，在查尔斯顿有法规禁止木质外屋的建筑。主楼可以用木头建造；外屋必须用砖头。

在米德尔堡种植园宅邸的空地上还有其他外屋：在一片开放田野尽头的马厩和一间粮仓。杰克·利兰认为我应该去看一眼这间粮仓。它是

①胡格诺派（Huguenot），16世纪至17世纪法国新教徒形成的一个派别。胡格诺派受到加尔文思想的影响，在政治上反对君主专制，主要组成为反对国王专制、企图夺取天主教会地产的新教封建显贵和地方中小贵族，以及力求保存城市“自由”的资产阶级和手工业者。

一座两层建筑物，上层楼面是木瓦，下层是砖瓦。稻米被贮存在楼上。底楼有两间窗户上有闩的小牢房。这些是为奴隶准备的；不是惩罚牢房，而是“扣押”牢房，在那里，一次一个人，执拗的新奴隶会逐渐习惯或者适应种植园生活。

执拗的奴隶会被扣押在一间牢房里。在另一间会有一名老奴隶，某个已习惯于种植园方式的人。这名老奴隶——并没有被锁在他的牢房里，而是自由地来和去——会跟新人交谈并试图使他冷静下来；会吃东西，展示它有多好吃，还会提供食物；而这名新奴隶的恐惧和怨恨应该会被缓和。

我走过明亮的田野前去粮仓。天气很热，有虫子叮咬；真不算是春天的田野。田野的一侧是绿色的池塘，像冲破土地的沼泽地，水面上满是白色花朵。莲花，杰克·利兰曾说过。但它们不是精致的印度红莲花。这些白莲，很容易地适应了南卡罗来纳，已经变得就像沼泽里的物种，密匝地生长，把自己挤出了水面。在粮仓建筑的远侧，是两间奴隶牢房，仅仅用格栅隔板隔开，大地做地板，还有高高在上的装铁条小窗，高不可及。

它们确实是小地盘，高隔间。那便于分担来自非洲的新人的恐惧，“新黑人”，他在西印度群岛被这样称呼，或许在几周或几月前在非洲腹地被抢走，步行或被带到海边，在那里被扣留在一个像达喀尔以外戈雷岛[①]的地方的人贩子栅栏或围墙里，最后为了横渡大西洋而被转移到一艘船上。便于分担他的恐惧，一步一步地从曾经的现实中被带走的人的恐惧。还便于分担其他人的心情，隔板另一侧的可靠的奴隶，跟他坐在一起，与他交谈，努力向他呈现安逸和充足的新生活，仅有的真实生活。

在午餐时，老吉布斯夫人想知道，我是否看见了新奴隶被“驯化”

①戈雷岛（Goree Island），濒临塞内加尔海岸，面向达喀尔，位于塞内加尔维德角半岛正南，是欧洲人在西非最早开拓的殖民点之一。

的牢房。（我以前没有听说过这个词，后来我了解到这个词在美国南方被普遍使用。）那是一定要去看的某样东西，她说，那展示了种植园主遭遇的难题，让事情变得对他们的奴隶更加容易，那是人所不知的种植园生活的另一面。

野餐在树荫下的折叠桌上摆开。在种植园大道的高大橡树下，四周都有野餐聚会——教堂礼拜的圣餐仪式延伸到这场盛大野餐中，在修复后的种植园宅邸的空地上。

在宅邸本身的餐厅里，有一张桌子上为客人们摆上了丰盛的酒宴。在另一张桌子上是复建工作的照片；也有属于曾在宅邸工作的老黑人的照片。在野餐会里没有黑人；但是这些仆人被记住。希尔先生——来自从吉布斯家族手里买下种植园的家庭，曾为了修复它费心费力，以此来作为对社区、历史和这片土地的一种姿态——告诉我，在房子的墙纸里有让你可以追溯许多黑人的祖先的档案。他穿着蓝条纹泡泡纱套装，一个壮实而友好的大块头，给出了来到宅邸的正式欢迎。

许多公司和个人为复建做出贡献。房间本身由不同室内装潢公司修缮。这解释了在广告里我曾看见的宅邸令人不解的描述："米德尔堡种植园设计师事务所一九八七。"十九世纪的"大厅"，举例说，由低地装潢和低地古董公司修缮。它们追求"在传统装有软垫的物件上选用生动活泼的织物"。作为配饰它们挑选，在其他物品中，"大约画于一八九四年的一幅黑人丫头的美丽油画"和"新的丝质树和植物，现代家庭主妇对她'太少时间'问题的答案"。

这些房间实质上是定位于一种时代感的展览室；经修复的宅邸是为了展示的目的。而对于被期待的游客来说，在后门廊的一端，包含了礼品店，在另一端是厨房。

复建工程被仔细地完成。并没有做出使宅邸比曾经的更宏伟的尝试；大家的想法是已经完成的东西会使这座宅邸存在一段时间。壮丽的宅院被保留。杰克·利兰的老岳父，曾在房子里住过一段时间，对于宅邸幸存下来极为感动。她的女儿，杰克·利兰的妻子安妮也是如此。作为孩子，她曾到宅邸来度过“在乡野”的时间。在那些日子里没有电，她不得不借助油灯来上床睡觉。

土地和过去被授予荣誉，种植园及其背后的河流曾促进了水稻田，就像在东印度群岛一样。不过被遗漏的是奴隶小屋。种植园宅邸，甚至还有它幸免于难的外屋，缺少了曾经是它最重要和最显著的特征。杰克·利兰告诉我奴隶小屋原本被设置在橡树大道边上。这些小屋被称为“宿舍”或“村庄”。它们从不会移出种植园宅邸的视线范围。而且，考虑到那些日子里的公共卫生，那里几乎可以肯定有奴隶种植园实质的肮脏一面。

但是现在种植园清除掉了它的小屋。那里只有美妙的橡树大道，一直在生长。在心里，很难把小屋放在那更多显出古老欧洲乡间住宅的宏伟中。只有每当人们走出森林阴影时就在身边缠绕的沼泽热量，还有光线，使人想起热带作物快速生长的概念：劳作、汗水、农工、肮脏。

空荡的周日午后道路再度穿入森林，此刻的视角稍有不同；还穿入由整整一百二十年前曾短暂赢得对他们主人的胜利的奴隶们流传下来的分散黑人社区。

靛蓝、水稻、棉花——所有主要的奴隶农作物在这里都已停产，恰如，在加勒比海地区，椰子患上一种“锈病”，还有可可，在某些岛上在种植园主语言中曾经是“国王”，几乎被名为丛枝病[1] 的疫病彻底消灭。于是从表面上看，特定的农作物，当种植量超过一定人类尺度时，在经济上或者由于某种恢复平衡的疾病而以某种方式受损；正如瘟疫减少人口数量，多发黏液瘤病（在兔子由于数量而不再可爱时）控制数量。

在乡村道路与公路会合的不远处，一群黑人正走出一座大教堂。满

---

①木本植物特有的一类病害。发生在多种针、阔叶树种和竹类上。主要由类菌原体和真菌所致。

眼可见套装、礼服、帽子、汽车。在米德尔堡的野餐之后，一种社区的应对观念：消失的奴隶小屋现在转型为完全不同的东西，不仅是森林里老式的乡村社区，还有在查尔斯顿本身的黑人定居点，一些是中产阶级，很多在“国民住宅”里，或者在东区的旧宅里，为坐在四轮马车或踏板车里的假日游客避之不及。

一位住在历史城镇其中一间房子里的老妇人，当听说我出生在特立尼达时，说道：“我的家族中有一个故事是有关来自费城的伯克祖先曾被留在特立尼达岛的。”

我们坐在小花园里，喝着柠檬汁。隔壁的房子尽管是砖头造的，看上去却过分的古老、小巧、扭曲和古怪。

我说：“整座岛？”

“整座岛。那就是这个故事。南方人喜欢感觉，至少在从前，他们很富有。但是他们死了，伯克家族，在温沃德航道①，当他们正前去索取土地的时候。”

我问发生的年代。

妇人走进屋里，然后拿了一张描画得简直像一棵树的家谱出来。她母亲在那上面花了不少时间。在下方左手边的分支上是有关伯克家族的铭文：“死于一七九五年五月，前去索取在特立那达的土地之时。”特立那达——那是在家谱里的错误拼写，暗示在家族故事里，特立尼达跟查尔斯顿和跟费城之间的浪漫距离。

这个故事对我来说很有趣。特立尼达在它被发现后的接近三个世纪里差不多是西班牙帝国被遗忘的部分。十八世纪末期，出于保护他们南美洲领地的愿望，西班牙人决定为移民开启岛屿，并且以圣多明

①加勒比海中的一条海峡，在古巴和伊斯帕尼奥拉岛之间。

各[1]、牙买加[2]和巴巴多斯[3]的模式，将这个灌木之岛转变为产糖的奴隶殖民地。但是西班牙人自己不能提供移民。他们没有人；他们的帝国太大了。为了尽他们所能地保护自己，西班牙当局要求到特立尼达的移民是罗马天主教徒；作为回报，他们按照移民者带来奴隶数量的比例许诺自由土地。他们想到的和大部分去的都是法国人，来自法属西印度群岛，在法国大革命和随后由杜桑·卢瓦杜尔[4]在圣多明各领导的黑人革命，以及在拿破仑战争的征服和再征服期间发生在加勒比海的所有剧变和旗帜变换后的动荡之中。

一七九五年人们去特立尼达"索要土地"的故事并不是想象出来的。甚至在某种意义上可以说整座岛都会被索取。对我来说，是新闻的是在费城的爱尔兰人曾想到要去。他们不可能有很多奴隶也不会被准予自由土地。

但是这个故事里的伯克家族没有做到。他们淹死了，特立尼达变成了他们巨大财富的一个神话。在家族记事里，有一个续篇。布克家族的律师，查尔斯顿的妇人说，娶了家族的护士。他们两人暗地里把布克孤儿的遗产分了。几代人之后，罪行暴露。碰巧某天律师的后代之一正在款待孤儿之一的后代。律师的后代展示了一些祖传的瓷碟。只有十一个。孤儿的后代说："我有第十二个。它是我最宝贵的财富。我家族里的传

①圣多明各（Santo Domingo），指伊斯帕尼奥拉岛上的西班牙殖民地，17世纪末其中三分之一被割让给法国，随后发生黑人革命，成立海地共和国。殖民地的东部三分之二后来成为多米尼加共和国。

②牙买加（Jamaica），是加勒比海的其中一个岛国。牙买加原本是印第安人居住地，但在1494年哥伦布发现它，不久之后就变成了西班牙人的殖民地。1655年，又被大英帝国占领，成为英联邦成员国之一。

③巴巴多斯（Barbados），位于东加勒比海小安的列斯群岛最东端，为珊瑚石灰岩海岛，四周被海洋环绕。经济以甘蔗种植和加工、朗姆酒、旅游业等为主。

④杜桑·卢瓦杜尔（Toussaint L'Ouverture），圣多明各黑人起义领袖，原为种植园奴隶。1801年颁布宪法，宣布永远废除奴隶制度，并成为终身总统。后被勒克莱尔诱捕并押送到法国，死于囚禁中。

说是其他十一个被偷走了。”

一个南方故事：一个旧家族的故事，一个往昔财富之梦。不过它使我感兴趣基于另一个理由。最初几本关于特立尼达事务的书之一是由一位来自费城的小册子作者写的。他的名字是皮埃尔·弗朗·麦卡勒姆。他是一个具有激进甚至是革命观点的人；用他自己的话叙述，是一名权力的仇恨者。他于一八〇三年前往特立尼达，在被英国人征服后第六年。他对英国总督怀有敌意，并且对英国当局普遍怀有敌意；事实上敌意之甚，使他最终被驱逐——从西班牙港[①] 非常粗陋的监狱被带到码头，然后扔上前往纽约的船。

麦卡勒姆的法国名字暗示了他部分的法国血统。这或许解释了他的某些激进或反英情绪。但是同样在他的书里出现的是，在他对抗特立尼达的英国总督和英国当局的活动里，他更多的是被可怜的苏格兰和爱尔兰人被抛弃在南北卡罗来纳的方式的怒火所驱使。对我来说他一直有点儿神秘，这个来自费城有一半法国名字的小册子作者。现在他没有那么神秘了。在这个两百年前在特立尼达全家覆灭的查尔斯顿故事里，我想我可以看见一个再移民和淘金的故事：穷困潦倒的人从贫瘠的费城到刚开放的特立尼达的某种类型的迁移。

必定有某些事情从历史中消失。只有最广泛的迁移和主题被记录。所有各式各样的变化无常、所有个人的危险和冒险以及失败不可能被记录。历史充满了秘密，哪怕作为家族历史也满是缝隙和点缀。特定的事件失传了，对我的方式是，从印度到特立尼达的移民的第三代，如祖父母般亲近的祖先是神秘的；一些无从得知，仅仅一百年之后，已经不可能提供一个好的回答给这样的问题：“你的族人来自何方？”

现在不能轻易地想起的是，在奴隶岁月里，加勒比海和美国南方奴

①西班牙港（Port of Spain），是西印度群岛中最南端特立尼达和多巴哥首都和主要港口。原为印第安人村落，1774 年成为特立尼达首府。

隶地区的关系有多紧密。当西印度群岛的法国种植园主正为了在特立尼达定居而跟西班牙当局协商条款时，他们施加的压力之一是威胁要带着他们的奴隶去美国南方。作为种植园主那会对他们更好，他们说，尤其是自从战争——独立战争——之后，美国看上去可能在这个半球里具有一些重要地位（并因此更有能力保护人民）。而平坦、雨水充足的卡罗来纳海滨低地必定会呈现给只知道群岛的人的是它的富足和诱人！

假使我在其中成长的特立尼达黑人借助另一次扭转，出生在南北卡罗来纳并且有过完全不同的历史，会是怎样奇怪的表述。主要的区别在于这两个社群与奴隶制的距离。奴隶制一八三四年在英国殖民地被废止；加勒比海殖民地随后被忽视。所以英属加勒比的黑人与奴隶制分离了一百五十年。美国奴隶制终结于南北战争。不过或许可以说自由在一九五四年才来到黑人中间；所以美国黑人到达他们所到达的地方只有三十年。在那三十年里，美国黑人逐渐开始看到机会；同时英属加勒比的较大独立地区——特立尼达、牙买加、圭亚那[①]——以它们各自的方式被掠夺并败落。

或许是我开始习惯于南方口音。但我时常感觉我在查尔斯顿黑人的言语中找到了与众不同的巴巴多斯发音里的某些东西——在我孩童时期就已熟知。奇怪——渺小的巴巴多斯在宏大的南卡罗来纳找到了共鸣！不过十八世纪的巴巴多斯，富产糖和奴隶，是充满机会的殖民地。在本杰明·富兰克林[②] 的《自传》里，它是一个职员和律师都逃离去挑战命运

①圭亚那（Guyana），位于南美洲东北部，但传统上及历史上与加勒比海诸岛的关系比较密切。1966 年脱离英国独立。

②本杰明 · 富兰克林（Benjamin Franklin, 1706 – 1790），美国著名政治家、科学家，同时亦是出版商、印刷商、记者、作家、慈善家；更是杰出的外交家及发明家。他是美国革命时重要领导人之一，参与了多项重要文件的草拟。17 岁时出走到费城，数月后到伦敦，后来在一名商人的帮助下回到费城，成立了自己的印刷公司，出版报纸，并且发表自己的文章，在当地社会得到相当的尊重。

的地方，费城本身是如此贫穷，有时候那里甚至连硬币也没有。巴巴多斯是南卡罗来纳种植园殖民地的样板。巴巴多斯还是杰克·利兰作为老查尔斯顿人的贵族气质的一种元素。

他的两件最有价值的财产来自巴巴多斯。它们是水手橱柜，是由来自巴巴多斯的先辈在一六八五年带来的，南卡罗来纳殖民地建立的十五年之后。这些橱柜为杰克·利兰所有已有四十年；它们是由一位阿姨传给他的。他曾向一名历史学家谈起这些橱柜，他被告知像那样的橱柜是为航海而调整，适合放在一艘船的横梁之间。它们是木工或细木工匠的手艺，而不是家具匠的。它们高大而未加装饰，边角榫接，没有棱角，总体是平的；它们在他的餐厅里很突出。

他生活在老查尔斯顿市中心非常狭小的老旧“独立屋”里。屋子大约十五英尺宽；地基很小；那是一间或许会被人忽略的屋子。然而到了那种程度，住在狭窄街道的非常简易的屋子里，他仍是老查尔斯顿人具有象征性的代表，为家族而不是金钱而自豪，为土地还有他与之的长久联系而自豪。

他把它的历史带在身边。在米德尔堡的周日之后我去拜访他的时候，他最先做的事情之一就是向我展示一张有些年头的地区地图，上面是所有的老种植园，有很多。我们曾沿着走过的道路，尽管远比任何在巴巴多斯的更长更直，也只不过显示了曾经存在的东西的一小个片段。每个种植园都曾是一个整体，每个都是种植园主统治下的小王国；每个都有一座宅邸和住所；并且每个种植园里，按照杰克·利兰所说，住所都在中间，以避免不同种植园的奴隶之间的交流。

地图在他屋子的梯台上。楼梯位于狭小房屋的中间，分隔前屋和后屋。屋子的入口是在一侧。那种中间的侧门和楼梯对于查尔斯顿“独立”屋的概念是根本性的，这里的独立屋并不是如我曾想象的一间独立的小木屋；而是出于私密的缘故，入口不在前面而在侧面并且在入口和楼梯的两侧各有一个单间的房间。双排房在楼梯两侧各有两间房间。

据说独立屋的概念是传入的，跟种植园奴隶殖民地的概念一起，大致来自巴巴多斯和西印度群岛。我不曾在特立尼达见过任何像查尔斯顿那样的房子。不过特立尼达是晚期西印度基地；它的起源是西班牙和法国的。查尔斯顿参照的西印度殖民地是更久远的英属的那些。

对我来说在查尔斯顿总是很奇怪，这样重提殖民地的英属西印度作为祖先和血统的标记。那种想法，一个殖民贵族重返根据地，在我的年代从未真实存在于特立尼达；现在也不存在于这个前英属西印度领地。理由很简单：英属西印度殖民地差不多在十九世纪三十年代随着奴隶制的废除而关闭，随后停滞不前。大英帝国移向东方；然后移入非洲。如今在前英属西印度群岛声称曾经是最先到达那里的人之一是没有意义的。或许真的不能说在一个成为泡影的地方会有上层社会——他们只是去了错误地方的人（像鲁宾孙·克鲁索）。鉴于查尔斯顿为大陆性历史大事件所需要，它无足轻重的开端现在是难以捉摸的传奇式的，当时它处在与像安提瓜[①]或巴巴多斯或牙买加一样的奴隶殖民地的相同地位，并且为了贸易和支持指望着它们。

一个殖民地的重要性原则上取决于它的经济前景。法国人用加拿大（或者他们概念上的加拿大）交换非常小的西印度产糖岛瓜德罗普。荷兰人一六六七年把纽约给英国人以交换南美滨海殖民地苏里南。（当我一九六一年在苏里南时，一位荷兰女教师告诉我，在荷兰学校里人们说荷兰人讨了便宜，因为英国人已经失去了纽约，而荷兰人——在一九六一年——仍旧拥有苏里南。）没有美国作为其靠背，后种植园时

①安提瓜（Antigua），中美洲岛国，1493 年哥伦布第二次航行美洲时到达该岛。1520年至1629 年曾先后遭西班牙和法国殖民者入侵。1632 年被英国占领。1667 年据《布雷达条约》正式成为英国殖民地。1967 年成为英国的联邦并成立内部自治政府。1981 年 11 月 1 日宣布独立，为英联邦成员国。

代的查尔斯顿或许会像南美的苏里南或圭亚那，还有中美的伯利兹一样，在财富消失后，奴隶主或者他们的继承者最终不得不离开这些前大陆性奴隶殖民地，把这个地方留给奴隶和取代奴隶的人。鉴于幸存下来的查尔斯顿，属于旧家族的查尔斯顿，观光客游历的传奇，是一座白人城市，在那里黑人（尽管他们的数量超出白人）扮演了入侵者。

于是，从亚特兰大（一八三七年作为铁路终点站而创建）向东南方向只有五个小时车程的地方，有着完全不同于亚特兰大的历史。尽管如此，跟亚特兰大和佐治亚州北部一样，那段历史可以一层又一层地被揭示：旅游城市、种族隔离、南北战争、种植园、大量奴隶人口、财富、十八世纪殖民地。

在靛蓝中早期的财富被创造，杰克·利兰说。

“当革命开始时，英国支付了一笔赏金在靛蓝上。靛蓝是一种好染料。印度仍然不知底细。大量的英国靛蓝出自这里。在革命之后，没有了英国市场，靛蓝渐渐消失。一八〇〇年之后，不再有靛蓝被栽种。种植园主专注于水稻和棉花。跟靛蓝一样，这些是他们早已有的农作物。

“水稻种植园主在顶端。棉花种植园主就在他们下面。普通农场主跟小店主一起再往下在底端。这就像一个等级系统。你仍然听得到人们说起某个人，不过如今不那么多了，‘他在做买卖’。那意思是他稍有点儿被排挤在外。现在那变化得很快。钱成为一个重要因素。从前，家庭总是比金钱更重要。”

英国的社会偏见，被殖民地的财富强化——从这个缘由看来（且不说奴隶制的事实），成功在它来到查尔斯顿种植园之时，几乎立刻开始破坏其本身。不过这片土地是受保佑的：它是如此肥沃和灌溉充足，如此平整和适宜。

“在靛蓝减产之后，这一地区变得非常繁荣。从北卡罗来纳延伸到佛罗里达的这片土地成为很可能是世界上最富庶的农业地区。这些种植园主是开创罗得岛州纽波特[1] 的人。他们在那里建造他们的避暑别墅。

“南北战争是第一次重大打击。这场战争解放了奴隶，种植园主必须给钱让他们工作。这场战争之后，种植园实际上土崩瓦解。”

现在那对我来说很容易想象。我只要想象米德尔堡的橡树大道，在橡树下安置奴隶小屋，想象在休假或有叛意的奴隶人群；想象在水田里水稻的生长，长得很快；想象广阔无垠和酷热；黑人的数量和白人的稀少。并且很容易看到曾为几代人创造财富、曾建造在查尔斯顿的房屋和在罗得岛的避暑别墅的小小王国可以突然垮台。

“最后的打击是大飓风。那共有三次——一八八五年、一八九三年、一九一二年。它们冲破了堤坝，没有办法来修复它们。与此同时，水稻开始在密西西比、路易斯安那、阿肯色和东得克萨斯出产。它被种植在高地，它简单地就使这些种植园主破产。于是到一九二〇年，这里再没有用于商业的水稻在种植。我们少量种植，但那只是为了我们自己的需要。

“棉铃象甲[2] 出现在一九一五年前后，不到三年时间，它已经杀死了海岛棉[3] 作物。接着这些农场主进入商品蔬菜栽培。那就是，种植蔬菜——土豆、豆类、西红柿、南瓜——供应纽约和东部市场。那一直持续到加利福尼亚登上舞台，在沙漠灌溉以后。沙漠土壤非常肥沃，所有它所需要的只是水。”

“于是，在一定阶段之后，种植园的故事是一个属于坏运气和衰退

①纽波特（Newport），美国东北部罗得岛州的滨海城市和重要海军基地。位于罗得岛州西南角的小岛上，借桥梁与大陆相连接。殖民时代即是一个海港，现为海军人员与旅游者的夏日休养地和货物批发零售点。

②象甲科花象属的一种昆虫，北美洲最严重的棉花害虫。

③细长、富有丝光、强力较高的棉纤维，又称长绒棉。是纺制高档和特种棉纺织品的重要原料。海岛棉最初发现于美洲大西洋沿岸群岛，后传入北美洲东南沿海岛屿，因而得名。

的故事？”

“那使我非常难过。我的家族拥有奴隶。我认为他们是非常仁慈的主人。几年前，我跟一些从前的奴隶见面——他们现在都死了——他们曾住在我家族的地方。他们对他们被对待的方式赞赏有加。奴隶制是错的。我不能为此做任何辩护。不过那曾经存在。那曾被用来建设我们所拥有的农业经济，而且那是一个相当好的、可行的制度。”

“有没有一个特别的时刻，你开始了解种植园的过去？”

“我在一个种植园中长大，那里仍有二十间以前的奴隶小屋，它们都被黑人占据。从一开始，我就认识到这些人实际上曾一度属于我的家族。我们是友好的。”

“在此时，家族命运早已逐渐衰弱？”

“水稻没了，接着是棉花，接着是商品蔬菜栽培。然后大萧条来了。我的父亲不得不卖了它。那就是它的终结。”

也就是在这个时候，如我后来听说的，很多查尔斯顿老宅的家具转到了贩子手中。查尔斯顿家具现在遍布美国并且非常有价值，尤其是那些由查尔斯顿细木工匠（就像曾为庞皮昂山制作讲道坛的那个人）制作的。这个失落的故事使我想起十九世纪四十年代帕克曼向西部迁徙时在俄勒冈小道所看见的东西，被小道的危险和他们旅程的严苛耗尽体力，丢弃了他们曾希望带到新家的珍贵家具。

尽管这片土地已经被转让，杰克·利兰仍旧对它怀有深情。

“这片土地不属于我。但是我感觉那是我的遗产。”这个词，“遗产”，我将不止一次从他这里听到，仿佛那就是解释他对查尔斯顿、他的家族和祖先的大部分态度的词。“那个特别的种植园，我出生的那一个，一八三二年由我的家族买下。但我父亲在一九三五年失去了它。所以那在我的家族里延续了一百零三年。不过也有其他财产曾在我的家族里比那时间更长。

“有关我家族不寻常的事情之一是我的利兰祖先是真正的新英格兰人。南卡罗来纳的第一位利兰是阿隆·惠特尼·利兰”——他对全部三个名字很有讲究，慢慢地重复让我可以写下它们——“他来自马萨诸塞。他刚从马萨诸塞州威廉姆斯学院[①]毕业，他南下此地在希本家族里当家庭教师”——还是很重要，那个家族的名字——“他们在那时拥有现在是芒特普莱森特（Mount Pleasant）的地方，港口的东岸。而且我认为，作为一名精明的扬基商人，他转变了他的宗教信仰并且娶了那家女儿中的一个。如此开始了这里的利兰家族。他的宗教信仰从一位论派转变为长老会，他甚至成为长老会的牧师。

“但是我母亲和我父亲是殖民地初创时就来到这里的家族成员，一六七〇年。”正是从那些早期家族之一那里，他继承了现在在客厅里的水手橱柜，在中间楼梯的另一边。

他是如何了解到他家族的贫困的?

“我们拥有非常好的生活。有充足的食物。实际上我并没有认识到我们的贫穷。当然，我们比黑人和被我们称作未垦荒地白人的人境况更好。我并没有认识到我们在经济上的贫乏，收入非常少。

“我有一年在这里的查尔斯顿学院。那时候它是一所私人学校；我祖母替我付钱。接着她死了。我寻找一份暑期工作，找到了这份在挪威货船上的工作，货船从古巴运输香蕉到查尔斯顿和佛罗里达州杰克逊维尔[②]（Jacksonville）。然后船长，拥有船的三分之二，有一舱煤要送到阿根廷。当我们在阿根廷时，他拿到了一个去澳大利亚的报价。于是我最后去了澳大利亚，在一次三角航程里从悉尼到新加坡到马尼拉，然后回到

①威廉姆斯学院（Williams college），1793年建立，位于美国马萨诸塞州威廉斯敦。作为美国文理学院之首，它代表着美国最引以为傲的教育精髓——规模小、质量高，专注本科，崇尚通识和人文教育。其声誉在美国丝毫不亚于耶鲁、哈佛等名校，且更为美国上流家庭所青睐。

②美国佛罗里达州东北部城市，美国东南部商业、金融、保险的中心地之一。

澳大利亚。一九三九年八月，我们回到这个国家，途中在洪都拉斯带走一船香蕉，并来到亚拉巴马州莫比尔[①]（Mobile）。我们进入港口那天，希特勒入侵挪威。这使得这艘船成为交战国的船。美国边境巡逻队建议我下船。我回家并重返查尔斯顿学院。当然第二年就是二战的招募，而我是最先从查尔斯顿被招募的人之一。”

于是他错过了一些正规教育。他或许可以在大学里度过的岁月作为一名海员而被度过。他是否感觉错失了同辈的陪伴？

“船上很多人说英语。英式英语。这是一次极大的教育。战争是另一次教育经历。英国、北非、西西里、意大利。而且具有我那样的背景——我父亲和母亲都是很爱读书的人，并且他们已经逐渐灌输给我阅读和学习事物的能力和愿望。

“我在一九四五年回来，并且再度回到学院。然后我在当地报社获得一个职务，从那时起就没有离开过报纸。”

“你曾看到查尔斯顿再度崛起？”

“我也看见了它的转变。当我还是男孩时，在查尔斯顿没有黑人街区，也没有白人街区。白人和黑人并排居住。转变始于大萧条时期，当时大量农场和种植园破产，而在那些地方劳作的黑人开始搬入查尔斯顿，也有去北方的。接着二战爆发，有了一次巨大的经济推力，因为这是一个主要的军港，并且他们还建设了一座机场，那进一步吸引了大量的黑人从郊区来到这座城市。

“战后，年轻人开始回来。这个大多数十九世纪移民曾居住的地区——德国人、爱尔兰人，还有意大利人和希腊人——这些家庭仍旧生活在现在是黑人街区的地方。一个中低收入的地区。但是战后到来的年轻人不能从银行获得贷款来买下城市里的旧房子。他们不得不在住宅小区建造新房子。

①美国亚拉巴马州莫比尔县莫比尔湾西北沿岸城市，是该州第三大城市和唯一的海港城市。

随着他们这么做，他们父母的房子开始闲置，黑人搬了进去。如今我们有大片黑人地区。老查尔斯顿，查尔斯顿半岛是百分之六十黑人和百分之四十白人。公立学校是百分之九十五黑人。”

“对于一座依赖种植园的城市那是怎样的命运！”

“那的确是一次巨变。这样想一想。这座房子，我现在居住的这座房子，是大约七年前修复的。这座房子是在十九世纪四十年代由一位或许是为了逃避土豆大饥荒而到来的爱尔兰木匠建造的。房间小的可怕。开发它的建筑师是个好建筑师，他利用了每一寸空间。现在我们是街区里唯一的白人家庭。我应该说，在这条街上。这条街只有两个街区长。余下的全部是黑人。

“现在，隔壁的房子。你也许对此感兴趣，也许不。几年前，我的岳母约翰·E. 吉布斯夫人发现，一些老的吉布斯家臣——她这样称呼他们——正在被利用。她买下那座房子并且修复它，使它变为两套公寓，还有后院的小外屋。老吉布斯家的仆人们现在居住在那里，而她只从他们那里收取足够的钱来支付税费和保险。他们是值得拥有的极好的人。很照顾我们。

“就在这里的街道下面，我们有那些廉价住宅工程中的一个。那些人是可怕的。在那里，他们都是黑人。那项工程是罪行生产者。总有某些事情在那里发生或者由生活在那里的人犯下。”

“对你来说跟不具备对他们有威信的黑人生活在一起很难吗？”

“我总是跟黑人生活在一起。总是这么做。他们曾帮助过我。我们是好朋友。不过在社会上，我们是分离的。没有办法回避它。但是去年，我的继女在圣菲利普圣公会教堂结婚，那是一座美国东南部的安立甘宗大教堂。一次盛大的正式婚礼，随后有在南卡罗来纳会堂的款待，仆人们来到婚礼上，他们就像家庭的一部分。无须回避它。有一位老人的年纪跟我岳父一样，他已八十二岁。他在洛根街上的吉布斯家后院长大。

这位老仆人不会读和写。他是个法定盲人。我岳母拿了他的食品券并兑现他的救济金。他确实认为他是吉布斯家的一员。能拥有他们我感到非常幸运。”旧家族的仆人们，住在隔壁被修复的房子里。“他们很关心我们。”

“当你考虑种族问题发展的途径时，你是否有时候感到奴隶制对南方来说是一场灾难？”

“奴隶制是一场灾难。结果总是不可避免。不过你必须记住在新英格兰的人也有奴隶。他们没有那么多；他们有小农场。南方的经济依靠黑人奴隶。结局的开端发生在一八〇〇年之后不久，当大英帝国宣布奴隶贸易不合法之时，然后美国也通过了一项法律反对奴隶的进口。”

“于是结局甚至在种植园处于繁荣顶峰时就可以被看到？”

“巨大的财富刚被建立起来。”

“考虑到现在的影响，你是否把它看作对这个地区的削弱？”

“是的。更年轻的黑人，六十岁以下的黑人，从未能够真正跟白人的生活方式联系起来。”他的意思是，那个年龄层的黑人生活在他们自己的社区，不像他们的父母和祖父母曾做的那样在白人的房子里服务。“他们站在外面往里看。而且他们不接受白人的标准。

“现在——单单是生孩子的问题。正如你可能知道的，黑人妇女把家庭团结在一起。他们有大量的孩子。至少在南卡罗来纳，每一年出生的非婚生子女的数量中黑人占绝大多数。没有问责——当然，那如今也在白人家庭中转变。这些人愿意靠救济金生活，或者他们确实靠救济金生活，我不知道有多愿意。黑人教会，一度是黑人社区的中心，从没有问责有关私生的情况。他们接受它。这真是一个令人沮丧的形势，这些年轻的黑人女孩在她们十三四岁大时就有了孩子，并且没有丈夫来提供钱财。”

我问他有关民权和战后政治的内容。

“一九四七年，一位联邦法官，朱利叶斯·瓦蒂斯·韦林”——他强调了这三个名字，并且他把难分辨的中间那个拼给我，只是在后来我才知道这个特别的名字在查尔斯顿是如何臭名昭著——“朱利叶斯·瓦蒂斯·韦林。他来自一个非常古老的查尔斯顿家族。他宣布了一项裁决，黑人不能再被排除在民主党候选人初选会之外。他的裁决是正确的。黑人不应该被排除在外。在那时，民主党候选人初选会在州里是真正的选举，因为没有任何反对党。而到了一九五二年，黑人开始大量参与投票。他们现在是选举制度中的一股强大力量。他们已经取得很大进展。很不幸，他们令人遗憾地缺乏领导力。他们的领袖倾向于否定对手，能言善辩的政客，但是对真正的政府运作所知甚少。”

那就是他强调的点：真正的政府运作。查尔斯顿有一位“煽动政治家”，但是在黑人官员里有一些好人。而且，在经历如此多转变之后，他现在更理性了。“我认为我们正在令人惊叹地进步。”

我想要了解他在种族问题方面的想法演变。

“我成长在这样的家庭，我们被告知可以跟黑人成为朋友，并且必须尊重他们，不可以利用他们。但是你不可以把他们提升到相同的社会等级。我在对此深信不疑中长大。”

另一天，当我回想起他曾告诉我的内容，并回到这一点上，他说：“黑人有他们自己的等级制度。在查尔斯顿，过去有一位砌砖承包人叫平克尼。他是一个黑白混血儿。在查尔斯顿的老房子被修复时，他做了大量的砖工。但是他知道在他父亲的那一边，他来自于南卡罗来纳的顶级家族。而且他会把他的工人称作‘我的黑鬼们’。这使我震惊，因为我父亲曾告诉我们永远不要用这个词。

“黑人家仆看不起农场工人。他们以贬损的方式指称他们。‘麦田黑鬼’。家仆们首创了那个词。屋里的人只在他们自己之间来往。

“当我去那艘船上工作时我只有十七岁。在那个年龄，你不会对任何事情有高见。不过，在进入加勒比海、南美洲、马尼拉和新加坡的港口之后，我开始稍稍转变对其他种族的人的观念。回到这里，中国人被称作中国佬。在新加坡那里，他们操纵局面。他们高人一等。

“让我告诉你这个故事。当我在陆军航空队时，我前往伊利诺伊州夏努特菲尔德学习气象学。在我的班级里有四个曾在塔斯基吉学习的黑人，他们在数学方面几乎一窍不通。在气象学的学习中，你要学习所有种类的东西——各种自然界的力量——还有大量与它相关的数学。而这些年轻的黑人——那对于他们是难以理解的。学校里的大多数人是北方佬。我是少数南方人之一，我了解这些黑人有的问题。我提供了帮助却没太大用，这些黑人不能够毕业。我永远不会忘记：我准备好去佛罗里达，已经贴出了公告，我必须赶上夏努特菲尔德那里的大巴，这四个黑人出现并带给我一瓶威士忌作为告别礼物。在那所学校的北方佬会跟黑人交朋友，但是他们不明白黑人需要帮助，他们也不会做任何事情来帮助他们。但是我被教育必须去帮助黑人。这是你的职责、你的遗传的一部分。

“我猜想那就是你生活的一部分。比方说，今天，如果我走在街上并且如果有个白人试图向我乞讨，我会无视他。但是如果是个黑人，我会停下来跟他说话，来看他是否真的需要帮助或者是否他正在找一杯喝的。我认为很多黑人，我熟知的那些人，理解我的这一点。但是对于其他的黑人，我只是一个白人，敌人，大恶魔的化身。我绝对愿意承认他们有理由不喜欢白人。

“真的很难让一名黑人坐在这里。”他指向他的靠背长椅，它靠着他独立屋的墙放置，紧挨着门，在门的另一边有来自巴巴多斯的两个水手橱柜，它们在一六八五年进入他的家族并且是他查尔斯顿贵族的标志，来自巴巴多斯的殖民祖先的标志。“很难让一名黑人坐下来跟我谈话。他们不会说他们的感受。他们不信任白人。这些汤姆叔叔们——他们心里没有真理。一九五二年，我被指派走遍这个州中下部的所有县，查明黑人准备如何投票。一九五二年的选举是第一次黑人在一定数量上进行投票。在沿海岸南下的博福特县，我把自己弄糊涂了。共和党是林肯的政党。但是我发现，在跟大约一百名黑人交谈之后，他们都准备投民主党的票。我递交了一份那种感触的报道，我的编辑，有很多汤姆叔叔朋友，拒绝相信它。”

我问杰克·利兰他是否对加勒比海群岛的事务感兴趣，并且是否这在某种程度上影响他对美国黑人的观点。

他说：“好吧，看一下在圣多明各发生了什么。那个岛被分成了两部分，海地在一边多米尼加共和国在另一边。在海地，他们杀死了所有白种人。而当你去到圣多明各，那真是白天和黑夜之间的差别。多米尼加共和国拥有稳定的经济。海地人正在挨饿。当我在那艘船上时我有非常强烈的印象——我们去多米尼加共和国装载香蕉。我遇到一些说英语的人，他们把我带到了海地。它就像白天和黑夜之间的差别。我不愿意去想它是因为在海地没有白人团体而在多米尼加有。但是沿着这条线的某处，有些事情弄错了。当我看到今天在非洲发生的事情——我不认为我的观点受到任何误导。美国人民已经不接受像那样的想法。他们的思维是全球化的。他们已经转变他们的想法到同一世界、同一民族。它是不切实际的，行不通的。我不会用尼日利亚本地人思考的方式思考，而他也不用我思考的方式思考。我们是不同的人。”

我们第一天相遇时我就知道杰克·利兰有一条伤腿。第三或第四次我们遇见时，他看上去特别不舒服，我问了有关他腿的情况。他说一九四三年二月在北非，他的两条腿都受到损伤。他曾上过跨越西西里的轰炸航路，最后一颗炸弹卡在架子上。有命令要求返回的所有人员跳伞，他跳了；那是他有生以来第一次使用降落伞。他降落在一块岩石上，撕裂了两个膝盖的韧带；这花了他两个半月时间来恢复。具有讽刺意味的是，曾下令跳伞的飞行员设法使飞机降落，没有事故。

这就是战争如何发生在他身上的经过。然而他曾把战争说成是一段学习和冒险的时间；他从未提及这持久的伤害直到我问起。这就像他的素养、他的举止优雅以及他在没太听清我说的“先生？”的一面：这些成为南方观念本身一部分的举止。

“它更像宗教信仰。”这位来自密西西比的上流社会妇女曾说过，在谈及她家庭（以及跟她的类似的其他密西西比家庭）里对南北战争和往事的特定态度；旧的家庭住宅；还有某些日子里穿戴的特定时期的服装，在这些房子被展示时。不是一场假面舞会，不是名利场：更像宗教信仰。在查尔斯顿也使人有把往事当作宗教信仰的想法。

那不只是老房子和旧家族，古老的名字，地方史或州史中古文物研究的一面。那还是作为一道伤口的往事：由废弃或转让的种植园叙述的往事，它们中的许多仍有旧日的有形纪念物，宅邸、外屋、橡树大道。由如今黑人多于白人的城市叙述的往事，奴隶制和南北战争的往事。

自从我来到南方，每一天都是在报纸里读到谢尔曼[①]将军或者在电视里听到他而度过的。并且——在那种报纸或电视的途径里，当一个众所周知的名字要被讽刺地或以其他方式强调时——他经常被给出他带有奇怪的美国印第安人中间名的全名：威廉·特库姆塞·谢尔曼。

查尔斯顿在战争中幸存。州府哥伦比亚没有。它在一八六五年被谢尔曼焚毁。那次焚烧是由一位年长的女士、哥伦比亚州议会大厦附近的大教堂的向导说给我听的；她说起来仿佛事情刚刚发生。或许汉尼拔在意大利和罗马以类似的方式在他去世一百年后为人们所记起。大教堂是哥伦比亚没有被谢尔曼焚毁的少数几样东西之一，这位女士说。这或许

①威廉·特库姆塞·谢尔曼（William Tecumseh Sherman，1820－1891），美国南北战争中的北部联邦军将领，以火烧亚特兰大和著名的向大海进军战略获得“魔鬼将军”的绰号而闻名于世。

是因为他认为那是罗马天主教的；谢尔曼的妻子是天主教徒。而在接近旅行的结尾，当我们谈及镶嵌在教堂窗户上的彩色玻璃时（在一座将要被夷为平地的城市里是如此脆弱），她停下来说，好像再次献上感谢，“大教堂没有被焚毁真是一个奇迹”。

我曾读过有关哥伦比亚被烧毁的内容。不过这个事实那天下午并没有出现在我记忆的前面。这次有关焚烧的谈话——在大教堂里从一名年长女士的口中——造成了可怕的印象。我并不曾搜寻这所大教堂。我是在注意到墓地后进去的。我正在去州议会大厦广场瞻仰邦联纪念碑的路上。我被指向那里是受一位我去见的法官的引导。他曾说纪念碑上的铭文是应该要被研究的东西。它具有诗意并且包含很多本来的南方概念。

纪念碑的一侧铭刻有：致一八六一至一八六五年南卡罗来纳州的邦联军队死难者。在另一侧写有：由南卡罗来纳州的妇女竖立。一八七九年五月十三日揭幕。那样提及妇女是一种修辞手法；悲痛和复仇的纪念物，或者悲痛和虔诚的，在它们描绘妇女在悲伤中屈膝躬身时最使人不安。

在面朝繁忙道路的另一侧，纪念碑上写着：这座纪念碑使那些忠实于他们出身的天性、忠诚于他们父亲的教诲、坚定于他们对这个州的热爱、牺牲于他们职责的履行中的人的记忆不朽：他们用他们生命的单纯男子气概、苦难的持久忍耐和献身的英雄主义赞美一个陷落的事业，他们还在囚禁的黑暗时光里、在医院的无助中、在战场上的短暂而剧烈的痛苦挣扎里找到信念中的支撑和慰藉，在家乡他们不会被忘记。

在另一侧，面向州议会大厦，如果人们不想走上纪念碑背后的草地，只能以倾斜的角度有点儿困难地阅读，那里写的是：让可能在未来的时间里读到这段铭文的陌生人认识这些不为权力所腐化、不为死亡所惊吓、不为屈辱所击垮的人，也让他们的美德恳请对他们埋葬其中的事业的公正判断。让又一代南卡罗来纳人记住这个州教会他们如何生如何死。从她破碎的命运中，她为她的孩子们保留了她们记忆的无价之宝，教导所有理应获得相同的与生俱来的权利的人，真理、勇气和爱国主义将永垂不朽。

在一侧：出身，信仰，责任，苦难和死亡。在另一侧：因这些美德而高贵的无名、未定义的事业。不过，这些词是无可辩驳的。失败的痛苦是某种可以被每个人分担的东西，因为每个人在他生命的某个阶段了解某种类型的失败和在他内心想要抹去它的希望，或者至少让他的事业可以被明鉴。不过邦联纪念碑的痛苦是非常沉重的；它述说的失败是彻底的。像这样的失败引向宗教信仰。它可以是宗教信仰：钉死在十字架上，如基督徒的悲叹般永恒，如对伊斯兰教的什叶派来说，阿里和他的儿子们之死。悲痛和对正义事业的确信；对每个道德观念、每个好故事、正确故事、它本该有的方式的观念的挫败：邦联纪念碑的眼泪接近宗教信仰，有关一种不太可能经常被演练的不公正的无助的悲痛和愤怒（正如什叶派所知的那样）。

在南卡罗来纳的这个中央广场里有更多那样的东西，这个州曾发动了战争：更多痛苦、更多耻辱、一次某天会被还原的错误的更多揭露。在下面的花岗岩台阶上，有一座真人大小的乔治·华盛顿铜像。这块牌匾被附上：一八六五年二月十七日至十九日哥伦比亚被谢尔曼的军队占领期间，士兵们向这座雕像投掷碎砖并打碎了步行手杖的下半截。手杖继续挂在半空中。在台阶下部的柱子上是另一块牌匾：这座州议会大厦的建造始于一八五五年，并且不间断地持续到一八六五年二月十七日，谢尔曼焚毁哥伦比亚的时候。工程在一八六七年恢复并不间断地持续到一九〇〇年。

邦联纪念碑，由南卡罗来纳州妇女竖立的那一座，在一八七九年建造；当时北方占领军已经被移走并且该州已经从南方各州的重建中恢复。州议会大厦的牌匾，带着所有它有关谢尔曼和这次焚烧的悲痛，在超过二十年后被挂起，这时世界已经改变更多。这种改变的证据就在那里：州议会大厦铺路面的前院里的其他纪念物是愉快的，对一八九八年美西战争的庆祝，刻有吉卜林[①]风格的铭文。

那就仿佛邦联纪念碑的悲痛在其他纪念物的愉悦中找到补偿；仿佛未曾提及的南方事业继续存在并且在后来的帝国主义战争中找到辩护；仿佛未曾提及的后南北战争时期的种族困境，后来针对黑人的苛刻，已经变得融入某些远不如住有南卡罗来纳州皮肤黝黑、衣衫褴褛的奴隶的奴隶小屋肮脏的东西，正如某些南方人曾说过的，融入白人文明的更广泛事业中，蔓延到非洲、澳大利亚和东印度群岛。

但是南方的真实往事是某件已经消失的东西：战前的世界，接着是战争自己。那种悲痛是特殊的，就像宗教信仰；那将超越十九世纪帝国的衰退、超越帝国概念的本身而持续。当下有关美西战争的纪念物是令人尴尬的，这个片段本身很难被记起，在州议会大厦广场上继续令人感动的，仍旧可以被感觉到出自内心的，是邦联纪念碑上的词句。那种有关这项事业的困境依旧存在。

这样的一项事业可以如何被辩解呢？

在牛津大学的图书馆里，一九五二年的一天，我无意中发现了一本私人印制的小书，来自作者给大学的一份礼物，可能是一位年长的大学美国成员。二十世纪二十年代印制的这本书是关于奴隶制的。作者希望消除剩余世界对美国奴隶制的误解。那正是作者所说的。不过这本他在晚年安心写下的小回忆录是关于他的童年和他童年的快乐。奴隶制曾是他童年的一部分；他的童年不可以被想象为与奴隶制的背景和它的特殊礼制分离。白人儿童，作者说，经常和他们同龄的奴隶儿童来一起玩耍

①约瑟夫·吉卜林（Joseph Kipling，1865－1936），生于印度孟买，英国作家及诗人。他是英国19世纪至20世纪一位很受欢迎的散文作家，在20世纪初的世界文坛产生了很大的影响，他本人也在1907年获得了诺贝尔文学奖。

和厮闹。作者说他也有他“自己的黑人男孩”。事实就是如此，作者曾有他自己的奴隶男孩，作为这种惯例的充分解释而被提供。

如那般简单和真诚的某种东西在背后支撑着一本优美、值得庆贺的书，《五十年代的卡罗来纳水稻种植园》，一九三六年由威廉·莫罗出版社在纽约出版。

书名的五十年代是十九世纪五十年代，南北战争以前，当时奴隶工作的种植园仍在经营中。这本书的历史核心是由D. E. 尤吉–史密斯（尤吉是带有特殊查尔斯顿发音的古老查尔斯顿名字之一，就像两个字母“U”和“G”）写的一篇那段时间的小回忆录。在此之上还加上爱丽丝·R. 尤吉–史密斯画的三十幅水彩画——完成于七十或八十年后；还有一段“记叙文”，实际是历史随笔，作者是赫伯特·拉韦内·萨斯（另一个古老的名字，萨斯是一个起源于德国的名字：拉韦内用法语方式发音，在一九八七年的查尔斯顿是仍旧在标示牌上被看见的名字）。

属于种植园景色的水彩画是浪漫的：有时候处理种植园工作，一帮黑人工人修筑被冲毁的堤岸，妇女装载大米到平底种植园驳船上；有时候是水和森林的大气研究；有时候纯粹是挂历（或“苏联”）艺术，种植园主和他的妻子（像一本儿童书插图里的父亲和母亲）是微笑的黑人中间白色和高贵的移影，在另一幅画里有一个金发小女孩从一个黑人孩子手里接过一束花。

堤岸修筑场景的大型复制品我后来会在一家查尔斯顿的餐馆里看见，作为某件来自旧日时光的东西——并且是浪漫的，适合旅游城市。而这些绘画的浪漫是真诚的。它们并非出自十九世纪五十年代，奴隶时期。如果它们是，它们或许会有所不同——更加风土化和描述性，而且因为那个理由而令人不安。这些绘画是由某个（正如她在前言里所说）希望记录一个正在消失的世界的人完成；而且它们是由某个在接近重建时期尾声——十九世纪七十年代——出生的人完成，当时广阔的种植园世界，好几百万亩土地的秩序，已经被完全颠倒。重建时期的羞耻和愤怒、对失败的悲痛、对曾经世界或往事概念的乡愁：那一切都掺杂着，在这些水彩画里，画笔、颜料和画纸里的愉悦、自然世界的愉悦、她自己敏锐的画家感觉。

在赫伯特·拉韦内·萨斯的散文里也有某种那样情绪的东西。他也用浪漫手法处理：橡树大道、种植园宅邸面朝的河流之美；大种植园的组织；与潮汐种植园的漫灌和排水相关的工艺技术；每个种植园的自给自足，每个差不多都是有其自己领主的小州，对他的臣民有一定的法律惩罚权。

正是那种种植园州的概念无疑使作者把稻米海岸看作“本质上在美国重建经典希腊民主理想的一次尝试”。在一个无关非洲人或奴隶或黑人的行文奇特的段落里，种植园奴隶制作为在美国曾提供给某些人的“最完整的‘经济保障’”而被融进这种希腊理想里。“对于这种保障，覆盖他们的生命从婴儿时期到老年的整个期间，一个价格被支付。”“一个价格”——那就是为了保留古典世界的观念，奴隶制被指称的默示法。而这个“价格”，考虑到这种保障所提供给的人——也从未被提及，作者补充道，“或许不是完全剩余的”。

但是，当这一希腊方面被搁置，有另一种方式来谈论奴隶制。“对于南方，奴隶制问题变成黑人问题，而且在现实中，从一八三一年到一八六五年卡罗来纳州所对抗的是将摧毁他们的黑人问题的临危‘解决办法’。”这个州需要奴隶；没有奴隶它不能维持下去；但奴隶总以废除来威胁这个州。于是在卡罗来纳稻田里种植园主的特殊生活方式变成“白色文明”；那正是必须被保留的东西。

在这种推理方式中有一种折磨，受过教育的人和有宗教信仰的人，还有敏感的人，曾经不情愿去说他们正在保卫的东西无非就是他们已知的世界。当种植园世界变成比自身更高贵的某种东西，变成像希腊城邦一样的某种东西时，缄默总是存在着——缺少对黑人、橡树下的奴隶小屋的涉及。五十七年前，那也曾是属于哥伦比亚的邦联纪念碑的缄默；死去的人的品德使事业变得崇高，事业本身却从未被定义。但是，在一八七九年或一九三六年，甚至在高度帝国主义的那段时间，受过教育的人还能怎样为奴隶制辩解?

我曾在一位有着著名名字的女士的收藏里偶然发现这本水稻种植园的书。她以不寻常的简单方式居住在查尔斯顿的老宅里，有一条“皮亚扎”(在查尔斯顿相当于“走廊”或“门廊”）可以眺望一棵老橡树掩映下的绿色院子，一个既不算整齐也不算繁茂的院子。在小片土地的边缘（或者越过栅栏）有一座没有后窗的邻宅。这是查尔斯顿风格，门廊在侧面，为的是私密性。不过隔壁的这间房子随着收音机而摇滚；对此毫无防护。

就在那里，在那条门廊上，那里家具简单，受风吹雨打而硬化，布满灰尘（查尔斯顿的微风，杰克·利兰曾告诉我，来自南面或西面，而那就是人们放置门廊的地方，目的是捕捉清风），就在那里，通过这位女士的好意，我有幸见到了五十年前为种植园的书写下“记叙文”的人的儿子。

马里恩·萨斯五十多岁，瘦高，弯着腰，对这个炎热的查尔斯顿下午来说穿得太多：一件褐色花呢夹克衫随意地套在一件套衣外面。他瘦削、温和的脸上有一对忧郁的蓝色小眼睛。他不想背对风口坐；他背靠着房子的墙边坐。空气充满花粉。我自己的双眼有些沉重；我感觉一次咳嗽正在酝酿；跟马里恩·萨斯一样，我也穿着一件夹克衫。在门廊下陷的地板上，面朝着不整洁的花园或院子，几乎就像在一出有关美国南方的戏剧的场景布置上，并且在隔壁收音机的声响中，我们交谈。

他带点儿羞涩；他轻柔地说；他的目光向下或朝着远处。作为一个查尔斯顿人，他直接回到了亨利·伍德沃德[①]，他曾为了一六七〇年的奠

①亨利·伍德沃德（Henry Woodward，约1646－约1690)，南卡罗来纳殖民地的首位英国殖民者，他推动了跟美国东南部美洲土著印第安人建立联系的进程。

基而探索并保护这片土地。我问为何这样一位在查尔斯顿的祖先不是一种负担，为何那不会限制一个人。他说那是一种负担。他的祖先是使他留在查尔斯顿的事物之一。有一大部分的他（不管他的德国姓氏）会喜欢生活在英格兰；他故去的妻子是英国人。正是英格兰及其对人们的奇妙影响——太多的人，他说，第一次见识英格兰，就感觉那会成为他们的家——他谈论了一些时间；而正是英格兰，我感觉，他更愿意去谈论，假使如此简单、没有纷杂的这样一件事情开放给他的话。但是这里有祖先的负担；还有他的南方人本性。正是为了那个，那一刻无须我的提示，他转变了话题。

他的父亲赫伯特·拉韦内·萨斯出生于一八八四年，死于一九五八年。所以当一九三六年这本水稻种植园的书出版时，他父亲五十二岁。十八年后，当他父亲七十岁时，主要的民权事业得到承认。马里恩·萨斯自己出生于一九三〇年。他本该分享一些他父亲的政治挫败；但是南方事业，正如他所理解的，继续活在他体内。

他告诉我在学校被取消隔离的时候，他的父亲曾冲破北方强加于南方观点的“纸幕”，并在《大西洋》杂志上发表一篇文章，暗示混合的学校会导致一个混合的种族。那已经被证明是错的，马里恩说；借助取消隔离，这些种族实际在社会上更多地保持自我。但是那并没有减少对于他的政治工作的需要，对此他现在给了比他的法律实践更多的时间。

这次政治工作的交谈，他说，听上去似乎他正从事着推选人们进入政府机关的工作。他也是这么做的。但是他现在更关注于“反抗”。反抗北方的征服和反抗美国化，实际是北方化。尽管讽刺的是，他观察到，某些最重要的“美国”事物——可口可乐和乡村音乐，甚至超级市场的概念——是南方的。（就像有瑞典人可以列举五项或六七项使瑞典富裕的工业发明，所以马里恩·萨斯对于南方对美国概念的贡献显然可以信手拈来。）

定义南方价值观并无需要。“南方文化并不仅仅是农业文化对抗工业化的问题，或者荣誉的理想反抗粗俗的商业价值观。南方人身份之所以重要是因为它是南方的。我们是南方人。那就足够了。那就像爱尔兰人。不过，他们爱尔兰人不具有这种外来人口在他们中间的可怕负担。”

在他父亲在水稻种植园的书中的散文之后的整整五十年，与“这个问题”的关系也有点儿模糊了。作为一名思考者，他对此——种族的问题——怎样对待？

他说：“我们对待那个的方式？我尝试尽可能少地处理种族问题。很多白人至上主义事业是在北方，与南方毫不相干。南方事业和南方问题实际是不同的东西。北方一直利用黑人来针对南方。他们在一八六〇年这么做，在这个世纪他们也曾做过。”

北方现在非常关心所有它的少数民族。或许会有人想过他们会把南方考虑成少数民族地区。但是他们没有。正式的北方观点可以被如此表述：“南方白人不是一个少数民族。他是压迫一个少数民族——黑人——的落后的美国老乡。”

最近他看过父亲有关种植园的书吗？

没有，最近没有。但是他对这本书很了解，并且他对旧日的种植园生活有一些感情。

我说：“但是你不可能对你不了解的东西有怀旧感？”

“尽管我的成长中没有任何种植园劳动生活的知识，然而，种植园的生活，当我还是个孩子我们去参观它们时，那更像老式的南方乡村，哪怕我们没有奴隶制。那是老式的悠闲自在的乡村生活，种族之间的关系也大致如他们曾经的那样。于是我可以感受对往事的怀旧。”

他是如此担忧，甚至困扰，如他父亲曾为南方的表面破坏所做的那样——公路、快餐连锁店——并且为一些种植园给来自外面的人和公司的转让所苦恼。

往事作为一场纯净的梦，往事作为悲痛的根源，往事作为宗教信仰：那恰巧是在贪婪和野心摧毁这才被拯救的世界之前，伊斯兰教什叶派对高贵和奉献的提示，对先知和最初的四位哈里发的好时代的美梦。那恰巧是哥伦比亚的邦联纪念碑的提示。只有在从种族问题的悲惨中被移开的情况下，那极其特殊的南方往事，还有事业，才可以被净化。

又像在场景布置里，当我们从椅子里起身并走进屋里，享用我们的女主人准备的一份沙拉，我说我感觉他正在应对没有计划的情感。他同意；不过接着他说计划正在被创建。

谈话变得普通。我们看着我们女主人的一些有关南卡罗来纳的旧书。我们看着她家庭信件的拷贝，它们中很多是种植园信件，那差不多有两百年：这些信件用打字机打出并装订在厚厚的对开册子里。当他们——马里恩·萨斯和我们的女主人——谈起种植园的名字，费尔菲尔德、奥克兰、米德尔堡、米德尔顿、汉普顿宅邸，那就仿佛他们在谈论乡间别墅。但是随后我理解了他们恰恰也在以暗示的方式谈论与他们有联系的许多家庭。

他开着他凌乱的旧车送我回酒店。他被我说过的有关没有计划的情感所困扰；第二天早晨，他给了我一封一九八三年他写给当地报纸的信的拷贝和一份宣布一项南方出版计划的广告。这些拷贝被放在一个非常大的用过的信封里留在了酒店，上面用很小的字体写了我的名字和他的名字；信封上印着一家健康组织的名字。

随后他打电话过来；伴随他的话语，我可以想象他瘦削而敏感的面庞。他没有完成广告曾承诺的出版，他说；但是广告激起了一个回应；他感觉他拨动了一根弦。他告诉我，由于二十世纪五十年代的发展，他父亲最终成为一名南方分离主义者；那也是他自己当前所处的位置。南方的失败，李的投降，对他是一种无法平息的痛苦，我感觉。

我问他是否知道哥伦比亚的邦联纪念碑。他说他曾在哥伦比亚学习法律，而且他喜欢这座有些人并不喜欢的城市。他对邦联纪念碑上的字句耳熟能详；他在电话里谈起了它们中的一些。他认为这些话可能是由W. J. 格雷森[①] 写的，他在十九世纪五十年代曾写下名为《雇工和奴隶》的史诗，一首蒲柏[②] 风格的押韵对句诗。诗的背景是相对于马萨诸塞州工业工人的南方奴隶较好的境况。他没有把这首诗念一遍。

他的事业出于一种无法平息的痛苦。而我觉得那只可能导向进一步的痛苦：他自己清楚现在有另一方面或许更占优势的南方思维。我想起安妮·西顿在亚特兰大所说的：在特定年代里对囤积情感、从公众事业中节省热情给一个人自身的精神关怀、使人平和面对年龄及其自身人格状态的弱点的需要。我在电话中尽我所能地谈论那些。他说他理解；但是仍旧烦扰他的是，有时候他可以如此沉湎于自我，他可以忘记他的事业。

接着，作为礼貌的回复，他说他愿意读一些我写的东西。不过他的眼睛有些麻烦——那双敏感的眼眶和细小的眼睛曾给我留下印象。他需要对两只眼睛都做一次白内障手术。如今那据说是一种简单的手术，不过在送给他的传单里（或许在他用来给我他给报纸写的信和他的出版广告的那个过大的信封里）他获悉了可能的复杂性。他希望尽可能久地信任他自己的晶状体。

一个炎热的早晨——对于五月来说非常炎热，每个人都说，也没有花园需要的雨，有时候可以每天下午都落下的雨——在这样一个早晨，杰克·利兰带我穿越了他所称作的他的“地区”。

---

①威廉·约翰·格雷森（William John Grayson，1788－1863），来自南卡罗来纳州的美国众议员，也是一名诗人。

②亚历山大·蒲柏（Alexander Pope，1688－1744），18 世纪英国最伟大的诗人。他是启蒙运动时期古典主义的代表，他的作品可分为田园诗、讽刺诗、哲理诗及翻译作品四大类。经蒲柏完善扩充的双韵体诗，形式更整齐优美，节奏更跌宕变化。这种“英雄双行体”在诗歌艺术中达到了神韵独步千古的境界，成为英国诗歌史上的最高成就。

我们先去了芒特普莱森特，在查尔斯顿港的东面。那曾是种植园主的“避暑胜地”，现在是一片绿树成荫、景色宜人的郊区。下面不远处就是大海。我们看见一艘拖网渔船正准备出海。葡萄牙人是最先在查尔斯顿使用那些拖网渔船的，在二十世纪二十年代，杰克·利兰说；他记录了每件与他的城市有关的事情。我们曾到过芒特普莱森特去看希本老宅，杰克·利兰的新英格兰祖先曾作为家庭教师到来并一直待到结婚的家庭住宅。那是在一条死路的尽头，一座两百年的有立柱的房子，曾经拥有这片郊区的所有土地的人的房子——一个提供令人意外的事实的祖先的故事。

再度上路，他指出黑人社区在小片土地上成长起来的地方，那是在战后，南北战争，给予他们的。“他们做得不好。这些黑人一直到二战都拥有土地并且都有园子。他们种了许多他们自己的食物。如今你很少能看见一个在乡村的黑人家庭有一个菜园子。”

我们驶过一个黑人村庄，杰克·利兰展示了他的两个黑人“朋友”的房子。这些朋友是他从他们那里买东西的人：他对黑人朋友的定义是南卡罗来纳式的。房子中的一些暗示主人境况良好。我问是否他们是小生意人。他说不是；在那些房子里的黑人很可能在海军船坞工作，或者有其他联邦政府的工作。当地黑人已经失去了对迁移到北方城市的最热切的阶段；几乎每种黑人的抱负都已消失。

“斯泰平·费奇特[①] 这个名字是否对你意味着什么？”

那当然是。斯泰平·费奇特在我儿童时期为特立尼达的黑人所喜爱。他受喜爱不仅因为他很滑稽、用看似关节脱节的身体做奇妙的事情、具有绝妙的步态和绝妙的嗓音，并且用他夸张的言辞去讲；他为特立尼达黑人所喜爱是因为他出现在电影里，在一个好莱坞象征几乎不真实的魅力的时期；而且他受喜爱，最重要的还因为，在一个特立尼达的不同种

①斯泰平·费奇特（Stepin Fetchit）是演员林肯·佩里（Lincoln Perry，1902－1985）的艺名，美国喜剧演员。

族在社会上分离而且这个世界看来永远固定在那种方式的时期，在美国有与北方的隔离，有被欧洲统治的非洲，有如此方式的南非（不完全是一个当地黑人问题的主题）和如此方式的澳大利亚和新西兰——那时在特立尼达，斯泰平·费奇特是在白人的陪伴下在屏幕上被看到的。而对于特立尼达的黑人——他们在那时看不起非洲人，每当非洲人跳着舞或带着长矛出现时，他们就在电影院里哄笑和喊叫——斯泰平·费奇特跟白人在一起的景象就像一场更欢乐的世界的梦。

然而，那并不属于杰克·利兰正在谈论的这个受人喜爱的人物。他有另一种，事实上的，本地态度。他说："有雄心壮志的人去了北方，而我们跟斯泰平·费奇特们一起被留下。"现在有一种回归运动；不大，但值得注意。

稍后，我说，那是我的印象，南卡罗来纳的黑人是肤色非常黑的人，不像加勒比海群岛上的黑人那样是混血。他说这里很少有种族的混交。种植园主认为跟女奴隶发生关系是降低身份的。有一个故事说战后北方士兵没有那些顾虑。但是这里没有很多混血人口。

那导致了种族之间更加困难的关系吗？

不，它导致了更简单的关系。"黑白混血儿、四分之一的混血儿等等是愤怒的人。"

后来，沿公路向上一段距离，我们拐弯去看一条壮观的老橡树大道，部分已成废墟；马里恩·萨斯的父亲曾开始他对种植园岁月的乡愁回忆的那种类型的大道。当我们驱车向前，大海在我们右边，被森林掩藏；河流在我们左边。盐水和淡水：那里土地是盐渍的，棉花曾在旧时生长；那里河水是清淡的，曾有过水稻。现在，沿着路的一段，有一大片奇异果种植园。

我们接着转入一条小路，突然，在杂草丛生的土地上，附属于一座一六九六年的长老会教堂，有一片小墓地，那里，杰克·利兰说，埋葬着一些最初的殖民者。

我们正在进入神圣的领地。

越过某条溪流，开始是胡桃林的老种植园。那是祖先的地产，获得于一八三二年，一九三五年在大萧条期间卖出。依旧在我们身边，路边的森林。现在，南北战争之后黑人曾被给予小片种植园土地的黑人村庄。

“当孩子们还小时，”杰克·利兰说，“我们跨过小溪，我停下车让他们出来并向东方鞠三个躬。神圣的领地。”

“孩子们对那怎么想呢？”

他笑了。“他们从中受到了很大的震撼。当他们来到这里时，他们仍然这么做。我跟他们一起做。人们看见我们鞠躬。他们可能以为我们疯了。我们可能是的。不过那是美好的疯狂。”

现在，驱车穿过他的领地，在特定地点回忆压倒了他，他补充了一些他早先告诉我的事情。他们曾经很穷，收入很少。但是他们从没有缺少食物。“虾、蟹、牡蛎、蛤蜊、鱼、野鹿、野火鸡、鸭子、獐子、松鸡，这里刚好有丰富的野味可以吃。当然，我父亲有农场可以种食物。”在某个早晨，杰克·利兰会带着霰弹枪出门，他打下的鸟就可以上桌。狩猎生活——在这里是重要的（对黑人也是如此）；当你看见这片土地时你就理解了。这片土地还隐藏了其他东西。在一些距离之外，有一条溪水非常纯净的小溪。小溪被称为“溪流”；游客们会被供以波旁威士忌和溪流。

我们拐弯进入一条更窄的路，经过一座在树木繁茂的院子里的房子。

“那是一个吹牛者[①]的家。乡下白人，穷苦白人，就像他们说的。那是另一个吹牛者的家，我会说。或许七十岁。他们是图画的一部分。你不能把他们给漏掉。”

①吹牛者（Cracker）是对白人的一种贬损称呼，尤其是指美国南方的贫穷农村白人。

他有当地人的眼睛——就像在马来西亚，当地人可以区分中国人和马来人的房子，纯粹通过周围土地被使用的方式。他曾描述为吹牛者之家的房子似乎对我有吸引力，有大树、树荫和灌木丛。

他说：“它们有一定的吸引力。但是周围很多垃圾。你可以通过垃圾和这个地方普遍邋遢的外观来分辨吹牛者之家。半打废弃的汽车，比方说。曾经那是非常典型的。”

吹牛者，就像黑人，在当地等级制度里有他们自己的位置。

“当我正在长大时，我跟他们一起上高中和初中。但是我们并不来往。我们的社交生活是完全不同的。大多数吹牛者是浸礼会①、卫理公会或五旬节圣洁会② 教友——那是叫喊的宗教。然而，我的家庭和在这里的其他家庭主要是圣公会③ 教友，也有长老会的，他们高人一等。

“我会告诉你。在桃树林我们有一个夏季小别墅，我父亲的弟弟和他们的朋友夏天会待在那里。一座河边的四间屋子的房子。这是在一九〇二年后不久——我父亲刚结婚并把他的新娘带回来。他是十一个孩子里最年长的。

“一天，我父亲一早起来，六点，如往常一样喝杯咖啡。他看见几匹他的马站在大门旁，装上了马鞍但它们的缰绳却是断的。不一会儿，

---

①浸礼会（Baptists），基督教新教主要宗派之一。浸礼会反对给婴儿行洗礼，主张得救的信徒方可受洗，且受洗者须全身浸入水中，称为“浸礼”，故名。浸礼会主张独立自主、政教分离，反对英国国教和政府对地方教会的干涉。美国浸礼教会最早在 1639 年创立。美国独立后，在浸礼会的推动下，美国宪法确立了政教分离的原则。1845 年，因为对黑奴制度的存废有分歧，美国的浸礼会分裂成拥护黑奴制的南方浸礼会和主张废奴主义的北方浸礼会。19 世纪末到 20 世纪，为对抗现代主义对基督信仰的攻击，美国浸礼会兴起了基要主义运动和独立浸礼信会运动。现在，浸礼会是基督教在美国最大的派别。

②五旬节圣洁会（Pentecostal Holiness Church），基督教新教宗派之一。

③圣公会（Episcopalian），是源自英国的英格兰国教会和爱尔兰教会及其于世界各地衍生出来的教会之总称，即安立甘宗。由于“安立甘”一词与盎格鲁人一词词型较为相近，有时会被误认为是民族名称而非宗派名称，因此在美国及苏格兰等的强调圣公会非英格兰民族特性的地区，改以“The Episcopal Church”自称，用“Episcopalian”称呼其成员。

弟弟们和他们的朋友们现身，步行。他们曾去沼泽地里跳方块舞，吹牛者们居住的地方。之后他们没有找到马，不得不走回来。我父亲警告他们别再回去。因为，他说，这——割断马匹的缰绳——是吹牛者们警告你不要乱动他们的女人的方式。‘下一次他们会采取更激烈的行动’。

“但是他们不听，又去了。他们穿过沼泽地里的小径骑回去，这时吹牛者们拿着小刀从他们上方的大树枝上跳出来。就像印第安人。跟着我叔叔的一个人被杀了。那是在夜里。对任何人都无从对证。没有人被绳之以法。这是沼泽地的法规。你就是不能跟这些人交往。我父亲总是说，他宁愿让黑人住在他的地产上，而不是那些吹牛者。”

黑人看不起吹牛者，而吹牛者恨黑人，因为黑人处在与他们的直接竞争中。但是吹牛者跟黑人一样被利用，杰克·利兰说；并且很可能受到白人雇主更差的待遇，因为对于他们的责任感更少。

“吹牛者在南北战争后开始在数量上增加。在南北战争之前，在这片种植园区域里，只有种植园主和黑人，没有人处在中间，或许除了工头之外。”

有一座杰克·利兰想要向我展示的教堂，家庭教堂，与桃树林有联系的那个——圣詹姆斯，在桑堤（Santee）教区，桑堤是河流的名字。它沿着国王公路伫立，名字从殖民地时代传下来，暗示在一个大多数人由水路旅行的时期一条在国王的命令下修筑的路。路没有铺路面。如果有惯常的五月雨水量，它本该是难行的；但是它是适宜的。很快我们就在那里了：一座有柱廊的古老红砖教堂，背后有另一条柱廊。教堂曾有意要服务法国人和英国人，但是在背后给法国人的柱廊现在被堵上了。红砖具有某种在潮湿热带气候中被忽略的外观。

“来吧，”他突然说，不顾他受伤的脚踝而迅速移动，领着我穿过了栅栏，“来，让我向你展示我将被埋葬的地方。”

天很热，没有风，有蚊子发出的嗡嗡声。四周，在松林里，是各种各样的鸟啼声。在干燥、满是棕色叶子和掉落的松针的教堂的小院子里的是墓碑。

“所有这些人都是亲戚。”乔纳·柯林斯生于一七二三年死于一七八六年。“他是从巴巴多斯带来水手橱柜的人的儿子。”威廉·图默一八六六至一九五五。“我母亲的叔叔。一位律师和法官。”他对于靠近他的埋葬地选址的愉快使我吃惊，接着给予我敬畏。

“那里。”

一片寻常、裸露的土地，墓石之间的一小块空地。那就是他将要被埋葬的地方。

“我想要用平顶大理石坟墓埋葬，就在这里乔纳·柯林斯的边上。那将有我的姓名，我出生的日期，我死去的日期。并且在下面会有一行：跟杰克干一杯。我会留两千美元给教堂，这样每年春季仪式时他们可以有葡萄酒、威士忌或其他任何东西。我认为人们会因此而记得我。”

蚊子和其他昆虫是个麻烦。他已经预料到它们；他带着一罐驱虫剂而来。没有一丝微风，热的让人难以忍受，正在晒焦脑袋。但是这里往常是有风的，他说。

“没有声音像飒飒穿过松树的风的声音。而那就是我想要被埋葬的地方，这样我可以永远听着它。”

里面，这座教堂很普通，有不常被人使用的建筑物的霉臭和密闭的气味，没有那么热。这座教堂建造于一七六三年。（所以庞皮昂山小教堂也是在同一年建造。）它有高低不平地铺上地砖的地面，建筑材料是砖头、灰泥和木料。在这些部分里没有石头；窗户有木料饰边，装潢得像石头：当地的劳动，当地的树木，奴隶的劳动，或许。靠背长凳是被围住的；在靠背长凳里的家庭会被掩藏，好像在一个有四壁的盒子里，顶部是开放的。或许，杰克·利兰说，靠背长凳像那样被制作是为了保持孩子们在里面，抑或是在寒冷天气里他们更易于取暖，靠的是为那个目的而被使用的热砖。

他是怎样获得死亡和庆祝的观念的呢？

“有一位在英国牛津大学的奥格教授。他在不止二十五年前过来。他告诉我一个我从未听说的故事。有一位水稻种植园主的儿子，一位特拉皮尔先生，他在十九世纪三十年代造访牛津。来自南卡罗来纳州乔治敦（Georgetown）的水稻种植园主的儿子——在十九世纪三十年代进行修业旅行。他受到教师们的款待”——杰克·利兰准确地用了这个词——“新学院的。我认为那是新学院。他要了一杯薄荷朱利酒。他们从没有听说过薄荷朱利酒。于是当他回来时，他请人做了一个纯银大水罐，并且作为礼物送回学院，附着买薄荷朱利酒的钱。”

我们继续前往麦克莱伦维尔（McClellanville），在海边，家庭的夏季度假胜地。那实际上仍旧是一个家庭度假胜地。差不多在村庄的白人部分里的每座房子里都有同辈或亲戚。大多数黑人住在村庄地界之外。杰克·利兰了解每座房子的历史。那株木兰树是由他父亲在一八九二年栽下的，在当时曾是杰克·利兰祖母的院子的地方。他父亲曾用他的工具皮包从桃树林把树苗带来。杰克·利兰自己曾在前面的街上种了一排橡树。他是在一九三四年做那个的，他父亲不得不卖掉桃树林的前一年。它们现在是非常高大的树了。不过那样的植树曾是一项联邦计划的一部分——并且它们包含对那些日子的贫困的提醒。一位女士在管理这项联邦植树计划。她雇了大约十五名高中男生，支付给他们每天一美元。

我们在公路上的一间餐馆吃午饭，离麦克莱伦维尔不远。结果发现非常年轻的女招待拥有利兰的姓氏；她是一个表妹。

我念给他来自哥伦比亚邦联纪念碑的词句。他被它们所感动。

他说：“我认为那很伟大。”

他依旧对南北战争有所感吗？

他有。“当我还是一个男孩时，在我的家庭里有一个关于在战争结束之后家庭种植园之一的被焚烧的故事。这个地方属于分裂条例的起草者之一。那是在一八六〇年。当然，那助推了战争。在南北战争之后，这整片区域在军事管制下，掌管基督教会教区的区域的长官是一位比彻上校，哈莉特·比彻·斯托[①]的兄弟。他们是来自新英格兰的伟大的废奴主义者，并且我认为我可以说，那本书，《汤姆叔叔的小屋》，在挑起战争上比任何其他一件事情做的都多。它激怒了南方，那里只有百分之十三的人拥有奴隶，而且它也对北方人民产生了强有力的影响。

"这个故事是比彻上校的夫人到基督教会教区的各处焚烧种植园宅邸。我从小就以为那或许是一个民间故事。不过在近几年，一本马尔西医生的日记为人所知，他是一名北方军军医。他是被授权拿走书、艺术珍品以及不在这里的房子外面的东西并把船运到北方的人之一。而我的女儿，她正在对米德尔顿广场进行研究：她是部分的米德尔顿，得到了这本日记的一份拷贝。在里面，她读到了月桂山的焚烧。那是由分裂条例的起草者所拥有的宅邸。在那本日记那里有证据。她或许焚烧了二十座宅邸，比彻夫人。用火把点燃人们的房子。比彻一家是清教徒。这些人具有一种很难揣测的心态。当他们派传教士去非洲时，他们做的第一件事情是让非洲人穿衣服，遮羞。"

午后不久，重新上路，我们经过黑人教堂，会众正在四散，驱车离开。我问起黑人和汽车，记得在特立尼达黑人中对汽车的拥有只是在二战之后才变得普及。他说有一些年黑人不被允许驾驶汽车；他们被认为是鲁莽的司机。"而且他们的确是。"在过去，他说，黑人教堂在下午举行礼拜仪式，因为许多黑人妇女早上会在白人房子里工作，做午饭。

绿色的公路标记划出我们返回查尔斯顿的进度。有一小会儿杰克·利

---

①哈莉特·比彻·斯托（Harriet Beecher Stowe，1811－1896），美国作家、废奴主义者，最著名的作品《汤姆叔叔的小屋》成为美国南北战争的导火线之一。她的一生以写作为生，发表了多部作品。

兰停下来向前倾，他的手放在我座位的靠背上。

他靠回去并且说道："我们现在出了我的领地。"

那是阿历克斯·桑德斯，南卡罗来纳上诉法院的首席法官，指引我去的邦联纪念碑。我有一份对他的介绍；当我们在哥伦比亚初次相遇时，他请我在大学的教师俱乐部里吃午餐。我们的对话只是浅尝辄止。我感觉他被我们无结果的会晤弄迷惑了。但是对我来说不可能确切地告诉他我想要从他那里得到什么；因为简单的理由，在这种类型的旅行中，人们不知道他们想从一个人那里得到什么，直到他们跟他交谈之后。

他是一个大个子，带有强烈的口音可以使人们从他作为一名律师可以说的精确和简练中转移。他送我去了纪念碑，他后来说，是为了使我理解有关南方的某种东西。他自己，尽管他发现这些话很感人，有关这项事业并不确定。

"失去的事业为第二代所信奉或传奇化了。"纪念碑是在一八七九年被建起，战争结束的十四年之后。对他来说吃惊的是人们在一八七九年找到钱来建造纪念碑，那个时候吃的都不够。他记得曾跟一或两名邦联方的老兵交谈。他们中的一个说："因为其他乡亲的黑鬼，我的屁股被射中了。"

"你瞧，他一无所有。绝大多数在那场战争中战斗的人都一无所有。他们是上层社会的弹药。身份不只是仅仅记住过去。我们必须成为像博物馆馆长的人。在明朝，显然有很多美妙的东西。但是我也确信有很多是垃圾。馆长的职责是精挑细选。"

但是在他成长时，是否有一种对南方的态度呢？

他没有，至多是一条鱼对于他游过的海洋所持有的态度。"那只是在我长大并离开后，我培养了一种态度。而最初，我的态度是我为此感到羞愧。不过随着我的年长，我越来越认识到南方的侵略就是人类的侵略，那里总有某些东西是高一等的。在南方有一种文化态度围绕对家庭、上帝以及在某种程度上对故土的尊重。虽然爱国主义在我的清单里并不在最高美德之列，尽管如此，爱国者相信某种比自己更大的东西，那因此也是一种美德。在南方有一种态度更多面对整个生命而不是某一时刻。”

“荣耀？它是一个主题。那么多人讨论它。”

“我受到了类似的训练。相信真诚是一种最高的美德。生命的口号是无私。”他顿了一下，“但是我不清楚这里有什么是南方特有的。然而，我倾向于认为，你越接近赤道，你的生活就越容易被夸大。”

“在你变得为此感到羞愧之后，你是否尝试过使自己疏远南方？”

“尤其是在我跟来自北方的人在一起的时候。甚至当我身在南方之时，我也明确反对我不喜欢的事物，是种族主义。”

“那必定会产生烦扰，背叛曾伴随你长大的东西。”

他说：“那会产生某种精神分裂。不过随着我的年长，我变得更宽容。我变得对不宽容更宽容。如果有一名三K党徒跟你说话，你问他三K党象征什么，他会说它象征法律和秩序，还有爱和友谊，以及手足情谊。如果你问他怎样着手抵达那些，他会说：‘不惜一切代价。不论我们需要炸毁那座建筑还是袭击那个人。’他看不见那两个概念相互之间是怎样的不匹配。你不可能应付那种类型的精神分裂。”

在我们吃午餐时，他谈及南方对民权的接受程度，把它作为一种南方对其早期位置的不道德的认可。我想要知道是否他可以追溯那种认可的特定阶段。

“我度过一段很艰难的时期来对自己解释。那是一件奇妙的事情。如果你在五十年代末和六十年代初告诉我在不久的将来我们会有一个公平的社会，我不会相信你。当时我认为它或许要一百年才能到来。那甚至会是神圣的、已经发生的转变——我不知道。很难理解。但是人们一下子明白了那是错的，而且是不可思议的，让人们解释他们自己的行为在道德上是有缺陷的。从没有人曾以那样的尺度忏悔。这里我们不仅仅是以某个人、一个个体来说，而是整个社会。”

现在商业压力正在带来社会改变。最近传得沸沸扬扬的是，一位国际商用机器公司的黑人执行官被哥伦比亚的一家俱乐部拒绝赠予会员资格。结果是，国际商用机器公司已经放弃在当地创办工厂的想法。它和这位执行官都不希望谈论这件事情或者把它变成种族问题；因此，对于人们来说应付它并不容易。但是在俱乐部这一边没有什么影响，他们简单地改变了策略并且邀请一些黑人来参加。

桑德斯法官像一名律师一般讲话。通过法律，他已经拥有更不同的身份。

他说：“普通法是一件庄严的事情。它具有一种非凡的容量，以一种不仅保留文明而且促进它的方式解决纷争。对我来说，发现自己被一名法官在一千年前做出的裁决引到另一个裁决并不少见。我明白我正在服务一个更大的文明。我知道我正在服务它。”

“所以你没有一种身份的问题，在背景和职业之间没有烦恼。”

“不再有了。我对自己更加平和。当然，这大概是变老之后需要更少判断、更多理解的事情。”

他的家族“一直”在南卡罗来纳。他母亲这一边的一位早年的祖先曾作为印第安人的传教士出现，随后成为奴隶的传教士。

第三章　塔拉哈西[①]：与非理性停战 I

在查尔斯顿的人曾抱怨缺少午后雨。似乎为了对此有所补偿，在我离开的那天，几乎就在我出城向西时，来了一场猛烈的大暴雨。大树摇摆，树叶翻转，每条大树枝独自抽搐。雨水拍打着挡风玻璃；紧张兮兮的汽车打着车灯停在行车道上。不到几英里之外，又变成晴朗的下午三点；尽管依旧有时不时迫近的车辆——当他们把车头灯打开时——警告人们暴雨将至。

热带气候，属于大陆性强度，与景色相称：南卡罗来纳的湿地遭遇佛罗里达北部的沼泽，芦苇绿色和褐色相间，斑驳的水面或银色或黑色，景色因其广阔而令人印象深刻。很快，这片热带湿地，查尔斯顿——人们已经开始认为是理所当然：如此完美的造物——慢慢远离。很难想到那座城在这里，正如难以把整个儿这片滨海土地跟非洲奴隶制联系起来，这是代表新大陆、如此与众不同的土地，是人们想要关注、踏入的神奇的土地。

①塔拉哈西（Tallahassee），美国佛罗里达州州府，莱昂县县治。

英属加勒比群岛的奴隶制开始显现小型化，甚至是家庭性质的。英属加勒比群岛的奴隶制确实是一种十八世纪的制度；当奴隶制一八三四年在大英帝国被废止时，英国已经成为一个制造和贸易国家，可以有条件来勾销这些种植园和群岛。美国南部的奴隶制在十九世纪上半叶是最重要的——最重要的，就是说，奴隶制变得过时，是一个工业化国家里的谬论。但是商业人士只关心此时此地的事情（获悉奴隶主扩张种植园奴隶制到西部地区的愿望让人害怕）；并且为了废除南方的奴隶制发动了一场战争。自由的奴隶以无法逃避的数量存留，不再仅仅是劳力和财富的单元，一种通货；而且正是他们承受了南方痛苦的冲击，正是他们的缘故，以这种或那种方式，战争才被挑起。

奴隶就是奴隶；主人无须去考虑是否羞辱或折磨他。在奴隶制终结后的百年里，黑人在美国南方以各种我从不知晓的方式受着折磨，直到我开始在那个地区旅行。杰克·利兰曾告诉我，在汽车出现的早期，在南卡罗来纳黑人是不允许驾驶的。在塔拉哈西，我听说，黑人不准在商店里试衣服；他们必须买下他们试过的任何东西。在密西西比，黑人不可以接受超越某个特定点的教育；南卡罗来纳的人们有一段时间曾做出尝试来完全拒绝黑人教育。

在南方还有某些我们在殖民地岁月的加勒比海地区从未了解的事情：暴力，法律的缺失。黑人家庭对私刑的消息作何反应？那些尸体会怎么样？它们怎样被埋葬？我遇见的一个人告诉我，当他还是孩子时，他父亲不允许他去当送报员。这位父亲害怕某个白人妇女指控这个男孩是偷窥狂或者有强奸企图。

在加勒比海地区，黑人在殖民地被忽视一百年，并与殖民地分离一百年之后，发现自己在他自己的岛上成了大多数，拥有选举自己的领袖和政府的权力。美国黑人，大约在相同时期，发现自己刚被解放，但是在世界上最先进国家中仍处于少数，并且是那个国家里被剥夺权益最甚的人。他的发展潜力，作为一名美国人，远比那些西印度群岛的人来得大。不过对于主体来说不可能有容易的向前趋势；他们已经经历过太多；奴隶制和奴隶制之后岁月的非理性已经造成很多人的非理性和自我毁灭。

每天出现在新闻里：毒品、犯罪、街头生活、学校里的“同龄人负面压力”（黑人殴打在学校里表现出色的那些黑人）。在亚特兰大，安妮·西顿曾谈及她在特定年龄之后隐藏感情的需要，为她自己保留部分自我。看上去所有年龄的黑人——在他们的生命中实现他们的事业——感觉到类似的需要。不过在他们更加令人绝望的状况里，这种内省可以将他们与他们的事业分离并且经常违背它。

“最后，我认定，在我生命中最困难的（和最有回报的）事情是这样的事实，我生是一个黑人并由此被迫对某种与这一现实的停战起作用。”詹姆斯·鲍德温[①]（这门语言最优雅的操控者之一）的这段话自从大约三十年前我读到它们起就一直伴随着我。“现实”——我所记得的和我所接受的；现在，在美国南方，在我自己旅程的中途，我开始怀疑是否每个黑人寻求的停战事实上没有和他周围世界的非理性在一起。某些人的成就开始显得更加卓越。

柏妮丝·克劳赛尔牧师住在塔拉哈西的乔·路易斯大街。“不在国民住宅[②]里，”她在电话里说，“告诉司机不在国民住宅里。”而白人司机不单径直来到房子前，还在街上用车灯照亮这位戴着领圈的女士，她正跟她会众的一名成员交谈。

---

①詹姆斯·鲍德温（James Baldwin，1924－1987），美国作家、小说家、诗人、剧作家和社会活动家。作为黑人和同性恋者，鲍德温的不少作品关注20世纪中叶美国的种族问题和性解放运动。代表作有小说《向苍天呼吁》《乔瓦尼的房间》《另一个国家》等。

②指由政府出资供低收入者用的住宅。

克劳赛尔是一位浸礼会牧师，她由于是佛罗里达这一部分唯一的浸礼会女牧师并且从事一些社会工作而有点儿名声。她曾因为派送一次救济任务到密西西比而出现在新闻里，派往图尼卡镇[1]，在名为糖沟的一个贫困地区。她曾送出装满一卡车的补给。卡车一侧下方有一条印有专业性文字的横幅：塔拉哈西到图尼卡。那里为了效果有一种广告文案撰写者的感觉，我认为。不过在出租车司机指认时我在街上看见的女士没有任何令人生畏和武断之感。

她身材娇小、苗条，容貌和善，戴着领圈看上去有学院气，是某个适合有小房子和整洁院子的安静的居住区街道的人；肯定不是一条“国民住宅”里的街道。

她向和她在一起的妇女说再见，并向我致意。她说那名妇女属于她的会众，在她去教堂关灯的路上拦住了她。她邀请我跟她一起去。那离这里只有几个宅地，在路的另一侧：各各他浸礼会教堂，一座白色建筑，有一块木板给出她已故丈夫的名字，詹姆斯·阿隆·克劳赛尔。他创建了这座教堂。

小教堂周围的草地跟宅院里的草地一样被修剪整齐。门廊的白炽灯正浪费地亮着。

克劳赛尔——那是怎样类型的姓氏？她说那是法语。来自于路易斯安那州；它是那里早期重要定居者之一的姓氏。她的丈夫是浅肤色的人，跟他家族的许多人一样。

关于在那条街上的教堂的创建有一个故事。克劳赛尔一家在他们的房子里主持祈祷会，人们得救和被施洗。一天，克劳赛尔牧师问她：“我们打算为这些人做什么？”她说：“让我们创办一所教堂。”他说：“我不需要一所教堂。我已经在太多教堂做牧师。”她说：“好吧，亲爱的，我

①图尼卡（Tunica），密西西比州西北部小镇，靠近密西西比河，在20世纪90年代之前一直是美国最不发达的地方之一。

不是考虑你所需要的。我是在考虑人们所需要的。”这就是这所教堂是如何创办的。当克劳赛尔牧师去世，他的妻子柏妮丝响应会众的请求成了牧师。

这座教堂，外观如此洁白和朴素，里面放满了东西。那无疑经常被使用，看上去就像会客室或者会众的聚会地点。主厅大约五十英尺长三十英尺宽。满是鲜花，还有一架钢琴和管风琴。地毯是蓝绿色的；靠背长凳装有绿色织物垫。主厅的尽头是一幅非常大的耶稣和抹大拉的马利亚画像。那至少有十五英尺宽五英尺高。画像是二十三年前从波士顿附近的印刷行买来的。基督显而易见是白人，金色长发，稍有点儿——跟我在其他地方注意到的一样——像卡斯特将军的某些画像。

我问柏妮丝·克劳赛尔有关画像的情况。

她说：“那不会烦扰会众。我教导他们肤色并不重要。白肤色基督总比没有基督要好。毕竟，基督是无色的。”

不过她也有一个黑肤色基督来展示，黑肤色基督带着黑肤色门徒。这幅画像很小，是她可以握在手里的某件东西。

关于地毯和靠背长凳，她说：“一切都是捐赠的。给什么我们用什么。那就是为什么它们不相配。”

窗户上是画在纸上的彩色玻璃图案，粘上的纸条。纸条印有一种花的图案。它们是从史宾塞礼品订购，那是一家邮购企业；它们是从一个产品目录中被选出的。

教堂的门打开了，一个女人的声音问候牧师。柏妮丝牧师认识这位拜访者。她请求谅解并走向那位妇人。我没有转身去看；我看着波士顿壁画。到访的妇人低声说话，柏妮丝牧师的声音与她相称。她们的话语听不清楚。只有一句话，属于柏妮丝牧师，逃脱含糊的对话进入我耳中。“你不需要跌到地板上然后跳到天花板。”咨询持续了一会儿：那天早上第二个找到牧师来解答心灵问题的人。

在多声道别和感谢之后，拜访者离开时，柏妮丝牧师解释说。

“她女儿上周过来接受基督。她准备接受洗礼。她女儿十四岁大。然而某些人告诉她女儿，她还没准备好——他们确实试图阻止她进入教堂。一些教派不会让你加入直到你做出某种类型的情感及身体反应。那就是为什么我告诉那位母亲，现在你不需要跳到天花板。”

我请求她再多解释一点。

她说：“你生来是一个印度人。我们并非生来是基督徒。我们生来是黑人。”

那最后一句话由牧师说出来似乎有点儿奇怪。不过也许她的意思只是人们必须选择基督。

“成为基督徒不需要大量情感。在我们的礼拜仪式里，我们只有在非常受感动的情况下才情绪激动。”

她领着我进入主厅后面的屋子。那是主建筑物的附属建筑物，那被称作克劳赛尔友谊礼堂，以纪念她故去的丈夫。那是居家的布置。有一个用于烹饪的炉子，四周全是为了教堂的施舍尤其是“济贫任务”而收集的衣物。这位和善的女牧师一本正经地说起这项计划的口号：“那是我们的关爱分享计划。”那是“塔拉哈西到图尼卡”任务的一部分。有在架子上、在盒子里、在麻袋里和在桌子上的衣物（盖着绿布）。她说她为约六百英里远的密西西比州图尼卡的穷人的吁请已经触动了她会众的神经。

这间侧厅的四周，墙和木板上，都是美国黑人的照片。“我们在人们面前保留美国黑人的历史，这样他们会知道一些他们的传统。”那里有马丁·路德·金、理查德·艾伦（宾夕法尼亚州非洲卫理公会教堂的创始人）、布克·T. 华盛顿、哈莉特·塔布曼[①]、弗雷德里克·道格拉斯以

①哈莉特·塔布曼（Harriet Tubman，1820－1913），美国废奴主义者，杰出的黑人废奴主义运动家。她本人就是一个逃跑的奴隶，帮助许多黑人奴隶逃亡。

及美国黑人服务英雄们；还有一张黑人拥有的亚特兰大人寿保险公司的照片。

我们离开侧厅，往回穿过教堂主厅。紧靠前门的墙上有很多柏妮丝牧师一九七二年欧洲旅行的彩色快照。这——以及其他的一切——给了这面墙一种虔诚者的剪贴簿的感觉。不过那里有更多的东西。这位年长的黑人妇女作为一名黑人曾体验更大的世界，闻名的世界，并且把这些经历的少许魔力带回给她的黑人会众。就像曾授予她的荣誉被看作是授予黑人的荣誉，并且由此成为授予所有黑人的荣誉。

在教堂的门廊有来自杂志的黑人和白人家庭小组的剪贴。这是柏妮丝牧师提醒她的会众母亲节的方式；并且她用心地展示了黑人和白人的家庭小组。她说："我们是双种族国家。"这个词对我来说是新的；不过随后她描述并延伸了它。"我们是黑人，但是这个国家并不全是黑人。我们是很多种族。于是在描绘家庭时，我们有不同肤色的家庭。"

空气由于花粉而感觉沉闷。在路的另一边，她房子所在的地方，地面向下倾斜，于是房子在一片小凹地里；而空气更加沉闷。车库里有一辆车。在她的小客厅里，远比人们从外面或许会认为的更小，有更多照片、纪念品之类的东西。一面墙被装框的证书和饰板覆盖。客厅里很温暖，哪怕门是开着的。

她出生在佐治亚州，当她九个月大时被双亲带到了俄亥俄州哥伦布。"我不知道我爸爸做什么。我爸爸是个工人。他是个小个子。他不能够做太多。"很可能源自她父亲，她也遗传了她自己的娇小。"我们留在哥伦布一小段时间。然后我母亲去世而我们的阿姨带我们去了纽约。我爱我的阿姨。我年纪太小没法了解我母亲。在纽约，我们周围什么都有——吸大麻、凶杀、吸毒——不过那不会影响我们，因为我们的教堂生活。"

她突然停下来讲述有关乡下黑人在来到大城市时必须做出的适应。

“你失去所有跟你的家庭、你的社区、你的教会的联系。然而那里有给你获得新联系的机会，甚至在像纽约那样的大都市。你可以加入一个较小团体，并且成为那个较小团体里能够独立发展的人。比方说，像一个教会、一个社交俱乐部、一个政治团体或者就是一个街头团体。一些年轻人，当他们从南方迁移到北方，他们仍旧想要一个团体来依附。于是很不幸，他们加入了街头团体。”

她怎样解释黑人所具有的强烈宗教本能？

“我认为那源自奴役。而且甚至在奴役之前。源自非洲。他们就是有强烈的宗教传统。在奴役中，上帝是他们的拯救者。而且他们感觉有一天上帝会把它解决。”

有时候那是一种逃避现实的形式吗？

“对于某些人，那或许是一种逃避现实的形式。我不会否认它。但是根本上，基督教信仰是一种生活方式。我可以说白人教堂就我所知跟我们的类似。他们正在做大量的传教工作。而且比我们更多，因为他们有财源。宗教在打破种族隔离中起了非常大的帮助作用。

“我必须私下里说。我没有经历任何种族敌意直到我离开纽约前往华盛顿特区生活。这是在一九四一年，当时我二十五岁。我去为政府工作。并且有了这种让我心烦的经历——第一天。陆军部大楼的自助餐厅还没有开放。于是我们大概四个黑人女孩前去一家三明治小店吃午餐，我们买了苏打水，并且准备坐下来吃，那里的女士说得非常刺耳，‘你们这些人不能，你们这些人不能找别的地方去吃吗？’当然，在那之后我们都没有胃口了。”

“这动摇了你的信仰或者你思考的方式吗？”

“那做了什么，那让我对我的国家感到疑惑。在那之前，我是百分之百的爱国者。我爱美国。不过那开始稍稍损害了我的爱国热情。那并没有动摇我的宗教信仰。事实上，由于我的宗教训练，我不会对三明治店里的妇女心怀怨恨。华盛顿特区并没有取消隔离。而那才是让我难以置信的，国家的首都没有取消隔离。

“当我们去陆军部大楼的大自助餐厅，我们在那里工作，白人不会想跟我们坐在同一桌。如果我们坐在他们身边，他们会换位子。我们刚开始了解这种情况存在。那使我成为一名斗士，好吧。我们在那里加入由贵格会[①]教友领头的团体，我们的目标是解除这座城市里某些便餐馆的种族隔离。我们聚会——所有贵格会教友都是白人——做祷告并决定我们去哪里。并且我们被告知不对表现给我们的任何暴力表示任何回应。我们不得不接受培训。你不能够想象被说给我们听的那些东西。人们会朝你脸上吐唾沫。如果我们正在喝上一杯，他们会把它拿起并扔出去。基督说转过另一边脸颊。最终，华盛顿取消隔离，在不久以后。”

空气是沉闷的，由于花粉和佛罗里达北部的潮湿。我的双眼已开始刺痛；而现在，想到那些祷告聚会，我开始流泪。

她说：“人们已经改变。而现在，那些人中的一部分不会相信他们当初那样冷酷。”

那是多么好的表达方式。她并没有给出个人宽恕。她谈到了内心更大的转变。那极度地感人。

她说：“这些经历有助于塑造我，给我更多个性和力量。”

但是其他人怎样呢？

“一些人不能接受它。他们就放弃了。他们承认。对于那些人来说，那或许是能做的最好的事情。不是每个人都适合战斗。《圣经》上说，让强者支撑弱者的缺陷。”

她，在她的小客厅的靠背长椅里如此纤弱和安分，认为自己是强者

①贵格会是基督教新教的一个派别，该派反对任何形式的战争和暴力，主张任何人之间都要像兄弟一样，主张和平主义和宗教自由。该教会坚决反对奴隶制，在美国南北战争前后的废奴运动中起过重要作用。

中的一员。

“那仍旧是个问题。没有种族隔离，但种族主义还在。那更加微妙。”

我想知道她对往事的态度。不过她的过去，跟几乎所有我与之对话的黑人一样，停在了某个特定的点。

“我从未探究我的根源。我可以回溯到我祖父和祖母那一辈。一九〇〇年前后。那就是全部。”

现在除了种族主义的那些之外，还有其他问题。这些问题里有少女怀孕、吸毒、辍学以及被报道殴打那些在学习上比他们出色的黑人的在校黑人的行为。

“当学校里都是黑人的时候我们没有那种问题。现在，我讨厌说这个，种族融合已经毁了一些黑人孩子。因为在黑人学校，我们必须定期拜访家长的家。如果我们有问题，我们会去家里，而家长都非常配合。我们在学校里有宗教活动。我们有十五分钟晨更。在融合学校里所发生的是一些黑人孩子开始以一些不求上进的白人孩子为榜样。家长没有跟学校的紧密联系。我们中那些从事这项工作的人必须更加努力工作。现在你不可能在学校里做太多。”

她把自己看作强者中的一员。她的宗教信仰给了她一部分的力量。是否曾有过任何经历使她坚定她的信仰？

她说：“很多。无时无刻。上帝与人交谈，正如他过去所做的那样。当我十六岁时我就知道我将要去讲道。我告诉我在纽约的教会。我不知道那如何而来。我只是知道它。我知道在一九七一年，当时我成为一名牧师，上帝曾与我对话。当上帝说话时，它们是我内心的言语。不过有几次上帝曾口头上对我说，当时他呼唤我的名字，而我环顾四周看是谁在那里呼唤我，那里没有人。第一次听见上帝讲话的经历是在我还是孩子时。他说：‘起来去加入教会。’我当时并没有这么做。

“不过自从我成为牧师，上帝无时无刻不对我说话。用言语。他会告诉我做某件事情。我会大声回答他。一些我的会众了解那些经历。某个礼拜天，上帝跟我说起会众中的一个小孩。我就转身回到讲道坛，上帝说：‘为那个孩子祈祷！’我转身并看见这个孩子坐在某人的膝上。命令是紧急的。我说：‘那是谁的孩子？把那个孩子带到这里。’我祈祷。人们哭了。一周之后这个孩子病了，不过这个孩子并没有死。感谢上帝！”

她一般不会提起这些经历。一次她这么做是当她出现在任命委员会面前的时候，那是在纽约城里的一个黑人浸礼会教友团体。“我必须证明神对我的感召。我讲了上帝如何对我讲话。当我告诉任命委员会时，他们相当理解。”

她的宗教信仰曾帮助她度过一九四一年及以后在华盛顿的艰难时期。

“你看，那就是在这些情况下指导和保护我们的圣灵。”

“你曾感觉到被抛弃吗？”

“我从未感觉被上帝抛弃。”

“是他告诉你要成为一名斗士吗？”

“我不知道。那在我身体里。并且我感觉我已经做了我所能做的。”

她崇敬对马丁·路德·金的记忆。不过她与贵格会教友在华盛顿的反抗在二十世纪五六十年代的民权运动之前很久。她比她所宣称的更加勇敢。不过她把一切都归于她的信仰。“太多宗教体验，太多神的体验。”并且她欣慰于她的女儿们都有宗教倾向，其中一个还把自己“完全奉献给教会”。在那种程度上，她正在传递作为女牧师的火炬。

“当我还是在纽约的孩子时，我们的会众里有女传教士，所以对我来说那并不是罕见或独特的事情。当我嫁给一个牧师时，我失去了所有自己成为一名牧师的想法。我的丈夫并不相信女人会成为牧师。不过他了解我想要成为一名牧师。他是一个有悟性的人。他比我年长很多。他知道我想成为一名牧师是因为有时候在教堂里我会起身宣讲。当圣灵行动，你就行动。他理解我是真诚的。当一九七一年上帝对我说话时，我禁不住挣脱我丈夫的想法。此刻我必须回应那个召唤。我必须倾听上帝的声音而不是我丈夫的声音。”

该是我离开的时候了。她给了我一本有关她的影印合订小册子，六个月前为向她表示敬意在佛罗里达农工大学举办的庆祝活动的纪念册。这本小册子里有摘自塔拉哈西《民主报》的有关她的文章的复本；它还列出了她许多的奖项和荣誉。标题页是整页她自己的照片；在封面上她被描述为“基督的献身者”。

她还给了我她的名片。在这张名片上，各各他浸礼会教堂被描述——我也认为是广告文案——为“在乔·路易斯[1]和亚利桑那场角的友好小教堂”。有时候那在我看来非常“美国”。现在我对此更多了一点儿理解，并且知道像柏妮丝牧师的教堂那样不仅仅是礼拜的场所，也是社区中心、社交中心，并且取决于牧师的个性。

莫里斯·克罗克特，一个高大、挺拔、英俊的五十六岁棕色皮肤男人，是佛罗里达州假释委员会的理事。作为一个当地黑人的成功故事的代表人物他曾被我知悉。那使我想要见他。他同意见我，但是他不明白我要寻求什么。当我某天午后被带到他的办公室——他的桌子清理过，他的头靠在交叉的双臂上休息，但是他完全没有睡意——他没有立即表示欢迎。

他说，像一个准备好的声明：“大多数外面来的人把我们看作缺乏教育的人种，半文盲。”如果我们像那样继续的话，在会谈中不会有很多收获；不过当他了解我是来倾听的，他的态度变和缓了。很快他天生的风度取而代之；他从容自在地交谈，急于抹去最初不友好的印象。

①乔·路易斯（Joe Louis，1914－1981），美国职业拳击手，战绩69胜3负，其中55场击倒对手。乔·路易斯一生为打破种族歧视，改变黑人在美国的社会地位和形象，起到了无可替代的作用，被认为是美国黑人的英雄。

他说："当我成为部门领导，管辖黑人和白人时，白人并不高兴，我不得不在警方保护下生活了两三年。"

现在看起来那不太可能，在他职员的普遍礼貌中。

"那或许是一次过激反应，但是你永远不知道。有好些恐吓电话和暗示。还有许多白人辞职了。"

战斗并不令人愉快，但那是必须的。

"一些人试图给出当我们被解除隔离时白人高兴黑人也高兴的印象。但那不是真的。我不认为任何有思想的人在那种环境下可以高兴得起来。我从来不能承受得起快乐。我的选择如此受限。我儿子今天有不受限制的职业选择。我没有。当一九六四年我认为我应该得到一次晋升时，他们过来开车带我兜风，解释说我够资格但是他们还没准备好让有色人种做那种职位。我回到家里，我告诉你，我哭了。那还在伤害我。

"我的儿子，由于我的职位，从未经历那种拒绝。在我这里的工作中，我主要被白人包围，而这正是我儿子成长的环境。"

他的儿子在白人公立学校上学，直到他父亲把他放到一所当地黑人大学附属的黑人学校。

"他不能接受它。他从没有处在一个全黑人的环境里。音乐不同，举止不同。迈克尔一直听白人孩子的音乐。在他的童子军团里，他是唯一的黑人孩子。"

莫里斯·克罗克特曾度过一段艰难时期，并且活得相当不错。但是是否有些人在压力下放弃？

"一些人退出了。你那样做的方式是使你自己进入你的教会，进入围绕家庭的事务。所以为了所有实际的目标，你把自己与现实隔离。教会全是黑人，当你去那里时，每个人都友好，你不会被恐吓，就像重新回到了发源地。"

不过他曾有一种特殊的力量来源。

“大多数黑人孩子主要具有母系家庭体系。但是我跟着一个男人长大。他是我的继父。他对我来说是榜样和向导。母亲倾向于不对男孩如此严格。男孩需要男性提供的那种条理。我认为如果有男性的基础家庭结构在位的话，如今很多黑人孩子会去上学。不过由于缺乏职业机会，黑人男性在安顿他们自己上举步维艰。”

我问他他的儿子，他从白人学校被带出然后送到黑人学校的事。

莫里斯·克罗克特说：“他已经开始意识到他是个黑人，每个人都不爱他。他在塔斯基吉[①]（Tuskegee）开始他的第三年学业。不过迈克尔仍旧有他白人朋友的基本框架。”

出于现在的成功，出于他新的保障，莫里斯·克罗克特正在重新发现、重新肯定他的黑人身份。他需要宗教信仰，但是他需要的是黑人宗教信仰。

“我不是一个叫喊的人。但是我喜欢在一个那种事情在继续的教会里。我们中的许多人想要效仿其他标准，而我们必须那样做。但是我依旧认为，跟大多数民族团体一样，你不应该使你自己跟你的基础文化分离。尤其是当我去教堂的时候。教会是我的救星。教会使我保持头脑清醒。”

救星、头脑清醒——我不曾听过这两个词连在一起。但是在假释委员会理事的工作中有特殊的需要。

“某些日子在这项工作中，努力坚持的压力送你带着痛苦回家。我们不得不做的最有压力的事情之一是主持与死刑牢房里的罪犯的最后面对面谈话。我们的确要去监狱，跟囚犯和他的律师坐在一起。我们的会面由一名法庭书记员转录。当世界给了我太多压力时，我去教堂。对于我们南方黑人来说神的恩典是教堂。”

---

①指位于美国亚拉巴马州东部塔斯基吉的私立黑人大学。

"你现在是否感觉成功？满足？"

"我不满足。我将带着不满足去我的坟墓。我自始至终试图改进。人们说我们想从树上落地并且在我们余下的日子里吃西瓜。我想让他们知道那种老套的说法是错位的。在我的工作中我接待了很多拜访者。大多数来自外面的人把我们看作缺乏教育的人种，语言运用不熟练。我猜想他们把我们看作半文盲。"

那是我们对话开始的地方。现在他已经把它带回到那个点，附上一个解释。

"但这是错的。如果你像那样来见我，我会让你知道我不是你可以用那种方式应付的人。"

他自己与非理性的停战——他是怎样处理它的？有关往事，现在从这个距离，什么是最使他吃惊的？

"我发现现在难以理解的是我怎样包容愤怒的。我料想你必须学习愤怒并不解决你的问题。你有时候必须坐下来跟你自己角力。"

他仍旧偶尔要角力。他住在一个白人街坊。他牵着他的狗去散步。无论早晨或下午的什么时间他牵着他的狗，在街道一头的一所房子里，总有一个白人老头出来坐在走廊上盯着他。看起来那老头正在等着克罗克特先生走过他的房子。

"但是意义是什么呢？"

我并不理解克罗克特先生给出的解释。"他想要让我知道他在那里。他想要让我知道我正在被盯梢。"克罗克特先生用手指做了个手势，划了一条水平线。

"他会说些什么吗？你们交谈吗？"

"我们有。我总是不得不想某些话来回嘴。他上一次说的是，'我不知道谁更慢，你还是这条狗。'我不得不想一些话来说，某些愚蠢的话，像，'你比我们两个都慢'。那种废话。"

不过这位邻居也许是个宗教徒，也许是一名浸礼会信徒，一位基要主义者。难道那导向一种特定类型的交流吗？

克罗克特先生对此否认。“白人基要主义”——把它放入一个跟他在黑人教会中喜欢并看作他黑人文化一部分的黑人基要主义完全不同的分类——“那是他们试图回到过去好日子的尝试。白人教会现在有一所附属于它的学校。他们称它为‘基督教学校’；主要的目的是保持其隔离状态。白人基要主义教会消费了这些人并且消费了这些问题。那是建立一种早已落空结构的一次未完成的尝试。”

是一位西海岸作家的建议，最初来自塔拉哈西的某个人，把我送到了塔拉哈西。佛罗里达北部，我曾听说，跟佛罗里达南部完全不同。佛罗里达北部，这个州的狭长部分，是南方腹地的一部分。但是那花了我很长时间来找我的路线；这有时候会发生在这种类型的旅行中。

塔拉哈西，该州州府，是在狭长地带两端的中间、彭萨科拉[①]（Pensacola）和杰克逊维尔两城中间的人工行政中心。所有我必须知道的乡下是在塔拉哈西和墨西哥湾的白沙黑溪上的海滨别墅之间的几英里：食品店、餐馆、活动房屋、加油站、提供活饵的场所和教堂构成的一道假日风景线——“红脖佬”地区用完即弃的建筑物，在那里（我被告知）从前黑人会被放火赶走，如果他们试图定居的话，并且那里仍旧几乎没有黑人。

然而，就在我在塔拉哈西的时间的尾声，我看见了某种异于那条假日风景线的东西。大约一小时车程之外，在公路——美国公路使得一个州跟另一个看上去一样，并且州的一部分也跟另一部分一样——后面我看见废弃的泥土路，曾经是田地的森林，曾经被整个遗弃的房子，杂草

①美国佛罗里达州西北部城市、军港。

丛生的院子里的车棚和车库。有一点像在非洲，在扎伊尔或卢旺达，被遗弃的欧洲人城镇。

这里曾经有一个旧的社区。现在它很难生存。农业不再能支撑它；农业不再有收益。在荒废的房屋间的各处——大树、矮树和灌木似乎朝它们伸了出来，使得院子的开放空间变暗——是仍旧有人生活的地方，黑人和白人，没准备好离开的人，都在坚持，可以说是正在耗尽他们自身品行的怪癖的人。比方说，在低门廊上摇晃的年轻胖子是一个黑人农民的儿子。那是他选择的度过日子的方式；他做出了隐居的选择。我想起在霍华德的村庄里的酒鬼，在一个星期天从他家的窗户里往外看，但是远离他社区的生活。这里不再有一个社区；年轻胖子在灌木丛中摇晃。

我的向导是格兰杰。他是白人，四十多岁，在附近镇上的酒店里工作。他那么做是为了现钱，保持他自己的农场运作。那是一个小农场，一百二十亩地。祖传的土地。那是在南北战争前的十年里成为宅地的——印第安人的土地，标出并从联邦政府索取。当地浸礼会教堂在一八五六年建立；格兰杰是一名浸礼会教友。这片土地从没有被奴隶耕作过。“我们感觉自己像最初的美国人。”格兰杰的一名亲戚告诉我。多方面的祖先从南卡罗来纳、弗吉尼亚和佐治亚移居到这一部分的佛罗里达。

在这个古老富有的家族的某些支系里有些故事。有一个故事是某位祖先曾在英国拥有三分之一个郡。还有个后来的故事，来自一段南北战争的灾祸之后的时期，属于另一位曾在中国贸易中取得成功并带回家一箱金币的祖先，当金币倾倒在农宅地板上时，曾升起一片纯金的尘雾。

现在格兰杰在一家酒店里工作，两天上班，两天休息，并且照看祖传农场里留下的东西，这么做不是为了金钱而是为了虔诚，亏欠他祖先的债，而且这么做也是因为务农对他来说是日子里美好的部分。务农意味着在这些田地里，在这些树林里。

我们在他陈旧、没有空调的皮卡里驶过他的田地。他的一头母牛刚产下牛犊。我们把皮卡停在松树中间，在稀疏阴影里，在牛粪堆和松果、松针、易碎的枯枝中间。他出去并保持他的距离，跟母亲和正在尽力站起来的污迹斑斑的初生牛犊交谈。他已经等待这件事有些天了。这正是他正在做并喜欢的农务，它曾把他的和善赋予他。

但是发展正在到来。在城里有工作的人正在乡村建造房屋。老农场正在受到威胁。以印第安人土地被划分为宅地为开始的一个循环正走向终点。（三十八岁时死于联邦政府囚禁中的塞米诺族酋长奥西奥拉的坟墓离查尔斯顿不远，在能看得见萨姆特堡① 的地方。）

五十英里左右之外，仍旧在狭长地带里，建筑发展和农业失败正在终结另一种类型的社区，一个黑人佃农的社区。自从奴隶制结束之后黑人就在这片土地上生活。曾经每个人都是相关联的；这些田地限定了每个人的范围。如今道路通到那里；被暴露的社区正在解散；在旧的田地里有松树种植园——新生的松树从大量灌木中生长出来。但是不是每个人都准备好移居到一座城镇？

在这片土地上的生活不同于格兰杰在他的一百二十亩地上发现的生活。对于祖先、历史、虔诚这里有不同的观念。对于巴雷特，带领我参观的三十多岁黑人，这片排外的黑人社区的农业生活是单调乏味和令人羞愧的。

巴雷特是中产阶级，双亲是谦逊的专业人士。他来自一个颇大的城镇，那里黑人很少。直至来到塔拉哈西，他都认为南方的黑人就像他的

①萨姆特堡（Fort Sumter）是位于美国南卡罗来纳州查尔斯顿港的一处石制防御工事，始建于 1827 年，以美国独立战争英雄托马斯 · 萨姆特将军的姓来命名。1861 年 4 月 12 日，萨姆特堡遭到南军炮轰，称为萨姆特堡战役。随后，美国总统亚伯拉罕 · 林肯对南方宣战，南北战争爆发。

家庭；他仍然因为在塔拉哈西那些并不符合他原先概念的黑人生活方面而不安和激愤。处于少数的概念是他教养中非常大的部分，并且对他如此重要，他告诉我，习惯全黑人街道的景象对他是有困难的。我因为他那样说而喜欢他；很少有人会坦白如此简单和潜在的某件事情。当他的工作将他带到那个古老的黑人农业社区时，他说，他遭遇了"文化冲击"。

我不认为他正在向我展示的都那样坏。但是，我并没有满足他的期望。随着怒气再度在他体内积聚，出于希望再度看到最坏情况并且向我展示它的这种愤怒，他开车带我去了一条小路并且说道："看看那个。一间没有窗户的房子。"

那很特别，一间修补多次、破旧的老木屋，在光秃秃的院子里独自竖立，周围没有树，背后有野地里的灌木丛。

我想我现在理解了莫里斯·克罗克特希望为他儿子保留的东西：在"白人"中长大然后像巴雷特一样必须做出调整。

关于黑人宗教信仰，巴雷特并不像莫里斯·克罗克特那样认为喊叫的宗教是他自己黑人文化的一部分。结婚以后，他说，他和他的妻子曾谈及他们应该去哪个教会。他们曾非常严肃地交谈，并且决定加入长老教会。

他比莫里斯·克罗克特年轻二十岁，并没有更年长的人的那种需要。

在我们驱车旅行开始时，我曾注意到他的种族激情。他希望首先批判某个人；但是接着他被自己的话语引开，去向一种更加普遍的苦恼。我曾问及他的种族激情；那似乎是他绝对的主题。他确认了我的问题，却没有回应它。现在，在我们快要回到酒店时，他说起了那个问题。

他说："你问我的问题。我考虑过它。我猜想我愤怒是因为我是黑人。我不知道这是否是足够好的理由，但就是这样。"

一个好的回答，是他诚实的一部分。

在酒店的车道里，我逐渐辨认出一个黑人身形。他戴着黑色头巾，穿着奶油色印度款式长衫。他正在大声朗读，唱诵一本阿拉伯书，或许是一本《古兰经》。他对身边的来来往往毫不留意。他像一个学生那样大声朗读，把大书凑在他的面前；他不可能被忽视。

柏妮丝·克劳赛尔牧师、克罗克特先生、巴雷特——他们代表发展中的黑人进步运动的各个方面。杰西·杰克逊[①] 某天曾来到塔拉哈西，寻求对他总统候选资格的支持。纵使这个人自己没有被许多人看见，他的存在却被感知。他的随从几乎挤满了金鸡酒店。那天深夜一辆引擎盖打开的豪华轿车停在一家俱乐部的外面，在那里候选人正在会晤当地人。如此的做派，如此的开销；而这只是其中一天，总统候选人日历中并不十分重要的一天。

那原本在历史上是令人满意的，并且对于理性地管理更加简单，如果这个进步运动是广泛的全部；如果黑人的法定权利胜利，他们现在已成为他们自己命运的主人。不过在这个运动的另一端，并且足够接近威胁这个运动的（尽管杰克逊党派的男男女女在金鸡酒店的强势存在），是非理性和自我毁灭，还有一种也许前所未知的绝望。

那就像奴隶制最后的残暴：现在，在一个本该有可能性的时刻，很大一部分黑人却发现自己在没有信仰和社区支持的情况下在上一个百年左右的时间里演进。在加勒比海群岛，在奴隶制最稳定的日子里，奴隶们在夜晚假装拥有他们自己的王国：一种对于西非种植园信念的移情——仍旧在象牙海岸流行——真实世界在日落后开始，而在夜晚，人们改变或颠倒他们白天的角色。没有这样的幻想，没有非洲千年的梦想，支持新的被剥夺的黑人元素。进入他们的空缺是困难的。

“我什么都不是。我只是存在。”一个在感化中心里的年轻黑人说。“您

---

①杰西·杰克逊（Jesse Jackson，1941–），美国著名黑人民权领袖和浸礼会牧师。1984和1988年是民主党总统提名候选人。

的双手很柔软。”另一个说，使用的字眼在我看来来自很久以前，“您的双手柔软得像棉花。”他自己的手也是轻柔的。他具有一种行为不良者的智力和危险吸引力。但是他可怕地迷失了；他不可能被触及。另一个人说：“对于一个黑人来说，走出极小的一步也非常难。”

他们都会在几个月内被释放。但是在外面的世界里他们一无所有；他们坚持那样说。他们都说得好像生命已经被预先决定，并且早已完结。

“将近八百万双手会帮你向上拉起重担，或者他们会反着你把重担往下拉。我们将贡献三分之一或更多的南方的愚昧和犯罪，或者三分之一的它的智慧和进步；我们将贡献三分之一给南方的商业和工业繁荣，或者我们将证实一个名副其实的毁灭、停滞、萧条的主体……政治主体。”

这些话读起来像特别的吁请。而它们正是。它们来自于布克·T.华盛顿一八九五年在亚特兰大的演讲，当时他只有三十九岁：一次建立起他的声望的著名演讲，并且在其中他做了两件显然不能调和的事情——使南方白人冷静下来和为黑人在一段几乎绝望的时间里提供希望。特别的吁请，有点儿夸大；不过一八九五年亚特兰大演讲的那些话语现在读起来像预言。

第四章　塔斯基吉：与非理性停战 II

当我还是孩子时，我就知道《超越奴役》。我父亲曾给我念过选自这本书的一个故事，我确信我随后独自阅读了这本书的更多内容。我的父亲，出身贫穷，不管他的抱负且一直贫穷，却喜欢那些关于自助和从贫困中出头者的故事。他在特立尼达受苦，而我已了解了《超越奴役》具有种族含义并且可以跟我们自己岛国事情发展的方式相联系。但是我还太年轻，无法处置那种类型的信息。我几乎以接受一篇童话故事的心情来接受我父亲读给我的布克·T. 华盛顿的故事，并且在它暂住的我的那部分意识里，种族和历史时期都已经被剥离。

在一个人出头并成功的更大故事里，要讨论的是有关一次测试的故事。这个小男孩，独自在人间，正要迈入这个世界，他被要求整理一张床（这就是这个故事活在我意识里的方式）。处在危险中的、取决于床是否被正确地铺整的是小男孩的整个未来。

要忘记那个故事很难（每次我铺床时它都萦绕在我的意识里）；童话式的测试，把看上去琐碎或不相干的事情做得非常好。像引诱受正义驱使的骑士或者许下誓约的圣人的故事；像其他神话故事里的神奇测试：

捡起稻谷，猜测矮人的名字，把稻草纺成金子。

不过这个在我意识里留存的故事在一个细节上是错的。这个衣衫褴褛的男孩，奴隶出身，他夜以继日地走到一所特别的学校去接受那里的教育，在那里他首先被要求的不是铺床，而是打扫房间。这个男孩打扫了四次房间。设置测试的妇女那时并不是简单地说："正确。你通过了。"她是用手指在墙和地板上快速移动来检查。男孩的判断终究还是正确的。这项迷惑人的简单任务他做得非常好；以这种方式，他还把另一位潜在的折磨者争取过来，把她转变为他神奇旅程里的伙伴。

为什么在我的记忆里，故事从打扫房间转变为铺床有一个原因。床对奴隶男孩很重要。在单间奴隶小屋里，还有农场厨房里，男孩曾跟他母亲一起生活，他睡在泥地上的破衣烂布里；而当他地位上升，第一次被赠予一张铺好的床时，他并不知道怎样使用它。他不知道该睡在两条单子上还是中间还是它们下面。（我对那种窘态深有同感，我十八岁时从热带的特立尼达移居温带的英格兰，在特立尼达我们用自己的方式铺床：一张单子盖在床上，另一张单子或毯子折叠着，如有需要在晚间会被用作宽松的盖被。我或许已经转移早年个人的窘境给我的关于这本书的记忆。）在他后来在亚拉巴马州塔斯基吉为像他一样刚脱离奴隶制不久的人建立的学校里，布克·T. 华盛顿注重教导他的学生们如何使用床铺，并且以更一般的方式注重教授好的家庭礼仪，正如他逐渐理解它们的方式。

一个感人的故事，寓言似的一个：曾睡在奴隶小屋地板上的男孩成为他的年代里最著名的美国人中的一个，曾与总统一起进餐，从未停止为他人民的事业服务。很容易明白《超越奴役》怎样影响一个像安德鲁·卡内基那样白手起家的人，并且从他那里拿出大量钱财用于塔斯基吉的学校。

与此同时，恰恰是布克·T. 华盛顿故事的寓言性使它似乎跟人们在书中和报纸里写到的美国南方或美国种族问题的更阴暗面分隔。这个人的盛名曾起了什么作用？对于这伟大的成就曾发生了什么？于是这本书已变得模糊，只留下铺床测试的记忆（在我的脑海里跟中年托尔斯泰的故事一起出现，在一个农民的阶段里，希望整理自己的床）。然后，这个书名恰恰被威廉·巴克利[①]拙劣模仿的书名《超越自由》悄然破坏。

在我开始计划这次旅行，并且有了去塔斯基吉的主意时，这本书对我再次变得真实。当我去哈莱姆的公寓看艾尔·默里时，它变得特别真实。

艾尔·默里是我遇见并向我讲述塔斯基吉的第一位受教育的人。是他开始给了我一些有关布克·T.华盛顿的崇高和复杂（和苦恼）的概念；给中性的童话人物提供种族属性——奴隶男孩的父亲或许是白人；并把他放入相应的历史时期。当学校在一八八一年始创时，作为普通的职业学校，黑人拥有选举权，而且学校得到亚拉巴马州的一些小额补贴。二十年之后，当《超越奴役》出版时，黑人在美国南方事实上被剥夺了公民权。正是在这样的背景下，面对不断增加的法律条目，布克·T.华盛顿建立了他的学校。在稳定时期已经足够艰难的事情，在偏见、隔离和屈辱之墙持续移动、迫近的情况下，变得更加艰难。布克·T.华盛顿做了他所做的事情，艾尔说，是因为他理解资本主义美国运转的方式；他知道如何向美国的那一侧面展现他自己。要记住重要的是布克·T.华盛顿是十九世纪的美国人，与卡内基以及他借取财富的其他人地位对等的人。

艾尔·默里对他的大学及其创始人的钦佩，使得他向我展示的在两册路易·R.哈伦写的传记里的黑白老照片特别感人：布克·T.华盛顿庄

①威廉·巴克利（William Buckley，1925－2008），美国媒体人、作家、保守主义政治评论家，政论杂志《国家评论》创办人。他一生的政治活动主要在于努力把传统的政治保守派、自由放任经济思想及反共主义统合起来，替现代美国保守主义奠定了基础。《超越自由》是其在1984年出版的一本书。

严的照片；穿着正式的年轻黑人，男人和女人，正在做家务和农业劳动。在几年之前本该是奴隶的工作，现在（像他们老师自己的打扫房间测试一样）成为迈向更好生活的一步。

那是一种特殊类型的浪漫，当我在旅行中离开塔拉哈西和它令人烦恼、诱发哮喘的花粉，前往亚拉巴马和塔斯基吉——穿越佐治亚州的平原，接着穿过佐治亚州哥伦布的营后城镇的一片灯红酒绿：色情演出、当铺和快餐店；从那穿过进入宁静、田园、似乎被遗落的亚拉巴马。

塔斯基吉成为公路牌上的一个地名；成为一片森林的名字——接着提到一八三〇年前，种植园前，印第安往事，为这个不寻常的名字提供另一个联系；接着，最后成为一个城镇的名字。

我正在期待一个像路上那些一样的城镇。这个更小、更破旧：小就餐处，鲜见大型快餐品牌（我怀念那些高大、明亮、有竞争性的标志，路边生意的竞争等价物和骑士精神三角旗），肮脏的车库，小杂货店——一个仍旧贫穷的地方，几乎没有为大人物成功故事准备的场景。但是随后校园出现，它比我，还有我确信我父亲曾想象的任何东西都更宏伟。我父亲，在特立尼达阅读励志书，无疑在将自己跟已在工业化英国成为工程师和架桥者的穷小子对比；尽管我父亲可能会在布克·T. 华盛顿的早期阶段发现他自己故事的某些方面，一个人的发展潜力取决于他发现自己的位置的发展潜力。关于塔斯基吉没有任何奴隶般或特立尼达般的东西；没什么需要辩解。很少有人了解它，然而它是真实的，它是在美国规模上的成就：一大批一大批的深红色佐治亚砖砌建筑物点缀在丘陵地带的美景周围。

"你应该理解，"一位非常年长的女士几天后对我说，她几乎在塔斯基吉度过了整个工作期，"直到二十世纪三十年代，在美国的黑人都没有钱。"

第一眼看见校园给我的印象肯定跟在种族隔离岁月里看见它的人一

样，当时它应该代表少数几种给黑人的前进方式之一，而对一无所有的人来说，它看上去像做梦一样。

艾尔·默里为我预定了大学招待所。它被称作多萝西会堂，于一九○一年作为女子技工学校而被建造。它差不多在如今校园的中心，横跨揭开人民无知面纱的布克·T. 华盛顿的大型铜质雕像起的道路。

那是一座著名的雕像，是塔斯基吉明信片的主题。我对它已有所了解，但仍为它吃惊。雕刻家所塑造的确实只是一种表达方式，一种隐喻。身着三件套的布克·T. 华盛顿从表面上看正从一名蹲着的肌肉发达的年轻黑人身上揭开一条被单，黑人的膝盖上有一本老式对开本的书：人物和道具放在一起时如此出乎意料，它们使人想知道，这名除了身上被单正被揭开之外一丝不挂肌肉发达的黑小伙曾跟他的大书一起被藏在被单下有多久，还有为什么他待在那里，为什么他需要布克·T. 华盛顿像个魔术师一样来展示他。

但是一位两或三周之前我曾与之交谈过的黑人在他作为学生被带到塔斯基吉时发现这座雕像非常感人。“或许你必须成为黑人。”他曾说。我也愿意，在抵达的那一刻，用大约四十年以前他的双眼来仰视。

依然，它在那里，有感染力和一些絮叨，永远如此细微地反作用于传奇。我不会让任何人贬低我到让我恨他的地步。另一个年代镌刻的词句，无助的哲学——正如别的这些词句，同样镌刻在雕像底座上：我们会获得与我们学会尊重和赞美劳动并且把头脑和技能投入寻常职业生活相称的成功。一种迎难而上地工作、结合希望不触犯他人的提升的人的哲学。然而，那已经导向了巨大的成就。

我转身离开雕像，前往多萝西会堂的入口处。我看到窗户未经修缮而且需要上色。楼上窗口的一个窗框松动了。这座旧建筑物美丽的深红色墙砖需要重新嵌入。这些墙砖是在三次使用砖窑的心痛失败后，由塔斯基吉的早期学生用自己的双手砌成的。

这座建筑面朝西。现在是下午三四点并且非常热。我问是否有电梯，可以帮我把我的行李送到楼上。我被告知大楼陈旧电梯不再工作。当我在闷热的楼梯上上下下三次并且穿过二楼大厅进入我的房间，把我的行李提上去时，我的肺又发炎了。压迫感在我在塔斯基吉的全部时间里一直伴随着我。

二楼闷热的分格俱乐部里的颜色就像一家绅士俱乐部里的颜色。那里有一幅白人军人的油画像；在梯台的墙上是一张特迪·罗斯福[①]的照片。多萝西会堂于一九〇一年建造；《超越奴役》在一九〇一年出版；在那一年，布克·T. 华盛顿在白宫与特迪·罗斯福一起用餐。旧的历史，旧的尊严，旧的战役。我后来被告知许多著名的美国人曾于某个时刻在多萝西会堂停留。

差不多是我在那里的最后时间，我发现了电梯在哪儿。向我展示的人是校园里最年长的人之一。他是，或曾经是，一位音乐家。一九一三年，还是十四岁男孩的他来到塔斯基吉，那时布克·T. 华盛顿还活着；他曾参与 1915 年布克·T. 华盛顿的葬礼。这位老音乐家在当地非常出名，我遇见的许多人都认为我应该去见他。当我到达时他不在城里，不过他传话说他将在某一天的十二点到多萝西会堂来见我；他准时按照给出的时间出现在那里。他以守时为骄傲。这是布克·T. 华盛顿传统的一部分，他说。而他的故事——他立刻开始讲述它们——属于那久远和浪漫的时期。

“当我一九一三年到这里时，这里就像天堂。我从未见过任何这样的地方。我从家里出走，口袋里只带着一个半美元来到这里。不过布克·T. 华盛顿从不拒绝任何人进入这所学校。”

老音乐家的穿着富有艺术气息：粉色衬衣、蓝色领带、浅绿格纹外

①即西奥多·罗斯福（Theodore Roosevelt，1858－1919），昵称特迪，Teddy。美国军事家、政治家，第 26 任总统。

套。他高大而匀称，在八十八岁的年纪，为他身形的挺直而骄傲。那是布克·T. 华盛顿训练的另一部分。整洁的衣服、直立的姿态、坚定的步伐：没有旧时的拖沓。正是布克·T. 华盛顿想要的方式。每件事情必须井然有序；每件事情必须整洁。每天布克·T. 华盛顿都会在校园里到处转转，把出错的地方口述给秘书做记录。

老音乐家来自亚拉巴马州的一座小镇，塔斯基吉以北大约一百五十英里。“我父亲是一名普通劳工。我母亲的家族看上去像白种人并且有教养。”老人解开他的粉色衬衣，展示他浅色的皮肤。“那里的许多白人都把我母亲的家族当作同族。我来到这里只带着我的裤子和袋子，没有学费。这里的一个老奴隶，一位贝克先生，告诉我如果人们发现一个奴隶正在学习怎样写字，他们会锯掉这个”——老人晃动他的右手大拇指——“他们会锯掉这个，因为如果奴隶可以写字，他就可以给自己写一张离开种植园的通行证。奴隶未经许可不允许离开他们的种植园。那是贝克先生还年轻时看见的。

“这就是我父亲可以教给我的他最年长孩子的全部——没有什么错，但还远远不够。这就是他所教给我的。不要跟老人顶嘴。不得无礼。避开坏伙伴。还有帮助爸爸照顾家庭。所有那些都是好的，但远远不够。我母亲的兄弟去了塔拉迪加（Talladega）学院[①]。白人开办的——美国传道会，由白人组织在南方为自由人开办学校。塔斯基吉不一样。解放之后，我们可以在这里选举。黑人。某位当地政客想要我们的选票，亚当斯先生告诉他：‘如果你可以帮助我们搞一所学校，我想我可以让所有有色人种投你的票。’于是这个县里的人投票给这个白人，州里给了两千美元开办这所学校。

“在我的家乡，我一个月付给教师五十美分来教我阅读、写字和算术。

①位于亚拉巴马州东部塔拉迪加县的一所私立人文科学学院。

摩西教授在小镇西区有他的学校。卡迈克尔教授的学校在南边。我住在南边。然而我爸爸并不清楚——我每个月付给卡迈克尔教授五十美分。我在擦皮鞋。我父亲经常清空铁道列车里的煤。清晨四点。一美元一天。

“当我来到这里，看到所有这些建筑物，还有大餐厅，桌布，一桌十四个学生，女孩在一边，男孩在另一边，感觉就像天堂——我从未见过任何像那样的地方。那座老教堂！我们让成年人来到这里。他们会在这里走动，想要学习如何读和写。布克·T. 华盛顿会帮这些成年人找到工作，来自镇里白人的工作，白天的工作，这样他们可以晚上学习并支付他们的食宿。”

他爱这段往事，这位打扮时髦、和蔼的八十八岁老人。他充满活力和热情；他仍然开着他的车。他开车带我看了最初校舍的旧址。“你的意思是还没有人带你去看那儿？”然后他决定在他曾说到的时间带我回到多萝西会堂。就在我们回到多萝西会堂的时候，他向我展示了那里的小电梯，告诉我有关它的故事。

亨利·福特[①] 曾在一九四一年来到塔斯基吉，当时乔治·华盛顿·卡弗[②] 博物馆已经开放。卡弗，塔斯基吉的农业科学家，当时大概有八十岁。亨利·福特看到这位老人蹒跚走上多萝西会堂的楼梯非常震惊，他立时出钱买了一部电梯。现在电梯已经发生故障淡出人们的视线；而这位比 1941 年的乔治·华盛顿·卡弗更年长的老音乐家不得不艰难地爬上楼梯。

---

①亨利·福特（Henry Ford，1863－1947），美国汽车工程师与企业家，福特汽车公司的建立者。亨利·福特与他的儿子一起于 1936 年在密歇根州创立了美国福特基金会。一开始是一个地区性福利机构，目的是广泛促进人类福利。该基金会发展极快，到 1950 年已经成为一个国家性和国际性组织。

②乔治·华盛顿·卡弗（George Washington Carver，1864－1943），美国教育家、农业化学家、植物学家，第一个进入爱荷华州立大学并取得农业硕士学位的黑人。他于 1896 年获得硕士学位后，应布克·T. 华盛顿之邀，前往塔斯基吉学院，主持新设立的农业系。

提起乔治·华盛顿·卡弗勾起了旧记忆，类似于我对布克·T.华盛顿的铺床测试所具有的那些记忆。

我在特立尼达上的小学里的大多数教师都是黑人。他们大都是安静的人，一两个暴躁的也只是用鞭子；有时当这个世界给他们的少了，他们有他们安静的方式做出种族姿态。一个典型的问题或许会像这样：谁是世界上最伟大的板球选手？如果你说是布莱德曼——澳大利亚人——那可能是错的。更好的回答，或许甚至是正确的，应该是海德利，牙买加黑人，或者康斯坦丁，特立尼达黑人。

乔治·华盛顿·卡弗的名字在我的脑海里跟那所小学和黑人教师深藏的种族自豪联系在一起。我记得有一部小电影某天肯定在上课期间被播放过：一个受惊吓的黑人家庭在小屋里，白人骑手在外面。我不确认这个故事是什么：对于这部电影的记忆是模糊的。伴随这部电影有一节关于乔治·华盛顿·卡弗的课，一位黑人科学天才，他用普通的花生做出令人惊奇的事情，给除了果壳之外的每个部分都找到用途。

他用花生做的绝妙事情我深信不疑。不过他对使用花生壳的无能为力总是让我感兴趣。既然竹浆可以用来造纸，为什么花生壳不能？那在我看来具有竹子的质地（我在考虑的是极度腐烂的竹子）。问题就在那里，关于乔治·华盛顿·卡弗的联想——为什么不能用果壳来做些什么——总会出现，每一次我在剥开花生的时候。就像布克·T.华盛顿的故事跟铺床联系在一起一样。

但是——无疑因为我学习所选用的路径——我从未在更广阔的世界里听说过乔治·华盛顿·卡弗。我在我的小学以外从未听说过他；而且我逐渐开始感觉到，他不仅是一个黑人幻想人物，还是某个成就被本地荣誉所夸大的人，就像特立尼达《卫报》夸大本地人在宗主国的所作所为一样。

我从未将乔治·华盛顿·卡弗跟布克·T.华盛顿和塔斯基吉联系在一起。而现在他们都在那里，都是真实的，在一个绝妙的地理环境中，有一整座博物馆以乔治·华盛顿·卡弗命名。一九四一年博物馆得以开放；在一九四一年，亨利·福特来此并提供了电梯，而且几乎就是在那一年，在特立尼达的小学里，当时我八九岁，我看了有关黑人家庭在小屋里而白人骑手在屋外的恐怖电影（很可能由美国领事提供）。

现在全部都得以澄清，因为我阅读了美国国家公园管理局的宣传单，上面把卡弗博物馆和布克·T.华盛顿住宅都定为历史遗迹。他出身奴隶，这个乔治，他属于一个叫卡弗的人。他也许出生在一八六一年，南北战争期间；曾跟他母亲一起被人绑架，那些人在一个州绑架奴隶然后到另一个州把他们卖掉。乔治从绑架者那里逃脱并回到卡弗家，但是乔治的母亲再也没有被找到。乔治自学成才。一八九七年他来到塔斯基吉，并且在那里度过他的余生。

除了他的农业研究之外，他还收集黏土作为绘画颜料；画图画；做针线活。他给主日学校授课。他的嗓音尖锐，有些女性化。在博物馆里有一段录音，你可以倾听卡弗朗诵据说是他最喜爱的诗：

> 替你自己想一想，我的孩子。
> 你拥有最伟大的人所有的全部：
> 双臂、双手、双腿、双眼，
> 还有你聪明的话可以用的大脑。

照片显示他身材瘦长、面容清秀，异于常人。

路易·哈伦，在他的《布克·T.华盛顿传记》里，很少说有关卡弗的内容，仅有的一点点也不总是好的。按照哈伦的说法，他有点儿好争论，惯于顺从白人。不过也许作为一个不是非常阳刚的男人，在孩提时代曾被绑架并且永远跟他母亲分离，随后又不得不依赖一位仁慈和有爱心的前主人，他的世界观也只能是一个奴隶的世界观。再也许，在那世界观范围内，塔斯基吉对他而言是一个终身的避难所。

亚拉巴马的避难所——这是片刻之后我怎样逐渐开始考虑种族隔离日子里的塔斯基吉。如此多我遇见的人曾在塔斯基吉度过他们生命中的大部分时间。尽管这或许是偶然，很多老居民是浅肤色的人，他们中的一些差不多是白人，温文尔雅和处事圆滑的人，会因外面世界的轻蔑而极度受伤害，并且甚至现在，在他们的暮年，不希望失去他们的警惕。

不过避难所的概念——当我联系乔治·华盛顿·卡弗提出这一点时——被一位校园里的老人拒绝了。他说布克·T. 华盛顿并不担心为任何人提供避难所。他请求卡弗来塔斯基吉，那是因为，一如既往，他想把最好的给他的学校。

不是避难所；这个人更喜欢的词是“绿洲”。

“当我二十多岁来到这里时，没有铺好的道路。整个地区，黑人聚居区，是一片贫困地区，而塔斯基吉对于黑人来说确实是一片绿洲。各个方面。这里有学术氛围。比较而言，校园很漂亮。我们不会经受黑人在乡村地区忍受的那种生活，尤其是在大萧条期间。我们有自来水。我们有自助餐厅里的食品。我们有安全保障。如果我被扔进‘真实世界’里，那或许会不同。我或许会变得更好斗——我不能确定自己会做出什么。

“在我的意识里寻求安全并不是一种有意识的事情。那只是我生活发展的方式。尽管这样的环境确实提供了很多对人的保护，避开一个人在那些日子里要经受的很多事情——我指的是黑人。在外面的世界里，我们不可能拥有白人在法律之下所拥有的相同保护。你走出这所校园的那一刻，你会经受所有的侮辱。一切都被隔离。

“我们都清楚白人的态度是什么，为此感到不快。最可怕的事情是你不知道何时那会走到终点。不过那不是我们在学院里要考虑的事情。”

这位老人驱车带我兜校园，向我展示它的范围并解释这个地方各个阶段的发展，然后带我兜了这座不太大的城镇，现在都是黑人——这个人告诉我，从前一个黑人，哪怕在车里，围绕塔斯基吉湖地区闲逛也是不明智的。

外面的轻蔑；在校园之内，直立的姿势，军事的正确性。然而总是——非理性是多么折磨人！——有必要向外面的人发出信号，你并没有自高自大。

古兹曼女士，一九二三年来到塔斯基吉，并为《黑人年鉴》工作多年，回想起老的学校教堂也是镇里的小文化中心，有电影、音乐会、演讲。“镇里的白人也来。他们被给予我们小教堂里最好的位置，前排座位。很多学生和教师对此不满。不过那是习惯。白人坐在前排，黑人在他们后面。当一位更年轻校长到来并停止那样时，白人就不来了。”

不过在二十世纪二三十年代看上去会是旧时奴性的东西在布克·T. 华盛顿的年代只是谨慎而已。或许某种直觉智慧，提供给外面可以轻易地压垮黑人学院的人的某种和平，扎根在华盛顿对每个人都应该学一门手艺的坚持背后。那激起了外面对学校的误解（也许那并没有任何损害）。一些人只把塔斯基吉认作一所行业、职业学校。（路易·哈伦说，白人有时候写信来索要训练有素的仆人；一个人写信要一个“完全黑人”，肤色非常黑，要带去法国。所有这些信一概都曾收悉。）

当然，远不止于此。罗斯金与托尔斯泰[①] 有关手工技艺、反工业工艺、

---

①列夫·托尔斯泰（ЛевТолстой, 1828－1910），俄国小说家、哲学家、政治思想家。同时也是非暴力的基督教无政府主义者和教育改革家。1908 年，托尔斯泰在致印度人民的公开信中谴责了英国殖民统治，宣扬“勿以暴抗恶”原则，鼓励印度人用“爱的原则”拯救自己。在英国念书时就喜爱托尔斯泰的甘地大为震动，深受托翁感染的甘地在南非工作期间，建立了托尔斯泰农场，接受了“勿以暴抗恶”的思想。

双手训练的观念在十九世纪的后半叶方兴未艾。当罗斯金一九〇四年在南非建立他的凤凰农场（一九八六年被非洲示威者焚毁）时，他肯定是在为甘地的想法撑腰。尽管这两个人是如此不同——华盛顿是几乎没有时间给非洲人和亚洲人的美国人，甘地是几乎没有时间给非洲人的精神上漂泊的印度人——在他们的目标和手段里却有引人注目的巧合：通过劳动和奉献的概念在国民中灌输自尊。

有趣的是，一些与我在塔斯基吉交谈的老人似乎曾在他们受教的技艺里发现某种类型的美满和人类完整性。一九一三年作为男孩来到塔斯基吉的老音乐家学习了制鞋。（托尔斯泰有时候喜欢在他的研习中做一些小修补。）这位老人说："我可以在二十分钟内用手缝制一双鞋底。很多人不知道我了解那门手艺。他们只知道我是一个音乐家。"路易斯·拉布先生——曾在塔斯基吉学习商业管理，然后继续在塔斯基吉的资助下在哥伦比亚学习人事管理，在西北学习医院管理，随后在塔斯基吉有一个漫长而杰出的职业生涯——当他作为男孩从密西西比来到那里后，拉布先生在塔斯基吉高中做了四年裁缝。他父亲为他选择了那门手艺，拉布先生带着一定的自豪告诉我他仍旧为自己缝纫。

但是在塔斯基吉绿洲之外，世界是严酷的。在图书馆的一排书架上是布克·T. 华盛顿的档案盒。另一排书架上是标有私刑记录字样的六十三个档案盒。

取下一九〇三年部分的华盛顿档案会感受到对这个人更大的钦佩。如此多来自普通人的信件——用铅笔写的信，它们中的一些，写在碎纸片上的信，倾注了需求和希望的信——保存如此完好，如此清新，在超过八十年之后。每一封都曾被读过，回复过；很多复写纸回复有"BTW"的首字母缩写。我注意到一封来自牙买加岛的学校教师的信，长达好几页，出自一位整洁的学校教师之手（显然是一份"清稿"）；另一封来自多巴哥岛上的黑人妇女的信。或许这些在塔斯基吉档案里的信件是这些人现在仅有的遗迹。

在粉色的狭长纸条上，有布克·T.华盛顿在校园里散步期间或者骑马环绕校园后口述给他的秘书的、给塔斯基吉工作人员的著名小纸条的淡紫色小签复印件。那里还有给在华盛顿的人的更具政治性的信件，应付让不知情者很难理解的问题。那里还有生活的如此多的方面；太多已经失去的东西。

这样的方法和细致是如何赋予一个立业如此晚且助力如此少的人呢？或许他的秘密之一是没有感情用事。来自普通黑人的信件曾感动我。布克·T.华盛顿或许会更加冷静。他明白刚摆脱奴隶制的人几乎没有教育的概念并且常常把它看作避免体力劳动的手段。他明白很多几乎不能阅读的黑人转向了布道，因为它提供的简单生活。他经常讥讽这样的人。在《超越奴役》里，他曾让这样的一个受教育有限的黑人说："噢主啊，棉花太茂盛，工作太辛苦，太阳太热，我相信这个黑人被叫来布道！"不同寻常，来自塔斯基吉创建者的这种滑稽玩笑。但是他可以开这种玩笑的同时又从不停止为他的事业而奋斗的事实，这也许是他天才和韧性的一部分。

在图书馆里有这个场景的纪念物：六十三盒私刑记录。我都不敢看它们。我认为它们会包含非官方的调查或声明并且会充满不堪承受的内容。但当我取下一个盒子，我放心了，发现那些记录主要是报纸剪辑。

正是那种敌意从塔斯基吉最简单的起始给了它目标点。跟这种敌意曾阻挠一些学院富有想象力的计划等同——例如对于黑人农民中间的农业推广工作——它也曾刺激学院的成长，哪怕在布克·T.华盛顿去世之后。种族隔离和敌视，定义黑人的需求，同样有助于定义学院的目标，并且为学院的成长提供逻辑。

当种族隔离结束时，没有什么可以去抗争；学院的功能不可能再是它所曾是的。当黑人可以加入空军时，在塔斯基吉学习飞行对他们不再有需要。当黑人可以被允许进入美国最好的蒙哥马利的医院时，在塔斯基吉的医院不再有同样的需要。

这座城——曾经黑人学生把穿着他们的塔斯基吉制服作为一种保护——现在是安全的：当黑人赢得选举时，塔斯基吉的白人搬走了。于是这里曾有过一种胜利。但是被接管的城市小而贫困，黑人的贫困，完全没有仅仅二十英里之外的白人大学城奥本的生活和财富。而塔斯基吉学院，现在的塔斯基吉大学，它可以被说成有助于当地的那种胜利，正处在衰退中。

在我到达的那一刻曾有过的迅速转变的印象——宏伟、感染力、衰退——一直持续并被放大。里根总统在不久前曾到访学校，为一座用于空间科学和健康教育的一千八百万美元的新大楼开幕，冠以丹尼尔·詹姆斯将军之名，他是第一位黑人四星空军上将，一九五〇年从塔斯基吉毕业。总统行进路线上的校园道路为了这个场合而铺上沥青。不过其他地方的道路就不怎么好了，校园其他部分里的电力支柱上破碎的玻璃罩仍旧破碎。并且没有我与之交谈的人（尽管我没有跟官员交谈）可以向我保证，大学可以负担得起配得上它航空航天大楼的壮观的院系教员。

衰退已足够使我惆怅，一个访客，一个路过的人。那不是一个我觉得可以跟曾把生命献给塔斯基吉的人谈论的主题，他们曾收获如此多作为回报，对于他们，布克·T. 华盛顿的服务精神和自助曾有多么重要。这个主题并没有出现。有网球场吗？是的，有：就在图书馆的背后。但是杂草正在穿透两（或三）片场地的沥青表面生长。一种沉默被施加于参观者，就像在私人住宅里；特定的事物不会被看见。

衰退的主题在人们感觉更加安全的场所——例如在兽医学系，据说是全国最好的之一，并且表现的仿佛它是——更容易出现。一个像那样的院系，成功地游说联邦基金（它最近被授予六百万美元用于一个新项目），可以在其自身优越性的基础上生存。但是对于其他院系，那并非如此容易。现在优秀的黑人学生和教师为全国的大学所需要，塔斯基吉不再有对政府或基金会的基金的特殊要求权。曾被布克·T.华盛顿的魅力吸引的北方富豪慈善家不再存在；那种做事情的方式已经结束。

但是有人认为塔斯基吉仍有其特殊的事业可以服务。黑人学生不如其他人在标准化的大学入学测试中得分高。塔斯基吉总是准备好接收这样的学生，并且它的记录显示，它可以为职场培训这样的人。一位退休官员说："塔斯基吉会把一名学生当作是它在学术上和社交上发现了他，并且通过个性化的关注和关心在四五年里引领那名学生到他的全面实现。"

为什么一些人认为塔斯基吉仍旧需要有另一个并且或许更加重要的理由。塔斯基吉在实质上仍旧是一所黑人大学，它可以提供一种"黑人体验"，随着种族隔离废止，越来越多的黑人似乎感到他们需要这个。

在佛罗里达，假释委员会理事克罗克特先生曾告诉我他如何感觉到他必须把他的儿子带出一个过于白人化的环境；他首先把这个男孩送到一所黑人高中，然后到了塔斯基吉。而我现在从一位二十三岁漂亮女人口中听到她为什么要来塔斯基吉，她来自一个黑人很少的远方的州并且会在任何大学获得成功。

"我在其他地方去的学校是全白人的。他们对你是一个黑人并不关注。他们给你一些你们的历史，但不是很多。在其他地方你要尽力争取，思考，'如果我可以像他们一样，我会一切顺利。'你失去了一些你自己。你真的不确信你是谁。"

"当你来到这里时，你最初的印象是什么？"

"我的最初？'回家'。从一个漂亮城市过来之后，大都市、漂亮设施、小商店、大商场。在那之后，这里，看着小土路——它们不是真的土路，只是某些地方它们没有人行道。在家里，我习惯于可以经常去市中心，习惯于去各种场所。这里没有公共汽车服务。当我到了这里我认识到，‘这里没有什么可做的。哦天哪，我被陷在这里并且无事可做。而且天气热而潮湿。’我认为这里的人们是真的乡下人。他们是闭塞的。他们友好，但是他们有他们的小乡村方式。”

而适应并不是那本该有的全部。“一些地方是危险的。有东西要修理，门要修理。有上下颠倒的灯开关。我注意这些事情，因为我来自的地方，一个漂亮地方，在那里他们做事情很漂亮，很细致。”

但是为什么她继续留在这里明显有一个理由。“来这里是我的主意。我母亲不想我离开家。我想要在一个全黑人的城市，不想成为少数而想成为多数。并且在这里有一件事情我确实喜欢。在其他地方有时候你进入一场所，发现自己是那里唯一的黑人。但是在这里，当你进入一家企业，业主或经理会是黑人，工人会是黑人，那会有助于你感觉你可以在你的目标下进步并实现它们。

“这里你处在跟同类的竞争中。他们可以对你苛刻，因为他们在努力而你也在努力。在家里我习惯于做 C－D 的学生。这里我成为一名 A－B 的学生。我在观察其他人做事情的过程中获得鼓舞。在这里那发生了。现在我准备离开了。我可能想去另一所黑人大学，可能在亚特兰大。不过那不再必须是黑人的。塔斯基吉已经充当了一个目标。”

那是布克 · T. 华盛顿理念的一个版本——持续一个世纪。对于这位年轻女性（并且有其他像她一样的人）来说，塔斯基吉理念依旧留存。然而她说在来到塔斯基吉之前几乎对布克 · T. 华盛顿一无所知。她只知道他是一位很久以前做出某件非常出名事情的黑人。来后的一个月，她读了《超越奴役》。“这里的教师鼓励你发现有关学校的内容，并且你会领会它。”

塔斯基吉仍旧是一个发展中的事业。它有一个忠诚的社区；并且它仍旧有决心。它的财政困境是黑人学校普遍的困境；并且它比一些境况要好。它的现实条件远优于田纳西州纳什维尔[①](Nashville)的费斯克(Fisk)大学，在那里校园的部分地方看着像废墟。那里也有一座令人惆怅的铜像，在费斯克，原意是确立荣耀，但是现在似乎在照看废墟。这座雕像属于 W. E. B. 杜波依斯，华盛顿的竞争者和批评者。

杜波依斯认为塔斯基吉把重点放在职业培训是错的；并且华盛顿对种族隔离和黑人被剥夺公民选举权表面上的默认只能引向进一步的受辱。然而，有可替代的选择吗？难道不可以说单单布克·T. 华盛顿的伟大成就，他在当时对黑人的重大贡献，已经是非常出色和令人钦佩的了吗？人们可以阅读书和文献，但是重新进入那段苦涩时期并且有感于日常生活对黑人的沉重想来并不容易。

这两个人之间的争论——杜波依斯和华盛顿，都是黑白混血儿——非常出名。杜波依斯或许看上去更接近现代感觉。不过他最为人所知的书《黑人的灵魂》（一九〇三）是一本散文和文章集，有一点儿故弄玄虚。正是这本书的书名有点儿奇怪，甚至怪诞。抒情而神秘的语气（掺杂着社会和经济现实，有时候带点儿浪漫虚构）使人回想起十九世纪晚期英国乡村作家理查德·杰弗里斯的一些散文。（这就是抒情的杜波依斯："我已经看见一片正与太阳同乐的土地，那里孩子们欢唱，起伏的山丘如因丰收而嬉闹的激情女人般横卧。那里在国王的公路有一个带着面纱、躬着身的人形坐到现在……"）

我甚至有印象，杜波依斯或许会为南方黑人尝试杰弗里斯曾为英格兰南部农民所做的事情。这两位作者与其所写的人们之间的关系都有一种不确定性。杰弗里斯是一名小农场主的儿子，几乎是一个劳动者，尽管有暗示他在社会上可能很顺利；杜波依斯是一个黑白混血儿。杰弗里

①美国田纳西州中部城市，位于戴维森县坎伯兰河畔，以美国独立战争期间阵亡的将军弗朗西斯·纳什命名，是该州首府，也是仅次于孟菲斯的第二大城市。纳什维尔是医疗卫生、音乐、出版和交通运输的重要中心，有"音乐之都"之称，是乡村音乐的圣地。

斯的榜样将解释杜波依斯偶尔的推诿和过于华丽的运用辞藻的方式（比方说，使用诗意的“面纱”比喻种族隔离）。如果布克·T. 华盛顿可以讲一个黑人的笑话，杜波依斯可以谈及“我们习惯于跟种植园黑人联系起来的充满欢乐的狂放和嬉闹”；可以说，“甚至今日，大部分黑人劳工需要比北方劳工更严格的监护”；他还可以问，“奴隶制对于非洲野人意味着什么？”

但是我们可以透过杜波依斯的写作方式和布克·T. 华盛顿的男性气概读到这个时期黑人生活的现实，并且看到这两个人在面对如此一种糟糕背景时定义自己并且建立自身的尊严中遇到的困难。仿佛是在解决那种困难里，杜波依斯的书看似为了抒情性而抒情。那似乎可以把黑人和荒废的种植园作为诗的属性来使用。那沉溺于泪水和愤怒；那不提供计划。

在杜波依斯的这种开端里也就有了他的结局。他活得很长，而临近他生命——以非理性面对非理性——结束时，他离开美国移居西非加纳，一个前英国殖民地，独立后非常迅速地成为一个非洲专制国家，并且在不久后返归丛林和贫困，出口劳动力到它的邻国。

在本世纪的初始时期，布克·T. 华盛顿在《超越奴役》中以其维多利亚晚期饱经世故者的风格，曾恰好对那种关于非洲的多愁善感提出警示。“在我们曾拜访多次的英国下议院，我们遇见了亨利·M. 斯坦利爵士[①]。我与他谈及非洲和它与美国黑人的关系，在我与他会面后变得比从前更加确信的是，美国人通过移民非洲来改善他的境况是没有希望的。”

在这次旅程中，我读了两次《超越奴役》。在第二次阅读中，在我在南方待了将近四个月之后，我发现这本书有了改变。它变得不只是一个贫穷者出人头地的寓言故事。我开始把它看作痛苦的编码工作，甚至可以在简单的一个段落里向北方人、南方人和黑人传递不同的信号。

---

①亨利·M. 斯坦利（Henry M. Stanley，1841－1904），原籍英国，入美国籍后又回英国的探险家，曾深入中非，以搜索戴维·利文斯通和发现刚果河闻名，1899 年成为英国爵士。

我也开始把这本书看作一个长期关注于为他的学校筹集资金的人的作品。这原本应是显而易见的，但是它没有；它已被寓言的力量卷走。然而，在那首要的吁请下面还有别的东西：这个饱经世故的人代表不幸者求助于非常富有的人，把自己描绘得体面、可敬、有男子气概和受过教育；然后与此同时小心翼翼地做相反的事情，并且表明作为一个黑人，他知道他的位置。

因此，他的自信，为公众所知的谈话，像任何体面的十九世纪晚期的公民一样，属于“下层社会人民”的“最好的人”和“恶习”。不过在一次从奥古斯塔到佐治亚州亚特兰大的火车旅行中，在一节“满是南方白人”的卧铺车厢里，当两名“似乎无视南方习惯”的来自波士顿的女士坚持邀请他共进晚餐时，他感到了窘迫。一旦可以，他就从女士们那里逃脱去吸烟室，在那里男人们正在“观察土地怎样发展”。那很好；这些男人知道他是谁并且急于向他介绍自己。

在英国，他逐渐获得了上层社会的高度尊重以及他们奉献给慈善事业的时间和金钱。他对仆人们的顺从印象深刻，他们对一辈子做仆人感到满足，不像美国仆人，不加限制地使用“主人”和“女主人”这些词。在那种模棱两可的观察中，有给黑人和南方白人的安慰消息。他说，他开始对萨瑟兰公爵夫人友善。她是一位出名的美女。不过作为黑人，他这样直接说是不得体的。他写道：“我可以补充，我相信萨瑟兰公爵夫人据说是英国最美丽的女人。”

那么多陷阱；那么多人要满足；那么多矛盾要解决；那么多毁灭的可能性。成就是巨大的。不过代价又是什么。他在五十九岁死去。

朝西，在去密西西比的路上，是破旧不堪的小村落，像塔斯基吉城贫困的延伸。我在边界上的木材种植园里过夜。那里仍旧有点儿像殖民前的荒凉：柏树，树叶半数剥落，它们光秃的根膝像一种驼背的水生动物从泥水中升起；漂移的沼泽，在它们的边缘有森林地被；巨大的湿热。这片土地并不古老。塔斯基吉只是在一八三〇年才有人定居。

两个月之后我再度进入亚拉巴马，不过是从北面，从田纳西州的纳什维尔驱车南下，从山丘下降到亨茨维尔（Huntsville）附近的平坦土地。亨茨维尔所在的地方凭借它所吸引的空间研究和工业，已经在南方创造了一片全新的地貌：宽阔的大道、低平的厂房，只为了赏心悦目的宽敞广场。亨茨维尔还靠近一八七三年亚拉巴马第一所为黑人开设的州立师范和工业学校。那段往事已被淹没，尽管棉花依旧在这座新兴工业城市的边缘生长。

从国家航空航天局博物馆——满是亚洲游客、印度人、中国人（“来看他们打算来工作的地方”，就像跟着我的南方商人所说的）——塔斯基吉似乎属于另一个年代，存在于一个令人惆怅的时间隧道里。它使人想起人们为自己和为他人创造的精神监狱，如此令人无法抗拒，事物似乎必定的发展方式的如此重要的部分，然后突然稍稍有所转变，如此虚幻。

第五章　杰克逊，密西西比：边境，腹地

即便在亚拉巴马——反复的元音声，似乎是“吗－吗吗”或“吗－吗咪”的模仿，并且（因为所有这些歌）带有班卓琴、黑人和种植园的提示——我也发现密西西比拥有贫穷和种族困难的名声。

但是在塔斯基吉的黑人（实际是棕色皮肤）药剂师也曾告诉我，向西走得越远，我的哮喘症状越会减轻。事实的确如此，在塔拉哈西的湿热之后（我曾暂住的玻璃塔楼使其变得更糟，西面的墙午后不久就开始放射热量），并且在塔斯基吉的多萝西会堂二楼过道里封闭的热空气之后（有时候在爬上梯级之后，我感觉热量卡在我的喉咙里，不能呼吸直到我进入房间里的相对凉爽中），我开始在密西西比州杰克逊的华美达复兴酒店的空调空气中恢复。

空调系统是安静的；窗户的染色玻璃遮挡了眩光还有交通噪音。四周都是大公路。城市东面是一片绿色，树木掩蔽了状况良好的住宅建设。东北面是一片大型新建购物区。令人愉快的视野：少有我曾担心的贫穷。我也感激这座城市就像变戏法一样使我摆脱肺部的压迫感。

不过，当然，杰克逊也有另一面，在那里，就在它的市中心。在周

日下午很容易看到，在没有商业交通的街道上。内城区是黑人的。那里有“盒式”房屋的街道。那是第一次我听到这个有表现力的词：狭小的木屋（像活动房屋或者旧式列车车厢），前屋通向后屋并且前门和后门排成一列。星期天下午，人们都到了街上，于是拥挤、贫民窟和黑人的效应是即时的：仿佛户外生活，屋子外的生活，是贫穷的一个方面。

在街角，在一片开放土地上，在炙热的午后阳光下，有一场祈祷会。它没有听众。那里的每个人都是表演者。妇女们为礼拜日打扮，男人们穿着套装打着领带，除了牧师之外，他穿着白色长袍。这是圣保罗基督神的教会的西杰克逊十字军。那是音乐和舞蹈的场合。在那个盛装群体中的许多人都有机会走上布道坛或者握着麦克风歌唱。

这些歌似乎是只有一句歌词的变奏。

没有耶稣我会做什么？

这就是一名穿着褐色套装的中年男性正在唱的全部，他斜靠在布道坛上，用一种吐露心声的方式俯身拿着麦克风，仿佛他有大量听众，而不是（除了在我们车里的人之外）完全没有。这个男人靠什么维生？他真实的——或其他的——职业会是什么？

合唱团的领唱是一名穿着白色连衣裙的大块头女人。她稍稍站在合唱团的前面。从她连衣裙的纯白、她的体型和她的嗓音可以把她与他们区分开。当轮到她使用麦克风时，她并没有走向布道坛。她拉过麦克风的线缆，从她站立的地方歌唱：

不要让任何人扭转你！

那是她的那行歌词，它的变奏似乎自然而来。

不要让——

不要让任何人——

不要让任何人扭转你！

这群人起舞。舞者中间有三个小男孩。他们中的一个站在前面。他很小，或许五六岁，穿着裤腿长的吊带裤。另两个男孩大一点儿；他们在后面；而舞蹈——所有复杂和别出心裁的东西他们用两条腿完成——似乎被一阵阵地传染给他们。在某一刻，他们就像处在即将成熟之际的孩子，冷淡而疏远。接着突然他们被控制住了。舞动波浪似的穿过他们。同样突然地，他们来到他们舞蹈的尾声，即使歌唱仍在同时继续，在白衣女子的一句歌词的中间；他们又回到原先所做的动作，他们看来幼稚的关注点。穿着白色长袍的牧师随着女子的歌声起舞，他长袍的扰动，源于他现场的舞蹈，产生了自己的节奏。

他们不是那天下午在西杰克逊活动的仅有的宗教团体。载着另一个团体的一辆大巴经过，一辆有细细红色标记漆成白色的大巴。在那辆大巴驶过后，我看见，离这个正在跳舞的福音团体几块宅地之外，另一个男孩正在跳舞，这一次是跟邻居的黑狗，男孩握着狗的前掌。

当白衣年轻女子唱完她的歌，她走过我们车停的地方。由于在午后的高温中跳舞，她的前额上方渗着汗水，热量通过来自街道和建筑的反射而在此增强。她用甜美的嗓音问，我们是否见证了这个仪式，她还给了一本小册子。

在小册子里，有一张牧师的照片，没有穿他的白色长袍也没有十字架，没有提醒他自己舞蹈节奏的姿态，而是穿着夹克衫打着领带，专心的，看着摄影师。他是埃尔德·杰西·凯利。除了作为他的教会的牧师之外，他还是“西杰克逊十字军的创建者、WOAD 调频的当地播音员、杰克逊州立大学的毕业生”，并且“目前在卫斯理圣经神学院攻读神学硕士”。某个故事——像丹尼的那个或者在塔拉哈西的克劳赛尔牧师的那个——也许在这样的宗教感召的背后，包括（根据白衣女子给的小册子）一所主日学校、一个夜总会牧师团、一个电台牧师团、一个街头牧师团和帐篷服务。

音乐和歌声震慑了我们；舞蹈震慑了我们；我们可以为宗教奉献而惊叹。但是我们只能是见证者；我们不能参与。而白衣女子的靠近，事实上，使我们想到离开。

在特立尼达中部我祖母房子的旁边有一扇高大的门，用木板框架上的波纹铁制成。这是房子和院子的主入口。我最初的概念之一——当我六七岁时——是有两个世界：门里的世界，门外的世界。走出那扇门会进入一个与房子里的世界完全不同的世界；在上课日结束后穿过那扇门回来会摆脱外面世界的观念。每个人伴随着像这样的想法生活；每个人有不同的行为集合。不过在一个种族混杂的社会，尤其是在种族是个大问题的一个地方，这不同的世界有种族的属性或寓意。特征和差异可以具有禁忌的力量——事物起感官作用而不是有意识地实现。在这样一个社会里，参与不同于见证；它们约定这个人的不同侧面。正是带着熟悉的宽慰，我结束了我在西杰克逊十字军的歌唱和舞蹈中的欢愉，回到这座城市北面的华美达复兴酒店空调房间的寂静治疗中。

那是我的希望，在密西西比，从白人的观点考虑事情对我来说是最大的可能。在纽约的某个人曾告诉我，那不会容易。然而在密西西比，我发现人们对于他们的名誉很有防卫。这似乎给了我一个开始。然而我并不确信。

例如，我似乎很快就达到了艾伦的概念和记忆的极限！她六十岁，家境很好。她具有自由主义的态度；而且对她来说超越那些态度的表述似乎很难。

她说："我感觉我们已经完成了一次从二十世纪六十年代起的发生在密西西比的革命。那就像这里的两个分离的社会。现在黑人拥有比曾经有过的更好的工作。取代每个人必须在家劳动——我在谈论妇女——现在她们在麦当劳、银行或商店工作。"

在那里，我们待了一段时间，艾伦——或许因为我还不够敏锐，或者因为我还没有学会跟密西西比人交谈——似乎并没有比那说的更多。我甚至把我的笔记本放到一边去。她很温和，热情，渴望交谈。但是我不能找到提给她的问题。她的乐观、她对进步和转变的观念，几乎覆盖了我可以想到的一切。我们最后开始谈论她的童年。那是我又重新拿出我的笔记本的时候。

"我成长于大萧条时期。不过我感觉自己并不糟。其他每个人也很穷。我感觉不糟的理由是我有许多阿姨、叔叔、兄弟姐妹和所有人——一个大家庭，不过我不知道你怎样称呼它。他们爱我并且有时间给我。我会出去跟他们一起度过夏天。他们总是有时间跟你交谈并且准备你最爱的食物。他们甚至给我做衣服。"

那种小社区的概念，在那里每个人了解别的每个人并且人们都有亲戚关系——我发现对于很多人来说那是过去方式之美的一部分。

我问艾伦："那些叔叔和阿姨住在哪里？"

"他们住在密西西比州最保守的城镇。"

在保守小镇里的欢乐夏天。什么存在于家庭团体之外呢？什么是艾伦作为孩子对红脖佬的感觉呢？是否真有这样一种东西叫"红脖佬心态"呢？

有。她比划出来。"'别惹我。'"她抬起她纤弱的双臂摆出拳击的姿势。"一种战斗的心态。"不过她曾被保护免遭此不幸。"我有个阿姨读给我听很多。她有很多书。实际上，她是邮政局局长。她鼓励我成为最好的自己。我猜想这听上去有点儿势利，但是她会说：‘艾伦亲爱的，有一些事情我们就是不做。’有一些人我们就是不来往。”

她回到童年时曾经历的爱的主题，那曾部分塑造她的爱。“那帮助我拥有了正面的自我形象——尽管那不是我们当时谈论它的方式。我认为在这里人们仍旧有来自大萧条的伤疤。对我来说似乎这里的情况非常糟糕。这里就是没有任何工作岗位。我姐姐比我年长而且她比我受苦更多，不过那是因为她有更多已经开始的东西。她有失去的东西。我只是在贫穷中长大。

“当我离开南方时，我变得更自豪于成为一个南方人。我丈夫去东部上学，我在工作。这是在二战之后。在那时，我们有一名政客，一名叫比尔博的参议员。比尔博是一名种族主义者，作为对问题的解决办法，他主张把所有黑人都送回非洲；他也绝对受到密西西比人民的钦佩，我猜想。但是他也绝对为在马萨诸塞州跟我一起工作的人所恨。这是一个我跟着一起工作的心理团队。他们正在研究团队动力——偏见及诸如此类。

“那是在我开始寻找有关南方和密西西比的正面事物的时候。我思考这些人。我也思考我们曾经历的艰难——当你想到所有他们曾经经历的事情，你不可能期待人们表现完美。马萨诸塞人——在一九四六年——他们可以对来自密西西比的某个人会读写以及我们‘穿鞋’表现出惊讶。在某些地方那仍旧是真实的。人们对于密西西比具有非常非常坏的印象。不过那正在改变。”

“是因为作家们吗？”

“写作产生于闲话，这种对不停地说的热爱。”

回到她在马萨诸塞州的时间，艾伦说：“跟我一起工作的人，他们想知道是否我真的会做这个。曾经有个到访的黑人，猜猜他们让谁来带他转一转？好吧，我带他转一转。他是一个可爱的人。我向他学习。我认为他们很吃惊。他们从未说过。我也没给过他们机会。你明白我们来的有多远吗？”

不过曾有密西西比州的暴力名声。

“城南的红脖佬就是低劣。他们有这个名声。他们非常喜欢拳击。曾经有关于他们的故事。比如，如果一个旅行推销员到来，他们会拉着他去耕地，并且让他整晚耕地。我不知道那是否真实。他们会在周六晚上喝得醉醺醺，互相打斗，互相消磨时间。那确实是最坏部分的密西西比。就是有一个坏名声。不过那个群体之外，这里产生了一些出众的密西西比人，包括一些优秀的神职人员。那表示还有希望，不是吗？”

还有种族问题，在密西西比和美国南方永远不会被忘记。

“我跟我的兄弟姐妹一起玩，也跟黑人孩子一起玩。他们是佣人、洗衣女工之类的人的孩子。那就是为什么我认为南方人具有比北方人更好的对于黑人的感情。我们称他们为尼格罗人——‘黑人’是一个新词。我已经习惯用它。在我家我们不用‘黑鬼’。”我并没有问及艾伦那些词，或者提示她；她所说的是自然而来的。“我的亲戚也不会叫人黑鬼。我猜想他们有比那个多一点儿的教养。即使他们住在外面乡村里。”

艾伦反复说：“我成长在一个有爱的环境里。”

一段记忆向她而来。她曾停下来说我们的谈话开始使她把事情拼凑起来，唤醒了旧事。

“我爸爸喜欢钓鱼。他带我钓鱼。我不认为我有跟某些人一样的苛刻态度，”——她意思是种族态度——“因为那个。”她又停下来，微笑。“我在乡村的夏日很重要，不是吗？”

“多少个夏天？”

“那更像我生命的最初十二年。我知道我跟其他一些人感觉不同，不过我就是不知道为什么。”

“宗教信仰？”

“我确实认为我的宗教信仰造成差别，还有我们都用神的形象塑造的感情。很可能不是作为一个孩子。我不得不对那样的考虑有更多的理解。”接着她说，“还有这些有关人们干卑劣事情的故事。”

卑劣的事情，在有爱的童年？

艾伦说——记忆运转，不相干的往事片段组合在一起，正如她所说的，她交谈时它们已经开始工作，回答以前从未提问过她的问题——“我母亲告诉我有关隐藏她的女仆不让三K党发现的事情。那恰好显出我们有多进步。我母亲有一个女仆。她的名字是莫莉·惠勒，我想。三K党试图得到她。我不知道为什么。我母亲对此没有说很多。我认为三K党人为了某种理由想要痛打这名女仆一顿，然后把她送走。我母亲说她把女仆藏在家里的一个洗衣篮里来保护她。当然，他们不会进入我母亲的房子。这实际是在我出生之前。他们——三K党人——很可能是年轻人，镇上不错的人。”

“这使你害怕了吗？”

“没有。那给了我对三K党人之类的事物强烈的厌恶感。”她补充道，“红脖佬——我告诉你的那个故事，很可能发生在我出生之前。”

我也理解艾伦正在说的要比我说得更好。没有任何形势或环境是互相之间绝对相像的；不过我童年在特立尼达的印度人村子里，有很多谋杀和暴力行为，这些暴力行为给了由于语言、宗教和文化早已与岛上其余人隔离的特立尼达印度人一个可怕的名声。但是对于更接近谋杀和世仇故事的我们来说，其他事情处在紧要关头。家族世仇或村庄世仇经常跟一种荣誉观念相关。或许那是一个农民观念；或许这种荣誉观念对于一个无法诉诸法律或无法相信法律的社会来说是尤其重要的。

想象在二十世纪二三十年代的特立尼达的印度人村庄里的这种场景。一名村子里的重要人物，比方说，被谋杀了。第二天早晨，在法定程序之后，尸体在棺材里被展示，这或许被摆放在他房子外面道路上的两把椅子上。这是由被谋杀者的家庭发出的反抗宣言。在前来吊唁的人中间就有凶手。他必须来；他不可以避开；而且他几乎肯定被认出。现在两个人的生命被践踏：凶手的，还有将不得不杀死凶手的死者亲属的。规矩要求的不会更少；那不会对一个希望平静地走开的人开放。

如此深刻，对于我，是电影《罗密欧与朱丽叶》（由巴兹尔·拉思伯恩[①]出演）作为我最早的真实戏剧体验的这种荣誉和世仇的概念，这个故事对我来说不只是一个爱情故事，更多的是家族世仇的故事。当鲜血染红茂丘西奥的衬衣时，究竟随之而来的是怎样的恐惧、怎样的惊骇！荣誉——就是我所理解的，或看见的，在某些我们周围发生的谋杀里。不是如我后来所理解，局外人定性于我们的野蛮习俗。

某些如此的情感途径我定性于艾伦，在她曾与她的大家庭一起度过的如此快乐夏天的小镇里的她的童年。存在于那里的暴力不会对她显出如它表现给绝对的局外人一样的赤裸。太多其他东西被附着。

当时的暴力；现在也有暴力。她童年时期的暴力曾是白人的。人们现在谈及的暴力是黑人的，并且属于城市。

她说："我认为那就是挫折。那么多的暴力现在是在黑人社区里。黑人不喜欢我说这个，但是如果你去州监狱，你会发现那是真的——高比例的年轻黑人。"

她怎样达成她的修养、她的冷静、她对公平的愿望——在一个有着密西西比所具有的名声的州里？

她说："我去念大学。我认为那对我起了效果。我有一位非常好的教授。他会对你产生个人兴趣。当我还年轻时我父亲死了。我刚刚十三岁。那是我开始观察自己和他人的时候。我认为我不得不迅速成长。我

①巴兹尔·拉思伯恩（Basil Rathbone，1892－1967），南非出生的英国演员，起初是一位演技突出的莎士比亚舞台剧演员，后来成为电影演员，因20世纪40年代出演过早期的福尔摩斯电影系列而闻名。

住在一个小镇里。我父亲没有留很多钱给我们维生。于是我母亲必须去工作。她是一名护士，她回去工作。而我——我回去跟我阿姨生活，上学，在那相同的小乡镇里。我母亲非常努力地工作供我去上大学。她在她的职业里非常成功。她是一位坚强的女性，她相信对所有人的公平。她训练有素，她护理每个人。她伴随着对所有人的尊重而成长。”

突然，出于正向她袭来的随机记忆，艾伦说：“这个故事确实给我深刻印象。在不久之前我正跟我的一个亲戚谈论它。这真的发生了，而我也在那里。我八岁。我在我阿姨家做客，她有一个很好的女仆；我的几个表兄妹也在那里。默特尔——这个女仆——弹钢琴。她可以弹奏听到的任何旋律。她用她的音乐和一切使我们所有的孩子快乐。一度她曾有一辆敞篷跑车，她带我们兜风。我们真的爱她。她是个黑人女仆。或许她的男朋友之一给了她车。她是个好女孩。她涂上艳丽的口红，她还有一颗大金牙在前面。

“反正，有一天她失踪了。她住在我阿姨房子后面的一间房子里。最后他们出去找她。他们发现了她，她已经死了——在一个衣柜里，上下颠倒。她被用一根松树节瘤打中头部。他们称它点火节瘤——它被用来点火。他们认为那是她的男朋友中的一个，但是我们从未知道。那真可怕。我知道那是错的。我阿姨极度悲痛。我认为如果那是一个白人妇女像那样被杀害，他们应该会找出是谁干的。不过我认为那是某种我现在的想法。我认为当我八岁时我不会那样想。对于我，默特尔是默特尔。我不考虑她是黑人。她会打响手指并跳舞。”沉浸在回忆中的艾伦坐在她的软垫靠背椅里，做了个手势，也打响了她的手指。“她就是很有乐趣。她是挨家挨户干洗衣服的活的女人的女儿。她们在大盆子里干这个活。这是在农村通电前，当时在大多数房子里他们开始有自来水。我阿姨有自来水和室内浴室，因为我爸爸在他住在那里的时候——在我出生前——建了一个水塔。

"我回到她的房子。"默特尔母亲的房子,在艾伦阿姨房子的后面。"他们已经移走她的尸体。但是我看见它在那里。那只是爱管闲事。我阿姨不想我去看它。但是我想，她也由着我了。"

怎样的一个故事，出自十二个快乐夏天的一段记忆！那个故事也释放了艾伦心中另一段记忆。

"我母亲和父亲过去常常告诉我他们什么时候会在法院广场绞死人。合法的绞刑，不是私刑。那是在我父亲和母亲还是孩子的时候。我爸爸出生在一八九七年。那正是非常令我憎恶的——对他们也是。这些是当你正在长大时人们会告诉你的故事。我认为我们已经取得很大进展。那似乎显出人们正变得更加文明，我希望。"

在艾伦成长中被诉说的故事是边境故事；我就是那样看待它们的。它们有好些西部电影的仿效；值得注意的是从某个就快六十岁的人那里听到它们。在其一生中，看上去她已经从边境文化或者一种边境文化的遗风中转移到二十世纪末的杰克逊和美国。那给了我的思维一个新机会，也是给我与人们交流的新机会。

有一些电影导演更愿意在自然光线里工作，可以获得的光线，他们找到的光线。我正在进行的旅行就是这种类型，在一个主题上旅行，取决于意外的事：在旅程中读的书，遇见的人。按我正在做的方式旅行就像在亚克力或湿壁上作画；事物快速凝固。一段叙述的整个轮廓可以由某次碰巧的会面、某个听来的或设计的警句决定。如果我遇见别的某个人，我的思维可能朝不同方向行进；尽管我可能在最终达成有关我所处的地方的相同的大体感觉。

艾伦的思绪，就在我们分开前，属于他父亲，他在她十三岁时去世。"我父亲告诉我永远不能通过踩在别人脊背上向前进。我们都需要肩并肩在一起。"

那是到目前为止我在美国南方的旅行中的最大发现。在世界的其他部分，我未曾发现人们如此受良好行为和良好宗教生活的想法驱使。那对于黑人和白人都是真实的。

我的思绪在边境游走，在一种文化的生命尽头。有一天刚过中午我去看路易丝，她快八十岁了，一个人住在杰克逊的一间大房子里，在一个现在对她来说太大的花园里，还有几星期没有下雨之后的干燥。

在她的旧书柜里，来自或许一八四〇年的美国工艺，接近一个半世纪之后呈现出优雅深色的樱桃木，里面有一八四七年由一家费城公司发行的《旁观者》[①]——艾迪生和斯蒂尔著——的一个版本的皮边小册子。此地殖民往事的提示，属于一个与周围世界格格不入的修养和教育的概念。《旁观者》一八四七年的再版——美国出版商在那个年代对英国书有着如今英国出版商对美国书所具有的追随态度。《旁观者》，过时一百年，在那时帕克曼正在俄勒冈小道上旅行，在路上偶遇曾走过那条路的开拓者们的几乎如白骨般可怖的提醒物：废弃的家具，或许是十九世纪四十年代早期的家具，像路易丝的书柜一样，那些开拓者曾把它们装上他们的二轮和四轮马车，期盼着把它们带到西部。

在樱桃木书柜的一个抽屉里，是与路易丝的家族历史有关系的文献和文献复本。她的家族追溯到殖民地时期。

她丈夫的祖先来自宾夕法尼亚。他大约在一八二〇年来到密西西比。“全是荒野，你知道。”他是一个群体的一部分，几个内部通婚的家庭。他们没有直接去密西西比。“在他们的迁徙中，他们一起经过佐治亚、田纳西和亚拉巴马。”她给出迁徙群体的亲属关系的这种概念：“当这两个年轻小伙”——她丈夫的祖先，还有群体里另一个男人——“处在结婚的年龄，他们前往牛津”，密西西比的牛津，在德尔塔以东的丘陵地区，

①由约瑟夫·艾迪生和理查德·斯蒂尔在英国创办的日刊，从 1711 年持续到 1712 年。这些日刊被收集成了七卷小册子。

平坦的冲积河流平原，“并娶了他们遇见的两位坦科斯雷家的女孩。”坦科斯雷是迁徙群体的家族之一。“土地还没有被开垦，旅行也是艰难的。当他们到那里时他们留了下来。

“我祖父在他去参加南北战争并在田纳西州夏洛①（Shiloh）战斗时是个十六岁大的男孩。他从中幸存，回到亚拉巴马州东北部，并组建他的家庭。南北战争后事情是艰难的，接着我祖父去世了。我父亲在十五岁时离开家，去跟在密西西比州德尔塔的一个叔叔住在一起。他受过一些教育，还付钱给一位浸礼会牧师来教他记账，他开了一家小店铺并且开始在德尔塔买下土地。那是美丽的乡村。现在那是一大片棉花地，全被开垦和排干。但是当时那就像威廉·福克纳的‘熊’——他最出色的写作之一。那就是荒凉原野，没有被收割的大橡树。这是在种植园之前。好极了。

“那是一片开满鲜花的土地，各种各样的野生鸢尾花和紫罗兰，荷花和短吻鳄。他们刚开始在德尔塔的种植园。那很艰难。你瞧，我们得疟疾。当我还是孩子时每个夏天都得疟疾。开垦德尔塔花了一点儿时间。那里每年春天都发洪水。

“当我还是小姑娘时——约莫在一九一五年——他们还在开垦它。他们会去这些大橡树周围砍剁，他们会让它们死去，接着砍断它们。当他们准备开垦出一片田地，他们就会杀死这些树。我从不关注于此。那就是他们做的。我把它当作理所当然。我在树林里玩耍。如果你没有在家用餐，你会被惩罚，因为你已经走得太远，他们不得不出来认真地找你。那时每个人都有太多的孩子，你知道。没有生育控制。我们有很多。许多家庭丢失了很多孩子。”

拓荒者的土地，密西西比州的德尔塔地区。然而密西西比作为一个

①位于田纳西州西南部，南北战争中夏洛战役的发生地，建有夏洛国家军事公园。

边境州，从河边的棉花种植园的年代起，具有对奴隶制的奇特复杂状态。边境、拓荒者、偏僻；不过当时还有廉价的黑人劳工。路易丝现在怎样想？黑人人口目前在她在孩提时曾为森林的野花和大树而欣喜的乡野是非常庞大的。

她说："没有很多理由要待在德尔塔，除非你是一个大地主。你几乎不可能自己来开垦它。它的一些部分就是甘蔗丛。"

"我曾读到过那个词。那是什么？"

"一种野生种类的甘蔗，不是你耕作的任何东西。我们有充足的帮手，仆人们。在他们得到自由后，他们就待在他们所在的地方，你知道。他们到处生活和繁衍。随着很多白人的长大，他们离开了。但是黑人留下来。他们留下的一个理由——甚至现在读讣告也有趣——是他们是非常喜欢群居的人。他们不太纠缠于结婚证书以及诸如此类的东西，不过他们是忠诚的家庭。"而且黑人喜欢返回他们认为是家的地方。

那种观念，有关家庭的重要性，我曾在西非听说，在象牙海岸。那压倒了对婚姻忠贞的其他观念——如果那果真在非洲人中间存在的话。我曾被告知，把不忠当作离婚的理由在象牙海岸会被认为是轻率的。那也一致于另一个非洲观念：你不是跟一个人结婚，你是把自己与一个家庭结盟。

路易丝说："我感觉非常关心黑人事物、黑人问题。我的女佣今天早上告诉我，在街道的上上下下，他们跑出来向空中开枪——这些年轻黑人。"边境的一个扭曲版本，在杰克逊这座城市。"我不知道我们将怎样从中走出来。他们中的一些非常有智慧和野心。一些是未开化的。一些白人也是，但或许不太多。我们不像他们那样快速繁衍。"

她提供了一段不相干的记忆，在其中拓荒生活和黑人的观念交融在一起。"我在德尔塔时，我有个保姆，我猜想。她甚至做过我的奶妈。那时没有配方奶。医生们不知道有关婴儿的任何事情。事实上，他们知道的也就比水蛭多一点儿，但也多不到哪儿去。他们没有很多技能。”

德尔塔绝美的森林，在其中孩子可以在野花丛中嬉戏，已经被砍伐。她父亲也已经创建了一个种植园。那个种植园又发生了什么呢?

“我父亲在他五十岁时去世。就在大萧条之前他卖出了大约一千亩地，还有大约七百亩地留着。”但是不再有森林。“冬天的泥浆，夏天的尘土。我父亲买了一辆查尔默斯①（Chalmers）汽车。这甚至是在广播时代之前。那是一种消遣。”有时候他们就坐在查尔默斯里面，为了快乐，哪也不去。“我们平静地生活。如果一座城镇有五英里远，那就是很长的距离。”不过后来，当道路改善而且汽车也改善，德尔塔的人民在密西西比州出名，因为他们愿意为了正餐或其他娱乐而长途旅行。

接着路易丝触及了一个将德尔塔地区跟我自己印度社区的特立尼达联系起来的主题。中国人曾被引来经营德尔塔；正如在黑人奴隶制废止之后，中国人和葡萄牙人还有更持久地来自印度的印度人曾被引入特立尼达和其他大英帝国的殖民地（包括南非）经营种植园。

中国人在这里，密西西比河畔!

路易丝说：“中国人严格在他们自己中间居住。他们仍旧这样做。曾有一个人在万斯，低等白人会无情地欺负他。如果情况变得糟糕，我父亲会照顾他。我父亲死后，这个中国人也离开了万斯。他们戏弄他。学童们在他们回家路上会经过他的小店并说：

奇科② 中国人
爱吃死耗子。
细细嚼一嚼

①一家位于密歇根州底特律的汽车公司，在1908年成立，随后进入辉煌时期，但在一战中逐渐衰落，后被并购，并于1923年停止生产。

②奇科（Chico），一种对中国人的蔑称。

就像脆姜饼。

他会跑出来——那或许是他的幽默感——摇晃他的拳头，他们会欢笑着跑开。”

仍然寄存在她的记忆中，这无意义的儿童韵文，无疑来自另一个国家，并且适用于德尔塔的中国人。同样根深蒂固的从孩提时代就寄存在我自己脑海里，有关特立尼达的中国人，被黑人儿童传唱的韵文——也同样无恶意：

中国小子，中国小子，死不了。
塌鼻子和眯缝眼。

谁是始创者？一个成年人——或一名儿童，自然地吟诵韵文，像某些孩子们可以做的？对应于我的中国人韵文也对应于路易丝的，肯定有一位始创者。

原本再谈论一会儿有关密西西比儿童韵文的内容会是愉快的事情。但是路易丝有其他回忆。她现在正变得疲倦，不再如我们开始时那样能够完成一连串的想法。

她说：“在那是一个平静的地方的那段时间里，黑人太受压迫。他们不做如今他们所做的这种事情。我们很少有麻烦。他们走他们的路；我们走我们的。我们习惯于有帮手。在大萧条期间，我姐姐有一个女佣。她有一个同龄的女儿——”不过这个故事再没有结束。或许回想它过于痛苦；或许路易丝希望就让它被埋葬。那意外地引向这种想法：“我对黑人所称呼的穷苦白人有很大的尊重。我认为他们是受难的。他们也需要机遇。”接着路易丝不耐烦地说，就好像带上了如今她的疾病和年龄的重量，“不过世界的需要太大了，他们被压垮了。”

有关黑人、需要跟任何人一样多的帮助的穷苦白人以及她姐姐和大萧条的想法组合，引向了这个故事的发掘：

“在大萧条最严重的时间里——我们还从未有过在那次大萧条级别的任何事情——我们住在离一个劳改农场不远的地方。”想起了她准备讲的故事，她说，“不过那是件可怕的事情。那里的模范囚犯中的一个在劳改农场的雇员家里工作。啊，那是件震惊德尔塔的事情！那里看守之一的这个女儿——他们说她跟这些黑人囚犯之一有染。从没听说过。不过，无论如何，这名囚犯杀死了她父亲。接着他们开始逮捕他，还有一份两千美元的奖赏。在当时是一大笔钱。这名年轻的种植园主的儿子就走进谷仓阁楼想把他带下来。当然这名囚犯开枪射死了他。二十三或二十四岁，你曾见过的最英俊的人，还是一个优秀的年轻人；但是他就直接走向他的死亡。当然他们抓获了这个黑人并杀死了他。这发生在离我们大约十英里远的地方。那真的让每个人心烦。在当时那是非常非常少见的事情。现在他们似乎并不重视它。我当时是一个年轻女人，大约二十岁。那非常深刻地影响了我。是非常不幸的。不过只是偶尔有像那样的暴力情况。”

我们谈及一九五五年埃米特·蒂尔的谋杀案。埃米特·蒂尔（当与重大和悲剧事件联系在一起时人们的名字变得多么特别）是一个黑人青年，他被指控向一名白人妇女吹口哨调戏她而被杀死。那是件为密西西比的坏名声添油加醋的事情。

路易丝说：“部分我的家族仍旧住在德尔塔那里。他做的不只是向她吹口哨。我的兄弟在他们进行那次审讯的萨姆纳（Sumner）有间药店。我们不是那种人。”路易丝正在谈及德尔塔的社会特质。早先，谈及她家族作为种植园主的地位时，她曾说：“每个地方都有阶级区分。”而她现在的意思是作为店铺职员工作的这个女人——就像埃米特·蒂尔据称向其吹口哨调戏的女人——属于不同的阶级。“我母亲和姐妹们从不在那样的供销店里工作。我们总是雇帮手。”“供销店”，一个种植园用词，意思是种植园商店，在那里工人们赊账买商品，在他们的薪水中扣除。“我父亲认为那不是给他家庭里的女人待的合适场所。各种类型的人都去那里——有时候是喝醉的。”

在艾伦对她童年的叙述中，我早已被好家庭里的人干的正派职业所吸引。艾伦的阿姨之一曾是邮政局局长；而现在路易丝正在述说她兄弟经营一间药店。那就好像在南方的贫困中阶级是某种存在于一个家庭的思维和意识里的东西，与好的、得体的行为和观念相联系。

路易丝说：“民权运动改变了一切。那是好的，也是坏的。”她补充道，思绪似乎通过联想重回她脑海，“我更愿意住在任何没有黑人的地方。我一辈子都生活在他们中间，并且我喜欢他们。而现在”——她的意思是不管在杰克逊发生的犯罪，而且尽管这座城市正在趋向黑人多数，或许不久就会有一位黑人市长——“他们是热心和幽默的。我会想念他们。但是，在杰克逊这里我们有如此众多的他们。而且无论他们在哪里，他们总是一大堆人，因为他们喜欢同类的人，他们也不准备在没有其他黑人的地方定居，他们会寂寞的。这个女人在爱荷华州，她能挣更多钱，但是她回到这里，因为对她来说在那里是寂寞的。不过在杰克逊他们现在正结成帮派。如果他们可以被分散在乡间，那会更好。但是我们不是俄罗斯。我们不可以那样做。”

差不多是我要走的时间了。她有一点想摆脱谈话的需要；不过还有她的既然已经开始交谈就希望能够继续的一面。又一次她转向了德尔塔的童年，在土地还是森林的时候。

“我们自给自足，不过我们生活在现在所谓的贫困线之下。在德尔塔生活是一种特权。在夜晚，我们会听见森林里的动物。一头美洲豹。它听上去像一个女人在哭喊。”

如今在垂暮之年，当她独自生活时再度接近她的是童年的孤独，德尔塔的孤寂。

“我继母过去常常讲一个关于森夏恩·伊斯特林小姐——森夏恩·伊斯特林！——的想要去聚会的女人的故事。不过没有交通工具，除了沿铁轨而下。于是——他们去了，沿着轨道而下，用一辆手摇车。上下抽动它，你知道。”

我不知道，真的。我只是在特立尼达还是孩子时，在美国系列惊悚电影中见过她提到的手摇车。

“然而，”路易丝说，“他们被货运列车撞到，森夏恩·伊斯特林小姐一辈子都跛脚。那个故事是为了阻止我们对社会生活有太多向往。在那些日子里我们无疑被隔绝在德尔塔。

“我记得一个圣诞节我得到了一顶最漂亮的真獭皮帽。那肯定来自于一家像马歇尔·菲尔德[①]（Mashall Field）的商店，因为附近任何地方都没有拥有像那样的东西的商店。而且也没有我戴着我的獭皮帽可去的地方。于是我在圣诞节下午戴着它沿着铁轨漫步，希望某个人会看见我。但是没有人。那时候我十二岁。”

六十七年之后，重回孤单，在一个发展超出她想象的杰克逊，寡居，她生命中几乎所有的冒险都在过去，她回想起对于孤寂的更早的记忆。屋外，她枝叶茂密的院子，满是大树，土地干裂，发黄，等待雨水。

几天之后（雨水已然到来）我去拜访尤朵拉·韦尔蒂[②]并提起了路易丝有关獭皮帽的故事。韦尔蒂女士只比路易丝年轻一岁，她知道路易丝在一九二〇年圣诞节可能得到的那种帽子。

---

①一家美国高档百货公司，最初在芝加哥开办，后来发展成为一家连锁店。

②尤朵拉·韦尔蒂（Eudora Welty，1909－2001），美国著名女作家，在美国当代文学史中占有重要的地位。她的作品经常出现在各种美国文学的作品集和美国学校课本里。她长期生活在密西西比州杰克逊，以描写美国南方生活见长。

“那些帽子被称作玛奇·埃文斯[①]帽。它们以一个女童星的名字命名。它们只在杰克逊的一间商店里有售。很多年之后，我遇见了这位女童星。当然我遇见她时她已不是儿童，不过她继续着演艺事业。我在纽约遇见她。她比我稍大一点儿。她说：‘我知道你的作品，因为在一个故事里你有一顶玛奇·埃文斯帽：我就是玛奇·埃文斯。’当她戴着这顶帽子时她跟我们一样是小姑娘。这种帽子四周有宽边，带有垂在你的背上直到腰部的飘带。它们是极好的帽子。也有用于夏天的草帽。在那些日子里你所有时间都戴着帽子。你甚至会戴着帽子去主日学校。”

在德尔塔再没有路易丝知道的森林；而沿着密西西比河的一条堤岸现在保护平坦的土地免于每年的洪水。

大地如此平坦，连大树都看着低矮。而且，从车里望去，新棉株的田地产生了快速拉过的长长的催眠的透景线：棉株的绿色与大地的土黄或深褐色相间。不过农业在困难时期已经衰落；尽管仍然有像一个叫作“埃及”的那样的杰出种植园，德尔塔也不再是路易丝描述中的“一大片棉花田”。

然而，埃及给了往事以及种植园文化的社会风尚和分化的惊鸿一瞥。庄园宅邸和种植园供销店背后是亚祖河[②]（Yazoo River），非常混浊，仍有驳船顺流而下；最后的内河汽船在一九三二年造访那里。午餐时，在凉爽的庄园宅邸里，有一种空间感，源自分隔一个人与其邻桌的巨大距离。关注于历史的书（埃及在这个世纪的大部分时间里为同一家族所有）和绘画（原件，大部分是肖像，还有复制品），甚至还有会客厅的壁炉台上的黑人头小雕像——所有这些都提醒着一种早已从特别的德尔塔工作

①玛奇·埃文斯（Madge Evans，1909–1981），美国舞台和电影演员，作为童星开始演艺生涯。

②美国密西西比州河流，大致向南和西南流，在维克斯堡汇入密西西比河，全长304公里。亚祖河流域过去易受上游洪水的影响。1886年堤坝系统完工后，成为主要产棉区之一。

世界里移除的文化。

甚至在午餐期间，防治害虫的人都在外面忙碌。就在宅邸庭院以外是它完全依赖的平坦土地。百万美元价值的装备耕种、收割和施肥于那些田地。在过去那里的装备会少很多；那里会有更多的劳动者。

在平坦的土地上，现在所需的少数黑人劳动者的一排相距甚远的几座房子顶着蓝天矗立。在房子前面，在路上——看得非常清楚，就像在舞台上：大地的平坦和天空的高度的作用——黑人孩子们在嬉戏、乱跑或打转。在庄园宅邸，午餐时，有人或许是在阿根廷，在一个大牧场里。外面，想一想那些劳动者的房子，有人或许是在非洲的某个国家——或许肯尼亚，如果在背景里有山丘的话。

不过棉花，尽管价格近来已经提高，不再绝对是德尔塔之王。大地的平坦从公路上隐蔽的是，数千亩德尔塔的土地现在被转作鲶鱼养殖，跟任何德尔塔的冒险一样的复杂、大型和美国独创，还有机械化和风险性。

我某天一早驱车从杰克逊去见证一些鲶鱼池塘的“收成”。这些“池塘”——每个大约十五或二十亩——前一天晚上已经被围网捕捞。这种围网就像人们所知道的围网。不过拖曳由两辆拖拉机完成，两边的堤岸上各一个；堤岸上到处堆放着灰尘覆盖的死鱼，现在不像死鱼而更像一种皮质原料。有时候在池塘里有蛇；还有金鱼，在围网和从池塘提升鱼进入卡车的铁丝网漏斗里闪烁红光。金鱼，有时看到一两条时是美物，在这里变成了“杂鱼”，在加工厂被与鲶鱼分开，要么跟其他被一座池塘吸引（有时候被鸟类扔下）的杂鱼一起被扔掉，要么被研磨成肥料。

任人摆布的大自然已经有点儿乱套。金鱼被引入来吃掉给鲶鱼带来坏滋味的藻类。但是当金鱼发展得过于旺盛——就像葛藤，密西西比的另一个大灾祸，从日本或中国引入来阻止这个州多丘陵部分的侵蚀，它如此喜好它所发现的地方，以至于已经蔓延了数平方英里，爬上电线杆并拉倒它们，杀死大树，到处产生巨大的悬垂物和摇晃物，用无法根除的藤蔓厚实而水平的生长——事实差不多如此——来覆盖林地（葛藤就是为了那个理由被引入，因为它奇特的根系紧紧地抓住土地）。跟刚果河里的水葫芦一样，葛藤已经变成了扼杀者。

滋味——那是有关鲶鱼的大问题。迄今为止通过加工厂和鲶鱼研究所的全部研究也还没有被解决。鲶鱼，尤其是在夏天，可能会产生奇特的滋味：泥土，抑或烧过的木头，抑或某种带石油气味的东西。

于是加工厂在准备收捕的鱼上进行五次或六次滋味测试。一条活鱼的尾巴被割下，煮熟然后尝味道。加工厂的采购经理说："我们带着鱼皮切开鱼。我们不想在任何方面有掺杂。它刚从卡车上下来，尾巴被割掉，然后被放入微波炉。它不会被剥皮或其他什么的。"

煮熟和尝味是一个人的工作。"我们的试味员一天可以轻易地品尝两百个样品。那会变化。我知道他一天最多可以尝三百五十个样品。他有他自己类型的洗净碗碟的方法。如果一条鱼异味很大，他会打开厨房里的风扇——因为有异味的那条真的会把试味厨房弄得臭气熏天。眼前，在夏天，送来的十五条里只有两个或三个样品可以被接受。接受率在冬季更高。"鲶鱼养殖者只能希望有被拒绝样品的池塘会变正常，那里的鱼在下一次机会中会通过滋味测试。

所以那天早晨被装载进加工厂卡车里的鱼只差一道就已经通过了他们全部的测试。在加工厂还有最后的一道。在它们前往加工厂之前的两天里，鱼没有被喂食，这样没有什么会干扰它们的滋味。现在，口味纯正，分量从一磅到一磅半，这些鱼差不多到了它们十八个月养殖循环的终结。

在一间孵化场，一间小棚屋里，它们从一开始就被看见：水槽里的鱼卵，保持在恒温八十度的水中，一个电动桨叶取代了雄鱼波动的尾鳍的位置；没有那种水的扰动，鱼卵会死掉。在五天的生命里——以小黑点为开始——长成鱼卵；接着鱼苗被放入池塘，开始它们十八个月的生命。

池塘被持续地供氧，因为没有氧气鱼会死掉。池塘的氧气含量夜以继日每隔两小时会被测试；一名鲶鱼养殖者不能远离他的鱼太长时间。喂给鲶鱼的饲料和谷物由电脑控制。那在固定时间被扔入池塘的深端。鱼在喂养时间游到深端。它们是有习惯的动物。如果它们被不规律地或太多地喂食，它们就不会吃了。如果池塘里的鲶鱼太少，鱼就不会吃得足够多来增加到有销路的重量，因为（如它所显露的）竞争的减弱使得这种动物跟放养在河水底部的野生鱼种一样“懒散”。那么，有多少——有多少试验、意外和损失——已经投入到那天清早被装载进加工厂的卡车里的那些鱼的喂养呢！

工厂是在印第安诺拉（Indianola）小镇上。来自加工室内的工人们在他们的午餐时间正坐在外面，在从工厂出来的铺平道路上的松树破碎的阴影下。他们穿着血迹斑斑的白色长袍和看起来像塑胶浴帽的东西。这些工人中的大多数是黑人，很多是妇女。他们坐在木桌旁的木凳上，吃着他们的午餐。他们中的一些人正在吃汉堡——一种食品加工业里的工人吃着另一种食品加工业的产品：工业社会的平等交换。

当午餐结束，加工恢复。加工厂的卡车放出它们运来的鱼——在泉水里，尽可能保持鱼的清洁——进入一个金属笼子里。鱼在这个笼子里被提起并送入一个电动震晕机，一个漆成绿色的箱子。然后他们从那里被传下来到加工线上，那是在建筑物里面的一间机器声轰鸣的房间里，鱼在那里被去头、去内脏和剥皮。

去头、去内脏和剥皮——带我们四处参观的采购经理说起这些难懂的单词就像在另一个年代人们说起罪犯被绞死、拖往刑场和肢解一样容易。那样的程序里某种东西被包括在此。不过在鱼类工厂里的重点在于速度，保持鱼的新鲜的速度，它们被保持存活直到最后一刻，接着在短短三分半钟里去头、去内脏和剥皮，此后立即放入（至少是鱼片、鱼排、鱼条或鱼块）混合着冰块的非常冷的水中。冰块在那个阶段是重要的：

在这个过程里的每个细节都被设计。冰块，采购经理说，摩擦切块或切片的鱼肉，充当另一种清洗剂。在三十分钟内，鱼被彻底加工，为投放市场做好准备。

“于是，”这位采购经理说，“客户那天傍晚正餐时可以吃到一条在早晨还鲜活的鱼。这是任何其他水产养殖品都不可能比得上的一种新鲜程度。至于任何海鲜，忘了它吧。一些海鲜在船回到码头之前已经在船上躺了四五天。”

“去头”——这个词对于我是新的。不过它是绝对正确的。一个人可以被斩首；一个人不会被去头就像一条鱼不会被斩首；“去头”暗示了工业化过程的牵涉。部分这种操作速度取决于去头者或如采购经理所说的锯头匠的技巧。一名好锯头匠可以在一分钟内切下五十五个鱼头。不过鱼必须被震晕，不再扭来扭去；绿箱子里的震晕机必须起作用。男人和女人都干锯头的工作。我研究了一会儿的女人戴着黄色手套，以高速度把震晕的鱼滑过垂直的手锯。去内脏是用吸力完成，用的机器就像将近二十年前我在加利福尼亚州蒙特雷（Monterey）的约翰·斯坦贝克[①]的罐头厂街[②]保留的东西里看到的一样。外面，加工后的鱼内脏和其他血淋淋的东西从两个漏斗倾泻到红色卡车里，它们被带到别处，也许（不过我没问）变成肥料。

在办公大楼里，有的是秩序和寂静；女孩子们是白人。在休息室里，有一张两个漂亮白人女孩的彩色照片，她们是一九八五年鲶鱼小姐和一九八六年鲶鱼小姐。

一九六九年在罐头厂街，我曾经由一个人带着四下参观无声的废弃

---

①约翰·斯坦贝克（John Steinbeck，1902－1968），美国作家，获得1962年诺贝尔文学奖。代表作有《愤怒的葡萄》《伊甸园东》《人鼠之间》等。

②罐头厂街（Cannery Row）是在1953年为纪念作家约翰·斯坦贝克的小说而命名的。如今，它已成为一个旅游景点。几个私人经营的渔业公司仍然存在于罐头厂街。

不用的机器，那人曾买下它并且正巴望着卖掉它。他告诉我一旦你“用活”它，那个机器——正如罐头加工机械表现出的复杂和烦琐——并不难。我感觉这家加工厂的总经理（还有采购经理）以那种方式“用活”了鲶鱼。但是罐头厂街是一个死气沉沉的地方，山姆·海诺特正在构建一个新兴产业。

他四十五岁。他出生在亚拉巴马并且念了奥本大学。这个名字使我回忆起当我还在塔斯基吉时，傍晚驱车赶往那个城镇以及邻近的城镇欧佩莱卡（Opelika）吃晚餐。而且，我记起了曾在塔斯基吉听说的某些关于两所大学兽医学系的比较优劣的内容，我说：“奥本。不过那是塔斯基吉的竞争对手，黑人大学。”

山姆·海诺特笑了。我是客人；他有耐心。他说：“塔斯基吉是一所黑人学校。不过奥本不是它的竞争对手。奥本的竞争对手是亚拉巴马州立大学。”

他作为一名经济学者开始他的职业生涯，一名处理粮食价格和其他商品价格的市场分析员。随后，作为内布拉斯加州奥马哈市（Omaha）的一家大公司的经济研究主任，他的职责变成为那家公司找到新的商机。那就是他怎样进入鲶鱼产业的。

“我们最后在一九六九年买了一家涉及鲶鱼业务的小公司。这家公司有一个孵化场和一间加工厂。他们的业务是售卖鱼苗给养殖者，然后从养殖者那里买回可售尺寸的鱼，加工并销售包装好的鱼。我认为那非常像早年的鸡肉生意。”

他的分析是对的。他一九八一年在印第安诺拉以五十名雇员开始经营的水产养殖合作社现在提供一千四百人的就业，而非直接的更多，他们中的许多人是直到那时只能在棉花种植园得到季节性工作的黑人，在春季“切棉花”，除去可能有毒的杂草以及秋季在轧棉机里工作。很多养殖者避免了不得不离开他们养殖场的命运。“许多养殖者不想被卷入鲶鱼产业，但是他们鲜有替代品。对一名养殖者来说，一旦他们成为养殖者就很难放弃。那是给他们的一种生活方式。”

山姆·海诺特做了大量有用的广告。“作为一家公司和一个产业，我们花了大量的广告费用来提升鲶鱼的形象。我们雇用专业的厨师就像这个家伙”——他拿起一本小册子，里面有一张照片，一位厨师两个手里都端着看起来煞有其事的菜肴——“来帮助我们改变鲶鱼的形象。”鲶鱼，鲶鱼——就像他那样专注的人，山姆·海诺特似乎从不厌倦说这个词。成立于一九八六年的鲶鱼研究所曾经出版各种小册子。山姆·海诺特给了我一本《为了赞赏的渔业——用鲶鱼烹饪》。那曾是一个美国样式的运动，也产生了美国式的成果。鲶鱼产业目前总共有两亿美元的销售额；将近一半来自于印第安诺拉的工厂。山姆·海诺特认为在十年之内这个行业将拥有十亿美元的销售额。

尽管人们不能绝对控制其他活着的生物——罐头厂街本身由于沙丁鱼从那片海岸消失而停止运转——也没有人可以绝对有把握于对鲶鱼会发生什么——什么突变、什么衰弱——作为如此密集养殖的后果，那在这个地方发生仍旧是一件令人惊讶的事情。这里路易丝所知的是荒野、疟疾、易遭洪水，但却凭野花而美丽，而现在在这里，在离开它们的池塘几小时之内，鱼的鲜红内脏倾泻到红色卡车，它们的生命周期结束了。

没有一处风景像我们儿时的风景。对于路易丝，尽管她父亲曾是一位种植园主，种植园主们在德尔塔创立的“大片棉花田”是对她作为孩子就已知道的森林的玷污。而对于玛丽，四十年后出生于德尔塔，没有一处风景会像她曾经在其间成长的平坦、带状的大地。

她说：“我认为没有比平坦的土地和广大的天空更美丽的东西。”

她正在向我展示杰克逊以北约十五英里的小乡镇坎顿（Canton），给前一次我驱车而过却未能理解的破旧赋予意义。我只接纳了穿过镇里的主路上的衰落气息，并注意到在一个显然很少有事情做的小镇里的大量黑人。忽然现在，借着玛丽带我穿过主广场周围的街道，历史的层次变得清晰可见，就像在南方的很多地方发生的那样。

这座小镇在十九世纪三十年代中期建立。不过广场上的大多数建筑物是在从一八九〇年到一九一〇年的二十年时间里建起的。南北战争已介入；在一条离主广场不远的街上就是第一处提醒。

那是一条有着精致老房子的街道，不过有黑人。他们中的一些正坐在门廊上。这条街的中间是一片开放的绿色空地，那里有一座灰色大理石方尖碑。那被铭刻在一侧：由 W. H. 豪科特竖立，为纪念南北战争期间与哈维童子军共命运的优秀和忠诚的仆人们。另一面上：献给我忠实的仆人和朋友威利斯·豪科特，一名有着罕见忠心和诚实的有色人种男孩，对他的记忆我以深深的感激来珍视。W. H. 豪科特。第三面上：忠诚、忠实、真实是他们每个人和全部。方尖碑上的第四面是空白的。

这名奴隶，威利斯，带着主人的姓氏。难道跟着他主人上前线的这名“有色人种男孩”真的是一个男孩，抑或他是一个甚至到死的时候还是男孩的人？真实的情感在那里，不过在这座战后为了称颂奴隶的忠诚而建起的方尖碑里，有多少反抗也在那里？

方尖碑在一条黑人的街上。哈维童子军的纪念碑在别处的白人墓地里。这座奴隶纪念碑仍旧被呵护。灰色方尖碑周围的草地被整齐地修剪；在底座上有一束人造花。黑人坐在不远处的门廊上。黑人在我们瞻仰时从一旁经过。他们不介意吗？

他们不。但是，玛丽说，那是没有加在他们头上的某件事情。假使某天有人过来把某些事情放在他们身上，也许他们会介意的。

在几条街外的白人墓地里，放置在中央的是哈维童子军的纪念碑。那也是一座方尖碑，但是不像给仆人们的那般平常。它被刻有交叉的旗帜、一颗星和新月；在底座上有一块金属牌匾。一些诗句也被镌刻：

刺上最后的文身已经很久
如今和平降临在骑兵驰骋处
他们的军刀赫然敢作敢为
由艾德·哈维引向前方

那令人不安，那有瑕疵的最后一行，使人以为前面三行是借来的。然而那里还有献身：艾迪生·哈维上尉生于一八三七年六月被害于一八六五年四月十九日正当国旗被永远收拢时死亡解救他失败的痛苦。

在墓地的远端，距旧有的犹太人坟墓的角落不远处，是小墓石，五个一排，延伸到墓地的最远端，每块石头上都标记着“无名邦联士兵”。那让人震惊，在这个小镇墓地里，对所有这些无名者的关注。尸体或残骸，玛丽说，应该是在战后某个时间被收集在一起。这些墓石可能在十九世纪七十年代被建造。哈维纪念碑，还有给黑人奴仆的纪念碑应该在之后被建造。

墓地仍旧在使用。有更强烈需要的其他人跟我们一样正在顺着车道驱车行进。那里有两个新墓穴，在绿色凉篷下标着承办人的名字，布雷兰。在不远处是承办人自己的家庭宅地，有标着布雷兰的大块石头。玛丽说：“一些人认为那是广告。”

坎顿虽小，却有其社会和种族的划分。铁路轨道分割这座小镇好的一边和坏的一边。在坏的一边，黑人的一边，很多房子处于失修状态；它们中的许多是盒式房屋，前面一间屋，后面一间屋，房子都紧挨着建造。也有别的更好的黑人地区；不过即使新建的住宅也看上去将要倒塌。在坎顿似乎没有很多可做的事情。在镇里的一个较陈旧的部分是与已经消失的木材工业相关联的定居点。工业城是给白人工人的。挨着它的是黑人地区，有一个使人回想起奴隶种植园小屋的名称：锯木厂区。

在坎顿仍有一间家具工厂，镇外还有两家或三家其他工厂。不过工业区是一团糟。那看上去就像热带贫民窟。难以想象的是，当我们到达乡村俱乐部的区域——有来自坎顿和杰克逊的专业人士的会员——那两个地区分享了相同的气候和植被。在一个地区，日光似乎是毁损和麻木的一部分。在另一个地区，在大树和精修的车道中间，阳光就像这个场所的特权的一部分。

“日光”“阳光”——对我来说它们一直是不同的词语。“阳光”是个美好的字眼。“日光”更刺耳；那正是特立尼达的清晨阳光在大约八点要去上学的时候转变成的样子。特立尼达葡萄柚果汁标签上的口号，在我还是孩子时，是“在热带阳光里成熟的水果”。我一直认为这些字眼太漂亮了。“在烈日当空下成熟的水果”本该更真实反映我所生活的气候；不过那样它们或许不像一句口号。“热带阳光”——它们是旅游用词，我总是想；而事实上，它们对于某个对别的东西一无所知的人来说可能毫无意义。

现在的农业和工业不景气；二十到三十年前的民权运动；在那之前的大萧条；南方各州的重建；还有南北战争——考虑到各个历史层次的纪念物或遗留物人们可以在一个像坎顿的地方看见，似乎南方曾在危机与危机之间迁移。在那的背后都是习俗播种了大部分的危机或者使它们恶化：奴隶制，导致当下这种黑人过剩，人们在机器时代不再需要。

玛丽说：“那令我沮丧，因为问题之深渊是某种我知道我将不能看到被解决的东西。那将阻止这个地区的发展，经济上和文化上。这些人不读书，甚至报纸。电视是仅有的东西。而且事实上，他们中的一些很可能不能阅读。并非你和我能阅读的方式。他们可以读一个记号，但不是一个想法或概念。”

在我们驱车穿过这座城镇期间，她曾指给我看一所红砖墙高中，在学校被废止种族隔离后已经变成一间家具商店。

“在公共系统里的注册使得这座建筑变得多余。”她的意思是白人撤出他们的孩子，转而把他们送到私立并且通常是基督教的学院。不过现在，对于某些人那是一种经济压力，人们又开始考虑公共系统。“我近来受到鼓舞，因为这里的一些不会被认为是自由主义者的人正在认识到这座城镇很大部分的未来是跟学校系统联系在一起的。”

“这里仍有关于废止种族隔离的苦涩吗？”

“来自六十年代的大量苦涩已经进入第二代。不过现在那更多是对经济的不满。人们不满于看见像食品券之类的福利计划——并且有某种给婴儿提供食品和牛奶的东西。当然，努力为他们的家庭工作的人肯定会不满于看见人们无须付出就被给予相等于你必须努力工作才能挣得的东西。医疗保险是另一种东西。这里有人们按照他们的收入来付费的诊所。这意味着他们得到联邦政府的支持——那就是，其他人的所得税。

“在种族上，我不是一个软心肠，相信世界大同。人们太不一样。我相信上帝，但我不修道。这是圣经地带。因为某种原因，南方人对于信仰有极大的容量——黑人和白人。当我前去一个礼拜仪式，在那里人们极端虔诚，我感觉我正在错过某些东西。但是那不会持久。宗教在这里非常社会化——社团成员、教堂晚餐等诸如此类的事情。我也猜想我不是一个特别社会化的人。”

“你什么时候开始作为一个南方人考虑你自己，不同的某个人？”

“我一直有此感觉。我们对此如此自豪。我们被南方的就是特别的这种情绪所感染。我的家庭一直对文学方面感兴趣。我们对我们这里的作家感到非常骄傲。”

另一面又怎样呢？顽固、暴力？有没有一种观点可以全部容纳？

“我明白另一面。暴力、贫困。在我成长时有一个非常丑陋的事件。那就是埃米特·蒂尔的谋杀。他是一个从芝加哥来这个地区暂住的黑人男孩。他因被怀疑向一名在乡村地区的小店里的白人妇女吹口哨而被枪毙。这都发生在靠近我当时居住的格林伍德（Greenwood）的地方。这是在一九五五年。我十一岁。我记得最初在报纸里读到它。我有一个朋友，她认识在小店里的人。我还记得在学校的人说那不是真的，他仍旧生活在芝加哥，而人们正试图给密西西比抹黑。不过即使在十一岁的年龄，我也知道那是一种可悲的思考方式，像那样想的人属于跟小店里的女人相同的社会阶层。”

又在这里，对社会差别的强调。他们在生活如此被孤立和受限制的德尔塔怎样协作？

玛丽说：“我祖母会说起一些人他们不是乡亲。那可能是她最喜欢的用语。她非常有意识于谁是或不是乡亲。”

“谁是乡亲？”

“一般说来，乡亲不是在这里住一段时间的过客。你了解他们的家庭。如果他们不是搬来的，比方说，从拉斐特县，你会了解他们的家庭。”

“但是，除了一些在纳切兹的人，没有人曾在这里超过五代。”

“不。那仅仅意味着你知道他们是相同类型的人。他们知道怎样表现。他们不说‘黑鬼’。他们也不说‘安特’①。说‘安特’和‘黑鬼’的人不是乡亲——那当时当地就肯定会把你划到范围之外。她是一个对于规矩一丝不苟的人。如果你把你的胳膊肘放到桌上，她会拿起那些沉重的银质餐刀，她会击打你的胳膊肘，如果没有客人的话——在那些日子里，人们用沉重的银器，而不是不锈钢的。我认为我们如此表现是因为我们由衷地认为这儿——南方——是世界上最好的地方。从严格意义上说，我祖母来自亚拉巴马。从结婚起她就住在密西西比。我能记得我父母跟我谈起并尝试解释种族问题。由于没有人真正理解它——”

我对那个概念感兴趣。我说：“没有人曾向我提出这一点。”

---

①安特，ain't，是美国南方人的常用语，“不是”的意思。

“我认为他们不会。理解种族问题。我仍旧认为他们不会。我了解像我祖母那一代的人——她那一代人和同一代的黑人有一种已不再存在的亲近。在那些日子里，没有人有钱。你知道，大萧条等等之类。很多工作黑人要依赖于白人——在房子里和院子里的。但是白人也依赖于黑人。我认为在那时有更好的种族之间的尊重。”

“外面的人没有那种印象。这里有私刑。”

“这里有，确实。不过我正在谈论的人——而且我确信人们比我所认识到的有更多暴力倾向——执行无人道的人并不是每个人的典型。”

“坎顿的外貌对你产生了什么影响？你向我展示的这座城镇。”

“使我们自卫。”

“不，不。我不想那样。”

“我向你展示了什么？建筑和田地。”

“你向我展示了大量破败的东西。它们配不上历史。”我的意思是——尽管我没有准确地说出——如果你拿走墓地和主广场，在坎顿很少有不是当代贫民窟的地方。这片土地和环境很难与一段伟大和艰难的历史联系起来。在如此的一种环境里，她怎样支撑她的历史感？

玛丽说：“它或许配不上。不过我认为贫穷和匮乏并不只限于南方。我认为我们正在讨论经济问题而不只是我们曾经做的事情。人们像讨论一个群体问题一样讨论黑人和白人的问题。”

“有关南方的什么是你喜欢的？”

“那是一个对于生活很有滋养的地方。我喜欢这里的人，虽然我并不接近他们。如果有某种不幸，人们会聚集起来，哪怕他们不是我的家庭成员。往事的感觉也可以让人满足——哪怕我的家庭不是来自这个地区。福克纳是怎么说的？往事比当下更真实？我不能记起确切的话语。但是往事正是某种我们全都经受过的东西。可能在更大的地方，他们不把重点放在往事上。我们专注于往事。一些人认为那是因为我们输掉了战争。”

于是我们转了一圈差不多回到开始的地方。在墓地里的纪念碑上看见某个军人样子的人像时，我曾问是否他正穿着邦联军制服。但是纪念碑并不是我曾认为的东西。玛丽也曾说：“没有制服。临近结束，他们幸运地穿上了鞋。”

威廉说：“北方的人认为他们对于这里的问题和人比我们知道的更多。他们以为他们知道黑人怎样想和白人怎样想。他们糟糕地误解了黑人。”北方曾在一八六〇年瓦解了经济上更活跃的南方；他们在二战之后又做了一遍。

我想让他说得更多。

他说：“在你做笔记之前，让我们先彻底讨论某些东西。”

我收好我的笔记本，我们开始随意地交谈。他是一名商人，属于密西西比一个显赫家族。他四十多岁。他热爱户外生活，体格强壮而且英俊。他似乎在很多方面都得到赐福。然而几分钟的交谈的结果是，他是一个非常重视宗教的人。他的判断，甚至在我们会面初期他曾说的最艰难的几个，都包含在他对宗教生活的概念里。那也是我们重新开始的地方。

我们坐在他办公桌前的摇椅上：门廊的惯例，从这里转移到一间有空调的办公室。

威廉说：“《圣经》说主帮助那些自助者，我真的相信那个。我感觉没有足够的人尝试自助。我不认为这些人需要的帮助是一张空白支票。”

我问及他信仰的发展。

“我两边的祖辈都是浸礼会教堂里非常坚定的工作者。我父母到现在都是教会的坚定成员。我不记得我们有不祈祷或不读《圣经》的时候。我在我七岁大时完成了我的信经。我猜想我先去见了父母——在听到主日学校教师谈论耶稣和上帝之后，我也相信他确实来自天堂并且走到我们中间为我们而死，为的是给我们一次跟他一起在天堂的机会。最后我公开地说，‘我想要接受基督’。他们说，‘很好，让我们去见牧师’。然后他对我说。我猜想他们感觉我的情感足够坚定，我在七岁时受洗礼。我围绕它成长，我接受它，并且我完成了那次信经。

“我在那前后做过一个梦——不过直到多年以后梦才被突然想起。我跟我祖母一起过夜。我睡在门廊上。我记得端坐在床上——真的很快醒来——而且我认为我看见耶稣基督从后门走过。这扇门有一个小门环，一根绳子牵着一个小木球，我记得听见了门环发出的声音，门开了。我就有了耶稣基督走过那扇门的幻象。我记得整夜没睡来看他是否会从后门出去。但是他没有。关于那个梦我从没有思考很多直到六七年前。我正顺着公路开车，那突然闪回到我的脑海里。在那一刻，我真正认识到那是耶稣基督进入我的内心。我没有看见他离开那扇后门的原因是他并没有离开我们。我只是没有跟我的家庭讨论那个故事。但是我记得那个梦和那整个夜晚，仿佛就是昨天。我感觉耶稣基督在那天进入我的内心并且再没有离开。”

“那改变了你对别人的态度吗？”

“我希望我对人有更多耐心。我希望我先看到善行而不是看到短处。我当然设法对不好的体验有短暂的记忆。我尽力宽恕和遗忘。”

“无宗教信仰的人怎么样？你怎样考虑他们？”

“我猜想我感觉如果我可以为他们设置一个榜样，我就可以鼓励他们少一点儿对宗教的漠视。我也不会轻视一个具有跟我的宗教信仰不同的人。”

“你是否感觉你在一个宗教社区里？”

“我想是的。我不确信社区的宗教信仰部分跟得上人口的增长。我不确信教会的成员持续增长。不过我认识到那里有很多基督徒。我被人们对于加里·哈特－唐娜·赖斯[1]事态所具有的没有耐心而鼓舞。我当然受到有关在这个国家里的基督教和上帝的杰作的鼓舞。”

“为什么你不在教堂里？”

他误解了这个问题。“我在那里直到昨晚九点。”

“不，不。我在问你为什么不在牧师团里。”

“我相信上帝有给我们每个人一个计划的意愿。他知道他想要我们做什么。如果我们都是建筑师，我们都会有漂亮的建筑，但是就没有农民来种植粮食。我认为他造物的计划是那挑选了很多人来组成这个世界。而他需要所有这些领域的劳动者。”

“这是你为什么对不工作的人有那样的感觉？”

“我从没有像那样表达它。不过我认为那是为什么我有像我这样的感觉。”

“你是否认为人们需要工作？”

“对此毫无疑问。上帝创造了伊甸园，他把亚当和夏娃放在那里，当他们犯了过错，他把他们赶出伊甸园，告诉他们去工作。”

“你认为人们仍旧在为抵偿那个过错而工作？”

“我不认为我仍旧为抵偿他们的过错而工作。不过我认为我们所有人都有过错。人类是一个有罪的种族——这是我们所处的地方，而那就是我们现在必须应对的。我有强烈的感受，我们被需要来工作六天并在第七天休息。上帝谈论着赋予每个个体天分，而且上帝告诉我们去使用它们。我认为工作是使用那些天分的重要部分。一些人是作家、农民和建筑师。这些是上帝赋予他们的天分。

“几个月前有人写信给我父亲。在这封信里，他说：我享受我的工作；一个成功的商人怎样继续成为一名基督徒？他应该留在他的事业里，还

①加里·哈特是一名美国外交官和政客，1987 年他被传与一个名叫唐娜·赖斯的女性有染，是当时的轰动性事件。

是应该回到教堂里呢？我父亲写了一封信来解释为什么信基督教的商人存在于世界上是必要的。我们自己这里的牧师曾数次说过，随着电视牧师陷入如此困境并且招致如此糟糕的关注，他已经看到一些门正向他关闭；而引领人们进入基督教的职责更多地落在了世俗者的肩上。”

我说：“一些人正在说那是魔鬼的工作，那些电视牧师们正处在困境中。”

威廉说：“当我失败于某件事情我就失败了。我感觉就像我非得承担我失败的后果。我也知道有对我不利的外部力量。不过在开始前我就知道。所以我不能推卸责任。魔鬼可能使我做了那件事情，但那仍旧是我的问题，我的职责。最终的责任是我的。”

我请他谈论责任。

他深吸了一口气。“很难把它公之于众。我猜想那可以回溯到爸爸妈妈曾教会我的东西：如果你有职责你就负有责任。职责越多，受到影响的人也越多。而且我认为对基督应负的责任就是我所具有的终极职责。这也给予我对于爸爸妈妈讲授有关职责和应负责任的内容的一个背景。也许最依赖于我的人是我的家庭。然后是跟我在业务上有联系的人。他们赋予我特定的职责，而我负有责任。我们在业务中要服务客户。那把我们应负有责任的另一完整部分的人赋予我们，我们永远不会见着的人。

“你曾告诉我有关你前往鲶鱼养殖场的旅行。那些鲶鱼将会走遍全世界。养殖者必须看到鱼押注在口味上——对于那个准备吃掉那条鲶鱼的人，对于那条鲶鱼最终会到的地方。如果我们做得对，它们就会回来。如果我们做错了，它们就不会回来。”

于是天赋、工作以及应负责任的宗教观念与充分的商业实践相辅相成。这对于其他宗教团体来说也是适用的，这种宗教奉献与商业感觉的一致性：一种类型的奉献激励，并且甚至成为另一种类型的奉献。那适用于某些印度教种姓群体和伊斯兰教中某些少数派或异端派。不过宗教和文化有它们自己的特性。某一种就是不像另一种。天赋的观念被包含在印度教法则观念里；不过印度教的宗教－商业奉献不同于威廉正在谈论的奉献。无论他的商业实践显得多有包含服务的观念，印度教商人单单与神有一份合约，而不是与人。

威廉继续要讲的就是他与人签订的合约。他说："对我来说，宗教之外不会有任何目标。正是宗教给我们目标存在于此。这个目标就是侍奉上帝。而我们唯一拥有的侍奉他的方式是服务人类。我们不能给予他任何他并非早已拥有的东西。我们不能触及那个。没有什么东西他不是早已拥有，除非那是我们的心。"

威廉花费了一定量的空余时间在教会工作上。他有时候做"祈祷"；有时候在主日学校授课；跟童子军一起工作。如此全神贯注于教会的他是否根据人们的信仰程度来判断他们呢？

他把这个问题读作了一半的政治问题，与"平等机会"和种族问题相联系。他说——令人迷惑地，除非你理解他感觉他正在回复的这个半政治问题——"我尽力不把个体当作个体来判断。我不具有事实依据来进行判断。不过我尽力根据必须被完成的工作来判断和权衡他的行动——尽我所能解释的权衡他的力量和弱点。尽管那是我经常被告知的情况——这个人适合这个特定岗位。也许他们是，也许他们不是。但是那样造成的情况是个体直觉地知道：'我在这里因为你曾被告知要把我放在这里。那与我的岗位表现无关。因此那与我在这里做什么无关。'而在那时，这个人失去了动机和适当的积极性。"

不过威廉对于谈论这个显得无精打采，就好像他从前已经谈论过很多次，并且对于他现在正在说的简单而平淡的事情是否会被留心没有信心。

接着，摇摆不定地，撇开了平等机会的主题，他说："我对早期美洲土著有着那么一种审慎的尊重。我真的感觉像是他们相信上帝住在地球上的每件东西里，岩石、树木、灌木、动物——上帝住进每件东西里——而他们也是它的一部分。我所考虑的早期美洲土著的情况是他们对于自然有一种近乎虔诚的尊重。对他们来说，一棵草的生命与一头大水牛一样重要。他们不加任何区别。他们可能比地球上当前最伟大的科学家都更多地认识到在这个地球上的一切都是完全相关的。他们理解源自使一件事物在本质上失去与其他事物的平衡的连锁反应。而且我认为，由于他们对于所有生命的敬畏，他们具有一种我不确信我们会再次看见的对人类的尊敬。”

“你怎样发现有关印第安人的情况？”

“我曾阅读了不少书。我曾完成了几次西部之旅并与不少路边的印第安人交谈。而且他们对小细节具有的关注之精细让我印象深刻。对于每个作用都有一个反作用。现在最使我担忧的是，在我看见新的公路与住宅区的地方，在他们正在开垦土地的地方，总有不能被替换的动植物的重大破坏。对此令我不安的事情是，那不是用任何意识或关注来完成的。它只是用对美元的关注来完成。

“俯下身让你的肚子贴在大地上。看着一平方英尺的草地大约四十五分钟。凝视生命，那些昆虫。并且把那扩大到一个住宅项目的大小。”

“但是密西西比需要投资。”

“我不知道那可以被怎样解决。你对这些小事情以及生活的那一面有更多的关注，你就将对你的邻居有更多的关注。”

与别人签订的合约，通过服务人类来侍奉上帝——它们是威廉回报的主题。

“我感觉人和自然必须在一起。上帝把我们作为万物的守护者放在这里。我的很多想法与宗教信仰和上帝的造物相联系。”

在我看来我们现在可以回到在开始时他曾说的东西上，有关北方对破坏南方经济的历史性愿望。不过就在那时他不想回到事情的那一面。他想要停留更长一点时间在他更加神秘的想法上。

我觉得我已经开始理解他的基要主义信仰——从外面看如此受约束——实际上是多么完整而灵活。《圣经·旧约》和《新约》的混合，耶稣的生活和创世记之书，构成一个整体。已创建世界的神圣、良知的美好生活、对邻居就像对自己的爱——它们汇到一起，它们似乎符合密西西比的特征和历史：对自然和户外生活的热爱，对印第安人泛神论的钦佩，对家庭和社区的爱，对几乎可以被感知为对宗教法则的干扰的外部干扰的怨恨。

出于他的宗教信仰，威廉说："我不会把它穿在我身上。我希望我不会到处炫耀它。那只是部分的我。我不想成为一个伪善或假仁假义的人，因为我没有那样的感觉。我只想成为上帝造物的一部分。他的造物在一切之中。我们对他的造物有更多尊重，我们就有了对我们同胞的更多尊重。"

塔拉哈西和塔斯基吉之后，我想在密西西比尽最大可能地从白人的视点观察事物。不过在我抵达那里后不久就得到提示，因为在该州黑人的高比例，也因为杰克逊很快会有一名黑人市长的可能性，我应该会见一些黑人政客。

安德鲁，一位年轻的密西西比州政客，某天在午餐时给我这个提示，而且他认为我应该会面的人是威拉德。安德鲁自己那天将第一次与威拉德会面，在午餐后，他认为我应该跟他一起去。"如果会面进展顺利，"安德鲁说，"我可以离开而你可以跟他交谈。我总可以在其他时间跟他交谈。"

安德鲁并不是在寻求黑人选票。他作为政客的雄心是重写一八九〇年的密西西比州宪法，为了那样做，他需要所有他可以获得的政治支持。

对于这首次与威拉德的会面，他的着装有点儿正式，穿着浅蓝色泡泡纱套装。

会面安排在离这儿不远的一家酒店里。我们离开餐馆的凉爽，走进停车场的眩光里。汽车是热的。空调打开调到“强风”，吼叫着；车里变得比外面更热。空气刚开始变凉，这时我们抵达了酒店，不得不下车，进入另一个停车场的眩光里。总是这些早前几代人的不便之处的提醒；还有对他们已经展示的能量的惊讶；还有对应该在像这样的高温中开打的大战更大的惊讶。

我们坐在门厅里等着威拉德。直到威拉德应该到来的时间交谈都是轻松的。在那之后它变得尴尬，因为我们两个都等着威拉德。安德鲁说：“我从没遇见过他。”他那样说了两三遍。一度他起身走过门厅向某个他认识的人致意：他的举止没有瑕疵，他的魅力经久不息，他的政客角色现在明显是他的第二天性。

接着，约定时间已过十五分钟，当我们已经把他放弃时，威拉德来了。他穿着衬衫和长裤；没打领带；他出乎意料的平凡，完全不是我曾想象的某个安德鲁将要对待的黑人领袖或将要成为领袖的人的模样。我曾期盼一个具有令人不安的魅力的黑人。威拉德全无魅力可言。他四十多岁，胖乎乎，强壮，在他身上没有劳苦的印记。他为这次会面准备了一张严肃的脸。如果有人不知道他被视为一名政客，此人就会错过他眼中的愤怒，或者把那种蓄意的凝视当作好色来解读。

威拉德十足是个本地政客。在密西西比，由于一八九〇年的宪法，最朴素的公职也是选举产生的职位。这条规定，本来打算要阻止任何政府机构拥有太多权力，并且还打算不让黑人进入哪怕是小的岗位，现在却有助于黑人，并且使得在别处应该是纯粹专业性或技术性的岗位具有政治性。威拉德照管一个特定县的一个特定区的道路：实际上一个非常小的岗位。

我差不多在遇到威拉德后就立即离开了。并且，部分通过安德鲁的斡旋（会晤肯定进展顺利），一次与威拉德的会面为我安排在几天之后。

那是一次清晨的会面。我从提供给我的指示中假设地点是在杰克逊市内。我没有询问距离有多远。不过在开车上了一条州际公路约二十分钟之后，我开始感觉我正在驶回亚拉巴马。

最后，在安排给会面的时间刚过，出口出现了。只有那时，我才认识到给我的并非像住宅或办公室地址的东西，我一路开车只是凭借一个县区级编号作为终点。然而，我继续前进，想着我可以在跨越县境的时候打探一下。我经过一块指示牌。上面给出了县名和区号。那不是给我的编号，不过我认为我应该在后面的大楼那里停下来问一问。周围有汽车停着。当我到达大楼，我看见在停着的汽车中间有个空位，这个空位是为威拉德保留的。按理这是我要来的地址。不过他不在那里。

我推开门，发现自己在一间分隔成几间办公室的小屋里。小屋里满是黑人。在前厅或者说是小隔间里，有一个拿着电话的黑人姑娘，其他黑人包围着她。

这个姑娘伶俐地询问我的姓名。我给了。她说她整个早上都在尝试，而威拉德先生昨天一天也在尝试找到我，告诉我威拉德先生不能在这个地址，不过在他指定的时间一小时之后他会有空来见我，在杰克逊。他会在杰克逊我的酒店里与我见面。他们打电话给所有杰克逊城里的酒店来找我。不过他们没有成功。他们曾打电话给喜来登、假日酒店。我暂住在哪里呢？我告诉了她。她说威拉德先生一小时之内会到那里。她会如何把消息传给他呢？通过无线电广播，她说；我感觉无线电广播很重要，办公室的象征。

我请她在我在那里的时间给他发广播，这样我会知道他收到消息。她说我不用担心。于是我驱车返回杰克逊，沿着那天早晨曾显得如此漫长和无望的路线，而且临近结束时还使我有点儿小狂乱，因为我以为我要迟到了。

当我回到华美达复兴，威拉德不在那里。那时不在，下午也没在。当我打电话给他的办公室，那个姑娘说威拉德先生在无线电广播里跟她说，他打算如期赴约。他甚至知道我的房间号码，她说。不过威拉德没有来；第二天也没有来自他或他的办公室的消息。

后来我把威拉德的小——或者大——玩笑告诉安德鲁。安德鲁说："我并不真正了解他。我那天跟你一起第一次见到他。"当我问他诸如他所设想的政治协作是否真的有可能时，安德鲁说他必须成为一名乐观主义者。黑人问题是糟糕的，而在密西西比州有很多黑人。假使他不是一个乐观主义者，他说，对他来说最好移居到俄勒冈州，那里只有百分之十的人口是黑人。

安德鲁说："每个人都渐渐明白，一场灾难正在黑人社区中发生，我们的确不得不谈论它。客气的新闻态度不会再保持很久。"然而安德鲁只了解他所了解的，"我对我所读到的有关这个社会的东西比我亲身经历的更感到反胃。我从电视纪录片和特别报道里获得它。我不曾真正经历它。我从未跟黑人或红脖佬谈过。我必须断然处置这些基本问题中的一些。如果我们不能达成协议，我们就会有损失。"

台面上的乐观主义；背景里的非理性。

有关我与威拉德的冒险故事肯定被传开了，因为一天我接到来自一个名叫刘易斯的男人的电话。他说他是黑人，他想要把真正的黑人文化介绍给我。他在一个县局（就像威拉德监管的那个）的储备科工作。他开始给我去他住处的指引。但是随后他说他会来酒店带我过去。他说他会在一小时之内到那里。

他很守信用。他一走进华美达我就认出了他。他随和、轻快和友好。

他的态度如此随和，为我准备了普通的交谈，至少一开始如此。可是一旦我们进入他车里的私密空间，甚至在我们开出华美达的停车场之前，他说在过去他应该不能够住在他现在住的地方。他曾促进他街坊的“种族融合”。那最后是一个适中的街坊。房子小且密。在他说过的话之后，让人惊奇的是他的院子。那里杂草丛生，在其悉心呵护的邻里间显得突出。

在里面，房子是凌乱的，狭窄，不通风。他对这种凌乱只字不提（甚至在客厅里有一些没洗的杯子和盘子），只是说他妻子带着孩子们去她母亲家一段日子；那里有一种低于凌乱的秩序。

客厅墙上是两张黑白照相馆老照片的镶框放大照片。它们属于他祖父母。那个年代的服装、在领圈和飞边里脖子的窒息以及持久表情的凝视都奇异地感人。在放大照片里，照片的色调已经逐渐淡化，以至于人看上去发白，有黑色的眼睛。这些照片带有一个孟菲斯[①]（Menphis）照相馆的印戳。

刘易斯说：“密西西比人。他们去了孟菲斯。每个人都去孟菲斯。我父亲在战后回到密西西比。你知道他们做什么吗？照片里的人。你想要我告诉你吗？他们是仆人。那两个人塑造了我。在我身上没有怨恨被培育，因为他们教我永不怨恨。这个词在他们的房子里永远不使用。‘做个好男孩’。那就是格言。‘对每个人都好’。你每天都听到它。我被教会那个——要好好的，要好好对待每个人。”

客厅里很热，因为空调装置出故障了。我问他是否可以开一扇窗。他说他不能；虫子会进来。于是我们坐在了强烈、燥热、发霉的气味里。

他说：“我祖父去世时，我祖母把我祖父的一些衣服送给我父亲。

---

①美国田纳西州最大城市，密西西比河河港。在美国东南部排名第二，仅次于佛罗里达州杰克逊维尔，也是全美国第 17 大城市。孟菲斯在美国南部文化的发展中扮演了极其重要的角色，被誉为“摇滚的发源地”。

仆人的服装，套装。这些衣服仍旧很好，你瞧。仍旧有人穿着它们。而我父亲留了一套给我。我有天穿上了它。只是上衣，不过我感觉它刺痛了我的皮肤。”

“你还有那套衣服吗？”

“我不知道它在哪里。”

“可是，都是那么长时间以前了。”

“但是往事总是很有趣。了解往事，我可以做更好的工作。那对我是一次唤醒，想起往事。有时候那是一次猛醒。想起曾发生的事情中的一些——我不能住在我现在所住的地方，甚至都想象不到。我坐在公共汽车的后面。我的祖母给白人洗衣服，一篮筐五十美分。为什么他们不能付给她更多？但是当我听说时我没有质疑它。现在那是一次猛醒。仍然，他们庇护我远离怨恨。它就在那里。我住在我的黑人地区。他们住在他们的白人地区。那种怨恨就在那里，在我周围，而我却不能感觉到它。他们使我免遭于此，我的祖父母，在他们之后是我父亲。我曾听到关于杀害黑人的事情。但是我父亲从不允许我们对此谈论太多。我会告诉你。直到他死的那天他对白人说，我父亲，‘是的，先生！’‘不，先生！’无论他们是多么年轻。”

“对此你现在想到什么？”

“那不会烦扰我。他是我父亲。他提供了很多给我们，他的家庭。所以我不会对他说，‘别这么说。’”他继续说，“我自己每天奋斗要变得快乐。每一天。那是唯一我为之奋斗的事情。要让自己满足，要快乐。”

借此他想表达什么意思？

“我不能改变我周围的事物，但是我可以尊重自我。我要告诉你一个故事。我有一次去我母亲姐姐的房子。黑人士兵经常跨过马路来到这座房子，他们会被住在那里的年轻女士款待。一天一名士兵抱怨他丢失了皮夹子。前来处理此事的警察来到我母亲姐姐的房子，这位年轻女士在他来时正坐在门廊那里。他走向她并说：‘姑娘，你拿了那个小伙子的皮夹吗？’她说：‘没有，先生。’他说，‘进车里’。当她弯腰进入车里时，他在她身后重重地踢了她一脚。那永远永远不会离我远去。”

“对此你的感受是什么？”

我想要知道，因为我不再确定他正在说的一些事情、他正在浮现的回忆的要点。在这间令人窒息的小房子里，光线也在变暗——他似乎对此跟对不通风和凌乱一样漠不关心——并且在他说话时看清他脸上的表情也逐渐变得更困难。他正在把若干想法连在一起。他希望要快乐、满足；他曾受庇护远离痛苦；而穿插在这里的是类似于对曾经设立他的界线并且教导他置身于一个非理性世界的麻烦之外的祖父母的钦佩的某种东西。

“我怎样想那个警察和那个女人？我不知道。我太年轻。我没有跟任何人谈论此事。我只是看见它。那是残酷的。但是我不知道对于这种残酷我的真实感觉是什么。这个事件不时会浮现在我脑海。甚至今天，我也忘不了它。但是我不知道对此我如何想。”

如此多的活在往事里，尤其是现在时代已经改变，那不是有一点儿自我放纵吗？

“是的。我现在享受着收获。但是我不认为我像一个向往自由的斗士、行进者那样做了很多。”

“那折磨着你？”

他什么都没说。接着他大笑。“我不知道对此我有怎样的感受。我猜想我在我自己的小世界里。我猜想我是自私的，在我自己的世界里。我应当疯狂、愤怒、好斗。但是我不会发疯。”

“这是源自宗教信仰的某种东西吗？你的祖父母教你那样吗？”

“我不修道。我不像很多人每个礼拜日去教堂并且想成为执事。”

“如果你不知道你对此有什么想法，为什么你要回顾往事？”

“我喜欢谈论往事。”

往事会回溯到多远？那会回溯到奴隶制岁月吗？当然不会。他喜欢谈论的往事是他可以记起的往事，那被奇妙地庇护的往事。

他说：“如果我祖母一天挣五十美分，我应当对我现在挣的感到满意。”

有关他祖父母，什么是他现在特别记得和喜爱的？

“自尊。自尊。我祖母经常穿着她的紧身褡端坐在教堂里。非常有自尊，非常有文化的样子。非常优雅的女士。我不知道她和其他人从哪里得来的。很可能从白人那里。如今我看不到它。他们是体面的人，但是他们并不拥有什么。我猜想我也不拥有它。但是你肯定知道我真的尊重我的过去，就算被种族隔离，就算充满着种族主义，就算无论任何东西。因为我感觉我在世界上有一个位置，而我将要达到它。”

电话响了。他在昏暗中拿起它。他听的比说的多。他正在因为没有守约受到某个他认识的人的斥责。

当他放下电话时，他说：“我会开车送你回华美达。”那正是他告诉电话里的人来见他的地方。“我们明天再聊。我六点来找你。”

出了这间房子到户外是一种释放，尽管空气是燥热的。

现在，开车到北杰克逊，刘易斯似乎界定了某些他在他房子里说的事情。在房子里他看来没能把他有关民权运动的想法组合在一起。现在他以对马丁·路德·金的尊敬来谈论。

他说：“如果他没有把它转变为非暴力方式，他们原本会杀死在密西西比的每个黑人。在南方的每个黑人。”

言语中我听到真正的恐慌。

我再次问及他的“小世界”。那真的保护了他吗？

他说：“我猜想我了解外面的一切。我对那感到害怕——我猜想。”

接着，没有得到我的提示，他开始谈论神。在房子里他曾说他不以大多数人的方式来修道。现在他说没有神他会一事无成；没有神他会一无所有；没有神他不知道他要怎样忍受下来。

在华美达复兴的停车场里，他开到了一排停车位的边上。在一辆停着的车里有一个黑人。刘易斯引介了我。车里的人避开了我。

刘易斯第二天六点没有来，到六点半也没有来。我打电话时没人接听。大约八点时他回电话了。他听上去疲倦、冷淡。

“我生病了。我去看了医生。今天没去上班。”

“我不停打电话但没有应答。”

“我在医生那里待了很长时间。”

他请我立刻去看他。我叫了一辆出租车。他房子里的空气流通好一点儿了，但还是那样凌乱。他看着很特别，光着脚，穿着一件敞开胸膛的家居服，头发上有一个黑色网状织物。这装束就像黑色版的鲶鱼工厂里工人的浴帽和白色长袍。

他说：“这张网保持我头发的卷曲。”

我开始对他的病情说些礼貌的话语。他置此主题于不顾，光脚在客厅里走动。“我要告诉你我祖父的事情。我认为他是知道如何应付人尤其是南方白人的那种人。‘是，先生！’‘不，先生！’递帽子给他们然后露齿而笑。但他是成功的，在他的年代。不管今天或昨天那看来有多平凡，那发生了。就是那样。”

“你没有为民权运动做更多这一点烦扰着你吗？”

“狗从不咬我。那烦扰我吗？我不知道。你必须为我决定。”

电话响了。

又是他的朋友，昨天晚上那个。

刘易斯对电话里说：“他在这里。我们想要你的加入。”他笑了起来，似乎失去了控制，对着电话大笑，跺着他的光脚，为我表演了一点。

当他放下电话时，他说：“我的朋友害怕你。”他用他的新方式大笑。

“你必须脱掉那件外套。脱掉那件外套，让我为你展示黑人真的怎样生活。我会带你到某些地方。你会闻到堕落的气味。”

他用他的手做了个手势，就像厨子暗示一种诱人的芳香。然后我理解了，把事情拼在一起，他并不是在隐喻地说。由他祖父开始的发展线条以他为结束：他自己的小世界，现在不同于他曾在其中长大的那一个。

他开始穿衣服去见他的朋友。他说——而我刚刚到达——“我会带你回你的酒店。”

他穿上他的裤子和衬衫，我们走到外面。他让门虚掩着。我向他指出这一点。他说：“我必须做点什么。我会回到屋里。”

我等了他一些时间。当他出来时他下巴上有一片白色面霜，白色在昏暗中发光，映衬他的黑肤色。

他说：“黑人有卷曲的毛发。你对此了解吗？毛发在皮肤下生长。那很难修剪。我涂上的这种面霜会软化它。到我回到这里的时候，我会准备好剃须，我会得到一次非常光滑的修面。”

那就是他怎样驱车送我回到这座城市相异的白色部分，头发上带着网状织物，下巴和上嘴唇上涂着白色面霜。

他给了我另一个去见他的日子。不过他不能定下来；我并不奇怪。当我打电话时他听上去非常疲倦、迟钝和冷淡。他请求我晚上再迟一点儿打电话。当我打的时候没有应答。

就像直到一个人有切身体验之前，很难理解美国的距离和南方夏天的酷热，在密西西比州和在杰克逊市，很难理解七十岁的人会经历过许多不同的世界；体面市民的童年时期会留下边境生活、原始条件和封闭社区等这些如今很难再度体验的记忆。

尤波拉（Eupora）小镇，在德尔塔东部的丘陵里，如今在82号公路上。但是某个像萨格法官的人，出生于一九一六年，一九八三年从州最高法院退休，带着来自他童年时期在大黑河[1]（Big Black River）上没有桥只有一片浅滩的年代的尤波拉的记忆。所以当那里河水高涨时，就没有手段跨过它，人们留在他们所在的地方，在他们的小社区里，直到洪水退去。

“我们有土路。没有电力。我曾见过各式各样的奇妙事情发生在这个世界上。我享受现代文明的奢华。即时的电视，即时的娱乐。即时的一切。我全都享受。在早些年生活对我们来说是艰难的。在南北战争结束时，我们是穷困的。已经被解放的奴隶没有训练。那耗费了我们百年时间来重建我们的资本基础。我们的奴隶没有资本。我们是一个农业州。”

年代是相关的。对于我，一八九〇年，如果我把那应用到一个类似特立尼达的地方，并且由此应用到我的印度先辈们刚移民到新大陆的年代——对于我那个年代属于一段黑暗时期，有些神秘，非常久远。把那应用到英国，我会想到现代世界：奥斯卡·王尔德[2]、年轻的吉卜林、正在伦敦学习法律的甘地（比吉卜林年轻四岁）。在南方，年代以这种方式变得相关。我理解许多到了某个年纪、在某人看来有一种特别的成功故事可以诉说的人。他们中的许多开始时两手空空，在一片荒芜中从仅有的文明概念开始。（他们中的许多开始时跟我在特立尼达的祖父母一样一无所有；但是——一种更进一步的相关性——他们发现自己处在一个有着更大潜能的地方。）

“每个人都穷。我很幸运。我父亲是一名商人。他还当了一任县治安官。他经营一间日用品商店。商人借贷给农民。他们供应商品给农民，在这一年结束时，农民卖掉他们的收成，主要是棉花，他们结算。如果有一个坏年景，商人会跟农民一起受苦，因为如果农民不能付钱，商人

①美国密西西比州的一条河流，源自该州中部向西南方向汇入密西西比河。

②奥斯卡·王尔德（Oscar Wilde，1854 – 1900），爱尔兰作家、诗人、剧作家，英国唯美主义艺术运动的倡导者。他于 19 世纪 80 年代创作了多种形式的作品，其后成为 19 世纪 90 年代早期伦敦最受欢迎的剧作家之一。

就不能收账。没有什么是写下来的，没有期票之类的东西。俗话说：‘我的话就是我的票据。’”

一个属于法官的成功故事。不过在他出生前七十或八十年里，那曾经是一种留给他先辈们的鲜有进展的生活。那也是值得关注的。

“我两边的家族都在一八三〇年至一八四〇年之间来到密西西比。我的萨格祖父在南北战争里失去一条腿。他几乎不能读和写。当他出来时他明白一个一条腿的男人不能像农民一样谋生。他去念了三年书，接着又教了三年书。然后他当了四年卡尔霍恩（Calhoun）县的司库，又做了四年韦伯斯特（Webster）县衡平法院的职员。他买下一块农场。他有七个长到成年的孩子，还有一些佃户的家庭。这些佃户是黑人，以前的奴隶。大约十年前我去过那里，遇见了一些老人，他们是我祖父手下佃户的后代。当我离开韦伯斯特县时，大约三分之一的人是黑人。我是个乡下小伙，你知道。我还没有习惯生活在城市里。

“一年一度，帐篷集会会到来。他们称之为‘肖托夸[①]’。他们会在镇上待大约一周时间。他们会有音乐节目；有时候一个人会演讲；而你会有游戏、戏剧。那是我们的户外娱乐。他们坐火车来。那是他们唯一可以来的途径。在星期天下午，一列客运列车经过。我们一天有四列。但是在星期天两点三十分，我们有一列往东开的客运列车。三分之一的镇子会去火车站看火车，看谁在火车上和谁在下车，还有谁正离开镇子。每个人只是享用好时光——那是某件被期待的事情。

“我记得在我还真正年轻的时候，我们收到消息，林林兄弟马戏团将在午夜后的某个时间到达。大约半个镇子都起来去看马戏团的火车通

① 肖托夸(Chautauqua)是19世纪末期与20世纪早期在美国非常流行的成人教育运动(同时也指其集会教育形式)。在20世纪20年代中期以前，肖托夸在美国农业地区广为传播。肖托夸为社区提供娱乐与文化教育，与会成员包括当时的演说家、教师、音乐家、艺人、牧师和其他各方面专家。但这一运动随着广播、电视、电影等的崛起而逐渐消亡。

过。你可以看出我们缺乏娱乐。那超过一百节车厢——当时看上去就像那样。”

不像德尔塔，那里有富人、穷人、等级或阶级区分，在山里没有社会区分，除了在黑人和白人之间。

“我们没有私立学校。每个人都去教堂。我们没有一片社交地区，没有一本社交名录。我们就是普通百姓，有许多不识字的白人。在大萧条里，我们一年只有六个月开学；在其他时间我们有八个月。就是没有钱付给教师。正规的教育受损害。但是很多老一代的人是自学的，像我父亲。他写的一手好字。他用规范的英语。

“我有一种想要看见我曾读到的事物的愿望。纽约对于我只在地图上。我就是从没梦想过我会去那里。我知道中国跨越太平洋而欧洲跨越大西洋。我从没梦想过我会去这些地方。是的，我想过它，但是我认为它不会成为现实。

“但是大多数人满足于留在他们所在的地方。我们是一群紧密相连的人。在镇里我们只有一千三四百人。你可以去别的地方的唯一途径是铁路，你在像那样的一个地方不可能保守秘密。

“我相信紧密性是某些密西西比特征形成的原因。当你那样紧密地与人一起生活，你不得不与他们友好相处，否则你会被排斥。你学习接受他们那样的人。我们有很多古怪的人，讨厌的利己主义者。我的一位朋友某一天说：‘我们似乎不再产生像我们曾经产生的那样的特征。’我说：‘我们现在就是特征。’”

那种社区的紧密性，缺乏食物和缺少教育，导致了暴力。人们不会感到本票的需要，也不会锁上他们的房门，甚至不会有某些门的钥匙。但是脾气可以是暴躁的。这里有凶杀，冲动犯罪。

“他们会直接发怒，陷入争吵，发脾气。他们中的一些会喝醉。他们或许会争吵并打一架，某个人会被杀死。他们不会轻易被激发，不过当你使某人像那样愤怒，某个人会受到伤害。其他方面，乐于助人的人，可爱的人。”

自力更生是另一方面的密西西比乡村特征。“我们在房子后面有两亩半土地。要开发就需要辛苦的劳作。那使你认识到这个事实，任何东西你想要，你就必须为它劳作。而且那被联系到宗教信仰，因为我们在教堂里被教导，工作是光荣的，你不能懒惰，你不应该为了生计而依赖别人。在箴言里，有很多对工作、惩戒和奖赏的引用。”

于是又在那里，宗教信仰的概念穿插着拓荒往事的概念。

“我猜我大概是从拓荒者起的第三代或第四代。我猜它的某些东西仍旧保留着。但是我对此不太有认识。当我回想我的童年时期，那提醒我曾读过的有关正在出现的地区的内容。它们刚刚开始，他们中的一些，认识到他们可以有更好的生活，但是他们将必须以他们所拥有的东西为开始，并且接受教育和训练。这个国家是建立在辛苦工作上的。

“不久以前，我去旅行，我妻子和我，去亚利桑那。我以前曾到过那儿。沙漠地区有一种吸引力，有开阔的空间。我们开车转悠了四天。我开始思考前去亚利桑那并定居的第一批人，他们穿越峡谷和河流、寻找水源以及保护自己避开不友好的印第安人——不全是，但是有一些——的艰难时期。我实在是欣慰于我生活在有如此民族传承的国家，他们愿意眺望比地平线更远的地方，并且为了让别人享受更好的生活而捕捉开发新疆界的愿景。

“我认为宗教信仰在拓荒精神中扮演了重要的部分。因为，在拓荒精神中，在你的心底里你知道你将要为了随后的几代人把事情做得更好。对此部分的动力会来自于宗教信仰。我认为它们是如此紧密交织，你不能分离它们。”

边境、自然、信仰、工作、与别人签订的合约——在萨格法官的世界观里，各种概念跟它们在商人威廉的世界观里一样是联结在一起的。

浸礼会信仰使这两个人完整，各自以他自己的方式。不过萨格法官还曾被他的信仰和他的过去（这两者几乎合一）引向一种无望的同情心——对于构成他故乡小镇百分之三十人口的黑人。

“我跟我熟识、一起玩耍的黑人一起长大——很多跟我自己年龄相仿的黑人。我认为他们绝大多数是一种深度精神性的人。在我们的教堂关门后，我们经常在礼拜日晚上去黑人教堂，站在外面听他们歌唱，也会去看。我们享受聆听，看着他们。我记得一个我们叫他史蒂夫叔叔的老黑人。我不记得他的姓氏。他演奏手鼓。很多时候那是唯一的伴奏——不过那已足够。他们有节奏。你很难站定在那里听歌。很多歌是他们编的。那些歌有重要的信息。”

所以那肯定使他不快，在城市里的和在杰克逊的黑人身上发生了什么？

他说：“是黑人并不是理由。也有很多白人在那个位置上。理由是他们不具有任何精神价值。某人有一次问耶稣什么是最重要的戒律。第一条是：爱上帝。第二条是：爱你的邻居如你自己。那对于我就是日常适用的基督教原则的作用。”

密西西比有关针对黑人的暴力的名声被保留。“尤其在二十世纪六十年代，很多人不愿意承认黑人拥有跟其他肤色人种一样的权利和特权。我认为这是源自奴隶制年代的残留，在黑人是奴仆，被看作财产而不是人的时候。而我们白人必须认识到这样的事实，神爱每个人。”

我告诉他有关我与南卡罗来纳州上诉法庭法官亚历克斯·桑德斯的交谈。桑德斯法官曾说，在南方的心意转变，白人对黑人权利的认可，或许有神圣的原因。

萨格法官说：“我相信神必须创造一种心意转变——源自我们对我曾提及的原则的秉承。他已经把原则设立在那儿，而我必须接受它。他不会用一道闪电击中我并说：‘嘿，孩子，爱那个黑人。’要记住我成长于一个黑人不被允许从前门进入的社会。他们是仆人。我必须做一些深刻反思。”

“你什么时候开始那样做的？”

“很早。六十岁之前。我最终得出结论，当他说爱你的邻居如你自己时——我得出结论黑人也是你的邻居。而且我相信我已经克服百分之九十九点九的某些成长于白人至上主义者的社会里的人会有的态度。

“好吧，这里我还是哪道闪电也没有。那曾是对自创世起就伴随我们的真理的缓慢而稳定的接受。例如，我现在在教一个黑人读写。他三十九岁了。我把他视为我的朋友之一。我们一起去钓鱼。他读书读到了八年级，但是他住在农村社区。他父亲是一个农民。所以当学校九月份开学时，他必须待在家里摘棉花、收割玉米和其他庄稼。于是最后到他十一月份进学校的时候，所有的书都发完了，他就坐在班级里。有时他不得不缺课去砍木柴。不得不在春季辍学去准备耕种的土地。结果是有一半学年他不能去上课。他可以读一点，写一点，但是不够在我们的社会里起作用。他是个好人；他有一份好工作；他工作努力。他笃信宗教，已婚，有三个孩子。文盲并不愚笨。他们中的大多数具有真正好的思维。”

这就是萨格法官怎样谈及占据他退休时间的工作：给文盲和“国际人士”教英语。

“我把那当作宗教工作。那给了我机会跟我教的人分享我的信仰。基督教信仰是建立在我们必须帮助我们的同胞的伟大原则上的。”

在他六十岁时，当时他仍旧是一名法官，他曾负责教授一个作为第二语言的英语的浸礼会讲习班。他在他妻子的鼓励下那样做。

“我负责这个讲习班两个月之后，这个年轻人出现在我面前，他被指控盗窃。他十五岁。我宣判他去少年犯教养所。第二天她的姐姐之一出现并告诉我，他因为他哥哥带着他协助犯罪而陷入麻烦。这个哥哥是一名前科犯。这个年轻人的父亲和母亲都是酗酒者，而他只在某一年里的部分时间上过学——那是在他生命里全部的学校时间。这位姐姐告诉我，如果我给他一次机会，她会提供给他一个家，并且帮他找一份工作。我告诉她，如果她给他一个家，我就会教他读写。于是我做了。在稍稍超过一年的时间里，他已经可以读和写。他父亲不再酗酒。于是我允许他跟着他母亲和父亲回到得克萨斯。”

这位法官的职业生涯有一种动人的对称性。这个在孤僻的内向型社区里长大的人，如今在他忙碌的退休生活中找到了一项使命。他的信仰曾见证他经历了他环境里所有的改变。在每一刻，他的信仰都曾是他世界完整性的一部分。

我对于红脖佬是什么有最模糊的概念。某些偏狭和无知的人——那就是这个词所暗示的。那符合我在纽约曾被告知的内容：某些汽车组织给他们的成员穿越南方的安全路径图，引导他们远离红脖佬猖獗的地区。此外我也发觉这个词曾被某些中产阶级者转变为一个浪漫的词；而在这个外延里，那代表不聪明、身体雄健的人，某个（比方说）不介意当众说“狗屎”的人。

直到我遇见坎贝尔，才给了我一个完整而美好的抒情解释，一个把那捏合在一起的解释，这个人一半看不起一半喜爱红脖佬，当他开始谈到红脖佬的乐事时，激动地坦白他自己有一半是红脖佬。

严格说来，并不是因为他红脖佬的一面促使我被引介给坎贝尔。我曾听说他是那种新兴类型的青年保守派，在种族和福利方面具有强悍观点。（萨格法官曾告诉我，那种类型的人仍旧在出现，但是他自己的途径，关于理解和促进，是领先的途径，并是大多数人最终会走的途径。）坎贝尔也是代表宗教南方的另一面的人：专制的一面。家庭、价值和权力是我们所谈论的，全部都不出预料，直到我突然问道：“坎贝尔，通过‘红脖佬’这个词你理解了什么？”

接着——仿佛有所准备——一种伟大的泰奥弗拉斯托斯[①]式的“性格”，某种几乎以十七世纪性格作家风格的东西，从坎贝尔身上涌出。那或许是来自伊丽莎白一世时代下层社会写作的某些东西或者约翰·厄尔[②]的《世界缩影》或者来自托马斯·奥弗伯里爵士[③]的某些东西的更新版本。（托马斯·奥弗伯里爵士，有关英国乡村绅士，一六一六年：“他的旅行很少比邻近的集镇更远，而他的探究关于玉米价格。当他旅行时，他会为了节省费用而绕道十英里到他亲戚的房子；在他离开时通过牵着仆人们的手来奖赏他们。”）

坎贝尔说：“红脖佬是一名下等蓝领建筑工人，他肯定不喜欢黑人。他喜欢喝啤酒。他可能会穿牛仔靴……”

那就是坎贝尔讲话具体而奔放的方式。不过在此刻最好还是回过头听一些他怎样说他自己的内容。

“我父亲出生在亚拉巴马，他的家庭离开他们拥有的农场，三百六十亩地，离开它并前来密西西比接受教育。他父亲，我父亲的父亲，和他母亲说，‘我们必须让你们这些孩子去那里，给你们好的教育’。他们显然有一些钱为了做那个而节省下来，收拾并离开。他们留着这个农场。爸爸在五六年前把它全卖掉了。当他们来到密西西比时，所有的兄弟在他们不在学校的时候都找到了工作。我父亲在一九二三年至一九二四年离开亚拉巴马。在一九二八年毕业。最终拥有了一个汽车修理厂和加油

---

①泰奥弗拉斯托斯（Theophrastan，约前 371 – 约前 287），公元前 4 世纪的古希腊哲学家和科学家，先后受教于柏拉图和亚里士多德，后来接替亚里士多德，领导其“逍遥学派”。泰奥弗拉斯托斯解作“神样的说话者”，并非真名，据说是亚里士多德见他口才出众而替他起的名。

②约翰·厄尔（John Earle，约 1601 – 1665），英国主教，他最值得纪念的作品是《世界缩影》，一部诙谐幽默的作品。

③托马斯·奥弗伯里爵士（Sir Thomas Overbury, 1581 – 1613），英国诗人和散文家，由于成为一起引发诽谤审判的谋杀案的受害者而出名，他的诗作此后在 17 世纪的英国非常流行。

站。但他们是快乐的。我从没听我父亲在他生命中说一句脏话，那是事实。他所有该死的时间都在工作。我们从不真正亲密。他没有时间来亲密。

“我母亲是一名学校教师。我在浸礼会教堂里成长。我差不多是被强迫接受的。教堂的门一开我们就去那里。每个礼拜三我们为了祈祷会去那里。为了夏季复兴活动我们会去。每天晚上去，无聊死了。”

接着，没有一点儿停顿，坎贝尔说：“从长远来看，那是我曾有过的最好的东西。我妈妈和爸爸给了我在我二十岁的时候回到我身边的价值观。但是我叛离了。大多数孩子都顺从了。我确实想做疯狂的行为。我喝酒更多，四处乱跑。在我十二岁时，我开始在一间杂货店里工作，那就是该死的真相。我爱它。你遇见各色人等。你跟所有黑人做生意。他们坐在饲料袋上；妈妈带着四五个小孩来到镇上，她必须喂两个孩子奶。我喜欢在那儿工作。总有某些去那里的人。驴叫声一直有。你认识来的每个人。那是间好店铺。这是礼拜六。我喜欢钱。在开始时我每天挣四美元。当我离开时我挣到大约七美元。

“我这就简短一点儿。在夏季我驾驶一辆该死的翻斗车。他们正在建造这条州际公路，他们需要某个可以读写的人来计算送入飞机的化肥袋数。他们给道路两旁施肥使草长高。那太无聊了。这些是远去的日子。有趣的是你怎样改变并且成熟。我想要变得疯狂。我尽情享受疯狂的时刻。”

“你想要成为这些男孩中的一个？”

“那在杰克逊东北部是重要的，如我们所谓的，受别人欢迎，被别人念及。但是我跟教会没有关系。我在圣诞节的时候跟我妈妈一起去，我无聊死了。但是教会价值观——做好事、做正确的事、不酗酒、不杀人、不偷盗、十诫、不要垂涎你邻居的老婆——我不相信那些价值观被灌输的一些部分的这种文化。那些孩子跑上跑下，我过去经常在活动房屋停车场工作，我们在那儿遇上一些难弄的角色，他们需要让他们的屁股疲乏，就像我让我自己的疲乏。

“我认为对此的理由是家庭的破裂。父亲和母亲没有都在那里尽他们的责任。我培养我的孩子要尊重我。我认为他怕我，我认为那很好，因为他明白我不会忍受一切。我每天都拥抱他吻他。一些人说我是对的；一些人说我错了。我怕我的父亲。我怕我会让我的屁股疲乏。无论如何我不喜欢它。人们说‘呀’‘哪’——油嘴滑舌的孩子——我认为如果他们每天努力工作就多十分钟他们会做得好很多，如果他们说‘是，先生’‘不，先生’，你就抽他们屁眼直到他们说对。

“我认为那全都回到被正确地养育上。让某些价值观回到家里。我们现在在谈论黑人。让他们待在学校里，保持他们该死的屁股安静。我会成为一名独裁者，并让这个地方顺利发展。我就是一个集法律与秩序、血腥与胆量于一身的家伙。”

坎贝尔四十岁左右。他身材矮胖，一个强壮的男人。他穿着鲜艳颜色的衣服。他像一个有角色要维持的人那样谈话，但是在他声音里或脸上没有幽默的触动。

他曾目睹杰克逊黑人地区的扩张。他还从中赚到钱，从逃离的白人手中买来并卖给移入的黑人来获利。有一年他像那样卖了十套房子，赚了六万美元。

“那并不坏。我牟取暴利。我应该被枪毙。”

我不确定什么是“角色”，什么是真实。接着我说：“坎贝尔，通过‘红脖佬’这个词你理解到什么？”

这个男人摇身一变。

他说：“红脖佬是一名下等蓝领建筑工人，他肯定不喜欢黑人，他喜欢喝啤酒，他可能会穿牛仔靴；他不是一定要戴牛仔帽。他打算住在兰金县外面的某个地方的拖车里，他打算一天抽大概两包半香烟，晚上喝大概十罐啤酒，如果他没有吃到一些玉米面包、豌豆、油炸秋葵和一些油炸猪排，他就打算极度疯狂——我还从没见过那些婊子中的一个不喜欢吃炸猪排的。而且他会迟缴他的拖车钱。

“他就是那样被养育。他父亲就像他一样。这个狗娘养的儿子热爱乡村音乐。他们热爱打猎和钓鱼。他们整晚外出到珀尔河①（Pearl River）。他们拿出曳绳钓——一根飞跨过河流的长绳，在上面每隔四五英尺有个钓钩。他们用该死的老鲶鱼引诱它们，那根绳子会沉到河底，而他们会去河边，拉屎和喝酒一整夜，他们会点燃一个大火堆。他们每晚会查看它两三次，看看他们是否弄到一条鲶鱼。那会是好鲶鱼。这些狗娘养的红脖小子说，他们宁愿要这些河鲶鱼中的一条也不要那些塘鲶鱼中的一条。他们说那味道更好。

“你知道，我喜欢那些红脖佬。他们是那么闲散。他们什么也不在乎。他们什么也不在乎。”

“那是因为他们是拓荒者的后代吗？”

“对此毫无疑问。他们是拓荒者的后代。他们对生活在那些活动房屋里感到满意。我从不知道我父亲是如何被那样培养的。如果你看见他来自的地方——他来自密西西比－亚拉巴马边境上的森林里最绝对、最荒凉的地方。红脖佬们具有拓荒者的态度，正确。他们不想去该死的乡村俱乐部或者玩高尔夫球。他们不会挣该死的十五美分，他们就是高兴得要命。

“他们从本源上是苏格兰－爱尔兰人。他们中的大多数近亲通婚、近亲繁殖。我现在正谈论好的老红脖佬。他打算干老套的八点至五点的工作。但是有一种高端的红脖佬，他打算要清扫干净。院子割草，背后有个小花园。老妈，她想要穿名牌牛仔裤而他们打算每三个星期去吃一

①美国南部河流。源出密西西比州中东部，向西南流经州府杰克逊后折向南进入路易斯安那州，过博加卢萨注入墨西哥湾的密西西比湾。

次肖尼餐厅[1]（Shoney's）。”

我曾在公路旁见过几次那些餐馆，但从未进去过。它们像麦当劳吗？

坎贝尔说：“在肖尼餐厅你会把肉汁浇满。那会是一件大事儿。他们会爱上它。我了解那些狗娘养的。

“如果他或她搬家到北杰克逊，他会变得高端。他不会有那么多那样的鼻音。但是这个好老伙计，他一年只打算工作六或八个月。他打算告诉他老婆，‘我打算去工作’。而他不会去。如果天下雨了，他不打算工作——狗屎，不。他打算去他能够找到的最肮脏的垃圾场，他打算开始喝啤酒和打台球。当他到家时，会有跟他妻子的一次小争吵，他会喝得半醉，吃一点儿玉米面包，然后不省人事，那就是该死的真相。而她会理解的，因为她习以为常。

“她不喝酒。一般是红脖佬男人喝酒——威士忌或啤酒。她有一些琐屑的工作。她很可能是收入的基础。她打算每天努力工作。但是他总是等待那种每小时十五美元的重要岗位，那不会从天上掉下来。一度他有一份每小时十二美元的工会工作。他认为那会回来。他会为了另一份十二美元的工作等待十五年。他不会得到它除非他挪动他的屁股前往亚特兰大、佐治亚或者纳什维尔——某个天气炎热的地方。可以确定这周围不热。但他是那么该死的满足。这狗娘养的是那么该死的满足。当他得到四美元的工作：‘不，我要做别的事情。’如今我可以给五个男人一份工作，最低薪水。一小时三百三十五。但是即使我找了该死的一整天，我也不会找到五个狗娘养的。‘你想要为三百三十五工作吗？’‘不。不打算为三百三十五个狗娘养的工作。’

“于是他打算平均挣六美元，一小时六元到六点五元。只为六元，一年八个月。你瞧，他不想工作一整天。他满足于维持生计。他们不喜

[1]一家私有的连锁餐厅，主要在美国东南部、中西部以及大西洋中部各州运营，总部在田纳西州纳什维尔。

欢被告知去做什么。那就是独立精神。那就是老的拓荒者态度。‘我有足够吃的和喝的，还有个小住所。还有什么我想要的？’

“宗教信仰？当妻子痛打他一顿时他们会去教堂。但是他不打算穿上外套并打着领带之类的东西。他不会做这个。他会踢烂她的屁眼。

“他们不太有性欲。他们宁愿喝一扎老啤酒。跟其他男性一起闲荡，去打猎、钓鱼。我们现在在谈论那些好的上了年纪的红脖佬。不是高端的那些。他们的鸡巴还硬着呢。那该死是真的。

“红脖佬大概是百分之六十到六十五的白人人口。我算上了老红脖佬和高端红脖佬，还有一大群中低阶层的红脖佬。他们跟黑人一样有相同的旧有态度。爸爸更经常在家。但是他们什么都没有也会非常开心。你不会相信。”

我问起了着装，尤其是牛仔靴。为什么它们那么重要？

“那是他们必须突出的形象。他们会有一顶老式棒球帽，帽舌就这样翻下。他们不会戴牛仔帽。他们想要那种特别的红脖风格。他们想要人们了解他们不会介意。他们想要人们了解：‘我是一个红脖佬而且为之骄傲。’

“你所必须加入并且务必做到的是狗娘养的他们热爱乡村和西部音乐。那是乡土气息的音乐。那是哭喊的音乐。某人在卡车里被杀死。或者火车辗过某人。或者某人跟某人的妻子私奔了。

“像你不会相信，普莱斯利是一个红脖佬。他是个双份红脖佬。这里的一些妇女会用鞭子抽着你的屁眼说。我自己很可能也是一个红脖佬。”

当坎贝尔那样说时，他赢得了我的心。

他说：“我只是穿着不同。波洛衬衫和卡宾休闲裤。”

我喜欢坎贝尔对细节的具体性，品牌名称、时尚规则的启示在我眼里只有鲜艳的色彩。

接着，突然地，他走上另一条轨道。“如果我父亲不曾那么辛苦地工作——而且我知道那是重要的，辛劳工作和努力行善——”

我使他回到红脖佬的性主题。

“如果他们年轻，他们那儿是硬的。但是他们越老喝酒越多，接着他们就不再关心那儿了。而她就在那里，每周一次在自助洗衣店里把一些衣服洗了。坐下来，看着它，抽几支烟——那是对的，那是她会做的事情。

“我要告诉你。我的儿子不会在兰金(Rankin)县玩弄一个红脖女孩。藏不住它。每个人认识别的每个人。我还要告诉你一些别的。他们谈论不同的事情。我想要我的孩子们待在他们的社会阶层里，那是他们将待的地方。我会说：‘基思，你不是像那样养大的。你把你的屁眼从那里挪开。你远远在那之上，而我们打算远远地待在那之上。’但基思是正确的。他想要穿着讲究；他想要看上去好看；他想要挣钱。我们在杰克逊东北部的人群中经营。那应该是高端的。”

我说：“但是美女就是美女。一个美丽的女人将会在任何地方赢得爱慕者。”

“美女就是美女。但是当她开口，开始谈论，说她住在兰金县——呃－呃——那是任何魅力的终结。不过那样的情况可能永远不会发生在我身上。那永远不会发生在我儿子身上，因为他已经知道红脖佬是什么。你知道那个词从哪儿来的吗？这个人的脖子后面被太阳晒红——”

但是某件事情发生了——有人进了屋子，有人问了个问题——而坎贝尔没有完结这个想法。几天之后，当我从一位密西西比老人那里听到“红脖佬”这个词时，那对我来说完结了，在他还是个孩子时，“红脖佬”这个词不是一个轻蔑语；事实上正相反，意指通过挥汗如雨来谋生的人；只是到了二十世纪五十年代，边境拓荒生活正在转变，这个词开始有了令人不快的联想。

坎贝尔说："我为他们的独立性而钦佩他们。但是那对于当今的社会是不合适的。对此毫无疑问。那是很久很久以前。却不是现在。在一座现代城市你不可能用那种心态把业务干成。我们必须改变那样的红脖佬社会和那样的黑人社会，否则财富将只会在少数人手里，那一直就在他们手里。就我能所关心的范围而言，我希望它保持那样。我应该被枪毙。"

他从那片政治场地回归。他说："红脖佬就像四轮驱动。四轮驱动皮卡。它们可以穿过沼泽横扫每个地方。它们中的一些像一种老爷货车，涂漆了一半。涂漆了一半，因为他打算修理这一边，但是他从不打算抽出时间给另一边。他会一直驾驶那狗娘养的，直到它散架或者爆了一个车胎，接着他就会把它留在那里。他不会有备用的，你瞧。那天下午他会回来并把它修好。他会让他朋友之一搞到一个旧轮胎，他们会去修理它。这些狗娘养的可以修理车上的任何东西。他们这些杂种可以干任何事。他们可以拖着车到公路旁边，用千斤顶顶起它，当场修理它。"

上午过去了。坎贝尔有一个商业午餐。他就像这样出发了，穿着他鲜艳的黄绿横条运动衫，条纹的宽度还是变化的。但是他如此享受于谈论红脖佬的生活；那带回了那么多他自己"疯狂"青春的记忆，激起了那么多怀念，以至于他想再多谈一点儿，他答应下午再来，在他午餐之后和一次前往佛罗里达的商务旅行之前。

他在午餐后打来电话。我问那进展怎样。

"我闻着就像地狱。在午餐里满负荷量的大蒜。但是赚钱。不同寻常，一顿商业午餐，在那里我真的赚到了钱。"

我们后来在酒店酒吧里相遇。他已经在喝酒庆祝他的交易。他双眼含泪，有一点儿充血。早上他曾面无表情地讲话；现在他也面无表情地讲话。但是喝酒使他的话语庄重。他讲话不带脏话，没有不必要或咒骂的强调。

我说我仔细考虑过他曾说的有关红脖佬的内容。从他描述他们的方式里，我把他们看作一个部落，差不多是一个印第安部落，自由的灵魂在杳无人烟的地方自由地游荡。但是即使在密西西比，他们现在没有一点儿受约束吗？

坎贝尔说："那是一种美好的生活，但是那取决于可以获得的自然生活。我会说如果那些红脖佬没有密西西比的这些自然环境——因为户外事物是他们最爱的消遣——他们会非常无聊。而狩猎权现在正变得那么有价值，他们将在五年之内被迫退出市场。我们有很多人现在从路易斯安那向北这么远过来，因为我们有大量的鹿，大鹿，他们正在为狩猎权支付大价钱。我打赌你开车四十五分钟出杰克逊不可能发现没有被租用的土地。那会有一块'警告'标牌：'这片土地被租给某某狩猎俱乐部。不得擅自进入。'某天这里会有一次关于它的谋杀，我告诉你。在这个州里他们早已有了几次谋杀。尤其是猎鸭——在德尔塔那是如此有竞争性，如此有价值，获得那里的一块租地是如此昂贵。你必须有大量的钱。那会花掉你大概三千美元一年在捕猎鸭子上。然而猎鸭更多是一种绅士运动。那些红脖佬更多是肉食捕食者。

"在密西西比还是有大量土地。他们会侵入某个人的土地进行偷猎。要不然他们就只是喝啤酒的人，没有地方去，没有事情做。那就是我替红脖佬担忧的事情。他们不会使自己适应，他们被留在后面。随着人口的增长，外出狩猎对于他们会变得越来越昂贵，他们将没有能力支付它。

"当前他们有一些名犬俱乐部。他们进入某个真正便宜的地方，他们会做一些交易，一些与某人家庭的交易——十五、二十、三十个男人在一次家庭交易里；亲戚，他们中的所有都在家族土地上。全部加在一起一年十或十二次。而且他们会有一次舞会。"

“那女人呢？她们外出参加那些旅行吗？”

“她们就坐在家里。她们正在担心下一袋土豆从哪里来。但是她们可以靠一周一百美元生活。比你和我都便宜。而且她们不是瘦得皮包骨头。她们中的一些又肥又壮。我在说什么？她们都又肥又壮。

“午餐之后，你知道，我回到办公室。秘书是一个红脖女人。我告诉她有关我们今天早晨的谈话。有关红脖佬和边境心态。告诉她这些日子并不那么伟大，你知道。不同的时代。而她说，‘你知道，坎贝尔先生，一度我曾羡慕你。我想要你有的东西。但是现在我感觉我就是不一样。我就是生来如此。我什么都不会有，我现在知道我将什么都不会有。’我说：‘那是因为你没有找到正确类型的丈夫。为什么你不让你的丈夫滚蛋？’她说：‘哦，坎贝尔先生，我不能那样做。他就是一个老红脖佬。’她的孩子们就像他一样。

“普莱斯利，他是个全时乡巴佬。那里的那个家伙，在桌子旁留着长发和胡须的那个家伙。”

他正在谈论一个红色格子衬衫挂在裤子外面穿的男人。这个人正在地板上小心翼翼地走着，好像害怕他牛仔靴的皮底在上面打滑。

坎贝尔说：“他很可能在想，留着那样的头发和胡须，他是上帝给世界的礼物。但是他就是个乡巴佬。他像一只鹅一样迷失。在他生命里他从没有踏上瓷砖地板。他来这里以为那是另一个汽车旅馆。他不知道做什么。他只是在这里四处闲荡：‘哦狗屎，我在哪里？’”

艺术封圣，造人，使人明白。尽管其他人说有关红脖佬的其他事情——尽管一个人说应付他们的最佳方式就是不与他们发生关系，他们的脾气太接近表面，他们受的教育太少难以应付被他们视为怠慢的事情，受的教育太少难以理解人类行为或者理解跟自己不一样的人；他们对怠慢和荣誉的夸张感觉可以使他们甚至在计划打爆你的头的同时跟你交谈和微笑——尽管这是公认的智慧，坎贝尔对他们生活模式的描述使我在曾视而未见的地方看见自豪、风格和一种时尚规则，使我注意到迄今为止我未曾充分留心的东西：开得闯劲十足的皮卡，标有某个公司名字的棒球帽。

第二天，一个星期六，在酒店和从酒店对面隔着停车区域的餐厅里有一群人。而且，仿佛在兑现坎贝尔对红脖佬风格的描述，三个男人从一辆有凹损的落满灰尘的车里出来，打开后备箱取出他们的红脖佬靴子。他们穿着运动鞋到达。他们在走进酒店之前脱掉运动鞋穿上牛仔靴。他们中的一个正在用牙齿咬开一瓶啤酒。我现在感觉，在坎贝尔之后，正在做那种非常红脖佬的事情的人需要一点儿勇气。或许，进入酒店在瓷砖地面上行走，他会感觉“像一只鹅一样迷失”。

有一些日子坎贝尔的言语在我脑海里回响，我跟别人提起它们。一天下午我去一个在杰克逊城外的农场。那里的某个人，了解我的新狂热，走近我并说：“池塘有三个你的红脖佬在钓鱼。”我赶去看他们，就像我可能会赶去看一只不寻常的鸟或一头鹿一样。确实，他们在那里，赤膊，但是戴着绝妙的棒球帽，在一条芦苇中间的小船上，在一个工作日的下午——在坎贝尔讲述之前，我可能了无兴趣地看待的人，现在却被看作有特定过去、实践特定规则、一种受威胁的人。

那给某人在公路上看见的东西一种新的诗意：帽舌“就那样翻下”的棒球帽，红脖佬风格的皮卡女司机前额上的束发带。甚至在报纸里给那些卡车做的广告——和价格：大约八千美元——有了一种新含义。

那是有关红脖佬，边境人的不太可能的后代，在我去拜访尤多拉·韦尔蒂时我所谈论的。我早到了，在滴水的树下的街道上等待。她早已准备好，可以清楚地透过她没拉窗帘的前窗看到。但是我对于太快敲门感到紧张。

于是有一阵子，在雨后的幽暗中，我们在滴水的大树下等待，她在她潮湿的前院尽头的窗户后面，我在车里。当我感觉时机合适了，我走过潮湿的小径来到她的前门。在门上，以她坚实的笔迹，是请求人们不要再带着书来让她签名的纸条。她现在想要为了她的作品尽可能多地节省她的能量。我敲了门；她打开门，像某个就准备好那样做的人。从她的照片里她是格外的熟悉。

边境在她的故事里是如此之多：一个我只是刚开始欣赏的事实。她也乐于讲述边境人的性格。

“他不是个坏人。但是有一整个儿他的侧面是狡猾的。有时候那会越过界线，他变成彻头彻尾的恶棍。黑人从不会在这个州的那部分居住。他们过来在种植园里工作。大多数红脖佬在没有黑人的环境下长大，然而他们恨他们。那就是所有坏事情起源的地方——那是他们做出的吁请。红脖佬在锯木厂以及诸如此类的地方工作。他们也有小农场，都极度地自豪。他们决定这个州的政治。当政客和福音传教士到来时，他们呈现出兴奋状态——在那些小镇里。惊吓每个人，哄骗每个人，狠揍每个人，杀死每个人——那就是边境人的心态。”

我告诉她艾伦作为孩子曾听说的有关她曾在那里度过夏天的小镇南面的红脖佬的故事：旅行推销员的故事，他曾被粗暴对待，套在犁上，被迫耕地。艾伦曾说这个故事是从过去传下来的；我曾把那看作一个关于过去的恶事的传奇故事，一个有关在没有法律的情况下生存的人的夸张故事。但是尤多拉·韦尔蒂认真对待这个故事。她说：“我可以相信有关这个推销员的故事。我曾听说通过迫使他们犁地来惩罚人的事情。”

我们谈论有关密西西比及其名声的话题。

“在有麻烦的时候，很多人经过并拜访我。他们想要我证实他们的想法。他们所有人都认为我生活在一种恐怖状态里。‘难道你不是一直害怕他们吗？’一个年轻人到来并说，他曾听说有一位某某先生，他是一名可怕的种族主义者，拥有整个杰克逊，所有的银行和酒店，他正在对黑人干出可怕的事情。那是一种幻觉。那不是真的。这里的暴力还不如北方——都市——烙印的那样令人恐惧。”

一个边境州，文化上受限制——作为一名作家以及作为一名女性作家曾对她是困难的吗？一名作家的丰富性在某种程度上取决于他或她描写的社会。

她说：“在那背后有很多，这个州的生活。来这里并在不同地区定居的人有着巨大的多样性。随着你变老，对此会有重要的认识——你明白事物植根于什么。在这里作为一名作家教会我的伟大事情是一种连续性的感觉。在一个未曾有太多变化的地方，你逐渐认识了几代人。你可以看到一个小镇历史或一个家族历史的完整叙事。”

我越来越多地听到有关不同寻常的密西西比州宪法，一八九〇年在南北战争和南方重建之后起草的宪法。我曾听说这部宪法要为大量人们仍然看见的东西负责；就此我前去见了前州长威廉·温特。他在这个州有着很高的声望，既作为一位州长也作为一个对这个州的历史知根知底的人。

某天下午晚些时候，在繁忙的一天结束时，温特先生在他的办公室里见了我；那天早晨他曾飞去阿肯色州的小石城。这位前州长现在是杰克逊一家法律事务所的合伙人。他陈述准确而合法，已经准备好几本书和一张地图；贯穿我们的交谈，他一直在书里寻找参考。

在他办公室的墙上——在他的彩色家庭照片中间——是这个州的一大张老地图。当他去给我拿一杯凉的减肥可乐饮料时，我起身看着它。它是裱在亚麻布上的，并且装上镜框，是给温特先生的一件礼物。那是一张法语地图，或许是一八三〇年的。它显示只有这个州的南部各县有人定居。大片中部地区被规划给更多的白人定居点。尽管这片区域几乎跟所有已定居的县加起来一样大，在地图上它仅仅被称为海恩兹（Hinds）县（那片区域的一部分将会成为坎贝尔带着那么多感情叙述的兰金县）。东部和北部的区域在一八三〇年仍旧是印第安人领地：乔克托人[①]和奇克索人[②]。

一半的州在一八三〇年是印第安人领地；在一八六〇年，南北战争即将到来；在一八九〇年，在南北战争和南方重建之后，有了一部新宪法。这里的历史似乎以三十年为间隔而到来。加上一八七三年、一八七四年、一八七八年、一九〇三年的黄热病流行；加上大萧条。没有什么是固定且稳定的。

这位前州长说："编纂一八九〇年宪法时的氛围是由为白人提供一种手段恢复这个州的政治进程中白人控制的需要所支配的。一八六一年的宪法并没有为黑人选民和黑人公务员的消除提供工具。在一八九〇年宪法编纂的时候，还有很多黑人公务员。"有两位黑人参议员，一位黑人众议员，一位黑人副州长和一位黑人教育负责人。"密西西比州一八九〇宪法成为其他南方各州的典范——在它对黑人投票的阻碍的机智条款上。"

几乎跟种族条款一样重要的是反商业化条款。编纂宪法的人想要这个州保持"一个田园的州、一个农业的州"。他们不想大商业或公司进入，

①乔克托人（Choctaw），美洲原住民中的文明化五部族之一。早期他们分布于美国东南部（即现今的密西西比州、佛罗里达州、亚拉巴马州及路易斯安那州）。现在主要分布于密西西比州、加利福尼亚州、俄克拉荷马州、得克萨斯州、亚拉巴马州及路易斯安那州。

②奇克索人（Chickasaw），生活于美国境内的美洲原住民，原先居住于亚拉巴马州的亨茨维尔西部，以及密西西比州与田纳西州等田纳西河流域一带。在与欧洲移民接触以前，有部分奇克索人就已经向东迁徙到密西西比河畔。历史记载显示奇克索人与欧洲人接触之后，开始于密西西比州东北部生活，后来被迫迁移到俄克拉荷马州，也就是当今他们的主要居住地。

鼓励“与农业社区对职位的不利竞争”。

“我们在企业发展的路径上架设了各种障碍物。那具有阻止在州里的工业工厂里投资的作用。一家主要的造纸公司，盖洛德公司，想要定址在密西西比州珀尔河。由于这里的宪法限制，那家工厂定址在河对岸的路易斯安那州，在珀尔河县的视线范围内，事实上在路易斯安那州创建了一座新城镇，博加卢萨（Bogalusa）。在密西西比州在一家公司可以拥有的资产总额上有一个限额，在一家公司的资本结构上有一个限制。甚至在一八九〇年，那部宪法致使我们对于资本没有竞争力。

“对于整部文献有一种老式的语气。我们需要现在属于一部二十世纪晚期文献的心理利益。其次，我们需要治理该州方式的重构。我们必须排除很多旨在分散和打碎权力的过程。在一八九〇年，有一种对任何权力在任何一个个体中的集中的不信任。其结果是，没有一条被密西西比州立法机构通过的法律是严格按照一八九〇年宪法的。”

他搬出一大本法律书，向我展示了一八九〇年宪法的第五十九章。

“法案可以在任一议院发起，并在另一议院被修正或驳回；每项法案应在每个议院在三个不同的日子被朗读，除非上述内容在审理中的议院的三分之二免除这条规定；每项法案应该紧接在其最后通过的投票前被全文朗读；并且每项法案，在两院通过后，应该由参议院议长和众议院议长在公开会议上签署；但是在两人之一签署任何法案前，他应该就此发布通知，暂停他所主持的议院里的事务，请人朗读该法案的标题，并且，应任何议员的要求，请人完整朗读它；并且所有这样的议程应该被记录到议事录上。”

在修正的章节里有一项规定，使得法律可以被通过。但是一位难对付的议员仍旧可以导致延误。“我见过那发生。我见过一位议员站起来要求法案被朗读。”

这部宪法的策划者是否怀有一种疯狂的心情?

“那是一部反政府立法。它的意图是造成通过立法尽可能地困难。这种心态是：我们拥有越少的法案，我们就会境况越好。政府的越少越好——那是表达它的一个公平方式。”

“他们在一八九〇年是哪种类型的人？”

“他们代表极端保守主义、种植园主、农业利益。他们中许多是南北战争的老兵。贯穿全体议员有一种强烈的种族偏见。他们以在政治进程中消除黑人席位为己任。”

“你是否认为有任何类似对这片土地的浪漫感情在里面？”

“那是一种属于土地地主的感情，不是劳动者的。自耕农并不是大会的显著特征。这部宪法替那些起草它的人的经济利益说话。例如，它谈到沿密西西比河的一套堤防系统的维护——那在一部宪法里实在是没有位置的。

“故事是这样的。在一八九〇年春季，堤坝溃决，德尔塔部分地区被淹没。为了应付那个，宪法策划者那一年晚些时候，一八九〇年，把旨在应付那样的灾难的整个章节写入宪法。第十一章。”

他把它展示给我。长达八页，论述详尽，专业的和财政的，包含堤坝将被维护的方式；它概述税收来偿付开支；它提及销声匿迹的铁路公司的名字。

“像这样的一章确实在一个州的宪法里没有位置。但是你可以看见起草者的当务之急。他们正在关心他们在德尔塔的农场。”

可能没有对于土地的浪漫感情。但是前州长如何解释宪法的反政府语气呢?

“那反映了该州的基本边境面貌。他们在说：‘我们打算由政府来解决那些看来对我们显得重要的问题，但是我们不打算让政府来干预我们的生活。’正如它被利用的一样，这部宪法对该州的无权力者不利。但是那不再是一个有效的反对。修正已经被做出。”

这部宪法已经留下它的痕迹。“卡罗来纳两州和佐治亚州有烟草加工厂和纺织厂。亚拉巴马州有一个可以回溯到十九世纪的已经固定下来的工业基地。密西西比州从未发展这种类型的基地。”

在前州长的办公桌上，为我们的会面取出了一张美国地图，上面显示一九八四年“有经济竞争力的”县和“贫困”县。有竞争力的县标为蓝色，贫困县标为粉红色。这张地图显示出三个贫困县的集中区域：墨西哥边境线上；西部的印第安地区；以及几乎形成一片粉红色区域的亚拉巴马州的南部黑人地带和几乎整个密西西比州。只有围绕杰克逊的区域是标蓝色的。

然而，尽管有贫困——相对而言：美国的贫困并不像在其他国家里的贫困——并且尽管许多人会赞成前州长所说的有关这部宪法的陈旧性质，在一些人身上还有对变化的紧张。这部边境宪法已经逐渐变为代表有关该州的某种真实的东西。许多人现在缅怀那部宪法保护的过去，当时生活“更加安逸”，更有乡村气息；当时社区很小，每个人认识别的每个人；当时时间还不是金钱。

在前州长办公室里的一八三〇年地图上，海恩兹县曾被标记为其后代将变成坎贝尔的诗里的红脖佬的人的定居点。现在这些红脖佬，就像他们之前的印第安人，发现他们的狩猎土地收缩了。

那曾经是一个边境州，但总是跟这个奴隶制的对立成分在一起。在河边的纳切兹（Natchez）周围古老的种植园土地述说的是奴役。那片土地，跟南卡罗来纳的稻田一样平坦、温暖和柔软，述说的是富足和对数以千计的黑人的需要。不过纳切兹也有它的种植园宅邸，如今每年两次“朝圣”的目标：南方的旧日情怀，分割的记忆，包含奴隶制不堪回首、蓬乱、黑人主题的往事的美丽与哀愁。

那是一个破旧的小镇，在雨后靠着浑浊河流的不是非常高的“陡岸”上冒着水汽。雨水从红色和白色紫薇树沉重的树枝上滴落。那里有过石油繁荣。那次繁荣，跟那么多其他的南方繁荣一样，已经平息。

路易斯安那州位于河对岸。我开车到那里，期盼发现一些实在的、真实的地方吃午餐，而不是某些与观光贸易相联系的东西。那是平坦的三角洲地区。穿过汽车空调而来的空气闻着有洋葱气味。正是这种浓烈的气味，差不多跟土地的平坦和我的追求的明显无望一起，只是公路旁的快餐地点：上方高大诱人的指示牌，下面简单的建筑式样，以绿色平原为背景的鲜艳色彩——把我赶回了纳切兹。

这个路易斯安那城镇被称为韦达利亚（Vidalia）。韦达利亚也是一种洋葱的名称。那肯定是一种南方的美味；在很多地方我曾看见在路边上有家庭涂饰的指示牌提供韦达利亚洋葱。于是我闻着洋葱气味直到我回到纳切兹，在那里又有丛林污水的气味，河水的气味，差不多就像在巴西亚马孙河边上玛瑙斯的丛林污水气味。就像生锈的波纹铁屋顶和在老木屋里坐着的悠闲的黑人，他们或者站着或者晃动着、凝视着，流露出了西印度群岛的特点——像塔斯基吉杂草丛生的网球场曾经做到的一样对人们地方感的扰动：那些球场某天下午，有非洲学生在玩，绝对使人想起非洲。

我弄错了路易斯安那小镇韦达利亚。在一家有一点河景的纪念品商店里的一位女士这样告诉我。洋葱的韦达利亚是在佐治亚州，无论我可能在路易斯安那州韦达利亚闻到多少洋葱气味。

这位受苦的——生意不太好的——女士说：“我的丈夫喜爱韦达利亚洋葱。每周日”——他们住在河对岸——“我们打算去俱乐部时，他会说：‘苏珊，拿几个韦达利亚洋葱。’我会说：‘带去俱乐部？在星期天？’

他会说：‘给我洋葱。’在俱乐部那里他有一个把他宠坏的黑人姑娘。他喜爱面包、黄油、番茄酱，还有一片又一片的韦达利亚洋葱。她为他做这个。”

有一场大暴雨。我逐一看过她的存货。她正在出售一个穿着红色长连衣裙套着白色罩衫的大个黑人保姆。

她说：“我买下它们的这天对珀琳说——她是厨子——‘珀琳，你知道我今天早上做了什么吗？我买下了两个你。’这话使她开心大笑，她说：‘好吧，至少你可以给我买这裙子来搭配它。’”

天放晴了。但是我刚走到外面又开始下雨了。我回到商店里。

我说：“我不想感冒。”

她说：“经营这个地方的第一年，我每天都有支气管炎。如果不是因为我丈夫，我不会坚持下来。不过接着不知怎么我培养了一种免疫力。银器在这种类型的气候下不出三天就生锈了。每隔三天擦亮它不可能对这些银器有好处。”

雨下得更猛烈了，大滴、飞溅的雨滴。她继续交谈，乐得有个伴儿，在她的纳切兹纪念品中间。密西西比河因雾霭和雨滴而变得朦胧；大桥是模糊的；看不到路易斯安那的河岸。

当我回到杰克逊——沿着印第安纳切兹小径公园道——我发现雨水、闷热和我自己对要寻找的美景的忽略已经向我隐瞒了纳切兹其他的奇迹。大河曾改变它的河道；在某些地方的河岸曾被冲毁；种植园主年代的一些漂亮的老房子塌陷在河里。

> 纳切兹断崖上的每个姑娘
> 在我们经过时哭泣，噢。

它们是被气候、高温和对种植园劳动的思考带回给我的诗句：来自斯蒂芬·文森特·贝尼特[①]所写有关南北战争的叙事长诗的诗句，或许被记忆弄乱，我曾在四十年前看到过它。

①斯蒂芬·文森特·贝尼特（Stephen Vincent Benét，1898–1943），美国诗人和短篇小说作家，最著名的作品是有关南北战争的长篇叙事诗《约翰·布朗的尸体》（1928），他也凭此在1929年获得普利策奖。

第六章　纳什维尔：圣洁

一个暴风雨的下午，驱车在密西西比州从德尔塔到杰克逊，兴奋于昏暗的天空、大雨、闪电、汽车和卡车的灯光，还有被重型车轮激起的车窗高的水花，我开始认识到我从在美国南方的旅行中获得的巨大快感。浪漫，一道希望和自由的光辉，在旅程的早期阶段已经开始有所触动：我抵达亚特兰大，从那里驱车前往查尔斯顿。我已差不多忘记在那些场合曾有的写作冲动。

我认为那天下午如果我不需要写什么东西；如果我不需要担心接下来做什么和去看谁；如果我可以单纯地体验，那都会使我的快感完整。不过如果我不写下来，如果我没有目标和间或的紧迫感，如果写作没有给我一个计划表、要去的地方，我又能怎样度过在杰克逊公路旁的华美达复兴酒店里的日子？甚至我怎么会来到密西西比？

大地是广阔而富于变化的，部分是荒野。不过那让差不多每个地方都变得统一且方便于旅行者。一个后果是，没有一本旅游手册（除非作者是在写他自己）可以仅仅有关道路和酒店。这样的手册在一百年前就能写成了。（范妮·肯布尔[①]一八三八年从费城到佐治亚州海洋群岛[②]（Sea Islands），乘坐火车和公共马车，部分在木材覆盖的道路上的旅行报道是一次专门的冒险。）

这样的手册仍旧可以被写成有关非洲的某些国家，比方说。对于在那种类型的国家的旅行者来说，或多或少足够可以说："我就在这里。就是我跳下当地的旧式公共汽车，被陌生的男孩们指引，做出不适当的建议，去了某个肮脏的住处。就是我跟一些当地名流在一间酒吧里喝了一杯。就是我那天晚上后来迷路了。"

此类旅行者并非真正意义上的发现者。他至多是一个面对异国环境定义自己的人；并且，取决于他是谁，他写的书是可以有吸引力的。只有作者，把读者带入他的自信，以某种方式自封为异乡或外国情调，像那样的一本书才能够被写成是有关美国的。然而，一般这种方式在美国不能奏效。这个地方不是也不可能是以一个非洲国家异化的方式而异化的。那已被很多人了解、拍下太多照片、太常被写到；并且，更有组织更正式，并不是太开放随意检视。

从我自己旅程的开始，我一直关注建立一些探究的路线，定义一个场景。这个途径有它的难度。在我脑海里总有个担心，我会来到一个地方并且所有联系都被切断，我将不能超越公路和连锁酒店的一致性范围（正是那天下午在德尔塔我屈从的浪漫）。如果你按照一个主题旅行，那么这个主题必须随着旅行而发展。在开始阶段，你的兴趣可能是广泛和分散的。但是随后它们必须更加聚焦；旅程的不同阶段不可能简单成为彼此的不同版本。而且，比其他类型的旅行更多的是，这种基于一个主

①范妮·肯布尔（Fanny Kemble，1809－1893），著名英国女演员，来自一个19世纪中早期的剧院世家。她还是一名受欢迎的作家，出版的作品包括喜剧、诗歌、回忆录、游记等。

②美国东南部大西洋海岸上的一系列潮汐岛和堰洲岛，数量超过100个，位于从桑堤河口到圣约翰河口之间的南卡罗来纳、佐治亚和佛罗里达海岸上。

题的旅行依赖于运气。那依赖于你所遇到的人，你所拥有的灵光乍现。与一份快速移动的日报的第二天刊号一样，手头的这一章节的条理因路上的意外而持续地被改变。

纯粹运气——我们的交谈如此温顺地开始——给了我坎贝尔对兰金县红脖佬的抒情描述：户外生活，边远地区自给自足的遗风，混合着对黑人的反感，奇妙啮合对乡村音乐的热爱，“南方乡村音乐、哭喊音乐”和对埃尔维斯·普莱斯利的狂热。

那次与坎贝尔的会面（打消了有关福克纳和密西西比州牛津的主意）曾给我关于旅行的提议。尽管我对音乐所知甚少，而且普莱斯利的成就，在他活着的时候，已在我身边溜走。

普莱斯利的出生地是在密西西比州北部的小镇图珀洛（Tupelo）上。

带我去那里的商人说：“他是低微中的最低微。”他严肃地说着，没有激情；脑袋非常轻微地摇晃了一下。他曾想到的低微的厌恶被某种像敬畏的东西触动。

我记起坎贝尔的话，并且引用它们：“‘全时乡巴佬’？”

“比那更低微。”

在杰克逊酒店的一本杂志上，我曾看见一张狭窄、两间屋子的“盒式”房屋的照片，前门廊通向卧室再通向后厨房。我曾期待，从照片里，找到一座城市废弃地里的保留建筑。不过图珀洛是个繁忙的小镇，密西西比州最繁忙的商业场所，普莱斯利出生地周围的地区已经变成郊区，房子本身就像某个人在大树遮阴下的附属小屋（或“外屋”），周围都是草地。

前门廊上有一把双人座的摇摆椅，吊着固定在天花板的链条上。前屋是卧室。那新近刚被贴上有简单的花朵图案的墙纸；在一面墙上是诗歌《如果》的镶框印刷副本。

我问值班的女士，是否这首诗在普莱斯利的年代就已经在那里了——是说普莱斯利父亲的年代，据说是他找人建起这座房子。那是一个愚蠢的问题；这位女士没有回答。那位商人说过去糊在墙上的应该是报纸。

当然，这座房子已经被修葺得外观尽可能漂亮，有摇摆座椅和床架，还有厨房里某个时代的物品——像来自位于杰克逊的密西西比州农林博物馆里的某些东西，在那里仅仅若干年前的人工制品、家用器具，被郑重其事地展出，因为，尽管如此近，它们却是很多人曾分享并且现在已消失的一种特别的乡村往事的一部分。（在英格兰，二十世纪二十年代触手可及，就像昨天前的一天。在密西西比，二十世纪二十年代是很久以前，接近于万物的开端。）

在密西西比的博物馆里，正在展出的往事可以被当作一种宗教来感受，一种结合。在被美化的盒式小屋里也有那种感觉的某种东西。（然而想象人们住在那个狭窄的空间里：想象这压迫、混乱。）对于坐在摇摆座位上拍着照片的——稍稍发福的——人来说，正是这个男人出身的低微使他更加神圣。

房子的后面是一个门厅，那里卖卡片和纪念品，还有一九七七年普莱斯利死后那天印刷的孟菲斯报纸的拷贝；还有一座装有染色玻璃窗的新建小教堂。房子的旁边是一个公园。普莱斯利的钱产生了那种魔法。那就像人们听说的故事——这些故事总是很动人，许多种类的梦想的实现——属于医院里的护士和其他普莱斯利用一辆卡迪拉克作为礼物来让其惊喜的普通人。

在纪念品商店里，那位商人说："你听见了那个女人的口音吗？听。"他用他谈及普莱斯利的出身时的敬畏来说这些话。不过我的耳朵未曾做精细的本地调音。它们没有接收那位商人听到的东西。

那位商人的态度是历史性的。那具有差不多跟这个州一样久远的先例。甚至在一八三九年面对佐治亚州"松林地人"的范妮·肯布尔也被转移到愤怒和蔑视，一样不可言喻地排斥被她看作败类的她自己种族的人。人们认为范妮·肯布尔出身名门，讨厌不公正。但是作为来自一个非常重要的英国演艺世家的一名女演员，她也关注人的外貌。她厌恶奴隶制；但是她不关心美国种植园的黑人的外貌特征（她认为西印度黑人更好看）。有关松林地人的段落应该被全文引用。正是它的重复性捕捉了作者混乱的情绪和羞愧：

“这些是所谓的佐治亚州松林地人，我猜想是在地球表面上可以找到的声称盎格鲁－撒克逊血统的最下品的人种——肮脏、懒惰、无知、残忍、自以为是、身无分文的野蛮人，没有一个被发现偶尔跟野蛮天性的恶习联系在一起的更高贵的特质。他们没有奴隶，因为他们几乎无一例外地一贫如洗；他们不会工作，因为如他们所想那会放低他们到被他们痛恨的黑人的同等地位；他们闲坐、偷窃、挨饿，在这所有文明社会中最低等的郊野，他们的面容也为他们环境的悲惨和他们天性的彻底堕落做证。至于奴隶制的罪恶，尽管它们没有有益的部分或份额在其中，它们是极端的附属，因为那是在他们深陷于不可言喻的堕落的基础上区分黑人和白人种族的界线，但是很自豪于仍旧使他们区别于被鞭子驱使的土地耕作者的基本自由。”

佐治亚在一七三三年作为给自由人的殖民地而建立。但是不到十六年时间，奴隶主已经把那改变；像松林地人那样从其他州迁徙来的穷苦白人社区被创建。在西印度奴隶殖民地里没有类似规模的穷苦白人群体。基本上那里只有种植园主和奴隶。以至于在解放之后，这些岛事实上变成黑色；并且没有红脖佬，在这些岛上没有重建后的“美国南方”风格的历史。在新大陆以及其他大陆上其他新地点的移民过程中，不仅对于当地人口而且对被输送的人都有重大的暴行。在任何群体可以被追究责任的很久以后，后世的几代人作为旧历史的受害者或继承者继续存在。

我开始收获一些有关在图珀洛的普莱斯利膜拜的新感受：人民之子的出生地，人民的圣人，弄得更漂亮和相称一点儿，一个圣地。而我也部分地做好准备，为后来去位于密西西比州牛津的南方文化研究中心时，在查尔斯·威尔逊的非正式收藏品中所看到的东西做好准备。

最醒目的物品是一张海报，在左下角展示穿着肥底紧身裤的普莱斯利正在弹吉他，有一条楼梯向上引向天空中的他母亲和格雷斯兰——普莱斯利在孟菲斯的家。红脖佬成就感——从一种层面上是社会的悲哀；在另一层面，宗教艺术的一种，带有基督教的借用：中心人物的受福，带着他所有的性征，格雷斯兰就像中世纪世界末日绘画中新耶路撒冷的一个版本。

在孟菲斯的郊区是格雷斯兰。公路指向标记宣告了这个地名。一条公用道路将房子和庭院与格雷斯兰停车场、售票厅和两架普莱斯利的飞机现在停放的地方隔开：高贵的象征。

房子和庭院的参观是被组织的。参观者不可以四处走动；他们必须从售票厅坐专用观光大巴。我去的下午，观光在一个半小时前已经被预订完。所以我没有看房子，不得不满足于随处可见的电视机的故事、源自拉斯维加斯酒店房间的装饰、一个快乐和趣味很简单的人的挥霍无度，他不知道怎样花掉他挣来的钱，并且当认为亏欠自己更多的他展望比他最喜欢的简单事物更远的地方时，遇到了难题。

在繁忙的售票厅里很容易——扬声器里播放着普莱斯利的歌，令人不安地活泼：圣人的不朽——感觉到魅力、嗓音的魔力及其曾带来的不可思议的财富。这财富，以它为人所熟知的被消费的方式消费：单纯被放大，然后再被放大，就像给每个人的财富，给已经把成就感和富有的荣耀转移到个人脂肪且把脂肪当作个人财产的人——按照一种类似普莱斯利方式的消费原则行事，不过限制它在可以被他们获得的东西之内，快餐食品他们发现是永恒诱人的，丰富并且在容易触及的范围之内，就像吗哪[1]（Manna）的现实生活版本或者在古典传说里的某种东西的现代版本——中所有的胖人。

自从查尔斯顿酒店起（尤其是在亚特兰大酒店里的忙碌商务人士之后），我已经见识了非常胖的人，已经（像生面团一样）上升到过度肥胖的特殊领域。不是一个或两个；他们几乎是一个类别。查尔斯顿是一个度假城市。他们出现在那里，在酒店里，穿着在他们身上被两倍和三倍夸大的鲜亮节日服装；他们还令人意想不到地成双成对出现。有时候，至少有四个这样的一对出现在酒店里——肥硕、把走廊阻塞并且（无疑是数量起的作用）不无侵略性。

在那之后，我曾在其他地方注意到他们。不过正是坎贝尔第一个对我说起有关红脖女人的肥胖，使它显得是一种区域性或群体性特征。有时候看见他们是一种快乐和刺激，可以看见每个身躯组织或安排它的多余磅数的独特方式：一块垂肉在这里，一个肉疙瘩在那里，一大块肉在那里，一大卷肉在那里。那或许看上去像一种自杀行为；但是我也开始想知道——在格雷斯兰的售票厅里，在所有那些骄傲和兴奋的人们中间——是否对于这些边境人民和松林地人的后代们，在他们的肥胖中没有某种固执己见的简单元素。

这种对歌手的崇拜怎样被理解呢？这些人有政治领袖；他们有体育、电影明星；他们有好些崇拜对象。但是这些崇拜对象都是从远处被观察；这位歌手是一个跟他的倾慕者一样的人。他是一个他的倾慕者们感觉他们可以经历过的人：歌手替他们经历，为了他们的利益。

在殖民时代的英属西印度群岛，在奴隶制废止后有大约一百年，黑人没有崇拜对象。他们很晚才开始有崇拜对象，而这些崇拜对象是运动员，主要是板球队员。没有其他类型的崇拜对象在那种受限制的社会里

① 《圣经》故事里的一种天降食物。吗哪是在古代以色列人出埃及时，在40年的旷野生活中，上帝赐给他们的神奇食物。

是可能的。但是接着，当临近殖民时期的尾声，一种政治生活得以发展时，西印度黑人需要领袖，在很多情况下是工会成员，他们接着成为政治领袖，并且后来在独立时成为总理。对于这些属于他们自己的早期领袖们，西印度黑人有的不只是敬仰。他们希望这些领袖代表他们，并且不只是通过议会的途径。他们希望他们的领袖（出道跟其他每个人一样贫穷）变得富有（通过无论何种方式）、强大和光荣。黑人领袖的荣光成为他人民的荣光。领袖为了他的人民活着（或者纵情欢乐）；而人民经受他们领袖所经受的。平常的道德和理解的观念并不适用。一位领袖不需要是谦逊和正确的；那些是另一世界的美德。一位领袖作为一名黑人被赋予一种责任：为了所有黑人的利益，变得崇高，高于生命。这种对领袖的观念——已导致在西印度群岛那样的浩劫——近来已经有所转变，不过它依旧在那里存在。

某种像这样的黑人政治崇拜的东西似乎在背后支撑着对普莱斯利的膜拜。那有点儿奇怪——对于我——音乐应该带有如此多一个人的情感需要。当在田纳西州纳什维尔我去一场“大奥普里”的演出时，长期上演的乡村音乐广播节目，我感觉跟我所见证的东西相当疏离。那就像一次部落仪式；或许用的都是一门外语。

有多少才华在那里被展示？但是才华在这样的环境里有关系吗？那对于仅仅展示他们自己给听众而出名和深受喜爱来说是足够的。礼堂是满的；过道里满是带着相机的人。一些表演者的牛仔帽和工作服提供了线索：乡村音乐创造了一个社区，并且是一个社区的表达。

纳什维尔是乡村音乐产业的中心。那是一个产业，不过音乐地区的街道满是假日装扮的观光客。

一位某天驱车送我回酒店的黑人长者说起观光客：“他们都是白人。你看见了吗？黑人讨厌乡村音乐。那对于他们是红脖佬的音乐。那象征着压迫他们的全部和他们厌恨的全部。”

我问是否普莱斯利有对黑人的那种态度。

这位长者说："跟普莱斯利谈论黑人就像跟阿道夫·希特勒谈论犹太人。你知道他说的什么？'我想从黑人那里得到的全部就是让他们买我的唱片和擦我的皮鞋。'那是在唱片里的。"

当我向艾伦·雷诺兹，一位制作人，提起这个时，他说："噢不！噢不！"

艾伦来自阿肯色州。他四十九岁，我感觉他或许有点儿厌倦了为南方对种族指控进行辩护。

他说："我在孟菲斯的浸礼会医院，埃尔维斯也在那里。或许不是作为一个病人——他妻子可能在那里。我处在一群靠近电梯的人中间。两名黑人护士以一种着迷的状态从边上快速走过。她们在说：'他在这里，他在这里。'捧着她们的心，飞奔去看埃尔维斯。我讲这个故事是因为那使我质疑黑人讨厌埃尔维斯的理论。"

艾伦在孟菲斯受教育。他爱这座城市，"在音乐上和其他方面"，直到一九六八年马丁·路德·金遇害。那次谋杀破坏了与黑人音乐家和其他黑人的关系。没有什么可以说的，只有谋杀在那里，一条界线和一个困境，一种沉默的根源。（我自己在孟菲斯的时间里，也察觉那里的事情中的敌意，黑人城市是广阔的难以恢复的荒芜，而被包围的白人住在东面很远的地方。）

艾伦在孟菲斯的音乐业务中仍旧有朋友。"他们中的一个是山姆·菲利普斯，一位独立的标签创造者。他有几分像我的偶像。他的成就仍旧给我深刻印象。他在二十世纪五十年代末做普莱斯利。他在密西西比州或路易斯安那州长大。在他还是男孩时对他产生重要影响的是黑人音乐。在孟菲斯我们有这种音乐的混合。山姆热爱黑人音乐，他正在有意识地寻找具有黑人"——他搜寻这个词——"态度的白人。黑人的能量。"

我问艾伦乡村音乐对他意味着什么。

“我的成长非常贴近乡村音乐，我不能找到任何可以定义乡村音乐的人。不过对于我，那是真正的人民音乐，在歌词上和旋律上。而且那直接来自日常生活。

“我祖父母每个星期天晚上都听‘大奥普里’。我祖母是十四个孩子中的一个。有个名叫小吉米·迪肯斯的小伙会唱一首名叫《在床脚睡觉》的歌。我祖母会说，‘就是那个样子’。当人们来做客时，不会有搞一张新床的问题。成年人会并排睡在一起，孩子们会被放在床脚。处在最佳状态的乡村音乐来自每日生活的情感。”

在乡村音乐里，音乐本身并不重要。有关系的东西是歌词。不过歌词都很少也简单，并且主题是那么程式化。判断一首歌的质量很难吗？一个人能被垃圾欺骗吗？

艾伦说：“我可以迅速辨别。例如，我现在正忙于一位名叫凯西·玛蒂雅[①]的歌手的一张专辑。她是位新歌手；这只是她第四张专辑。这项业务运作的方式是，有一些出版公司以及把进入办公室写歌作为他们日常工作的作者。我不认为那一直是一个非常令人满意的体系。它的结果是大量贺卡类的东西。当我宣布我们正在寻找凯西的这张专辑的素材时，我得到了来自出版商和作者的数量巨大的歌——差不多全部都是不被接受的。”

那解释了我在前门上看见的打印通知，要求人们就把卡带通过邮件投递口扔进来，不要进门并且交谈。

“我每周必须听一个购物袋的卡带。纳什维尔就像大批追梦者的麦加。不过与此同时，我保持与出版商和作者的会面，因为我正在寻找素

①凯西·玛蒂雅（Kathy Mattea，1959－ ），美国乡村音乐和蓝草音乐表演者，20 世纪 80 年代至 90 年代曾多次获得乡村音乐和格莱美奖。下文提到的《十八个轮子和一打玫瑰》是她最出名的歌曲之一，曾获得 1988 年乡村音乐学院奖和乡村音乐协会奖年度单曲。

材，真正的战斗是找到真正的歌。所以前门上的标记只是部分有效。”

“你正在寻找一首歌，还是一位作者？”

“两者都是。我永远在寻找真正的作者。我们有一些非常出色的。我知道的那些人中的大多数有着简单的背景，农村背景。那并不意味着他们没有受过教育。他们来自全国各地。不过他们普遍来自只有部分城市化的背景。他们与小城镇及其人民有很强的结合。”

我想起了其他形式的程式化写作——复辟时期的喜剧，P. G. 伍德豪斯[①]的上流社会幻想——在那里这种形式的富于机智的操控就可以足够成为艺术。

艾伦说：“我认识来自这个国家另一端的某个人。这个人写了品种繁多的音乐。他已经凭借一些我知道绝对有想象力而且是基于这个人所具有的对程式化元素的感觉的作品而在乡村音乐中取得一些成功。然而这些作品中的一些是非常好的。”

“不过你会说最佳作品中的一些来自于真实的认识。”

“还有创意。”

“那还有可能吗？”

“是的。但是这个行业并不鼓励创意很多。至于其他写作，有百分之十是原创的，很多都是很快地来了又去。”

我们前去听了一些为了凯西·玛蒂雅的新专辑而被送来的磁带。在试听室里，确实有他曾谈到的购物袋。

艾伦说：“在大部分这些磁带中我关注的第一件事情是它们中的创意是如此之少。甚至标题都可以是相同的。好些歌是关于爱火，爱的火

①佩勒姆·G. 伍德豪斯爵士（Sir Pelham Grenville Wodehouse，1881 – 1975），英国幽默小说家，伍德豪斯作品的主要背景是一战前英国的上流社会，这和他的个人经历有关，他生长于斯，在这里接受教育，并开始早期的写作生涯。他最负盛名的作品包括《无事忙俱乐部》系列和《布兰丁斯城堡》系列小说及短篇小说等。

焰。很多标题像那样。不可能被熄灭的爱火。”

我们听的这首歌是关于爱，伤感、泛化、没有把它附着到一种环境或一个人的具体细节。

艾伦说：“那是一种商业小曲。贺卡。三个作者从事于那首歌的创作，你可以分辨他们没有目标除了挣点儿钱。音乐也是。那是一种混合物。一点点流行，一点点乡村，一点点感伤。没有任何灵魂。那就只能回到购物袋里了。”

试听室的架子上也有磁带。架子顶上是瓷器的小丑像。

我们听了艾伦准备用在专辑里的歌中的一首。

“它的歌名叫《十八个轮子和一打玫瑰》。他——卡车司机——正在带一打玫瑰给她的回家最后一程上。现在他们正准备做大量修正的工作。那不是一首沉重的歌。我被它的幽默打动。在乡村音乐中有一些歌是跟货车运输业相关的。很多乡村音乐的听众也与汽车和卡车有关系。”

我拿起分离的几行歌词，看见在它们中某些数字的运用：“十八个轮子和一打玫瑰”；“整晚的广播里又几首歌”；“他四天行程里另外的十英里”。

艾伦说：“十八个轮子。每个人都知道那是一个大型道路装备。”

他演奏了他已经选中的另一首歌。它的歌名叫《为时已晚》。

他说：“那是反省的，悲伤的。涉及失去的感情，失去的爱。”他引用了一行：“‘你不知道那是个好东西直到它从你指缝间溜走。’”

我们还听到：

现在我斟满威士忌，敲碎冰块，
翘起我的脚，闭上我的眼，
努力去听我的心会说什么，
试图找到带我回到旧时的韵律，

在这里跟你在一起，为时已晚。

艾伦说："我爱那首歌，因为气氛和意象引发我的共鸣。旋律本身也吸引人，我听着很美。"

我们谈论他对音乐的发现。

"在我生命中，在房子里有乐器并且为你自己和你朋友的娱乐而做音乐曾是一件自然的事情。当我还是孩子——在阿肯色州——邻居们晚上会带着吉他、小提琴、口琴、曼陀林过来，他们会坐着唱上几个小时。他们爱它。在我祖母的年代，夏天里他们会有老师从一个社区旅行到另一个社区。他们会有歌唱学校，儿童和成人每天会去学习演唱与和声。在那一周的最后，他们会有他们所谓的'大型全天欢唱'。

"在南方，教堂吸引力的一部分是音乐。他们享受的正是音乐、歌唱与和声。对白人和黑人来说，教堂和福音音乐的影响在世俗音乐中对我是显而易见的。一些埃尔维斯最喜爱演唱的歌是给教堂的。他体现了世俗和福音、白人和黑人的相互关系。"

凯西·玛蒂雅，她的新专辑艾伦正在制作，属于乡村音乐中艾伦所谓的"民间一方"。还有另一方。"我们最伟大的歌手和作曲者之一是洛雷塔·林恩①，她是真正朴实的作曲者之一，一个传奇。她的音乐更多跟酒馆和家庭风暴相关。她在有满满一屋子小孩时才开始演唱。那是在她身上某种自然的东西的表现——一种娱乐她自己、表达她自己的自然方式。而且她很穷。她所有的全部是一台收音机和一把吉他。艰难的生活，贫困的生活。"

尽管歌手们大部分是修道者——宗教信仰是美国南方人民的一个自然部分——尽管同样修道的听众希望他们的歌手表现家庭价值观，与此

①洛雷塔·林恩（Loretta Lynn，1932－ ），乡村音乐传奇人物，在肯塔基州农村长大，20 世纪 60 年代初名列第一批成功的乡村音乐女歌手。

同时却有一种相反的潮流。艾伦说："听众看见歌手正在与他们自己的恶魔斗争。并且他们认同这种斗争。"这使得听众仁慈、包容和忠诚，提供了一种受难剧的元素给某些表演者的生活和歌曲。

在纳什维尔最繁华区域之一的威斯敏斯特教堂里的长老会牧师K. C. 托米牧师说起乡村音乐："那是白人灵魂音乐。可以跟十九世纪音乐为奴隶所扮演的角色相提并论。那在受压迫的人中间创建社区。我喜欢它。我听它，因为在歌词里我听见作为一个有过体验的穷苦白人对生活中受压迫方面的抗争。"有关一些歌手公开的宗教信仰，他说："他们以一种特殊的方式修道。宗教对他们来说是一种共享的情感体验而不是共享的教义。"

有时候情感可以是过度的。当我在纳什维尔的时候，那里出版了一本叫《阳光和阴影》的书，一个名为简·霍华德的"大奥普里"歌手的自传。她打算开始一次十六座城市的巡回推广，纳什维尔报纸《田纳西人》的艺术和休闲板块刊登了一篇她的书的评论：

"在密苏里农村令人绝望的贫困中出生的十一个孩子中的一个，她在八岁时被她父亲的朋友强奸。十五岁她结婚了。她在四年里生了三个儿子，接着成为最终在精神崩溃中病倒的受虐待的妻子。

"当她丈夫试图杀死她，她带着口袋里的十美元、拖着她的儿子们逃走。她叩响陌生人的门，乞求庇护。她的第二任丈夫，一名空军中士，被发现是重婚者。她跟他生的两个孩子都死了。"

在此之后，她的运气暂时转变。她在加利福尼亚遇见一位歌曲作家，嫁给他，搬到纳什维尔，成为一个明星。接着婚姻结束了，乱糟糟的。

"当她从痛苦的离婚中恢复过来时，她的大儿子吉米在越南被害。不久以后，演员/歌手儿子戴维参与了一起毒品引发的自杀行为……"

很难相信任何人可以经受住所有那些并且出来歌唱。不过她出现在了“大奥普里”的舞台上，一个纤弱、苗条的身形，精心打扮，面带微笑，尽管她可怕的故事在那份晨报中占据很多的空间。奥普里的听众，带着他们的相机从走道跑上舞台，拍下她的照片，期待她继续、祝福她安好。

“乡土气息的音乐，哭喊的音乐”——那就是坎贝尔曾描述它的。不过那只是开始。白人灵魂音乐；歌手作为明星和受害者，在两个角色中代表着社区；在简单的音乐内外，通过对古代苏格兰和爱尔兰的里尔舞和吉格舞的仿效，有一种忧郁和失落的情绪，被流放的人依稀记得的忧郁，或许只是具有一种社群意识的“古老、不悦、遥远的事情和很久以前的战斗”。与此不可分割的是基要主义边境宗教信仰，那为这些人保留了一种完整的已创世界和一个完整的神性约束准则的概念。

简·霍华德告诉《田纳西人》报有关写作她自传的困难。“再体验一些糟糕的部分是可怕的。有时候我坐在打字机前，发现自己剧烈地摇晃，事实上我不可能触动键盘。否则我会哭。有时候我事实上会祈求得到那样做的力量。”

音乐和社区，还有眼泪和信念：通过乡村音乐，我感觉我已经被带入对整个特色文化的理解，某种我从不曾幻想在美国存在的东西。

我酒店房间里的杂志，混合着它的隐喻，说纳什维尔是“圣经地带的搭扣”。教堂占据黄页目录里的十二页。《田纳西人》报有一名“宗教新闻”编辑，每周有一页“宗教新闻”，上面有许多给教堂的广告（尤其是基督会教堂），一些有外表时髦的牧师或传教士的照片。大多数在纳什维尔的新教徒属于基要主义边境信仰；主要的教派是南方浸礼派。

更经典的教会，长老会和圣公会，从一定的社会距离观望这种浸礼派优势，没有敌意或竞争。

汤姆·沃德博士，基督教堂的圣公会牧师，说有时候到他的教堂来的南方浸礼派教友发现那太安静了：“‘你们都不讲道。’浸礼派的特质是传讲的话语。那是在南方的基督教会的特质。布道意味着激动的宣讲而不是英国教会的博学论述——传讲话语并计算被拯救灵魂的数量。但是我不得不说这个。说‘我是一名南方浸礼派教友’，是说‘我是南方人’的另一种方式。我的意思是那就是特质，宗教上的。被埋葬在他们心灵深处的是对地狱之火和诅咒的恐惧。我父亲一九三一年被驱逐出密西西比州默里迪恩[①]（Meridian）的联合卫理公会教堂，当时他十七岁，因为他去跳舞。那就是卫理公会教堂。许多三K党的宣传材料是基督教的。复兴主义——为什么？重新点燃心灵。什么心灵？坏的一步；坏的许多步；然后你接受了三K。”

威斯敏斯特的长老会牧师，K. C. 托米，赞成南方浸礼会身份在某种程度上是南方身份。“那非常准确。你瞧，一名南方浸礼会教友把自己区别于一名美国浸礼会教友。美国浸礼会教友的思想要开明得多；他们不那么死板。我会补充一下有关南方浸礼会教友的情况：那与共享经律主义有关；与品行有关。例如，要成为南方浸礼会教友就要成为禁酒主义者。品行、跳舞、喝酒——包含生活的全部。”

我问他有关复兴主义的情况。

“复兴主义者的思维定式是‘回到神那里’。你经常听到这些词被使用。”

“‘回到’？”

“‘失去’是他们用的词。他们通过那个表达的意思是‘该死’。因此他们需要复活。”

在纳什维尔的第二大教派是基督会。那也是基要主义的，起初同样是边境信仰。那以一次从长老会的脱离作为开始（K. C. 托米告诉我）；

①美国密西西比州中东部城市。位于杰克逊以东154公里，靠近亚拉巴马州界。

并且在某些方式里，它力求比浸礼派更加纯正。

“他们已经发展成为一种相信他们是唯一真正的基督教派的宗派或教派。浸礼派教友不会那样说。但是基督会的人会说，‘你不是一个基督徒。你必须进入基督会，因为那是唯一真正的教会。’”

在纳什维尔有比其他任何城市都多的基督会教堂。詹姆斯·范迪维尔牧师，他属于这个教会，告诉我为什么。

“中南部处在一个中枢点上。它是如此接近美国开端的地方。人们从沿海地区来到这里，接着他们从这里迁徙到得克萨斯、俄克拉荷马和大草原地区——而且在所有这些地区你会发现基督会可数的力量。从一个文化和社会经济观点上来看，这个地区的人具有共同的价值体系并且基本上是农业经济。基本上，那种定位的人群具有更多一点儿的宗教倾向。”

范迪维尔牧师给了我很多他的时间。他乐于谈论他的教会并渴望有助于我的探究。我发现他绝对公平。我想要会见某个来自这个教会却逐渐对其产生怀疑的人。他答应给安排，并且他做到了。后来他甚至让我接触了某个已经脱离这个教会的人。

他是哈佩特丘陵基督会的牧师，离纳什维尔城南有一段距离。当他在电话里给我指引方向时，他把他的教堂称作一个“设施”。当我来到某条大马路或环形路时我要向左转；向前一百码处我会看见这座“设施”。我喜欢这个词。我一九八三年在格林纳达以一种类似的方式初次听到它被使用，当时正是美国入侵：在一次早晨吹风会上，军队新闻发布官曾把为俘虏准备的临时铁丝网围地指为“设施”。

位于哈佩特丘陵的基督会设施用干净的红砖砌成：一座繁荣社区里的繁荣教堂。范迪维尔牧师也许四十多岁，体格强壮，戴着眼镜。他请求我称呼他詹姆斯或吉姆。

“那种随意适合我也适合我们的宗教体系。我们尝试了每种可能的方式来消除教士和凡人之间的差别。”

音乐在办公室里演奏。

吉姆说：“一个轻音乐电台。在我这个下午做一些工作的同时我打开它。更年轻的一代会叫它电梯音乐。”他笑了笑。

他穿着衬衣，但是却打着领带。他坐在靠着隔板墙的三人靠背长椅上。他头上是一幅一棵乔木的画；靠背长椅的一侧是一株无花果树。有一整面墙都是书架。

吉姆说：“让我用一种历史上最简单的方式解释基督会。我们在宗教信仰中追求两件事。一件是接受《圣经》作为我们唯一的信仰和实践准则。我们相信《圣经》的绝对正确。”另一件教会正在努力做的事情是回到最初期的基督教信仰。“在基督教初创的三个世纪之内，罗马天主教教义是占优势的，直到路德、加尔文以及伟大的宗教改革者们，这些人说：‘让我们把《圣经》赠予平民，并且改革罗马教会。让我们戒除陋习，由那个演化而来的堕落。’

“总有一种路线是回顾《圣经》并且说，‘让我们重复’。十九世纪早期在这里，凭借向西的扩张，那里出现了这些边境人——和海边的人一样——并且我认为边境精神与此有很大关系。这些人代表了新教教义的一种广泛主流，尤其是卫理公会、浸礼会。基督会代表对新教教义的丢弃，也并不代表对罗马的回归，而是回到信仰的最初，一路回到五旬节[1]，基督教文化最初的《圣经》注明日期。

“那是边境精神。‘我们眼下在边境上。让我们搁置差别。让我们在基督里成为兄弟。’我并非试图变得忸怩作态，但是我认为我作为一名成员的这个教会是在公元三十年建立的。我正在说这里的复古运动是在

①也称圣灵降临节，是基督教节日，为纪念耶稣复活后差遣圣灵降临而举行的庆祝节日。据《圣经》说，耶稣在复活后第 50 天差遣“圣灵”降临；门徒领受圣灵，开始布道。据此，教会规定每年复活节后第 50 天为五旬节。

美国土地上的那种运动的历史追踪。”

“那是什么时候？”

“早至十九世纪中期。那是被我们称为美国重建的时期。”

“这种需要是什么，你认为？”

“每次伟大的宗教复兴都由对《圣经》的回归触发。”

“你们是如此接近于浸礼会。然而你却是如此与他们相对。”

“我们在很多事情里接近于浸礼会。《圣经》、三位一体、一座教堂、福音主义、对基督的个人转换。但是我们在其他事情里是不同的。我们唱歌没有音乐。我们每周领受圣餐。我们讲授洗礼对于拯救是必要的。浸礼会讲授洗礼只是作为进入教会的要求。而且我们是自治的；每座教堂是独立的。”

但是，如在纳什维尔的教会一般重要，那正在衰退中。符合边境人需要的教会不太适用于城市居民。吉姆明白这些困难；他有洞察力且直率。

“我们处在一个巨变的时代，那对我们是个真正的挑战。改变？从农业到商业和工业，从乡村到城市，从蓝领到白领，从下等到中上阶层。”

在《田纳西人》报里我曾读到由“宗教新闻编辑”写的一则新闻，六座纳什维尔基督会教堂正在考虑合并，“来克服高频率出现的高额费用……给教会资格加上旗号并且重新点燃对参加宗教社团和传教的热情”。这六座教堂总共的成员是一千两百人：六座小教堂，属于早期更加乡村的时代。

亨利来到吉姆的办公室。原先安排是那样的：吉姆和我会单独谈一会儿，接着亨利加入我们。亨利二十六岁。他中等个子，头发整齐地梳到后面，穿着白色牛仔裤和一件蓝色短袖马球衫。他一生都是一名学生，尽管他的博士攻读处在无结果的暂停状态，他仍旧有学术志向。他刚刚代表教会去了乌干达，为传教工作仔细考察那个国家。目前，为了钱，他正在从事木匠的职业，刚靠他的一小时八美元达到收支平衡。

我问他怎样考虑教会在乌干达的机会。

他说："非常好。不过形势可能正在发展成为等待另一次政变的时机成熟。"（然而，在几分钟之内，他准备使我理解他有关非洲和传教工作的理解也不是太肯定。）

在乌干达东南部，他曾见过可怕的事情。他曾看见数百人被绑在一起，坐成几圈。那给他留下深刻印象，但他似乎不知道如何用知识和经验来应付。

我想要了解有关他信仰发展的情况——这个穿着牛仔裤和马球衫的年轻人。他曾有过某种类型的心灵启示吗？他曾做过信仰告白吗？我曾听说那是必要的。

他说："有一个漏洞。一个讽刺。我父母都是信仰的支柱。在父亲、母亲和孩子之间有牢固的亲密关系。但是——也就是这要说的——我知道为了基督里的拯救必要的步骤是什么。早在五或六岁时，我就知道那些步骤是什么。那在任何方面都没什么不寻常的。"

"那就像部分你的身份。"

"当然。我在八岁时追随那些信仰的步骤。我被施洗礼，完整覆盖于水中，在八岁的年纪。但是，回到你有关心灵体验的问题，回答是，坦白说，没有。在回想中，我怀疑是否在八岁时的那些行动意味着任何东西。"他突然停下来然后说，"在那一刻我处在旋风里。我已经经历了一次与家庭的分裂。"

我很吃惊。吉姆曾许诺安排与某个有怀疑的人的一次会面，不过我原本期待在另一天与那个人相会。

吉姆说："作为一名导师，首先让我说我认为亨利是典型的一个在宗教环境里成长并在其中做出一次信仰告白的人。"

亨利说："作为一名博士生，我已经开始怀疑客观性——理性过程——基督会——”

从一开始我已注意到他怎样限定他的言语。现在他看来有困难于完成一连串的思考：很多新东西正在闯入最初的想法。

他说：“我感觉被迫抛出这个。我的非洲经历强化我曾有的一种怀疑，可能有某种有差错的东西——我想说的东西是——一种西方人的思维过程或思维形式——我相信我可以把这个扩大，不仅包括基督会还有其他保守的新教教会——我们理性的滥用——西方思维——保守的福音派——”

我注意到他正系着一条伊夫·圣·洛朗品牌的皮带。

吉姆说：“我看见你朝大量概念的缩减而去。”

“我到了非洲，我对传教士们曾做的事情感到厌恶。他们不向非洲人讲授一世纪的基督教，而是讲授一种西方的、白人的基督教。真糟糕——很多年轻的非洲牧师不会认为自己是用最适当的方式履行他们的牧师职责，除非，比方说，穿着一件运动上衣打着领带，完全不是非洲的某种东西。”

那似乎构成了一个整体：基督会的观念融合对殖民模仿的拒绝。

亨利还在沿着那条线前进。“基督教脱胎于一种东方框架——”

一个未表达的想法向我袭来：一种给蛮荒西部的东方宗教？是否早期基督会真的像那样呈现给它的追随者？抑或宗教的东方性是一个更加近代的概念？

“而且我们需要知道何时将基督教真谛与西方文化包袱分开。”

那构成了整体，不过亨利接着说：“从谁将去往天堂的角度上看，我父母的心态是非常排他的。那就像说谁是真正的——冠以一个大写字母‘R’——基督徒一样基本。真正的不安在我去念大学时开始。他们对此完全不开心。我曾经对教会知识的部分主体提出质疑。这个观念似乎是那样的，如果我不具有跟我父母相同的一套信仰，我就是在拒绝正确的信仰。”他唐突地说，“我感觉对正要发生的事情如此麻木。”

他说完松了一口气，仿佛欣然放弃与如此多新的和不相干的概念玩花样。

吉姆说：“那是对保守教会质疑的人的典型。”

我说：“某些人告诉我，我应该好好研究南方教会。因为在十五年里那都将发生改变。”

吉姆说：“我赞成。”

亨利说：“我赞成。”他补充道，“基督教这一整套正在烦扰着我。要点是，吉姆，那就是正理智地存在于我脑海里的东西。但是从情感上，我对这种成员关系有非常强烈的依附。”

一次非洲的经历，受部落内战的震惊，对传教活动的新视野，引向了更广泛的质问：曾经是一个完整、清白、封闭的世界的完整、令人满意的信仰的东西再也不能回答。而他“处在一阵旋风里”。

不过本是平静的，我在另一个下午在吉姆办公室遇到的人。他来自一个基督会家庭。他两边的祖辈都属于教会，他父亲是一名专业人士。本十八岁。他不是来自乡村；他出生在纳什维尔，不过他的信仰是纯粹的。他在十六岁时第一次讲道。

他说：“教会的青年领袖鼓励我们去了解神——”

我问有关这位青年领袖的情况。

吉姆说：“他是全日制的普通员工。”

本说：“这位青年领袖鼓励我们去了解神并与别人分享他。他试图慢慢向我们灌输一种将会散播的热情。于是自然地，当我对神的了解增长，我想要分享。”

“有没有某些你被要求去做的仪式？”

“在礼拜和在教堂里我们会上课，还会互相学习和互相作用。不过接着在教堂外，我们会去一起做事情——在某人的房子里有一次宗教集会并且一起吃饭。再接着，就跟你分享信仰的人在一起，你会得到提升。大多时间里我们会谈论在我们生命里会发生什么。如果你不能与你父母友好相处，比方说，我们会坐下来就此谈一谈——即当作一个私人问题也是一个普遍问题或主题。”

吉姆对本说：“一节互相帮助的课。”然后对我说：“青少年面对的大量来自同辈的压力。我们相信基督徒生活在真实世界里并且不应该从真实世界里撤出。”

本说：“偶尔我们会——我们三十或四十人——出城到一个营地，在那里我们会摆脱很多干扰，电影和广播，外部影响，在那里我们会全部在一起并分解成四或五人的小组。在较小的群体里，你总是可以获得更多私人性。相比于三十人的群体，在较小的群体里更容易相互分享。”

我说：“就像早期的基督徒走进沙漠。”

吉姆说：“那是可比的。”

本说：“那种我们精神生活的再创造——那是跟早期基督徒的比较仍然有效的地方。”

“那些露营是多长时间的？”

“周五下午，整个周六，和大部分周日。一个周末。”

“欢乐？或庄重？”

“不是庄重，”本说，“有意义。”

“喜悦的场合？”

“喜悦。对我们正在改造和成长的内心喜悦。当我们离开时，我们知道我们一直是更坚强的人，更靠近神，并且更靠近我们周围的人还有我们自己。那就是整个周末的意义。”

“你曾参加了几个周末？”

“我参加了八次。”

吉姆说：“一年两次。”

我问他有关他对神的了解，以及那如何而来。

“哦，不神奇。不是发生在上周三或上周四的事情。而是一整天我都有他存在的持久感觉，并且我知道他是跟我在一起。那确实是在最近几年当我开始探求《圣经》时发展的。我们被鼓励来探求《圣经》。你不是必需的。那是一个个人决定。”

“现在，未来是怎么样的？”

“我希望成为一名律师。我认为那适合手拉手。我们拥有的宗教类型是人的宗教。就像范迪维尔先生可以从讲道坛成为一种影响力，就像我作为一名律师可以容易地成为我社区里的光源，并且让人们把我看作仁慈的、品行端正的个体。”

“但是基督会的兄弟会正在缩减。”

“数字上我们可能减少了。但是会半途而废的人都是那些不论以何种方式都会对他们的信仰不认真的人。”

亨利，在所有他的混乱中，曾说起——并且吉姆·范迪维尔曾为我指明它——他对教会内的同伴关系有情感依附。而本热爱手足情谊的想法。不过梅尔文，他四十岁出头，并在过去的五年里渐渐与基督会疏远，当我提及同伴关系时，他做了一个苦脸。

他说：“不，不。同伴关系会激怒我。我从不欣赏同伴关系，永不。”

事实上，很难看到某个如此优雅和有修养的人，贬低他的职业和他在那个职业里的技能——很难看到某个带有那些礼仪的人从本所描绘的这种周末里汲取养分。

他说：“那真无聊。”

随即，如此简单的反对显得无法反驳。不过梅尔文在他大部分的生命中都在教堂里。在那个爽快的词后面有很多学问。

“我认为那并不总是无聊的。回到七十五年前，我认为那原本是令人愉快的，一种娱乐形式，伙伴关系。现在我会赞同那是一种福音运动的外延。保持你介入，保持数量上升。

“南方几乎完全是农业的。帐篷复兴大会是提供给差不多整个社区在一个地方聚会的一次机会——主日仪式也是。你会发现复兴大会直到十年前都在基督会的成长中起了非常大的作用，它们是你可以有的最无聊、无趣的经历。”

我说：“美国是一种娱乐文明。”

“赞成。他们在打一场失败的战斗。而那是一个非常大的因素，娱乐文明。大多数参加这些大型福音活动的人是年轻人。最终他们不会回去。他们变得厌倦。那是不幸的。教会不应该尝试提供娱乐。当他们尝试时那是无聊的。那不会在感情上或智力上刺激你。所有你必须做的就是打开你的电视机接受娱乐。”

“我认为我可以轻松地捍卫这个观点。整个美国福音运动是基于这些演出、这些马戏。现在最好的例子是奥洛尔·罗伯茨[①]。那些日子已经过去。现在有电影、电视和旅行。不过假使你在过去日子里所做的全部就是坐在你的农场里，那提供了在你生活里的一次间歇。

“它会彻底死掉，这个教会。或者让我们说在二十五年里它不会如今天它存在的那样存在。如果它终究会存在，它必须回到它的教义。不，那是错的。我认为那可能从一开始就是个错误。为了保持它的活力，它必须提供一种救赎性质的答案。对此我的意思是那确实是它能做的全部。它只能够处理人们有关生活是什么的问题。它必须停止成为法官、供人娱乐者、聚会场所的尝试。在过去，它甚至是市政厅。你不会把你的问题带给律师。你前去教堂。基督会今天会告诉你，你不应该向任何人提

①奥洛尔·罗伯茨（Oral Roberts，1918－2009），美国卫理公会五旬节派电视福音传教士，他创办了奥洛尔·罗伯茨福音传道协会和奥洛尔·罗伯茨大学。

起诉讼，你应该把你的问题带到教堂并且允许教会来仲裁。在一个小型农业社区里这是一个非常有效的问题处理方式。非常有效。尽管成为法官和陪审团的教会强加于人们的道德负疚感上——他们因为民事犯罪而感觉被神责难。”

作为一名成长中的专业人员，他已经逐渐开始排斥他儿时文化的完整性。宗教，边境信仰，创造了这种完整性；现在那是一种对他来说没有也无妨的负担。在一个新的世界里，他希望宗教有它的位置，就像其他的一切。然而他知道他正在排斥他身份的一部分。

“基督会在协调传统价值观和基督教原则——通用的基督教原则——方面做的非常出色。结果是当一个人开始怀疑传统时，他不能够将他有关传统的疑问与他对基督教原则的信仰分离。那变得非常令人困惑。这种困惑有时候是难以承受的。我可以理解亨利为什么很难找到用于某些事物的言辞。那里有内疚和疏远，放弃你的传承的想法。我经历过很多内疚。内疚是最危险的。基督会有意在人群中慢慢灌输内疚感。那是终极审判性的。几乎有严阵以待的感觉，如果你攻击某些传统，那就是亵渎神明。我认为我应该告诉你我把自己看作一个精神主义者。事实上，我认为我现在比以前更具精神性。在字面意义上。”

在梅尔文心中，有某种类似忧伤的东西存在于跟他已知的南方的必要决裂中。

“南方正在失去它的身份，而那是一件可悲的事情。成为南方人是一种心理状态。我知道那是一件说起来老套的事情。那是一种在世界范围里观察你所在地方的方式，一个比许多其他地方更被界定的地方。你去过加利福尼亚吗？那是南方所不是的一切。关于此的一件奇怪事情是很多商业概念始于加利福尼亚。快餐、州际公路、服装款式。原因是有创造力的人在南方被压抑。他们从南方和别的地方移居到加利福尼亚。有创造力的人必须离开南方。在那种压抑感消失之前会经历非常长的时间。那将是我们这一代来打破这个环节。那不是某件我怀着骄傲而说的事情。也不羞愧。不是判断。我那样说纯粹作为事实。”

源自那个环节的打破，是否存在一种新型的知性生活、一种新型的力量的可能性？

梅尔文对此毫无概念。他回到他最初的论点。“这个环节为我们这一代人所打破是因为他们不想要无聊的对待。与自我反省的体验截然相反。‘我就是不需要这个’。教会真正地被正在发生的事情所迷惑。”

梅尔文说过的事情有来自另一位杰出人物的证实。这个人告诉我，他的邻居们，专业人士，成功人士，来自在那里他们都曾是浸礼会或基督会教友的小镇，现在全都是长老会教友。一个原因（正如托米牧师曾暗示）是长老会宗教信仰更为社会所接受。另一个原因是它更多宽厚、更少苛求、更少侵入或围绕。宗教信仰如今必须有它的区划，几乎就是它的社交场所。

边境已经停止存在，而它曾培育的宗教信仰正在开始缓慢消亡。在过去，在经常是接受很少教育的人们只需要宣告他们自己是牧师时，人们会看见他们自己反映在圣言的讲授者身上。这种朴素的质量就会使宗教信仰表现为一个社区的创造物，个人、亲密、不可侵犯。现在一定的距离被需要。

最成功的乡村音乐词曲作家之一是鲍勃·迈克迪尔[①]。美国南方是他的最佳主题：红脖佬庆祝活动，以中年男子曾经历并讲给他们的孩子们听的艰难岁月的背景为衬托。迈克迪尔最好的歌曲有民谣的感觉。

棉花在路边上，棉花在沟渠里。

①鲍勃·迈克迪尔（Bob McDill，1944－），美国词曲作者，在1967年至2000年间，他为乡村音乐歌手谱写了大量歌曲，其中有31首排行榜榜首歌曲。

我们都摘过棉花，但我们从未变得富有。

他在纳什维尔的音乐出版公司里有一间办公室，他有每个工作日都去他办公室写歌的名声。我就是去那里见的他。在他桌上是一本黄色画线便笺簿，上面看似是一首已完成的歌的铅笔清稿。在他办公桌上没有其他纸。但是有稀奇的装饰品：伦敦纪念品——一辆玩具双层巴士、一名卫兵、仪仗卫士团、一辆伦敦出租车。

他四十三岁，身材瘦高。他喜欢户外生活，外出打野鸭。（在这里那是绅士运动，正如坎贝尔所告诉我的；真正的红脖佬是肉食狩猎者。）他出生在东得克萨斯，从十五六岁起就开始写歌。他总是感兴趣于诗歌、音乐、吉他、鼓、班卓琴和钢琴。“并不是说我全部都演奏，或者说演奏得很好。”

他说他早期写的歌是自我放纵的。“我没有学会商业性地写歌直到我快三十岁的时候。”专业态度是必要的。词曲作者为歌手写歌，具有跟歌手的特殊联系。

他在一九六七年到了孟菲斯并且在那里待了一年。“在孟菲斯，我尝试给黑人艺术家、黑人歌手写歌。我作为一名作者在一家出版公司的人员名单上，同时在一间录音室作为一名助理录音技师工作。”那次写黑人歌曲的尝试没有成功。“假使我有足够的时间来学习黑人心态的话我本可以获得成功。我在我离开后开始学会它。你必须说某些歌手想要说并且可以产生共鸣的东西。当我搬到这里，那也是同样的事情。我必须学习这种心态。我学习这种亚文化，那并非我自己的。词汇表非常有限。你不得不学会用较少的词汇去做大事情。在黑人音乐和乡村音乐里都有，在乡村音乐里更是如此。”

那是如此特殊的一种艺术，写歌，与我自己的相隔如此遥远。我想要被带领进入其中，我请他谈论有关他与一首歌曾有的问题。

他选择《某些人总是说再见》。

火车站，午夜列车，
雨中孤单的机场，
某个人站在那里，泪水在他们眼中。
那是同样的旧场景，一次又一次。
那是所有人类都有的难题。
某些人总是说再见。

出租车在夜晚离开，
灰狗巴士拖着红色尾灯。
某个人离开而某个人被留下。

好吧，我不明白事情为什么会那样，
不过这些天你看的每个地方
某些人总是说再见。

拿我和你那样的两个人来说。
我们本可以走完这一程。我们只是放弃得太快。
噢，我们两个，我们本可以拥有一切，
只要我们曾经努力。

但是那就是爱的方式，看来是。
就在你得到真正的好东西时，
某些人总是说再见。

鲍勃·迈克迪尔说："过门——在前两个小节的映像之间，超然和个人的东西——那给了我很多难题。直到我产生了只有对话的想法。那使听者安心进入它。还有另一个难题——我仍旧没有确定两个人之间的位置，爱人和失去的那个人。我必须在四行之内把那完成。那现在看来如此明显。但是你知道这种明显要花费多久。我看出没有需要在两边的行为上做出判断。'某些人总是离开'。那听上去几乎就像那可能是她，这名歌手。但是，无论出于何种原因，她现在知道那是一件可怕的事情——他抛下了一件重要的东西。两句歌词的描绘，然后在七行歌词里你必须产生所有个人的东西。

"我也在音乐上对此有烦恼。两长段旋律完整地一遍，两遍。你需要鲜明对比——接着我产生了只重复 A 段旋律的后半部分的想法。"

当他开始谈论写歌时，他起身去看别的地方。

"有时候你以一种情绪为开始，有关某种东西的一种情感。有时候一个歌名，有时候一行歌词。不过接着最难的部分来了。你抓住那点小东西，那一点点想法，把那放大，再放大。那是艰难的部分。随后的难题是不要弄乱它。你的歌词很短，每个单词都需要计算。从最初的词开始你就要向着那个中心努力。

"你一行一行地写歌词。严肃的诗人不需要应付的我们必须处理的部分是音调，还有唱腔。你不能做复杂的东西和很难说出来的东西。那必须非常容易地说和唱。那必须是从歌手嘴里掉落出来。"

我请他给出一行必须校正的歌词的示例。他不能在他自己的作品里想到任何类似于此的东西。

"大脑里的计算机始终在排斥。它排斥一切笨拙、难唱的东西。"

到最后也没有定义一首歌为什么成为好歌的方式。那完全是感觉的事情。

"如果那感觉好，如果那对你有所触动，就是好的。"

即使再多疑问，即使再多解释，甚至来自某个跟鲍勃·迈克迪尔一样愿意交谈的人，可以把人带入魔法：表面上简单的冲动的唤醒和识别，但跟音乐放在一起，因合唱而变得丰富，似乎抓住内心和记忆里某个模糊位置。

妈妈说，不要走近那条河。
不要在老鲶鱼约翰那里徘徊。
但是在我总是在那里的早晨前来
在甜美的三角洲黎明，走在他的脚印里。

开始几乎什么都没有。但是接着映像和联想出现：妈妈、河流、鲶鱼、脚印、三角洲、黎明。

鲍勃·迈克迪尔说他曾不得不学习亚文化。不过南方映像和他最佳歌曲的歌词远不是大量乡村音乐的程式化主题。尽管他在一间办公室里以一种实事求是、日常的方式完成大多数写作——并且或许因为他以一种实事求是的方式交谈，因为神秘的事情难以被描述——那很可能是真的，当变换位置时，他以普鲁斯特说的严肃作家写作所凭借的自我的最私密部分写作。

他说他最好的歌是《像我这样的好老弟》。

当我还是小孩子，雷莫斯叔叔把我放在床上，
在我头上放一张斯通威尔·杰克逊的照片。
然后爸爸走进来，吻了他的小男子汉
呼吸中带着酒味，他手中还拿着一本《圣经》。
他谈论着荣誉和一些我应该了解的事情。
然后他走出门的时候踉跄了一下……

我想我们终将成就我们的梦想。

对于像我这样的好老弟，你还能做些什么？

那里的每个细节都被考虑到。他的目标，他说，是在几行歌词里尽他所能得到更多南方的东西。这首歌已经变得非常出名；许多与我对话的人都提到它；这首歌的语气替他们说话。“好老弟”（正如我在杰克逊从坎贝尔那里得知的）是一个红脖佬；但那也是一个更加普遍的词来指称老南方人，某个用旧风俗塑造的人。这首歌看似嘲讽，然后欢快。不过在那之下，是给南方的挽歌，旧历史和神话，旧社区，旧信仰。

南方浸礼会大会，大约两星期前在圣路易斯[①]（Saint Louis）召开，已经投票使自己——超过强劲的温和反对——进入一个极端基要主义的位置。浸礼会神学院将会净化不相信经律主义的人。主日学校的文献将要反映这种新的规范性。

汤姆·沃德牧师，基督圣公会教堂的牧师，说：“浸礼会信仰受到的威胁越多，它就变得越热诚。”托米牧师，长老会，认为新的举动代表了浸礼会热情的消极一面。他说：“他们在他们教派之内操纵政治进程来提名与他们分享经律主义观点的人到他们学校的董事会。”

威尔·坎贝尔牧师，比这两个人都参与更多，他愤愤不平。威尔·坎贝尔是当地一名著名的浸礼会牧师。他没有自己的教堂。他非正式地运作，从他就在纳什维尔外面的四十亩地农庄；这种非正式是他名声的一部分。尽管有梭罗样式的环境和他边境居民的风格，他曾受过正式的神学教育，包括在耶鲁大学神学院的三年。他现在六十岁出头。

他去过那个大会。他说：“我不能够分析为什么我把一种忧郁症的

①美国密苏里州东部大城市，曾于 1904 年举办第三届夏季奥运会。

接近临床状态公之于众。我从不是一名尖塔牧师——我三十年前就从那里走开——不过历史上浸礼会的观念是辉煌的。这一小群左翼人士，真正的激进派，他们相信教会和州的分离。不再有人相信于此。他们不会从军；他们不会宣誓或担任陪审员；他们不会给他们的婴孩施浸礼；他们实行财产的公有。如今这一切都不再有效。

“温和派和基要主义者——没有一派历史上是浸礼会教友。他们宣称照字面地笃信《圣经》。没有人照字面地笃信《圣经》。问一下告诉你他笃信的那个人，‘我们将要解散州监狱吗？’

“我从不知道真实的浸礼会观念是否曾使它跨过大西洋。边境精神，这种文化，如此强势，你所具有的宗教信仰成为一种公民宗教，一种文化宗教，融合成了一体。”

我说：“不过那很好地服务了人民。”

“那确实是。但是那背叛了信仰。”

威尔·坎贝尔有一种特殊的信仰观念。“宗教信仰不应该是教条的。基督的伟大教会通过忽视基督的生活而形成。我在圣路易斯听说的——那使我沮丧——是教义，教义及其辩护。我很少听到门徒训练。教会提供一种确定性的神学。而那烦扰着我。耶利米说，‘对神过于确信并不好’。而甚至基督，当他即将要被钉在十字架上时，在痛苦挣扎中呼叫，这痛苦挣扎是在翻译中过来的，‘若是可能的话，且让我逃过这个劫数吧。’没有伟大的宗教信仰可以给出对每件事物的所有答案。耶稣并不告诉人们想什么。他并不规定一种信仰告白。基督不提供信经或特殊的神学。”

他似乎正在说信仰是某种必须持续追寻并为之奋斗的东西。当我就此问他时，他说那是肯定的。但是威尔·坎贝尔的想法是难懂的；我不确信是否他不是客气。

后来我突然想到只有一个非常虔诚的人，以及某个在南方浸礼会教会范围内成长的人，可以对人有如此多要求。他的环境——四十亩农庄、他用来会客的小木屋书房——代表了有关这个人的某种东西。他给人一种对于边境传教士的势力和旧信仰的力量的概念。

但是威尔·坎贝尔的出名以及如某人所说几乎是一座南方丰碑并不仅仅在于此。他的出名还在于他通过他的信仰被引向的政治地位。他在民权运动中曾做过勇敢的事情。但是他没有停在那里。宗教信仰以及与南方历史妥协的愿望使他超越黑人事业，走向红脖佬——黑人的怀恨者——的事业。他把这两个南方群体都看作不幸的。而某种类似宗教皈依（在他早已热烈的信仰之内）的东西曾引领他提供精神援助给三K党的成员。

皈依曾像这样发生。一名嘲弄者一天问到基督教消息是什么。威尔·坎贝尔说这消息是："我们都是杂种，但是无论如何神爱我们。"（那是他在耶鲁大学所做的阐述的一个版本——"神在乎他人民的疾苦"——那曾使他超越他教养的僵化并把他引向民权运动。）过了一段时间，一名三K党人射杀了威尔·坎贝尔的朋友之一。嘲弄者随后问满腔悲愤并且对红脖佬、三K党徒和吹牛者怒不可遏的威尔·坎贝尔，"神爱哪个杂种最多？"已经被杀的杂种，还是实施杀戮并且还活着的杂种？威尔·坎贝尔对答案毫不怀疑：他对活着的三K党人也有使命。

皈依的故事在威尔·坎贝尔的自传《蜻蜓的兄弟》里有叙述。事情在那本书里并不总是清晰的。主要的叙述被分割成许多小故事，有时候过于支离破碎。不过似乎借助那次皈依，威尔·坎贝尔有了对南方历史更完整和特别的理解。

穷苦白人，他们中很多是签订过契约的仆人的后代，并在那种程度上分享了对黑人处于奴役状态的祖先，他们在南方是无关紧要的直到南北战争。接着，因为他们被需要来打那场战争，他们被宣讲福音并且赋予他们动机；随后，作为红脖佬和三K党人，仍旧是穷人，仍旧是受害者，他们因为实际上属于整个社会的种族主义而被赋予责任和嘲笑。

三K党的宗教信仰，关乎虔诚和仇恨，衍生于那场战争，威尔·坎贝尔与犹太教《旧约》比较。他在一首《英勇》的三K党歌曲中发现了与《诗篇》第一百三十七首（《若是我忘记你，哦耶路撒冷》）的相似点：

你们黑鬼现在听着，
我将告诉你们怎样
避免遭受折磨
在三K党巡逻的时候。
晚上待在家里，
紧紧锁上你家的门。
别出去否则你会发现
他们穿过一片燃烧的光亮。

与《若是我忘记你，哦耶路撒冷》的相似点，他用这种释义或转换的方式来解释："若是我忘记你，哦亚特兰大、维克斯堡[①]（Vicksburg）、牛津、多纳尔逊[②]（Donelson），记住，哦上帝，迎战北方佬这一晚他们把老迪克西赶下来！当谢尔曼说，'把它夷为平地，夷为平地，把它烧成平地！'他将多么快乐，拿走你的小北方佬宝贝，把他们猛撞在石头山[③]的人。"

威尔·坎贝尔在我们见面时没有谈及三K党人。他给了我一份他写的文章的复印件，《红脖佬的世界》，那概括了他的观点并且提供了三K党歌曲的歌词和分析。他没有跟我提及他的书《蜻蜓的兄弟》；那是我自己转过去的。我们谈论宗教信仰和南方浸礼会大会；以及他说他已走

①美国密西西比州西部城市、河港。临近密西西比河，在杰克逊西约64公里。1862年至1863年在维克斯堡发生的历时九个月的维克斯堡战役是南北战争的重要转折点。
②指南北战争中发生重要战役的多纳尔逊堡，位于田纳西州坎伯兰河畔，靠近纳什维尔。
③位于佐治亚州亚特兰大东郊，被称为"世界最大天然裸露花岗岩石"，是该市著名的景点。

入多年的“自由荒野”。最重要的是，我们谈论了深远的南方往事，对此——尽管出生在一九二四年——他如数家珍，而且他的环境——在他农场的房子后面的小木屋——似乎在向此致敬。

他来自密西西比。“我是一个第四代密西西比人。我的家族大约一七九〇年在密西西比定居，我在想。在边境，密西西比是一个地区。那是路易斯安那购地的一部分。一个地区，不是一个州。来自像佐治亚这样的州的居民可以移民到那里，如果他们想要在那里生活，可以立界标索要一块土地。土地归属于联邦政府。很快那成为棉花地。在密西西比的整个经济在很长一段时间就是棉花。六百四十亩的土地——那对于一个家庭来说是很多土地。不过比方说一个有十个孩子的家庭。你把那分割。六十亩。在十九世纪，一个家庭仍旧可以靠此维持生计。但是再分割一下——那就是家庭怎样分离和分散的。”

威尔·坎贝尔在他讲话的同时在嚼烟草。那是他为人所知的某件事情；时不时地他会吐到痰盂里。我从未实际看到任何人使用一个痰盂。在南方的不同地方，我曾看见“格兰杰精选”咀嚼烟草的大招牌广告：“碰上更清洁的咀嚼”。格兰杰的标语曾令我迷惑不解直到某人告诉我那是真正的红脖语言，“碰上”意思是“开始了解”“变得友好”。我请求看一下威尔·坎贝尔的烟草。那是“比纳”牌，甘草口味：“适度和更佳，更软且更湿”。在它柔韧的铝箔袋里，它是芬芳和诱人的。

“我的家族是一个在佐治亚州的地主家族。其中一个男孩跟理发店里的一个朋友打了起来并杀了他。法官对父亲说，‘你唯一的机会是迁移到这些地区中的一个。’于是他们卷起铺盖，整个家庭，乘着四轮马车迁移直到他们到达密西西比西南部的这片特别区域。他们可能有继续向西的想法。但是在早上，当他们准备开始继续前行时，他们听到了一只公鸡鸣叫。于是他们知道那里有一些别的定居者。他们去跟这些人交谈——印第安人是否还有敌意，这片土地是什么样子，冬天是什么样子以及他们种什么。而对于我，最有趣的事情是他们定居的地方恰恰就跟他们所来自的地方一样。如果你闭上双眼，接着重新张开，你不会知道你已经离开了佐治亚。

“到我父母长大的时候，土地上已经没有空间留给我们。我的家族植根在那里，在那片农村社区，这使得那不合逻辑，因为一些人说——当时我开始为民权运动工作，作为全国基督教协进会的纠纷调解人：一些人说那是纠纷制造者——李·坎贝尔先生的儿子，完全卷入那些黑鬼杂事，是个局外人。这在某种意义上使那更加危险。我并不是试图使其浪漫化——在那些日子里不需要耗费很多就可以使你成为激进分子。唯一比局外人更糟的东西是叛徒，而我也被看作一个叛徒——对于坎贝尔－韦伯－帕克－麦克米兰家族。我祖母的家族是韦伯。正是韦伯家族来到那里并定居下来。

“我祖母记得，在从佐治亚到密西西比地区的艰苦跋涉中——当钱用完时——看见她父亲向一个亚拉巴马州定居者表明自己作为共济会[①]会员的身份。他们给出了机密的共济会握手暗号，机密的共济会暗号；而这位定居者给了一些钱。十美元。今天或许值一千美元。我祖母一辈子都记得那件事。”

那是一幅美丽而感人的画面。我这样对威尔·坎贝尔说。

他说：“这种口述传统对于他们坚持所有做事情的旧方式的固执有影响——这也意味着其中的种族隔离。‘威尔，你不是这样被养育的。’这又使你成为一名叛徒。对于他们，种族隔离是一种基督教方式。神创

①共济会（Freemasonry）出现于18世纪西欧，自从1717年成立英格兰第一个总会所，至今其已经遍布全球。共济会是一种类似宗教的兄弟会，基本宗旨为倡导博爱、自由、慈善，追求提升个人精神内在美德以促进人类社会完善。会员包括众多著名人士和政治家，有些要求申请者必须是有神论者，有些则接受无神论者申请。而其反对者则认为共济会主要是富人和权贵的阴谋组织，有着不为人知的统治世界的秘密计划，比如建立世界新秩序等。

造了人种。而我不能向他们解释并不是神创造了人种。而是神创造了人，他们中的一些会去北方地区并且失去皮肤的天然颜色，一些则去炎热的地区并且演化了密集的色素淀积。对于他们，神创造了白人——亚当和夏娃是白人。当他给含下了诅咒时，这个诅咒是变成黑人。但是他们从前和现在都是笃信宗教的人，对于每件事情有一种宗教制裁是重要的。

"让我说一些似乎否定我说过的话的东西。当我说'他们'时我是指整个社区。我的直系亲属在一个种族隔离的社会里没有既得利益，因为他们不是奴隶所有者。他们是自耕农。更远的历史真相是'我的民族'也是作为签订过契约的仆人来到这个国家。大量的自耕农作为签订过契约的仆人到来。后来我们有了黑人奴隶。

"我不是在否认我有种族偏见，并且在其中成长。那不是某件你讨论的事情——黑人不会跟白人结婚或约会。他们在农场里一起工作。在田野里平等。我们是平等的游戏伙伴。当我们还小，我们跟黑人孩子一起玩耍。但是到了某个特定的点，你知道他们是黑人——你开始上学的时间。你接受了那个。"

他说他曾写了一首关于此的歌。他拿起身边的吉他并唱了起来。我对此没有准备。那使我吃惊；充盈小屋的歌唱和吉他的效果使人昏昏欲睡。我臣服于歌者的情感和歌声里的专注。

这首歌很长，一首叙事歌谣，有很多宣叙调。有关一个黑人男孩和一个白人男孩，他们在南方的农场里一起长大，直到按照当地的种族习俗他们被分开。黑人男孩的父亲为白人男孩的家庭工作。黑人家庭住在熏制房里；白人家庭住在主房里，那并没有大多少。当大萧条到来时，黑人工人被辞退，他和他的家庭去了孟菲斯。接着白人家庭失去了农场，他们也不得不去了孟菲斯。在那里有一天已经长大成人的白人男孩遇见了也已成人的黑人男孩，他们重新成为朋友。

歌曲的一些部分是真实的，威尔·坎贝尔说；一些部分是虚构的。

他的家庭没有失去他们的农场；他们也没有移居到孟菲斯。所以有关这首歌的伤感的东西、使它成为寓言、赋予它寓意的东西是虚构部分。

“我家庭的男性成员不是固执己见者。有偏见，但不是固执己见者。我记得有一天在坎贝尔敦——所有坎贝尔家的人住在一个地方，相互之间在一英里之内——这件事发生了。一位年长的黑人，约翰·沃克住在附近；他最近从州监狱被释放，他在那里是因为从他的地主那里偷玉米——他沿着泥土路走下来。而我们在‘踩草地’里玩闹。不是草地。那里应该有房子、院子和尖桩篱栅；越过尖桩篱栅会有一片青草地，像一片牧场，那就是所谓的‘踩草地’。那不是种植庄稼或牧草的地方；那更像一个操场。在院子里应该没有长草。那会用一把山茱萸扫帚彻底打扫。如果你有草长在你的院子里，那是一件要做的垃圾事情。我们在踩草地里，这个黑人沿着泥土路走下来，我们嘲笑他：‘嗨，黑鬼！嗨，黑鬼！’对此他从不回应。本地风俗不会允许他对白人孩子做出回应。

“后来，我祖父叫我们都围着他。他正坐在那里，在这个树桩上。他把我们都称作‘宝’。他说：‘宝，世界上没有什么黑鬼。’而我们说，‘是的，爷爷。约翰·沃克是个黑鬼。’我们仍旧可以看见他消失在尘土飞扬的路上。而他说：‘不，所有的黑鬼都死了。现在只有有色人种。’那是他向我们解释南北战争已经结束的方式。”

（在《蜻蜓的兄弟》里有那个故事的另一个版本。约翰·沃克偷的玉米是“一袋烤玉米穗”。他并没有因为偷玉米而进监狱。他被某个人揍了一顿，而他自己用诙谐的方式讲述那次挨打——这部分激发了来自年轻男孩的嘲笑。“耶苏。他们让我赤条条像只松鸡。拿了一条轧棉机带给我。抽得我差不多就要拉屎。”威尔·坎贝尔在他的小屋里告诉我的故事——关于黑人的沉默和忍耐——更加符合现代感觉。书里的版本，关于黑人开有关挨揍的玩笑，或许还有关偷盗，感觉更真实。）

威尔·坎贝尔说："我祖父是一个只受过二年级教育的人。他可以写他的名字，而且我猜想他可以阅读。但是他对语言的使用！我一直希望传教士会号召他在祈祷中引领我们。我们是浸礼会教友。我记得这位老人结束一次祈祷，'当最后我们跪着喝下生命的苦泉……'，而借此，'生命的苦泉'，他意指死亡……

"所以这些过去和现在都是在乡下白种南方人的生活中的主要影响——这种地域感，产生自离乡背井、契约仆役、迁徙以及这种在农场、宅地、社区里地域感的发现。这种地域感变得神圣。

"对那种地域感有一个威胁是正在发生的种族变化。那是一个威胁。突然知道你认为是固定并一直持续的东西再也不会是相同的。

"我过去经常试图向我的同僚——运动中的非南方人——解释，当白人说要废除学校的种族隔离就是摧毁如他们所了解的学校时，他们正在说某些正是事实的事情。我过去经常用亚伯拉罕和以撒的例子。人们会对我说：'你正在要求我把我的孩子们奉献在由最高法院建造的种族融合的祭坛上。'我的回应过去是，现在也是：'我只是在要求你忠诚于你立誓信奉的神。作为一名基督徒，有超越我们所建造的崇拜物的神：场所、社区、公共教育——那实际是我们可能被祭献的。亚伯拉罕甘于奉献他的孩子。我们把我们的孩子放在种族融合的祭坛上，我们把正义之杖放在下面。但是孩子并不是被祭献——通过亚伯拉罕。最终孩子得救。'"

威尔·坎贝尔说："也许那种类比不成功。但是它在那时适用于我。"

他开始谈论他的民权工作；那对于发现后来会引领他作为一名神职人员抵御被政治利用的想法的途径也是有可能的。

他说："我们的线索不是一九五四年五月的最高法院裁决。我们的线索远比此重要。最高法院的公正会转变。那在我们的年代早已改变。自由主义运动的格言是法律与秩序。但是到尼克松先生和其他人发现中美洲的时候，名词‘法律与秩序’成为‘黑鬼’的同义词。接着那是正在说的东西的另一面，‘我们必须拥有法律与秩序。’于是，小马丁·路德·金和其他人被看作捣乱分子，因此对法律与秩序是一种威胁。”

他谈到运动成功的悖论和歧义。

“我认为，我成长的方式、我对于人种变得自主和开明的机会要远大于我的孩子长大的时候。因为当我还是孩子时，有从不经过讨论就做出的假设。你不会讨论黑人是否会担任陪审团成员或者跟我们一起上学或者跟我们住在一起。但是每个在一九五四年五月后出生的孩子都曾听到黑人轻蔑地讨论。所以现在有了充满怨恨并且在一个有能力落实的位置的一代人。

“我确实认为这极度危险，因为你永远不能再有在金博士和其他人领导下看到的那种非暴力抵抗。”

在过去，他说，如果你看见五千黑人围着法院游行，你问他们为什么在游行，他们会说游行是因为他们没有被注册为选民。如果你看见黑人在午餐柜台前示威，他们会告诉你那是因为他们不被允许在午餐柜台吃饭。那时丝毫没有有关动机的麻烦。

“如今，一种非暴力、消极的抵抗会怎样运作？这些问题不那样清晰。如今，如果你看见五千黑人在游行，他们唯一可以说的东西是：‘我们在围绕法院游行因为我们对于你们仍旧是黑鬼。’

“我记得在我们的小酒店里被传唱的一首歌：《把他们黑鬼搬到北方》。

把他们黑鬼搬到北方。
把他们黑鬼搬到北方。
如果他们不喜欢我们南方的方式，
把他们黑鬼搬到北方。”

从简单的口述歌词开始，他很快就屈从于轻快的节奏，半哼半唱起来。

他最后说："我记得曾在亚拉巴马州北部一个新近废止种族隔离的路边咖啡馆里听到过它，在那里我暂住在一个黑人朋友家里。那是在一个自动点唱机上。这首歌明显地针对我们。而当我离开时我的朋友说——我的朋友受伤害了——'我猜没有法律是针对播放自动点唱机的。'而我说，'还没有。我也希望永远不会有。'"

他重复了他给黑人朋友的回应。我没有抓住威尔·坎贝尔在这里所说的要领；只是后来从他自己的文章《红脖佬的世界》我才获悉这首歌是一首三K党歌曲。正是以这种不明确的方式，他介绍了三K党和红脖佬的贫困和悲剧主题，以及他在"自由荒野"里的岁月。

他正坐在一个办公桌或餐桌旁的凳子上，有一个痰盂在脚边。在小木屋的一个角落里有一把老式发廊座椅，靠近空气调节装置。那里还有一把摇椅；一把靠背长椅靠着一面墙；一块地毯在地板上；用抛光或涂漆树干厚板作为台面的长餐桌。一把班卓琴或尤克里里琴挂在一面墙上；那里还有照片、绘画和漫画原稿。在一个高壁架上是一块老式铁皮广告：说咕－咕。五分钱的营养午餐。5c。咕－咕是仍旧在"大奥普里"广播节目里打广告的糖果品牌。正是那个老式铁皮广告使我开始把小木屋里物品表面上的随意组合看作民用物件的收藏。

威尔·坎贝尔说："我兜了大圈子回到原处。我成长于一个基要主义背景——它当时不是那样称呼的。每个人都是浸礼会教友。在那种世界观里，成为基督徒意味着不吸烟、不喝酒、周六晚上不去瞎混。"但是他想从宗教信仰要得更多；而且他的信仰随着他的研习而发展。"我感兴趣于伦理问题。"这在南方直接引向种族的主题以及他的民权工作。"我仍然反对战争、种族隔离和付给工人低工资。但是我开始明白我是用一种法律规则交换另一种。我中年的自由主义并不比我早年的基要主义更适应我。基督教消息是我们是被自由创造的，没有人有权强求我们比耶稣更多。而耶稣不拥有教义或其他思想体系。我发现社会自由主义信条跟曾经的基要主义宗教教义一样脱离实际。耶稣要求我们留心身边的人。”

对威尔·坎贝尔来说，这个人是——受轻视，如他所看待的——红脖佬；像他自己的人。他恨这个词。他认为那应该只能被像他自己的人使用。

“红脖佬的悲剧是他挑选了错误的敌人。我知道一首好歌。《红脖佬、白袜子和蓝带啤酒》。你想听吗？我不是一个音乐家。但是我喜欢人民的歌。”

他离开了高凳子，拿起他的吉他，坐在靠背长椅上。一条光滑的黑狗进了小屋。当威尔·坎贝尔开始弹奏吉他并演唱时，这条狗起身坐定，闪烁的目光固定在弹奏吉他的手上，并且倾听着它主人的歌声。

> 不，我们跟那一群白领不一样。
> 我们有一点儿过于粗暴和有一点儿过于吵闹。
> 但是除了在这里我没有更好的地方待，
> 跟我的红脖子、白袜子和蓝带啤酒在一起。

威尔·坎贝尔说：“那是疏远之歌。那说了很多，‘我们有一点儿过于粗暴’，‘有一点儿过于吵闹’。”

我问：“谁写的？”

“鲍勃·迈克迪尔。如果你有选择地听它，你会学到很多。”

然而如此历练威尔·坎贝尔的历史可以被绕开，正如在某些方面古老而要求过于苛刻的信仰被绕开。

离纳什维尔市中心二十五分钟的距离，在士麦那（Smyrna）小镇上，有一座非常大型的尼桑卡车和汽车装配厂。那是合在一起的三家工厂，在一片八百亩的场地上。工厂建筑是扁平和直排式的，在平坦的土地上灰白且几乎没有特色。从外面看，那几乎不算是对这片场地或周围景色的破相。但是，在里面，那是一个它自己的世界：在一片当你在其下时看起来比在天底下看见它时更高的屋顶下的连续七十八亩。那是一个靠日本生产线运转的工厂，有美国南方的劳动力，白人、黑人和一些亚洲人，男人和女人，分割成小的军事化单元，每个有它自己的带头人、目标和效忠。

纳什维尔以南三十英里，在斯普林山（Spring Hill）里，甚至有一个更大的项目在建设中：通用汽车公司的土星工厂在一千一百亩地上的创建，一座制造工厂（不像尼桑在士麦那的装配厂）。那将花费三十六亿美元，将成为在美国曾修建的最大工业厂房。即使凭借它的自动化和机器人，土星仍将雇用大约六千人。但是没有东西会从道路上被展示。通用汽车公司正在规划土地，堆积起一座低矮的不太引人注意的山丘，来隐藏大型工厂。庄稼将会在道路旁通用汽车公司的土地上生长。对于驾车驶过的人，土地看上去会像耕地。但是当土星落成时，那将在物质上和文化上改变周围很多英里的地区。通用汽车公司认为“连锁反应”会在田纳西州中部地区创造一万四千到五千的新岗位：新的住宅、新的设施、新型的劳动人口。

那里此刻还看不到什么。但是这个地区正在一次剧变的边缘上。土地价值已经提升。我在纳什维尔曾听说一些当地人的“贪婪”，以及关于面临财富预期的老南方人疏远旧农场和土地，并且把自己与直到不久前对他们还非常神圣的往事切断的故事。

不过弗兰克·巴姆斯泰德，一位非常了解这个地区并且在一天早上开车带我兜了一圈的纳什维尔商人，就较少责难。弗兰克四十岁出头，一个白手起家有佐治亚血统的得克萨斯人；他靠篮球奖学金修完大学。作为一个有很多商业伙伴的人，他有大量的地方知识；并且他有精密的善于分析的头脑。

弗兰克说："事实真相是在一九八五年，还有今天，一个有效率的家庭农场主是幸运的，如果他的耕作负担得起他的可变成本——种子、饲料、肥料、化肥、汽油，劳动力。如果他有任何债务在他的土地或设备上，他就处于严重的财务困境中。农场主们不能负担他们土地或设备的费用。他们只能希望负担得起他们的可变成本。为什么人们不出售呢？

"很多当地人事实上像一只在夜里被一道光线射入眼中的青蛙一样被吓呆了。他们看到价格不断上涨，对于卖得太便宜或太早害怕得要死。那可以被解释为贪婪。那也可以被解释为某人强烈担心他不能卖出一项极其亲密的资产——对于一名农场主他的土地仅次于他妻子和神——来换取足够的钱。很多卖掉的人在他们家族里拥有那些农场已有几代人。

"在许多情况下，卖出的人用钱来偿付债务。我知道一个拥有一片大约一百二十亩土地的农场主。那并不直接邻接这个地方；那大约三英里远。他卖了三十五万美元。他偿还银行三十万。除去律师费用之后，可能还给他留下两万到两万五。"

他谈论土地价值。"土星项目由通用汽车公司在一九八五年宣布。宣布之前六个月，在摩利（Maury）县的耕地，如果你可以卖掉它的话——几乎没有给它的市场——以最低一亩地四百到五百直到最高一亩地一千到一千五百，取决于土地的类型，草地比耕地便宜。土星宣布后一个月，在摩利北部和北面的威廉逊（Williamson）南部的很多土地以最低一亩地两千五百的价格出售。一些土地以上至一亩地一万美元的价格转手，'原始的'农田。一些销售额被报道在两万到两万五千的范围。换句话说，那是荒谬的。大量那样的投机行为是由得克萨斯土地购买者完成的，他们曾经历在达拉斯和休斯敦的土地暴涨并处在那些市场的衰退中——'萧条'是一个更好的词。

"在那样的地区巨额的财富一夜之间被创造。我知道某个人，他卖掉他的广播电台和他在一个成功的有线电视系统里的股份，买下了富兰克林[①]（Franklin）市南部以南不到半英里在美国31号公路上的三百亩地。许多路边土地。在土星宣布之前六到九个月里他支付了平均一亩地三千美元。在土星宣布之后，他以一亩地一万七千美元的价格售出土地——而他拥有它只有不到十八个月时间。他认识到这片土地远比在上面养马有价值。他说他在农场上比在广播电台赚得更多。他买下农场是为了退休用的。那恰好显示了它报偿给幸运而不只是精明。"

在另一个早晨正是跟着弗兰克，我去看了在士麦那的尼桑工厂，从绿色田纳西离开首先去了醒目的厚软地毯上的灰色和镀铬办公家具里。很多人穿着制服，深蓝色裤子，浅蓝色衬衣，有"NISSAN"机绣在衬衣左边口袋上方，员工的名字在另一个口袋上方。

陪着我们的负责公共关系的女士某个阶段在一条走廊里说："那就是总裁，刚经过。"他也穿着尼桑制服。

在一片开放的办公区域，我们看见一个机器人邮件车。它靠铺设在灰色地毯里的化学跑道运转。邮件车在办公室里来回移动并在特定地点停下来，不再继续移动直到某人按下顶上的压条。如果一个人挡在它的路线上，车会发出哔哔声。

三合一的装配厂是E型的。脊柱超过一英里长：一条车道、一条路，平坦且笔直，消失在两端。弗兰克曾见过一样大和更大的地方；我没有。我们乘坐电动汽车长距离来回，负责公共关系的女士开车和讲解。那里

---

①美国田纳西州城市，以本杰明·富兰克林命名。

看不见日本人（三千五百名员工中只有十一人）；看上去像日本人的是美籍华人或其他美籍东方人。在工厂各个部分的自由区域里，有篮球篮板和乒乓球桌。乒乓球的想法是由曾在工厂开工前在日本接受培训的工人们带回来的。在很多地方有电视屏幕，传递持续的生产数据和时间表，有时候还有国内或国际的重要新闻。

一个真实的世界，一个完整的世界。但那是一种调剂，走到外面从远处看着旧世界的遗迹：靠着树木的波状钢谷仓。

成长于特立尼达，我从未想过被雇用。我一直想要成为一个自由人。这部分是我的印度农民背景和特立尼达的殖民地农业社会的影响。尽管一开始那并不容易，我保持是一个自由人。作为后果我几乎没有二十世纪工作世界的经验；并且拥有很少理解人们所做的调整的手段。在这座尼桑工厂里，人们被很好地对待和报偿；那里有一种类型的自由，也有尊严。但是因为那样，在我看来他们生活在一个非常小的空间里。

几天之后，我请求弗兰克，作为一名商人和南方人，来告诉我他怎么想我们所看到的。

他说："你在那里首先见到的东西是尼桑的企业文化。那是一种优良的企业文化，聚焦在过程中工人的参与上，也聚焦在工人的福祉上。他们的普通劳动力高度受教育、报酬极其优厚并且没有工会组织。日本人的管理理念是把整个工厂分割成小的工作组，这些工作组有一种特定的职责。在组内，他们选举一位带头人并分派责任，而他们持续参与到使他们的工作更有效、更有生产力的过程中去。文化的一部分是工人被鼓励使得工作场所成为一个更好、更有效率、更安全和更快乐的地方。你可以看见乒乓球桌。

"这种企业文化被采纳是因为几个理由。报酬是吸引人的。工厂是干净、现代和悉心照料的，并且生产设施在哪里，哪里就是一个非常舒适的工作场所。尼桑提供很多额外福利。'良好状态'——一个我们词典里的新词，一个变得良好、保持良好的过程。还有健身设施。还有团队形象。

“穿着制服，口袋上方有他的名字，这位总裁从一旁走过。制服是可选的，但是绝大多数都穿着他们的制服。让每个人都感觉是团队的一部分。还有植入尼桑企业文化的给表现出色的员工的实质奖励。这些奖励是公平的，平均分布在整个劳动力中，并且——更加重要的——它们是可以达到的。

“你看到企业文化值得提及的两个组成部分。没有跟机器人并排工作经验的人发现自己跟机器人并排工作。这些是南方人，根源在土地和农场里的人。第二个文化冲突是尼桑公司是一家组织良好、非常强大、极其大型的企业，在一种很大程度上农业化、无组织、非正式的文化中运作。

“尼桑公司对我来说意味着一场争论的最前沿，那将在接下来的二十年里席卷美国南方的中型都市地区——纳什维尔、肯塔基州列克星敦（Lexington）、北卡罗来纳州的罗利－达勒姆（Raleigh-Durham）、北卡罗来纳州的夏洛特(Charlotte)。这场争论与工业化有相当简单的关系。以金钱为交换条件，你在生活方式上就会有所牺牲。我们在南方曾有非常高质量的生活，哪怕在我们以一种合理方式工业化时，就会有牺牲。增加的交通量和随之而来的紧张；增加的人口和随此而来的紧张。犯罪。逐渐增加的压力迫使当地政府组织为增长做准备。

“百分之三十五的尼桑装配工厂是女性。在南方妇女不工作。妇女的工作是在家里。

“尼桑公司对于土地价格没有影响。有大量的投机行为存在，大多数人错失了。因为尼桑是一个装配工厂，不存在连锁反应。而且尼桑里有当地人，早已在这里的人。大多数通用汽车的工人将来自美国中西部的北部地区。他们需要家。他们不是南方人。我们知道他们将会有一个效应。他们没有成立工会组织。还将会有另一种碰撞：生活水准对抗生活质量。

“我的印象是中上和中等阶层趋向于抵制增长和改变，尤其是如果他们有充足的工作岗位、适宜的房子、优良的学校。上层阶级会得益于增长。大富豪支持增长，因为那对商业有利。穷人们会变成棋盘上的小卒子。”

现在正接近七月末。我暂住在佐治亚州西北部的一座庄园里，现在看着那片区域，不同于旅程开始时我看见它的方式。

那时我从亚特兰大向北旅行，曾把它看作一片接近印第安的荒野。现在我从一座部分已衰败的工业城市查塔努加[①](Chattanooga)南下而来。不是这里有高耸标志和鲜艳工作服的公路快餐店；只是当铺接着当铺，看手相的人和读纸牌的人，提供贷款的小办公室，以及有时候挂着三角旗的活动房屋销售堆。查塔努加城外，我看见活动房屋，已生锈且没有旗布，在它们的家庭环境里。我看见小房子；一些院子里囤积的废金属垃圾：吹牛者的佐治亚州，偶尔在院子里有令人不安的黑人小雕像，这个人像打算要成为它看上去像的东西，一个“仿造黑鬼”，一个装饰性当地人物，一个往事的提醒物。

奥格尔索普堡（Fort Oglethorpe）是我最近的城镇；詹姆斯·奥格尔索普[②]是佐治亚州的创建者。有一条去奥格尔索普堡的新路线，翻越丘陵。还有另一条路线，穿过拉斐特镇（Lafayette），接着穿过奇克莫加（Chickamauga）战场公园——作为古迹和奇巧难解策略的战争：奇克莫

①美国田纳西州东南部工商业城市和河港。临田纳西河，是水陆空交通要地。工业发达，有钢铁、农业机械、纺织、人造纤维、食品、化学、玻璃、木材、制革等。

②詹姆斯·奥格尔索普（James Oglethorpe，1696－1785），英国将军、国会议员和慈善家。佐治亚殖民地的创建者。作为一名社会改革家，他希望重新安置英国穷人，尤其是那些在新大陆的债务人监狱的人。

加是南方对北方的最后一次大胜。

我去奥格尔索普堡的正常路线是翻过丘陵，这样更快。从那里继续开车一天到查塔努加，我从罗斯维尔大道附近的贫民窟看见——看见并且起初难以置信——在战场墓地里的白色墓石图案：点线的白色弧形，整齐而有规律，在越过黑人和白人贫民窟的低矮丘陵上，在我开车时穿过这些贫民窟我继续瞥见这块墓地。我不了解这个地区；我不曾期盼在那里看见一块墓地，如此的大小，如此白色点线的图案；奇克莫加对我仅仅是个名字直到我来到这里，而现在——那二日战役的第二天或许是战争中最血腥的一天，如我后来会在孟菲斯从这场战争的历史学者谢尔比·富特[1]那里听到的——远比在密西西比州坎顿的墓地更加令人震撼。重要，那场战争，势必；然而现在那些过去和死亡，一片荒芜。

看见这座衰败城镇里的穷苦黑人和穷苦白人（戴着他们得意的棒球帽）——“棋盘上的小卒子”——我有威尔·坎贝尔所看见的世界的短暂幻象；并且再度在容易捕捉的层次里看见这个地方的历史：印第安土地，黑人（有时候是仿造的），战争，工业，贫民窟，向西很远，在纳什维尔，引向没人知道在哪里的一种新秩序的开端。

---

①谢尔比·富特（Shelby Foote，1916－2005），美国历史学家和小说家，写作宏大的三卷本战争史《南北战争：一段叙事》。

第七章　教堂山[①]：烟

天气从一开始，在四月中旬就是炎热的，那就是说，在我跟着霍华德向南去看他认作家乡的地方时；我曾为卡罗来纳春天的色彩而惊喜，树的新绿，路边小草的紫花，山茱萸开花的黄白；并且为废弃的烟草库房、无主的农舍和有尖而伸展的波纹铁顶棚谷仓的——铁锈色、木灰色、湖滨绿色、印第安红色的——美景而更加惊喜。

在那个复活节周末感受到的炎热的程度令我不能将其跟春天联系在一起——在英格兰超过三十五年之后。且在南卡罗来纳五月中旬有个早晨，仍旧是美国南方的春季，我发现了一件难以承受的事情：一个潮湿、灼人的早晨，在一条浑浊河流的堤岸上的大房子的空地里，白色天空下，空气中满是蜇人的春虫，只要打开车门就会放入几十只。

但是接着，在塔拉哈西和塔斯基吉之后，我的感受发生了变化。现代空调系统——不是单间的装置，由它们产生的噪音和冷流跟它们抽走的热量一样使人衰弱——致使这种变化变得可能。夏天变成某件人们已

①教堂山（Chapel Hill），美国北卡罗来纳州奥兰治县的一座城镇。北卡罗来纳大学教堂山分校位于该镇。教堂山与罗利和达勒姆围成研究三角区。

经学会忍受的事情。直到某天在佐治亚州西北部，我到达那里大约一星期之后，酷暑相当骤然地降临，温度计显示气温将近一百度，而且那第一轮暑热停留了三星期。

我不确定哪天是暑热到来的第一天。房子、汽车和商店里的空调设立了温度反差的期望值。但是接着大地升温，空气也升温。每个暴露在外的物品都放射热量。在开放空间里，人们就要在刺激一个人肺部的又热又湿的空气里呼吸。

我暂住的房子位于一座山的一侧，被建在田地和树林中间。庄园之外有很多小房子。从路上看去，这片区域看起来似乎是纯粹的吹牛者土地。但是从庄园本身看出去，视野——而且是广阔的视野——不显示其他房子，不显示简陋或扰人的东西。从房子和房子周围的松树，山坡倾斜而下，穿过蓬乱的开阔草地，到达一片人工池塘和一条小溪或小河支流凌乱的岸边。再过去，在密集的树木之间，瞥见其他田地和草地；在远处是森林覆盖的山丘，蓝色逐渐消失变成灰色，一排又一排。

房子周围的树林里本有几只小鸟。现在，在酷热中，似乎都没有了。蛐蛐跟往常一样在下午晚些时候开始鸣叫，在光线变化前，蛐蛐不间断地鸣叫，只是有偶尔而奇怪的渐息。草地，在房子前面的那一块和在远处的几块，在两三天之后被晒成褐色；树木，远近皆有，显得更绿。接着，房子周围的一些大树的树叶变黄并且几分钟一次大量地飘落，仿佛那是秋天。

看门狗，之前纠缠不休地要溜达和有人陪，此刻在日光下变得没那么精神了，它提起尾巴打招呼，让它垂落，接着耸起肩，低头，尾巴夹在腿间，到在门廊地板下面的地上它们自己刨出的凹陷里去。在去奥格尔索普堡的路边上的一个池塘里，牛站在深及它们腹部的浑水里——在印度可能也会这样。

远处，天空在不同的地方变暗。但是似乎有很多天，只是其他地方在下雨。然而，一天雨来了，带着风。我最初在池塘水面上看见。除此之外，在池塘的混凝土边沿、在含沙的土地上以及在屋顶的木瓦上，雨水几乎一落下就干了。但是就像最初降落的雪花可以在雪开始积起前融化，于是雨水现在慢慢地渗入木瓦，并且开始快速地落在池塘边沿上，来不及蒸发。渐渐地，潮湿开始显现。

我打开门，听着雨，还闻着它。有一种炕土的气味——在印度初雨的气味被一些调香师再造，使用一种檀香油打底的黏土，来产生雨季的香味。在此之上还有一种松树的沉香，来自房子潮湿和凉爽的松树原木。

雨后，狗在四处活动，在杂乱的院子和活动房屋的装饰花园里乱跑，或者在路旁心无旁骛地慢跑，仿佛它们在长时间受限之后需要在更凉爽的天气里起来走动一下，也仿佛它们被到处由雨水释放的土壤气味唤醒。在雨水落下后很长时间，柏油路面冒出了水汽。

温度计在几小时里下降了二十度。不过那仅仅是酷暑中暂时的缓解，它很快就回来了：当它持续时，就像在遥远北方任何一段严冬天气一样顽固。很难想象在有空调和屏风之前人们怎样在这里度日。在旅行变得轻易之前的日子里，这种酷暑会使人回归自我，差不多跟极北的冬季据说使斯堪的纳维亚人回归自我一样。或许这六个月的夏季气候，由热变得更热，是一部分当地白人仍旧可见的颓废行为的一个因素（范妮·肯布尔观察的松林地人会有上述问题）；也是南方在宗教方面几乎被印第安人困扰的一个因素，一种超越感官的生活概念。

向西是纳什维尔以及它周围的地区，等待将要随着土星工厂一起到来的变化。向东，在北卡罗来纳，是被称为研究三角区的地区，以教堂山、罗利和达勒姆的大学校园为边界，在一段将近三十年的时间里，那里创建了一座七千五百亩的大型工业园区：三万新工作岗位在那里，贫瘠的北卡罗来纳松林地被规划为最朴实类型的工业园区，许多现代科技和制药的名字由低矮的长条砖块、混凝土和玻璃新建筑代表，提供一种宽敞、秩序和优雅的印象，农村贫困的土地再造来符合它的新功能，看上去南方在这里被摧毁，如它在亚拉巴马州亨茨维尔的空间研究城被摧毁一样。

在亨茨维尔，跟我在一起的南方商人曾指出一片棉花田——不只是一种农作物：某种来自过去的东西——差不多就在一座高科技大楼的路对面：棉花，这个商人说，它撕破你的手、折断你的背（因为棉株很矮而你不得不弯腰一整天来摘棉花）。

以差不多如此的方式，在北卡罗来纳的研究三角区的边缘，一小片受到精心照料的烟草田在八月末被指给我看：烟草是北卡罗来纳著名的老牌农作物，这里的一些城镇的地名现在作为香烟的品名更加出名——温斯顿（Winston）、塞勒姆（Salem）。

我在复活节跟着霍华德去他的家乡时，曾看见烟草幼苗被栽种。我不认识这种植物，尽管我肯定在那之后的很多地方见过烟草，我也不知道我曾看见的是什么，直到现在，在叶子的巨大显而易见时。我曾听说我们在七月末和八月上半月遭遇的酷暑应该对棉花有利；而我认为相同的热量——那曾烤黄森林树木的叶子——已经烧焦了较低处的烟草叶边缘。不过烟草叶正在成熟而不是变干。那就是烟草叶成熟的方式，从下而上。

烟草叶只有在它们成熟时才必须被采摘或收割，所以一行必须被倒腾很多次。我们正在看的植株上最低的叶子早已被收割。烟草不仅要求弯腰劳作；它还必须在最酷热的时间里收割。这片烟草田的田埂和犁沟像一个打扫过的泥土场地一样没有野草，很干净。这一小片人们可能经过而不看第二眼的田地涉及一种缓慢而细致的劳作，就像棉花劳动一样使人筋疲力尽。

让我看见所有这些的人是詹姆斯·爱泼怀特。他来自北卡罗来纳州东部的一个古老烟草家族。他五十二岁。他是在杜勒姆杜克大学的——

得益于烟草繁荣创办和资助的一所大学——一名教师。他还是一位诗人。尽管他不再是烟草文化的一部分，尽管他把它当作在距离上遥远的东西来谈论（尽管事实上那相当近，坐车两个小时），北卡罗来纳州东部的烟草文化是他诗歌的主题之一，同样还有所有旧式的半乡村家庭生活。

在我遇见他时我并不了解他的诗歌。但是在他停下来向我展示烟草田时，我开始察觉他作为一个人的品质：诗人的感性和农民的专注，有一种学院式的不偏不倚的举止。他是一个瘦长的人，细腰，注意锻炼。他严肃地接纳所有我的请求，发自内心地讲话，不带感情，带有一个农民的实事求是，他一看到我乐于接受，就立刻提供我他本该花一些时间才能触及的想法。

杜勒姆并不是他的风景，他说；他只是近来才开始把它作为诗歌的主题。没有风景像一个人最初了解的那样。他对此详细描述，不可能了解他正在对我讲的有多直接（事物开端的几乎不能承受的念头现在只存在于我的心中，在今日被摧毁然后再生的特立尼达不在物理上存在）。我可以理解他在沉思的往事，尽管距离上如此接近并且在威尔逊县依旧存在，在他脑海里是怎样的遥不可及。

他带我经过偏僻小道去他的房子。在一个特定阶段，在我们看见一所房子的院子里一个坐式割草机上的某个人之后，他谈论了过去泥土院子的打扫问题。土地应该是多沙的；应该用山茱萸树苗制成的扫帚打扫。“而且打扫的痕迹会被刻意地在院子里留下来，显示那已经被打扫并且是干净的。”打扫应该是由仆人完成的吗？不。“房子的女主人带着骄傲那样做，作为她做事井然有序的证明。”

那触动了我内心的某种东西。不过此刻我可以想到的全部是，在刚果或扎伊尔河的河岸上的非洲小屋及其干净的黄褐色院子，那是我十二年以前从一艘内河汽船上看见的。院子被那样刮平，我听说，是为了防范蛇。吉姆·爱泼怀特认为在美国南方，也可能有类似的东西在里面。

而且那使人想起威尔·坎贝尔关于他在密西西比州麦库姆附近裸露、干净的家庭住宅的院子外面的“踩草地”。

然而，还有别的某种东西留存。那后来才向我涌来：一段回忆，来自我童年时某个无法定位的时间，关于可可椰扫帚在暗沙里的痕迹，那是一种用椰子树枝或叶子的叶片坚硬的中心茎——顶端坚硬，但在底部是薄且柔软的——制成的扫帚。浮现在我眼前的那些在特立尼达印度人院子角落里的痕迹确实代表着秩序和整洁，几乎是一所房子的虔诚，它对良好的旧方式的依附。当我还是孩子时，在特立尼达像我们一样的印度人家庭里有一种打扫院子的惯例。那必须是早晨第一件做的事情；在祈祷前一所房子的洗净的一部分。而且针对在夜幕降临之后的清扫有某种类似宗教禁止的东西（无疑因为有价值的东西可能会被扫走并丢失）。或许，也有那样的宗教和虔诚的概念埋藏在日本人耙过的院子后面。

农民、孩子和诗人集合在吉姆·爱泼怀特对他童年时期自然环境的沉思里，也在他严肃而慷慨的谈话里。

他的房子在乡间，在一片林地里有一些其他房子的死路里。那是一座木屋。他客厅的端墙是用对角摆放的陈年宽木板构成的。后面是一块望见林地的没有屋顶的平台——一种在其他国家只对少数人开放的生活方式，但是在美国对很多人开放。

他给了我一本他的新书，《楝树颂歌》，一九八六年由路易斯安那州立大学出版社出版。他在准备茶水时，我看着《一叶烟草》。

用混血儿的双手形成脉络

接着脉络被看作溪流，“流尽整个流域的河系”，收集所有南方的历史残留。与此同时：

借朗姆酒和糖蜜而香甜，
卷成纸烟或压成烟块，
接着吸入或咀嚼，这段历史像糖浆
月光洒入汽车散热器，于是盐
使我盲目。唾液在体内活动。我们为这片叶子而死。

这种需要奴隶和自由人那样劳作的农作物，这种给这个地区一个特别日历和文化的农作物，对人是一种麻醉和威胁。经济上那行将消亡：美国南方的另一场小灾难。吉姆·爱泼怀特不吸烟，只是多年以前很短的一段时间吸过。但是这种文化如此接近他，几乎不顾他自己，诗中的烟草产品一样诱人地出现。朗姆酒、糖蜜和烟草的想法，甜的和苦的，令我想起威尔·坎贝尔的芬芳、潮湿、甘草加甜的比纳咀嚼烟草，令我想起在南方超级市场的付款台边上像水果蛋糕一样深色而丰富的玻璃纸或透明塑料包裹的烟块。

他喜欢作为一种文化的烟草，因为伴随这种农作物生长、烤制和出售的仪式。当那天深夜我在酒店房间里阅读他的诗的时候，我发觉那被他的谈话和我看见的场景充实，并且已经有点儿熟识了。

在《致 W. H. 爱泼怀特》里，他写了他的祖父。（在我想象里，我看见在研究三角区边缘他指给我看的烟草田。）

他在沼泽附近挖出灰泥，用手
栽种烟草，在它们开花前
折断吸根和顶尖，留一些做种子。
收割宽大的沙耳，弯腰屈膝
在空气里，热量在他脸上列队，从雨落下的
土壤。

《怎样收拾一头猪》，在烟草收获结束时一种“选猪”的庆祝，也是这个“收拾”或烧烤这头猪的人的一种庆祝，此人叫迪伊·格莱姆斯，他——仍旧——是老爱泼怀特农场里的佃农。

那来自老家，来自
当他们用木头烤烟的时候，还有玉米穗
在烟道的烟灰里烘烤。
猪是最后的东西。聚会
在环形住所，在庄稼全都收获时。
可以闻到秋天的味道，
就像红叶和金钱。

农业社区是受他们种植的庄稼和这种庄稼变得不重要的起因或最初意图约束，并给定一个日历的：从前水稻在爪哇，烟草在北卡罗来纳，甘蔗在特立尼达。在那首收割——艰难的收割，起初是奴隶的收割——结束时庆祝的诗里的谈话，带回在特立尼达某种叫“丰收节”的东西的非常模糊的记忆，这时甘蔗都已被收割，拉着甘蔗车的黑水牛的角挂上装饰，我住的小乡镇的主干路上有某种像音乐的东西，在一亩又一亩甘蔗田的边缘，辛苦劳作的场面：回忆像来自非常遥远年代的快照，当时我只有六七岁，似乎延续很长时间的记忆，但是也许事实上不超过一个星期。

大地的辽阔，地点间的距离——这是原本把吉姆·爱泼怀特作为一个孩子对世界的理解与我自己在特立尼达对事物的理解分隔开的事情之一。从前，那有时候是否有压迫性或令人恐惧？人们是否感觉迷失？在几天之后当我们在我暂住的酒店相遇时我问他。

他说："对于我祖父来说骑二轮马车去威尔逊（Wilson），这个县的中心和烟草销售的中心，十英里到那儿再十英里回来，这是一天的旅程。"

对此我都早已从诗里熟悉：

他的记忆留有更早的年代：一艘汽船
去纽约博览会，那时烟灰糟蹋了他的帽子。
马和马车追逐，当双程十英里
是一整天。

"汽车在二十世纪二十年代开始进入那个地区，还有电灯。电气化常常沿着道路。我妻子的母亲今年早些时候曾追忆，记起电气化到达这个地区的时间。这里的人们的确感到迷失。需要形成一种有其自身规律性、其自身仪式的生活的感觉——那就是宗教有了它所有的轮廓的一个理由。那就是为什么烟草生长的仪式如此重要。"

我问他有关他向我展示的烟草田的情况。我曾在刚抵达这个地区时见过，它正在一片地理雾霾中。

"我们在奥兰治（Orange）和杜勒姆县的边界上。从杜勒姆到教堂山的老路。也有大豆在生长，附近的一小片大豆。在这个地区正在发生的事情是农村农业经济正在被另一种经济取代。那使得那片农场不同寻常。那离杜克大学校园五六英里远。"

接着他说起烟草生长的仪式。

"烟草跟一种更古老的生活模式有关。对我来说与我祖父有关系，与一种程式化的周期性时间顺序有关系，在那里季节轮转由播种植床、春季准备土地、初夏栽种植株、仲夏收割来标记。你应该在八月完成烤制和分级。”

分级？

“分级包括分离来自不同标准收割的叶子。还有实际上不同成熟度的标准。所以最好的烟草被放在一起，包裹在一起，在这些“手”中，在拍卖时带来最高的报价。可能有三四家烟草公司，或者五家——在旺盛时期——给品质令他们喜欢的烟草出价。购买者会旅行到不同的市场。那里会有一种市场秩序。市场会在南方开始并北上，大致跟随烟草成熟和收割的路径。

“我认为烟草在其最好的化身是一种民间艺术。一种由极其擅长它但可能不会读和写的人实践的艺术。我记得在像加拿大和罗得西亚①（Rhodesia）的其他地区试图介入烟草种植时，它们会来到北卡罗来纳接触这些民俗专家——他们或许不能记下自己的名字，但是知道如何收割、烤制和分级烟草。

“关于收割，有技巧的事情是知道何时烟草应该被收割。如果太早或太迟采摘它不会得到适当地烤制。你不可能在某些季节制成一种完美的烟草。那就是为什么烟草有收获期，像葡萄酒一样。”

“你是一位专家吗？”

“不，不是。我只是知道什么是有关的。整个青春期我都在我周围看见这个。通常我认为我对烟草仪式的审美轮廓印象深刻。种植必须在恰当的时间完成，逐个用手工护理。一种手工艺模式的农业产品。现在那要机械化得多。不过烟草的手工艺方面是基于南方的廉价劳动力上的，在那时南方在经济上处于不利地位。

“典型的，土地会由恰恰不再生活在农场上的地主拥有。就像我的祖父。离开由他们祖父辈或曾祖父辈建造的南北战争农舍祖籍并移居到

① 即津巴布韦，非洲南部内陆国家，1980 年 4 月 18 日独立建国，津巴布韦在 1980 年之前被称为罗得西亚。

城镇、到像我出生地那样的小乡镇的人。在农场上的那些房子里会住有佃农，租田种的人。他可以是黑人或白人。在我经验里，典型的，他们是白人。他们分摊盈亏经营农场。佃农获得庄稼的半数收益。所有者供应物资和资金。典型的，会有一个或多个黑人家庭住在农场上较小的房子里，免租金地住。他们不是收益分成交易的参与者，而是作为一种疏远仆人来劳作。他们为钱劳作，他们的大家庭提供庇护烟草所需的很多帮手。”

“庇护？”

“使得烟草从田地里进入烤制库房接着包装库房——在那里它被打包和储藏直到被带入市场——的整件事情。有一间密封良好的包装库房是重要的，那要不太潮湿，最重要的是不能有漏洞，你不可能承受你的烟草在被烤制后受潮。如果有太多湿气，它会‘发霉’并彻底失去它的价值。

“这个庇护工作包括具有不同等级的多级重要性和职责的整队人手。收割者，那些事实上从梗上折断叶片的人，他们在某种意义上是最重要的。他们必须做两件有难度的事情。艰苦的身体劳动，以及他们必须做出关于哪些叶片要收集的决定。他们必须非常快速地劳作。那里会有两人到四人穿过田地，折断叶片。在梗底折断叶片的时候是最困难的。他们必须在非常炎热的气候里弯腰屈膝劳作一整天。

“他们中的几个会排成一排用膝盖走路，这样不必再俯身弯腰。不过那也很辛苦。跟着收割者的会是一辆骡拉或拖拉机拉的‘烟草卡车’。这些烟草卡车实际上是木轮子的木头小货车。它们在四角有木桩，四边用粗麻布来把叶子装在里面。”

我告诉他霍华德曾说起的在他手上的烟油，还有霍华德的母亲海蒂曾说起的烟草气味使她不舒服的事情。

“大多数工人抱怨树胶黏在他们手和手臂上的方式。那通常不会使任何人因尼古丁而生病，除非是湿的。”

海蒂曾说了对立面。她说为了避免气味，她和她丈夫在清晨去烟草田劳作，这时露水还在叶片上。

“另一种最重要的人是‘打环者’。他们在库房里工作。他们用棉线把烟叶绑在棍子上，它们接着被水平地放在库房的货架上，叶片从棍子上垂下，茎端向上。这也必须迅速地做完。打环者经常是女人——她们可能是佃农的妻子。并且那里会有‘传递者’。他们会把烟叶从烟草卡车上递给打环者。

“如今的某些人甚至会带着车轮拿走整辆烟草卡车，并用它们做咖啡桌。老式的烟草卡车只有咖啡桌的一半大小。它们被做的小是为了穿过田地里间隔的行。而且可能一辆卡车收拾的大约五英尺烟叶已经非常沉重，足够一个人来处理。烟草，在它被烤制前，是很重的。

“打环者会收到五六片烟叶，茎端对着她，在她的左手里，借助几次迅捷的动作，缠绕并确保茎端在一起。接着她会轻弹这一捆”——他做了一个手势，不过他正在描绘的事情不容易仿效——“这样它跨在烟草棍上并且挂在那里。叶片不从棍子上掉落是非常重要的，因为如果几片叶子掉下并且落在它们下面电镀的暖气钢管上，它们可能引发一场火灾，整个库房可以在十五或二十分钟内烧毁。”

“那会经常发生吗？”

“烟草库房着火并不罕见。在生长季节你会看到一两个库房被烧毁。”

他回到对烟草中不同岗位的谈论。接着他说：“一种特定的社会分层产生。所有者的儿子和女儿们成为城镇男孩和女孩。佃农的儿子和女儿们是乡村男孩和女孩。我们一起上学。我真的钦佩这些乡村男孩和女孩，因为他们比我工作得更辛苦。”

我问及机械化的影响。他的回答是出人预料的。

“去掉大部分艰苦劳作的技术创新也去掉了烟草的一些品质。现在不再用‘手’打结。叶片在密集库房里被夹在一起并烤制。”他把单词“密集”拼给我听，仿佛这个词本身包含一些新方法的粗劣。“烟草不再分级。烟叶被放在帆布里出售。”

他对烟草态度的很多模棱两可显露在对新方法的厌恶表情里，那节约了人力却对烟草有害。我那样问他。他没有拒绝它。

他说：“那是一个谜团、一个悖论。对此我有一定的共鸣，整个烟草业务，它接近于文明本身的悖论。这种本质上有毒的物质形成了一种生活方式的基础，具有如此多有吸引力的方面——一种对于它形式化的季节性轮转，茎秆在秋季被切割之后，留下梳成平坦犁沟的土地。那具有烟草市场的场面，一堆堆金色的芳香烟叶被卖到真正可观的金额。”

吉姆·爱泼怀特的妻子同样来自于一个烟草家族。他们最近谈论过烟草，他说，他的妻子说从前仅仅从观察一把烟叶就可能分辨谁用手打的结——打环者的打结风格是那么个性化。

“烟草是一种使得南方在一段非常严峻的经济劣势时间里从全国甚至从海外引来现金的产品。没有其他农作物每亩地可以挣来那么多钱，并且对耗费的努力的回报是暴利。在某种意义上，作为不知道他将要成为一名诗人的诗人，这个产品是一种民间艺术及其非功利性肯定引发我的好感。烟草的最终使用是作为一种社交姿态。从产品到消费品，它是一种风格承载的媒介。生活方式已经转变。我不认为南方绝对需要再生产这种有毒物质。

“我把烟草视为一种过去生活方式的旧约圣经式的方面，一种传统、保守、堕落的世界，一个由原罪标记、在其中烟草是一种象征的世界。”

我问他的家庭成员是否抽烟。

“父亲抽一点儿。不多。那是悖论的一部分。工人们大部分抽烟。

两名在我青年和成年期间在家族农场劳作的佃农死于肺癌。”

那些死亡令他担忧。在我们初次会面时，他曾有感情地谈及他们，几乎就在他向我展示在去教堂山的老路上的烟草田的同时。但是，正如一直在他话里的，这种毒药有另一面。

“某人可以争辩，任何成功的农业经济都有烟草种植的大部分方面。它所不具有的是烟草具有的手工艺、分级、芳香以及通过拍卖出售的品质。品质的问题，由颜色、气味和口味决定，对烟草极其重要。对于葡萄酒，有地区的特异性，而烟草处在一种类似的感官中：对于烟草也有地区的特异性。”

他说在他房子里有某些东西想要展示给我，但是他忘记了。“一块来自我家庭农场的烟草库房的墙板在我客厅里。天花板的横梁是库房里的标杆。”

不过我曾注意到端墙上的厚木板，对角放置的宽木板。

他说它们是松木做的，经过多年烤制过程的热量已经变得那么坚硬，以至于他不得不用电钻才能把钉子打进去。

“当过滤嘴流行起来时，这个行业在其要求上转变。经典的香烟是未过滤的‘好彩’(Lucky Strike)、‘契斯特菲尔德’(Chesterfield)或‘古金’(Old Gold)。那是公司想要用最完美烟草做的香烟类型，最完美、柠檬色、‘淡色叶片’的烟草。当过滤嘴开始流行，他们想要一种更浓厚的烟草类型，颜色不淡，品质不用一样好。于是种植最淡色的金色叶片的溢价减少了。整个生产模式已经由于不同的需求类型降级，并且最千真万确的是由于变化的种植实践。化学品被用来限制吸根生长并人工地增加叶片的体积和重量。它被称为 MH 30。它在北卡罗来纳州得到发展。当然，烟草不再支撑一样多的人在其机械化的方面。从前，烟草种植会支撑整个乡村的人。那是奴隶的农村后代们、不拥有自己土地的南方白人农民还有地主们的首要现金来源。如今很简单就有了多得多的钱，烟草的重要性降低了。”

他的过去或多或少被摧毁。不过正是这个过去给了他对他现在生活的景观的观察——尽管可能没有任何风景像初见那般。

“我现在能够写关于杜勒姆县的风景。不过我认识到那在部分情况下是因为，这风景已经由于在这片土地重新被树木覆盖之前、我仍旧可以在那里看见的一种更古老的农业经济的痕迹而产生的想象历史化了。

“一片南方田地，如果你放任它，它会在金雀莎草中生长，不出几年，松树幼苗会向上挺立，散布在金雀莎草丛中。在二十或三十年之后，它又变成了林地。”阔叶树接着在松树的掩蔽下生长；再接着阔叶树杀死了松树。他生活在一片八十到一百年树龄的次生林景观中。“不过在有些地方，旧的农场仍然在那里，就像海湾里偶然冻结的小波浪。它们是几行由一些农民种植的最后农作物，或许在上个世纪，或这个世纪早期。在树林深处，你可以看见倒塌的烟囱，以及在春天黄水仙仍旧会回到曾是家庭花园的地方的空地。在某些地方有几块旧的墓碑。几棵带有从被刻入树皮的地方仍旧可见名字和日期的山毛榉，那是在一九〇八年、一九一一年或一九一四年。这是在我们曾谈论的变化——电气化、道路、汽车——将要开始的那段时期前后。”

每段历史都由小废墟以及小废墟的景观所标记——当我跟着霍华德在复活节南下，看见离这里不太远对他来说是家乡的地方时，这曾是我对美国南方的最初印象。

吉姆·爱泼怀特说：“北卡罗来纳州东部的风景对于我总是一种过去的风景。在我父亲和祖父之间的我自己的生活里有这种分裂。我祖父出生在南北战争年代的农舍，他在我脑海里总是跟农业经济相联系。我父亲经营一个加油站，相信进步，有几年还出售过电气设备。他总是很匆忙。我祖父从不匆忙。

“在我祖父的房子里，就在我们房子的路对面，我们参加标志农事年的仪式场合。我祖父对我来说代表一种永恒。他有一个包装库房——就是他们包装肉食的地方，是他们熏制火腿和肩肉的地方。而且他们做像熬猪油、做香肠之类的可爱事情。非常艰苦的工作。但是正式的，因为人们与驱使他们做事情的需要直接接触。猪必须在冬季非常冷的一天里被宰杀，否则猪肉会变质。玉米和豆子必须在它们成熟的时候装罐，否则它们不会持久。”

装罐
在有像桶一样大的锅的厨房里
起皱围裙和皮肤带着水汽。
猪被绑在十二月的木材上。
它们的血像寒冷中的幽灵一样蒸发。

“人们有这种浪漫精神，但是当人们看着它时，会发现它不是一种虚构。它确实存在。离我祖父的这间农舍四分之一英里远是一片墓地，在那里我祖父母跟其他一些人葬在一起。”

“烟草”这个词被认为来自多巴哥，特立尼达的附属或姐妹领地。在“弗吉尼亚”在英国成为指称烟草的单词之前，烟草有时候被称为“特立尼达多”，以特立尼达岛命名，自从它被哥伦布在一四九八年发现以来，一直是西班牙帝国的一部分。烟草是当地印第安人的一种农作物。但是在一五一九年至一五二〇年侵吞墨西哥以及十五年后侵吞秘鲁之后，西班牙人只感兴趣于金和银；他们对烟草不感兴趣。是英国人、荷兰人和法国人前往特立尼达装上了烟草。在十六和十七世纪的特立尼达很难同时有超过五十个西班牙人。

帕里亚湾，位于特立尼达和委内瑞拉之间，是个大避风港，几乎总是停满外国船只。一位英国探险家和外交家托马斯·罗伊爵士[①]（后来作为詹姆斯国王的代表前往位于印度阿格拉的莫卧儿王朝），某一年来到帕里亚湾，看见十五艘英国、法国和荷兰船只“运送烟”。另一位英国官员汇报烟草贸易可能迟早比所有西班牙来自美洲的金银更有价值。

然而，这项贸易是非法的——即使农作物是在西班牙总督的同谋下在特立尼达生长的。在西班牙法律下，只有西班牙可以跟西班牙殖民地贸易。西班牙海军偶尔会对帕里亚湾里的外国闯入者发起扫荡；而被捕获的外国船长和海员可以被当场绞死。印第安烟草田——跟我会在北卡罗来纳看见的一样，烟草是一种需要那样被悉心照顾的农作物——被铲平；在三百年里本地印第安人口和烟草从特立尼达被肃清的过程的一部分。

英国在一七九七年夺得的（没有开一枪）这座岛是一个甘蔗奴隶殖民地。在大英帝国一八三四年废止奴隶制之后三十年左右，印度人基于契约从印度被带来，为的是在甘蔗庄园里劳作。正是甘蔗给了农村印度人社区的生活以节奏。烟草不再是一种本地农作物。

作为孩子被告知特立尼达曾经因为它的烟草而闻名，我原本感到难以置信，还有欣喜。对于我，烟草是富有魅力的，遥远的，来自英格兰（在极度奢华的密封罐里）或者美国（在柔软、芳香的玻璃纸小包里），某种来自《生活》杂志广告的东西。

她有一块胸牌在她的女装衬衫上：黑色塑料上的白字保拉，引人注目，还使你看见她几乎是平胸。她是在研究三角区的富人城镇之一里新开不久的一家色拉蛋饼“美食”吧的女招待。

---

①托马斯·罗伊爵士（Sir Thomas Roe，约 1581－1644），英国伊丽莎白一世和詹姆斯一世时期的外交家。

她说："你喜欢在午餐前要一杯鸡尾酒还是饮料？"它是一种形式。如她所说的一样，它完全不具有邀请性。她对于这些饭店的举止似乎跟几个月以来徘徊在饭店和酒店的我一样缺乏热情。"现在，让我告诉你我们的特色菜。"她机械地背诵了特色菜名。

在这次旅行的最初，第一个月左右的时间，在饭店里的这些吟诵期间，我常常微笑：这吟诵看起来讽刺，是一种在侍者和顾客之间的玩笑。但是这吟诵总是相当的严肃；侍者们正在做而且经常是顽强地在做他们被告知要做的事情。

保拉熬到她不得不说的事情的结尾。就在那时，出乎意料之外，怒气在她的声音里出现。她说："我今天就离开了。"

"离开这家饭店？"

"在这次服务之后。离开这里。离开这个城镇。去威明顿①（Wilmington），明天。"

"你打好包了吗？你现在没有多少时间了。"

"我就把它都扔到雪佛兰上。那些微型小车之一。像一辆平托②。"

"你不会租一辆友好③？"

"我已经有差不多一个月的时间在扔东西了。你扔掉再扔掉接着你发现还有东西想要扔掉。"

"你真的认为它们会都装进一辆雪佛兰里？"那已经成为我自己的小焦虑之一，有关旅行和酒店生活：打电话给行李员，清空保管箱，装上车，怀疑它们是否都装上了，在另一端是否会有一名看门人给这些大件小件搭把手。现在那么多书、报纸、文件和笔记本，那么多小包

①美国东部城市，特拉华州最大的工商业港口城市，也是重要的交通枢纽。

② Pinto，福特公司在20世纪70年代推出的一款车型，因外观时尚、价格合理而迅速成为流行的大众车型，但由于安全性的问题而停产。

③ U-Haul，一家美国装备和货运车辆租赁公司。

和袋子。

她说："好吧，你瞧。我丈夫和我大概一个月之前差不多干了一架。他把一半的东西带走了，而我有，差不多，好吧，另一半。不过神给我力量来看透这些。"

"你打算在威明顿做什么？"

"彼得在那里。我打算跟他在一起。"

"你丈夫？"

"神创造奇迹。我去拿你的色拉。"

当她拿来色拉时我说："友好的人在这里有一个停车场。我昨天看见它了。"

"我们有很多账单。我想先把那些付清。那会全部放进雪佛兰的。"

"账单。我明白。"

"那是我们经常为之干架的事情之一。他已经付了一些。还有一些他痛快地拒绝付。"

"他为什么那样做？"

"确实如此。他说他得救了。就像我。"

"你得救了吗？"

她的声音颤抖着。"哦是的。但他，大概，不是。如他们所说的，在耶稣中成长。"最后的话语，以及语气，暗示她有点儿在嘲笑她正在谈论的事情，或者与其保持一定距离。不过，就像关于特色菜一样，她正在严肃地说。

她穿着便宜的牛仔裤，一种鲜艳的刚出厂的蓝色。宽大的蓝色衣物下面的身体是瘦弱的。在她脸上有很多南方的妆容：大的有色眼镜下面和纤白的脖子上面玫瑰红色的面颊。带着乡下口音的早衰的小个子女人：所有的弱点和吵闹，所有生存的意志，包含在那娇小的身体里。

她端来了乳蛋饼，由于长时间的暴露它显得不新鲜、粘湿、看上去没有光泽。

她说："我们总是争吵，每天干架。他会想走，然后我会乞求他不要离开。"

"你们结婚很久了吗？"

"三年。"

"你不认为你会找到其他人吗？"

"我害怕一个人。不过这次神给了我力量。我没有请求他留下。我让他走。接着神在我们两个心里酝酿了奇迹。"

"你怎样得救的？"

"我刚得救。"

"你有牧师吗？有没有你正在追随的某个传教士？"

"没有像那样的事情。我有几年感觉我必须做某件事情。感觉如果我不做某件事情——"

"你会对自己不满？"

"不满。但是我感觉地球和宇宙或无论哪里的神都不可能对某个像我一样不重要的人感兴趣。我什么都没做。"

"没人给你建议？"她正在使用的很多词似乎都是由某个了解灵魂拯救的人放到她嘴里的。

"有一个牧师。"她给出了一个基要主义新教教会的名字，"有一天我不知道什么突然发生在我身上——我发现自己在一次仪式期间走向圣坛，而且我说了什么，我不知道那是什么，我知道我得救了。那时我只是感到上帝对我的爱。之后我遇见了彼得。"

"他已经得救了吗？"

"他在我之后。当我告诉了他这件事情之后。不过撒旦用一个前男友来诱惑我。"

"在你结婚之后？"

“在我结婚之后。那是彼得停止付账单并且开始找什一税的麻烦时。开始到处找麻烦。我们干了几架。”

“当撒旦诱惑你时你堕落了吗？”

“只在我的脑海里。”

“你遇见这位前男友了吗？”

“不，从没有。他对我不感兴趣。他从不想要我。那是个麻烦。”

“这位有吸引力的前男友出现说明了什么呢？”

“我不能够说。我不知道。它就是在那里。撒旦的诱惑。”

“我可以看见你丈夫会变得怎样不高兴。”

“我不是在责怪彼得。但是什一税和账单，尤其是什一税——跟任何事情都没有任何关系。不过在上个月当他走时神给了我力量。我没有在他面前跌倒，抱住他的双膝，请求他不要离开。我就是有这力量。我不知道我将要做什么，什么将会发生在我身上。我只是感到神给我的力量。而现在它还可以。”

“你多久祈祷一次？”

“每天早上。大约二十分钟。”

“在你脑海里你讲给神听吗？你感觉你必须做某种身体姿态吗？你跪拜吗？”

“有时候在脑海里我给神讲。有时候我大声对他讲。”

“你享受这个过程吗？”

“肯定的。而且这些祈祷得到回应，就像彼得和我再次来到一起的方式。那就是祈祷。那就是神。不过他只在它们是遵照他的意愿时回应祈祷。”

“你怎样知道什么时候它们是遵照他的意愿呢？”

“我曾经祈祷得到我的前男友。但那是违背神的意愿的。”

“什么时候你祈祷得到你的前男友的？在你得救之后吗？”

“在我得救之后。”她无拘束地笑着。

“你现在爱你的丈夫吗？”

“这就是为什么我正去他的身边。我爱他。我爱他。神在我们两个心中孕育奇迹。”

“你的前男友呢？”

“我已经宽恕他了。”

或者她说的是已经忘记他了。

撒旦和神为了保拉的灵魂争斗，保拉自己不对她感情的活动负责，无助，只能挑选拯救和请求神显露他的意愿：一种中世纪的混沌观念，人的孤独和无助，以及拯救的必要性。但是这并不是以中世纪世界的瘟疫、疾病和贫困、君主的专断和穷人的谦卑为背景的。我们在研究三角区的一个城镇；这种文化的场景是对所有人的迫近可能性的美丽、奢华和感官满足而言的充裕和选择，个人（只要作为消费者）至上。

充裕和选择甚至是这家小餐馆的主旨，在这里有非常大幅的面包条、麦穗、光洁玻璃杯里半透明红葡萄酒的彩色照片挂在墙上，在这里的最后一天保拉忠实地背诵着特色菜名。

“你多大？”

“三十二。”

“我以为你要更年轻。”

那是事实。蓝色牛仔裤胯部以下之字形的橙色线条在款式上透露出的，是比引发性欲的图案更多的一种新手的尝试，在下面的身体缺乏经验、易受诱惑的一种信号——那实际上是三十二岁女人的资本和责任的身体。大的有色眼镜遮挡了她的双眼；眼镜下面浓厚而闪亮的南方妆容隐瞒了她面颊的肤质。她就像乔装打扮的某个人。

她说，用南方的方式：“谢谢你！谢谢你。当我在经历这些时我看上去更老。我看上去什么都不像。”

我曾问吉姆·爱泼怀特，是否在从前乡村的人们不曾感觉迷失。他曾说："在这里人们确实感觉迷失。需要形成一种有其自身规律、自身礼仪的生活的感觉——那是宗教有它所拥有的轮廓的一条理由。"

向东是一片小农场的土地，不是完全的乡村，没有大的城镇。玉米（或苞谷）田是高大和褐色的。现在快要成熟的烟草的厚大叶片是柠檬黄色的；在学习了一些有关这种农作物的知识后，我好像已经学会看见它的美丽。柠檬黄色，金色，"淡色叶片"，相对于其他农田的褐色和绿色：土豆或大豆的绿色，植株低矮接近地面，点缀着白色和紫色花朵，吉姆·爱泼怀特后来告诉我那应该是牵牛花。

到处都有旧的烟草库房，高大、方形、密封的结构，有时候在外墙上有绿色的沥青毡，沥青毡（最初想要保持库房尽可能的紧密，而现在大多被扯裂）由间隔紧密的垂直压条压制。压条和破败不堪的沥青毡有时候在远处暗示着结构磨损的旧库房。杂草和小树就靠着废弃的房子和农舍生长；藤蔓覆盖着烟囱；紫薇标志着车道和旧花园的位置。

小农田、小房子、小废墟、教堂、小镇，该州中部的高速公路让路给拥挤而危险的双车道马路——这片土地证明着人民的本性，独立的小农场主、在宗教信仰上的保守或基要主义以及在政治上的保守。

我曾被告知该地区的政治是"烟草政治"，小农场主政治，在这里，对烟草种植者持续补贴的承诺可以以某种方式同样被解读为对保留黑人在他们的地方的承诺。

不过教堂山圣经教堂的詹姆斯·亚伯拉罕逊牧师认为这种对北卡罗来纳州东部的保守主义的嘲笑与轻描淡写是愚蠢的。

他说："基要主义政治冲动总是在那里。从二十世纪三十年代起，它被抑制，主要因为它不拥有大学的支持。在意识形态上，大学拔起它们的帐篷桩，转移到另一边。在意识形态上，他们从一个信奉基督教的神的世界观转移到另一个地方，在那里公认的唯一现实是物质的，可以被衡量和科学地定义。他们重新出现——基要主义者——主要因为他们已经看见或感到世俗社会的压力。

“那种北卡罗来纳州东部保守主义的一面被很多人认为是红脖佬的和下意识的。不负责任的——几乎是盲信的。无知的，缺乏我所说的三‘I’——智慧、信息和正直[①]。不过他们获得了一个更有力的证据。他们很容易被嘲笑，而且他们永远不会受欢迎。在他们有机会明确地表达他们代表的常识之前，我们的文化可能自我毁灭——对于一种基于极端自我和物质主义的文化来说。”

吉姆·亚伯拉罕逊——他在电话里通报自己的方式——来自中西部。他自己是一名基要主义者，他感觉他的圣经教堂符合在教堂山的一种需要。他的会众里有几位博士；他的教派正在扩大。当我去见他时大量的建筑工程正在继续。美国社会，他说，被建立在宗教基础上。它不可能自由漂浮。近来的一次民意测验发现，每三个美国人里就有一个是重生的基督徒。“有很多人。”

不过他有跟北卡罗来纳基要主义者的争论。

“我认为有强大的、合法的和几乎永恒的原则会一再的重现。但是为那些原则而奋斗的人们不能够如其所愿地明确表达它们。宗教右派似乎不理解左派或世俗知识分子信奉的世界观。他们倾向于把他们当作恨神者或异教徒而剔除。而且他们在了解怎样转化宗教理想为政治政策方面有困难。”

那也是伊斯兰教的问题——既然伊斯兰国家从未被它的创始人定义——并且在很多国家它成为对原教旨主义的推动：如何在一个剧变的时代知道真相并且抓住一个人的灵魂。

---

①这三个英语单词的首字母都是“I”。

奇怪的是，在美国的一个遗留角落，或许是世界转变的马达，相同的问题会被提出，相同的对安全的需要。

不过没有人比巴里·麦卡蒂对他的信仰和政治更加有把握。政治和信仰让他成了一个完整的整体。他只有三十三岁，不过他早已给人留下了一些印象，而且密切注意该州政治事务的人把他视为新一代新右派领袖之一，他们的时代将在十或十五年里到来。

他的培养是在神学和辩论上的。（就像在穆斯林国家很多原教旨主义领袖的培养：两种相反的文化再度巧妙的会聚。）他一九七五年在罗阿诺克（Roanoke）圣经学院取得第一个在圣经里的学位；一九七七年在阿比林基督教大学[①]完成演讲和修辞的硕士学位；一九八〇年在匹兹堡大学[②]获得他的修辞和辩论的博士学位。一九八〇年起，他成为在他母校的演讲和辩论的教授。

罗阿诺克圣经学院是一个基督会机构。它位于伊丽莎白市，一座远在东面海岸线上的城镇，距离罗利将近两百英里，研究三角区的美化松林地景观。

越过乔万（Chowan）河，高高的天空下的三角洲土地，早已没有山丘特征的土地变得平坦。阿尔比马尔湾（Albemarle Sound）（它作为名字我一直不知道直到那个时刻）给出了北卡罗来纳海岸的一种宽阔、大陆性的感觉，致使我对以前关于它的无知有部分的遗憾，也使得我想再次前来并在那片空旷里停留一天。那是易于想象早期探索者的激动、发现他们自己在一片真正的新大陆的区域之一。

---

①阿比林基督教大学（Abilene Christian University）成立于 1906 年，是一所小型规模（一万人以下）的教会大学，学校位于美国得克萨斯州阿比林。

②匹兹堡大学（University of Pittsburgh）成立于 1787 年，是美国最早成立的五所顶尖私立大学（哈佛大学、耶鲁大学、宾夕法尼亚大学、匹兹堡大学与普林斯顿大学）之一，一所世界一流的美国顶尖研究型高等学府，素有“公立常春藤”大学的美誉。

巴里·麦卡蒂的办公室在一座世纪之交的木制建筑顶层的小房间里。一面墙上有里根总统和杰西·赫尔姆斯[1]参议员亲笔签名的装框彩色照片。那些照片下面同样装框的是巴里·麦卡蒂作为一名一九八四年在达拉斯召开的共和党大会的代表的各种入场券。一个年轻的政治家的珍宝。他还把我的注意力引到平放在另一面墙上的旗帜上：一面有两个红色长块和一个白色长块以及在蓝底上形成圆圈的七颗星的旗帜。他问我是否知道这面旗。他说这七颗星提供一条线索。我不知道这面旗。他说是星块旗，南方邦联的第一面旗帜。

他是一个矮壮的男人，冷静，自制，脸呈粉色，戴着眼镜。他穿的西服看上去非常整洁，像他的办公室、他的书架、他的照片、他的文件一样。他看上去像一个来自小城镇的中产阶级专业人士，不像一个政客，不像一个急于站出来的人。

他非常崇拜杰西·赫尔姆斯。在电话里，试图说服我完成到伊丽莎白市的两百英里行驶，他说（仿佛那足够成为对我的回报）："我们是这里的杰西支持者。"

我问他一名杰西支持者是怎样的。

他说："那意味着一名会投票给杰西·赫尔姆斯和像杰西·赫尔姆斯的人的保守的北卡罗来纳民主党人。他们代表旧南方的保守价值观。对神的信仰。对有限的政府的信赖。对自由企业的信赖。个人自由和个人责任——联系在一起的两个概念。"

在那些原则范围内包含了所有他的政治、所有的保守计划。他向我展示，在一次为参议员准备的晚餐上他为赞扬杰西·赫尔姆斯而做的一次演讲的正文——用打字机以大写字母打出，带有手写的修订。演讲开始，"这是我短暂生命里最大的荣幸之一，被邀请来向你们介绍活着的

①杰西·赫尔姆斯（Jesse Helms，1921－2008），美国参议员，保守派运动的领导者，有"不参议员"的名号。1942 年至 1970 年，他是民主党党员；1970 年后，他转到共和党当党员。

最伟大的美国人之一”。接着非常快速地，在给予参议员赞扬并批评他的敌人的同时，演讲勾勒出有关税收、福利、政府开销、教育、共产主义等方面的保守计划；并且用自由和宗教把它组合在一起。

在演讲中有一个关于参议员的故事：“在某个场合我跟他在一起，他为了过夜而入住一间酒店。服务台后面的女士问参议员他是否有信用卡来支付他的房费。他转向她并说：‘小姐，我就快要带一条响尾蛇在我的口袋里了。’然后付了现金。”

有关参议员和信用卡仍旧是真的吗？

巴里·麦卡蒂笑了。“他现在有一张。不过那是某个对自己的财务谨慎的人的心态。”

一九八五年，北卡罗来纳州州长提名巴里·麦卡蒂为四年任期的州社会服务委员会主席。

“我们一直在尝试引入‘工作福利’概念取代福利。工作福利的基本概念是有能力工作的接受福利者被要求为了继续能够接受他们的救济金而工作。是南方工作伦理的一部分。

“你肯定记得这个国家的开国元勋里多数是南方人。在这些海岸上第一个说英语的殖民地是在一五八四年由沃尔特·罗利爵士[①]在罗阿诺克岛创建的——离我们所在的地方不到六十英里。它被称为‘消失的殖民地’，因为沃尔特·罗利建立了这个殖民地，下一次给养船来找它们，它们却消失了。”

（不过沃尔特·罗利爵士在那时还有其他的计划。他开始对黄金国[②]感兴趣。在一五九五年，他用大部队袭击特立尼达岛。他消灭了半饥饿

---

①沃尔特·罗利爵士（Sir Walter Raleigh，1552－1618），英国伊丽莎白时代著名的冒险家。同时也是一位作家、军人、政治家，更以艺术、文化及科学研究的保护者而闻名。

②黄金国（El Dorado）一词原指南美洲哥伦比亚土著穆伊斯卡部落首领，作为成年礼，他把自己全身涂满金粉并跳入瓜达维达湖。作为一个地名，这个词可以指一座城市、王国甚至是帝国。

的小股西班牙驻军，抓住了西班牙总督，一个花自己的钱寻找黄金国的疯狂的老兵。罗利想要特立尼达成为他寻找黄金国的基地，想要劫持西班牙总督作为他的向导；并且他想要特立尼达和圭亚那——在奥里诺科河[①]三角洲——的印第安人成为他的帮手。他带着印第安人回到英国，向人们证实他曾去过的地方；在同一年，一五九五年，他写了一本名为《发现广袤、富饶和美丽的圭亚那帝国》的书，里面暗示他曾发现黄金国及其金矿，但没有实际声明他找到了。他谈到一个英国－印第安人的南美帝国，罗利亚那。但是什么也没有发生。他曾激怒当地印第安人反抗西班牙人，但是他对他们无能为力；他们被西班牙人镇压。在一六一七年，跟他二十二年前驱逐的西班牙人一样疯狂的他从伦敦塔被释放，去寻找他曾谈及的圭亚那金矿——他从未见过，也并不存在；他的儿子死于这次欺骗性的探索；罗利为此不幸责难一位多年的老朋友并迫使那位朋友自杀。那是一个悲惨的故事。但是罗利主要因为他自己的写作而闻名，仍旧是一位传奇的戏装人物——他穿着全套装束的精致挂毯挂在教堂山的卡罗来纳旅馆。）

巴里·麦卡蒂说：“这个国家实际上在南方开始。当你着眼于美国的立宪政府的指导思想，你会发现他们中那么多是南方人——杰斐逊、华盛顿、帕特里克·亨利、兰多夫、麦迪逊父子。

“奴隶制在南北战争中并不是真正的问题。真正的问题是联邦政府在各州之上的权力。对中央权力同样的不信任、对个人权利同样的戒备使得开国元勋们转而要求权利法案，同样的精神事实上就是引致南方各州在导致南北战争的问题里抵制北方的东西。”

今天那仍然重要吗？

---

①南美洲重要河流。发源于委内瑞拉与巴西交界的帕里马山脉德尔加多查尔包德山西坡。呈弧形绕行于圭亚那高原西北部边缘，最后向东注入大西洋。整个河道除了有一段位于委内瑞拉和哥伦比亚的边界线上而外，大部分在委内瑞拉境内。

"这里有一个人——杰西·赫尔姆斯——相信联邦政府的权力应该被严格地限制。对个人来说，最重要的政府应该是最靠近他的那个。政府变得更遥远，它应该跟个人的生活关系更少。"

"你从哪里获得自己对政治的热情？是通过你的父亲、你的家庭吗？"

"最初的影响可能是宗教。《圣经》说在人类社会里建立秩序和公正政府是必要的。"

"《圣经》说过吗？"

"《罗马书》，第十三章。在那里使徒保罗教导政府具有神的权威。"

（后来，在酒店里，我读了《新国际版圣经》的这一章。我认为它充满了重复和渴望，一个非常清楚地了解罗马帝国的权力并且不想他的小集团被压垮的人的作品。那不仅仅是"恺撒的物当归给恺撒"；保罗似乎正在捏造一种理论来适应他的目的。

"每个人必须使自己服从于执政的权威，因为除了神创建的之外没有别的权威。存在的权威是由神创建的。所以，违背权威的他就是违背了神所创立的东西，那样做的那些人会引来对自己的审判。因为统治者不会给那些行事正当的人带来恐惧，只会威慑那些行罪的人。你们想免于对掌权的那个人的恐惧吗？那么只要行善，他就会称赞你。因为他是对你有益的神的仆人。但你若作恶，却当惧怕，因为他不是白白地佩着剑。他是神的仆人，一位愤怒的代理，给行恶者带来惩罚。所以，服从权威是必须的，不只因为可能的刑罚，还因为良心。这也是为什么你应该纳税……"

这篇使徒书可以被用来为任何事情辩护。看上去把"政府在人类社会里建立秩序和公正是必要的"的内情和盘托出的巴里·麦卡蒂的解释是一个信徒的解释。尽管那段有关税赋的训诫似乎违反某些杰西支持者的政治信仰。事实上，那一章整体可以说是与他有关政府的想法相反的。

但我是后来读到的。我不可能在当时向巴里·麦卡蒂提出这些见解。)

他说，继续他有关罗马文第十三章的想法："那教义暗示政府首要的功能是建立秩序，惩罚犯法者。"他继续，"但是在《圣经》里没有把诸如慈善的事情责令为政府的责任。他们肯定被责令为个人的责任，但从不是政府的。所以我有个人义务来给穷人提供食物、庇护和衣物。"

"你？"

"是的。穷人是尽我的力量来帮助的。还有另一个《圣经》信仰塑造了我对严格立宪政府的热情。《圣经》说我们是堕落的动物，人天生是有罪的。立宪政府为此提供补救的方式是人的集体权力被抑制和平衡。我相信在自由主义者和保守主义者之间最基本的差别是自由主义者相信人的可完善性，而保守主义者不信。

"保守主义者相信人类是堕落的动物，他们的集体权力必须被抑制和平衡。看一看这个国家里的社会支出。他们的信仰——自由主义者的信仰——是，如果你给正确的人足够的钱，他们会消除贫穷。我不认为那将会发生。将会发生的是那些有所有权力和金钱的人成为国王，而且因为他们是人，在某些方面有罪的动物，他们会找到一种方式来滥用那些金钱和权力。

"我质疑联邦福利制度的特有伦理性。如果你饿了，我带你回家并给你吃的，那是善行，因为我选择了向你显示仁慈。但是当联邦政府为了赠给你而合法地通过税收来掠夺我，我认为是不道德的。"

他到目前为止在回答私人问题上没兴趣。他没有给任何他的想法提供一次个人转身。所以我不曾被满足他政治驱动的任何人类理解。现在我再度尝试。我知道他并不出生在北卡罗来纳，而是从亚特兰大来到那里。我问起他的背景。

他没有直接回答。他说他有一份最新的生平梗概在他的文字处理机里。微笑着摇着头说对于像他一样的某个人使用文字处理机如何奇怪的同时，他坐到仪器前面，按下不同的键，不一会儿向我呈现了一段打印的文字。那是正式的，对于他的教育、他的职业经历、他的政治生活以及他作为基督会牧师的生涯的描述。

我把这张纸跟他提供的其他文件放在一起，并问他父亲做什么工作。

“我父亲是一名消防员。他在第二次世界大战里服役于美国海军，在我生命里的最初十一年，他作为一名消防队员在佐治亚州东点（East Point）——亚特兰大的郊区——工作。然后，在一九八一年，他去世的那一年，他是一家保险公司的安全工程师。

“第一次我在教堂的时候只有两个星期大。我碰巧来自在礼拜时使用音乐的教会分支。我们的人不拥有加尔文教派的信仰，你必须看见某种奇迹般的记号才能成为基督徒。我们的途径是更加理性的。”

“你们有周末露营吗？”

“作为一名男孩我参加过基督教仪式的露营。”

“某人告诉我他发现那些露营很无聊。”

“我童年时期最开心的回忆和友谊来自我在基督教露营中的经历。”

他十八岁时，从亚特兰大来到罗阿诺克圣经学院。他是在他家族历史中第一个有学院教育的人；他当时开始的这门课程就像他家庭信仰的延伸。他自豪于从匹兹堡大学获得的博士学位。当我问起他取得那个学位的科目——修辞和辩论——他说：“我发现我被思考和演讲的基本技能所吸引。这些恰恰是关于生活中任何领域的努力的两个关键点。”

我告诉他有关我曾在纳什维尔见到的基督会的情况。像我曾遇见的那两个人一样，他有怀疑吗？

“我已经发现无论何时我怀疑信仰，我总是能够发现证明而不是否定我的信仰的证据。我不认为我到过一个曾有任何危机的地方。那是一种终身的成长过程。随着学习越来越多有关科学的内容，我发现世界是一个越来越错综复杂的现象，这坚定了我的信仰。”

他是否感觉教会做出了太多对人的要求？

“我们生活在一个世俗社会，对基督教精神的真实承诺变得越来越艰难。然而，我不认为那种意见可以被用来决定基督教精神是否是真实的。”

我问起这个地区的基督会力量。

“通过一名苏格兰长老会传教士亚历山大·坎贝尔的努力，运动在十九世纪早期开始。坎贝尔说他只想成为一名基督徒。坎贝尔生活在西弗吉尼亚。从那里运动向西和向南发展。”所以它在北卡罗来纳州东部是相当新的。基督会学院一九四八年在伊丽莎白市创建。“旨在为东部沿海地区提供牧师和基督教领袖。”

那是一组给人深刻印象的建筑物，在巴里·麦卡蒂所说的这座城镇最美好的部分占据了两块住宅区。大多数建筑物是世纪之交的木板房。学院还在道路对面帕斯阔坦克（Pasquotank）河边买下了十八亩地。那是一个印第安词语，巴里·麦卡蒂说，意思是“水流分开的地方”。他说起那个的方式使我感觉他对于这片壮丽海岸上的印第安往事有着某种浪漫的感情。不过那并非如此；他从《北卡罗来纳州手册》获得有关帕斯阔坦克的事实。两座砖砌的宿舍楼近来在帕斯阔坦克土地上被建起。在学院里现在有一百六十名学生。在五年内，这所学院希望有两百人。

所有他的职业生活在宗教及相关事务中度过，而且他没有感觉枯燥。

“我发觉基督教生活是一种冒险。了解神并且在使他为别人所知中的分享是任何人可以驱动自己的最伟大追求。我的看法比大多数人更严格。我承认。”

我请他描绘这个地区的人民。

“这里的大多数人是非常传统和保守的。他们应该是基本的欧洲血统。”

“苏格兰人，大部分的？那是他们告诉我的。”

“不是苏格兰人。大多数人不可能记得那么远。他们是十足的美国人。美国南方人。你可能会听到的习语之一，或者在保险杠贴纸上见到的是，‘土生土长的美国人，承蒙天恩的南方人’。这个地区的人民为成为美国人和南方人而自豪。他们是小农场主，很多人有一百或两百亩地。其中一些是渔民，一些在旅游业工作。没有很多重工业。人们在这里比在罗利或夏洛特更依赖于土地。我喜欢小镇氛围。我成长的郊区有非常浓郁的小镇特色，在那里你了解你的邻居，他们也了解你。”

“你感觉这里的人跟城里的人的区别是什么？”

“作为某个从美国著名大学获得哲学博士学位的人，我很可能有雅皮士社会成员的资格。不过我对于南方文化的旧有价值观很尊敬。挣钱在我生命中并不是最重要的事。这里的人忠诚于在利益喜好之上的原则。与城市的基本区别是物质主义。城里的人更专注于事物而不是想法。这里的人钦佩政治家、有原则的人。”

“但是他们喜欢人民去关心他们的经济利益吗？”

“赫尔姆斯对个人回归故土为自己谋生的权利更感兴趣。小农场主，小企业家。”

但是这些小农场怎样可以持久发展？烟草行将消亡。

他赞同。他自己并不喜欢烟草补贴的概念，并且他认为大多数农场主接受烟草行将消亡的事实。“我知道很多在北卡罗来纳的人并不单单通过务农来谋生。你会发现成为农场主和木匠、农场主和技工，或者农场主和其他什么的人。或者他们会务农和伐木。我现在没有木材炉。以前，我会从一个夏天务农冬天伐木的人那里买木柴。普通人在北卡罗来纳州东部——口语化的短语是‘向东’——并不富裕。他们是劳动阶级人民。”

那他们的未来呢？

“我并不处在一个预言小农场未来的位置上。但是我会做两个观察。其一是那些曾在这片大陆——美洲——劳作和谋生几个世纪的简单得体的人。我把北卡罗来纳州东部的大多数人看作拓荒者的后裔。从荒野中开拓出这片土地的人通过简单实在的劳动开始了生活，没有一个庞大的联邦制度照顾每个人——在罗阿诺克岛上和后来在詹姆斯敦的人。

“其二是这些在这里劳作的简单实在的人并不像他们看上去的那样远远落后于时代。他们跟在芝加哥、纽约或亚特兰大的人看相同的电视节目。他们中的很多人送孩子去教堂山、范德比尔特或罗利的学校。我正在说的，是现有的保守主义和价值观是出于选择而保有的，而不是通过对现代世界所提供的东西的忽略。它们是永恒的价值观、持久的价值观。

“而且在北卡罗来纳州东部，你谈论未来，就是在谈论某种只有神确定知道的东西。这些人非常了解神。”

“你怎样描述你的对手？”

“相信政府有全套解决方案的人。”

“在当地？”

“在这里很难找出极端自由主义者。”

“描绘一下这个地区吧。”

“它是旧有南方价值观仍然盛行的地方之一。它是一片美丽的土地，绿色，水系密布。它是一个人们靠近土地生活的地方，甚至对于那些不依靠农场生活的人而言也是如此。有很多喜欢水的人。这里有钓鱼、捕猎。土地肥沃。”

大地之美，户外生活——之前我从很多类型的人那里听过它。

巴里·麦卡蒂本人就是一名猎手。他猎鸭，正期盼着猎鸽季节的开始。没有我的任何提示，他讲起他对有关枪支的联邦法规的愤恨。他完全持有保守的思想，甚至对于此，它最令人迷惑的方面：拥有枪支的权利。

他说：“自从跟你谈话起，还是第一次，我发现自己几乎焦虑于如何阐述关于枪支的这种态度。”我喜欢那种“几乎焦虑”：它可能来自于他在演讲或修辞方面的训练。他继续：“南方人经常被描绘为提枪的红脖佬、种族主义者，据说一个真正关心他拥有一支枪的权利的南方人真的是一名三 K 党的成员。这与我们早先有关权利法案的讨论有联系。在第二章里表明，人们携带武器的权利不应该被侵犯。我认为你会在南方人中发现，既然他们珍视所有他们的宪法权利，他们也珍视保存和携带武器的权利。

“我会与我的邻居们和平相处。但面对一名入侵者，我会毫不犹豫地保护我自己、我的妻子和家庭。在这样的环境里，一把枪是开化的人面对一个未开化的人的最后防线。”

我说我曾在密西西比听说普通人的狩猎土地正在缩小。相同的事情在这里发生了吗？

“还没有。世界持续改变，我们必须适应。你必须准备好保护你生活的方式。有某些从未改变的价值观存在。”

“但是物质世界改变了。”

“是的。我过去经常用钢笔写字。现在我用文字处理机和计算机。”

他是怎样保护他生活的方式呢？

他打算付钱让他的孩子在一所私立基督教学校受教育。花费是每人每月一百美元。对于三个男孩来说是昂贵的。“但是我们会那么做。”这引向了他的其他观点，“过度税收是对我生活方式的一种威胁。”

我被他的热情和率直触动，我把教堂山圣经教堂的吉姆·亚伯拉罕逊曾对我说的有关宗教右派的内容向他读了出来。他们是，他曾说，容易嘲笑的人；但是他们代表一种必要的常识。

巴里·麦卡蒂的目光在眼镜后面变得柔和。他对我宣读的内容感到惊讶和欣慰；他不曾期盼这种程度的理解。他的话开始有哲学意味。

“直到十七世纪，西方文明基本上是基督教的。在那种世界观之内，宇宙和在其之内的一切，包括人类，才有意义和目的。在现代观点里，世界只是一件又一件该死的事情。一种可怕的世界观。根本上人类不能忍受的一种世界观。它不可能持久。它会摧毁它本身。

“当你观看的荷兰大师的作品是通过欧洲北部的宗教改革传播的画作时，产生的世界观是属于由神创造并在神的掌控中的世界的。在这个世界里，个人拥有自由和尊严是因为他们是按照神的形象创造的。这就是为什么伦勃朗会费心画一幅清理鱼或切一条面包的女人的画。因为这个女人对神有确定价值——她是按照神的形象创造的。

容易嘲笑，像他自己的保守派吗？不过他念过一所重点大学，他说；他曾攻读哲学；他了解现代世界。人们知道他的情况。

他说：“这就是为什么他们感觉某个人，曾看见新世界却不再考虑它的人，是让人害怕的。”

一分钟前曾变得柔和的目光又锐利起来。我感觉到——相当突然地——在他身体里，在得体的衣着和正确的举止里，有一团火。

当我们在电话里交谈来安排我们的会面时，我曾请求他考虑某些他可能在伊丽莎白市向我展示的有教育意义的或有启发性的东西。他没有忘记。在我们会面的最后，他带我去看法院广场里的邦联纪念碑。它是在一九一一年由邦联女儿会的当地分会竖立的，这个分会，他说，或许不再存在。他展示了纪念碑：柱子（暗示大量制造），士兵在顶端。他对此没有多说什么；在我瞻仰时他什么都没说。接着就是开车送他回圣经学院的时候了。

我问他有关伊丽莎白市黑人的情况。他以对他们的迷惑和遗憾来讲。他们中的大多数具有南方的工作伦理，他说；他们中的大多数在价值观和日常生活方面是保守派。但是他们不投票给保守派；他们给黑人候选人投票。

那是漫长的一天，也是一次漫长的驱车返回之路。离伊丽莎白市大约五十五英里，在一条狭窄拥挤的道路上，有一起样子可怕的交通事故：一辆车撞毁了，另一辆翻车了，人们跑向出事地点，接着传来一辆正赶来的急救车的鸣笛声。

我的思绪留在那里一小会儿。仅仅在大约一天之前，我看见巴里·麦卡蒂以向我展示他办公室里的星块旗来开始会面；并且以向我展示邦联纪念碑来结束会面。

往事转变了，提升到真实的历史之上，提供了一种几乎是宗教信仰的象征主义：碰撞在一起的政治信仰和宗教信仰。我曾被告知北卡罗来纳的保守派用代码说话。这代码有时候是易懂的，“烟草是一种生活方式”成为小农场主对政府资金的请求。但是在这片小农田和小废墟的平坦土地里，还有某些情感埋葬太深难以用言语表达。

吉姆·爱泼怀特一天带我去看他在威尔逊县、位于他所说的北卡罗来纳州东部烟草区域中心的家庭农场。我们先去了这个县的主要城镇威尔逊。它离农场十英里——我从诗里和与吉姆的谈话中知道那距离。

威尔逊是一个比我期待的更殷实的城镇。我们开车通过的居住区看上去富裕和稳定，有缩在树木繁茂的花园后面的大房子。从前，在威尔逊的钱大部分来自于烟草市场。在这个城镇工业化的另一边（我们在下午回来的路上驶过那一边）有烟草仓库。

我们在一家超市停下来买午餐用的坚果和水果。结账通道里在我前面的是一个拿着几罐啤酒的醉醺醺的年轻黑人。他已经南方式的缓慢的语速因为醉酒而变得更慢，他似乎在窃窃私语而不是讲话。收银员是一个白人女孩，似乎没有察觉什么，她拿钱并找零后，恰当地说了超市惯用语谢谢。当我们走出去时，前场看上去缺少吸引力：超市推车、垃圾、一些闲逛的黑人。那不是一个可以在里面享用汽车快餐的地方。

吉姆说：“我们要去农场。”

我们跨越了铁轨。它曾经分隔白人与黑人城镇。那里仍旧有一座美铁车站；还有本该是城镇的白人区的老酒店。就像在一个简单的电影布景里的道具安排：车站、铁路、小酒店。

“旅行推销员会暂住在这里。”吉姆说。

“什么样的生活。”

“他们中的一些应该喜欢那样。”

铁路另一边，在仍旧是黑人城镇的地方，有盒式房屋，跟活动房屋一样狭窄，肩并肩紧紧靠在一起。有大房子的威尔逊似乎已经很远了。

去农场的十英里走得非常快。到处都有废弃的烟草库房，在一片田地里有时候一共有三四座。在我为农场准备好之前，我们已经拐下了道路，停在一座两层楼老式木屋和许多白铁皮农场建筑中间的净空间里。院子里有两辆稍有点儿年纪的汽车：院子金属质感的一部分。路对面是与农场连接的田地。

吉姆曾告诉我有关家庭住宅和农场、有关搬家去附近的小镇斯坦登斯堡、有关佃农家庭和黑人雇工的故事。但是我没有全部听进去。我被所有听说的事情弄糊涂了；我们停在院子里时，我完全不知道我在哪里。我认为在老木屋里的应该是吉姆的家；我把佃农看作一种受雇者。

当吉姆下车走向房子，我打开我的坚果罐，把橙汁倒入纸杯里。一只手拿坚果，另一只手拿橙汁，用一只胳膊把超市橙汁纸盒竖直地夹在我身侧——那就是我的样子，当一个快五十岁、皮肤白里透红、穿着深蓝色裤子和格子衬衫、戴着眼镜的笨重男人微笑着出来走到车旁的时候。

他带着一定的自信说：“我是迪伊·格莱姆斯。”

我很了解这个名字。他是在诗《怎样收拾一头猪》里庆祝的男人。他的言语、他在烟草中的生活已经被转变成诗。

他等着我挪动身子下车——他已经被告知我要来。但是我被堵住了，打不开车门，而且找不到言语来解释。他变得窘迫，说了某些我不能听清的有关“吉姆先生”的话，向后退了一步。

最后我说自己读过有关他的诗。

这使他高兴。他说曾有读过诗的人想要他做一些菜。

只是在过了一些时间之后我才理解，事实上我以前听说过，佃农迪伊·格莱姆斯住在老爱泼怀特的家庭住宅里——吉姆的圣地之一。

> 它屹立在今天，楼上走廊用栏杆围住
> 狭小的窗户前，他们古老的玻璃
> 竖立并向着干净的犁沟开放。
> 他们手工吹制的窗格玻璃不完美地显示线条，
> 仿佛自南北战争以来幻影般的热量
> 印刻了涟漪。

在主楼和是一座分离建筑的厨房之间，有一条宽敞、有屋顶的过道，一条“风廊”，两边有开放的隔板墙。（从前应该没有隔板，吉姆说。）我们最后就坐在那里，尽管迪伊·格莱姆斯原本希望我们进屋享受空调。

他的谈话——对我来说不太容易听清：他坐在一张桌子的另一边而且还隔着一些距离——是有关干旱的。那里总是不下雨。他已经尝试挖一口井，但是发现没有水。他的谈话也与一位邻居丹有关。丹有一个灌溉系统；这个夏天丹已经放水三次。丹还有一个机械式烟草收割机；几年前那曾花了他三万五千美元。丹从那一天起“种植”烟草，使用机械式收割机采摘成熟的叶片，接着让他的人在烤制库房里“种植”烟叶。

他谈起这座房子；他曾被告知我或许也想看一看。他说有关这座房子最值得注意的东西是它如此多地被用木桩钉在一起，甚至是风廊的椽子。他带我们进屋里。房子比人们从外面想到的更宽敞。地板有一种坚实的感觉，没有木房子里中空的声音，没有共振。前屋比例优美，几乎是正方形的，十七乘以十八英尺，而且很高。再到外面时，我们打量着房子各边上的砖砌烟囱，以及两条路对面的田地的有围栏的门廊。

吉姆说："它是一座可爱的老房子。在其朴素的本地样式里高贵的房子。我尤其喜欢高大的窗户。尽管我事实上从未从上门廊眺望田地，但它似乎对我来说是一个有利地形。"

烤制烟草的密集库房是在开放式院子的另一边。三四个并排竖立，像小号的移动房屋。里面的热量是电力产生的，库房周围的空气闻着有热的绿叶气味。当迪伊打开一个库房的门，溢出的气味非常热并且腻得让人有点儿倒胃口。货架上靠外的早已呈褐色的叶片是破碎的。迪伊说这是由于每次他打开门看时更冷的空气穿透了它们；更里面的叶片会更好。

在包装库房里——在那里烤制后的烟草在被"清理"（考虑到湿气）以免变脆而碎掉之后就已储存——我们看见这一年可怜的收成。在大片空间里，只有几捆用粗麻布包裹的金色烟叶。这里有一种温暖、醇香的气味，地板有一种源自多年的树脂的光泽。没有被问及，迪伊就准备了几"把"老式烟草束：拿六片左右的烟叶，把它们茎向上握住，然后在茎上用一片质量好的烟叶折叠两三次来紧紧地绑住它们（原则上先是腰带接着是腰布）。

迪伊的妻子走进打包库房，她外出去了什么地方，刚回来。她默默地站在我们旁边，看着迪伊绑烟草束。

废弃的骡棚仍旧是完整的，院子里另一个金属构造：另一种过去的劳力的提醒。现在没有要照看的骡子了，但是有骡子曾在那里的提示物：畜栏的顶板以一种波状的样式被啃坏。

院子的尽头是一个奇妙的装置。它是一个有顶棚的烟叶收割机。有低位的金属座位给四个收割者，意图是当收割机被一辆拖拉机拉过时，坐着的收割者会从烟草梗上切断成熟的叶片，没有屈膝跪行的重负。不过，加上“束烟草者”和其他需要传递采摘的烟叶给夹具的人，保持收割机运作要投入十一个人。劳动力，盛夏的劳动力——在稍远处，只有屋顶和上面的墙可见的是黑人雇工本该居住的一层楼小屋。

农舍，新旧库房，给雇用帮手的屋子在背后——这样的布置与威尔逊的火车站、铁轨和小旅馆一样质朴至极。不过一位诗人长久地观察这个院子；它里面的一切被射向他的光芒纵贯。正如就在我们离开之前，我在迪伊和他的妻子开始谈论农舍附近的橡树掉落的树枝的危险时看见的。

迪伊和他的妻子想把这些树的树枝剪去。吉姆有些顾虑；他不想这些树被剪去太多树枝而改变外观。他们交谈了一会儿，两边都有他们自己的利益。

我们最后离开继续前往斯坦顿斯堡（Stantonsburg）小镇。这是吉姆·爱泼怀特的祖父在他离开家庭农舍之后移居的地方。吉姆就是在那里出生。路程不远。

吉姆说：“爱泼怀特家族来自英格兰萨福克[①]（Suffolk），并且似乎曾在巴巴多斯登陆。在巴巴多斯有关于爱泼怀特或爱泼思威特的记载。接下来的记载是十八世纪在弗吉尼亚，然后在北卡罗来纳。他们很可能在一八一八年斯坦顿斯堡合并之前就在这个镇上了。

“有一次我听说爱泼怀特家族拥有斯坦顿斯堡和下一个小镇萨拉托加（Saratoga）之间道路两侧的土地。”

再度重现，往昔巨大财富的南方故事（特立尼达岛的全部、一个英国郡的三分之一、倾倒在地板上时升起一片纯金尘雾的一箱金币）。不过这个故事的实质是：爱泼怀特家族拥有斯坦顿斯堡的杂货店以及一座锯木厂。

①英国英格兰东部的一个郡，东临北海。

这个镇就像一个小型的威尔逊。甚至有一条铁轨分隔黑人和白人城镇，并排的黑人盒式房屋和农舍及草场。

我们经过曾经是爱泼怀特店铺的地方。它是一座低矮的白色框架建筑，在人行道上有一个遮蔽物。它现在看上去是空的。

吉姆说："它备着你需要庇护一种庄稼或继续你的生活的一切。从前这些店铺实质上是一间共同商店。换句话说，农民可以赊账得到他们所需的一切，当他们卖掉收成后再偿还。我的祖父拥有很多土地时，佃农会在那里获得他们所要的并偿还他。"

驱车经过现在空闲的店铺时，我突然想到——我不曾打算那样——我的旅程几乎跟它开始时一样结束了。我曾在复活节跟霍华德一起去鲍恩镇，从铁轨的另一侧看见他的家乡，似乎就是。（我有如此清晰的记忆，仍旧属于一个星期天早晨我曾感到的怪异，那时我们走向一座黑人教堂，三个白人停下车询问去乡村俱乐部的路线。）这个镇在大小和外貌上就像鲍恩；爱泼怀特家族（如我将要得知的，但不是从吉姆那里）拥有奴隶，一度有四十人。（怪异的是，一旦你开始接受奴隶的概念，你就学习了估算财富的另一种方法——按照奴隶的数量。）

黑人佃农的女儿海蒂曾带我去看鲍恩先生，以示对我的尊重。她接着带我去埋葬着她父亲的黑人墓地。她曾向我展示当前已是废墟的农舍，有小树和藤蔓靠着她父亲曾作为佃农居住的地方生长。她有她特殊的观察方式：当我们驱车通过乡间，她的颂歌是，"黑人，黑人，白人，黑人。这边全是白人，那边全是黑人"。她曾说过，不过是在一段时间后，不愿意进入往事的忧郁，烟草（她曾随着她父亲和她丈夫一起种植）使她哭泣。

春天，鲍恩路边草地里的花是紫色的。现在，在斯坦顿斯堡，将近夏末，花是黄色的，全黄的小雏菊。现在，跟着吉姆·爱泼怀特，我正在思考另一种往事：孩子可以见识完整性的往事，甚至在他祖父杂货店的存货（为佃农所备）里有骡子颈圈、烟草麻绳、十分钉（“很可能它们是一分钱十个”）、炉罩、给孩子们的鞋子。

“我确实感觉那里包含着一种类型的完整世界。部分因为这些房子是在没有建筑师、没有训练有素的建筑工人的情况下建造的，我逐渐感到建造这些房子的能力被包含在店铺里的物品中。”

爱泼怀特家宅是在一条有两三座教堂的居住区街道里的。在浸礼会教堂的外面，一些黑人和一个白人正在工作。街上满是儿童，他们中很多是黑人，不知什么原因他们都拿着一个大甜筒冰激凌。

老爱泼怀特先生在客厅的大电视机前面看足球。他八十岁，对他的年龄有一点儿骄傲。他比他的儿子矮壮许多，体形暗示他曾是一个非常强悍的男人。他解释了有关孩子们和冰激凌的情况。一家当地的商店正在庆祝七十五周年纪念日，以五分钱的价格卖冰激凌，那是在一九一二年这家商店一个冰激凌的要价。

餐厅的桌子上是给我们拜访者的食物。这位老人拿出一本杂志给我，《烟道烤烟农民》，一起的还有一本给烟草农民的小册子《怎样使它成熟》。

吉姆吃东西。我跟他父亲交谈。

他说：“我的佃农给你看了那些好东西吗？这已经是三十五年来最可怜的烟草收成了。已经有十三个星期没有雨了。”

他告诉我农场的年龄在一百五十至一百七十五年之间，他向我展示了一个镶框证书，上面说农舍是在史迹名录上的。他认为迪伊应该坚持挖他的井并且再往下二十英尺；他知道的某个人曾在地下一百五十英尺处发现水。

接着他的话渐渐变得具有哲理性、宗教性。“我们不能抱怨。农场已经做得非常好，直到这一年。如果你善待你的同胞，一切都会好的。我父亲跟周边任何人都处在最佳的经济状况里。他确实喜欢现在社会保险所做的那种类型的事情。他是受保佑的。”

后来，在里屋，通过一扇纱门可以看见草地和邻居的房子，吉姆和我坐着交谈，我记下了他的话。

一开始他的言谈就仿佛把自己与过去切断，他做了一次遥远的旅行。但是过去仍旧在这里，离杜勒姆几个小时的距离——或者如一个五十二岁的男人按理可能期盼找到的一样多的过去。但是一次旅行已经完成；有了一次中断。

"当我六岁时，我得了当时据说是风湿热而病倒在床。母亲给我读了整本《哈克贝里·费恩历险记》。我待在床上有一年。有几年我比同龄的学生得到更多的保护。那使我与众不同。总有某种类似的事情发生在将要成为作家的人身上。

"我认为我并不真正属于我曾向你展示的世界。我不曾在烟草中工作。迪伊·格莱姆斯是真正属于那个世界的。一个真实的烟草人，如果你想要通俗一点儿的话。在磕磕碰碰的学校里受教育，来自经验的教育。当我跟他在一起时我感到一种亲密关系和一种隔阂。"

"隔阂？"

"想必那始于我童年时的隔阂，那时，我被与在北卡罗来纳州东部的世界里不自觉地扮演他们的角色的人分开，那是一个属于行动而不属于思考的世界。"

隔阂和亲密关系。爱泼怀特的姓氏不再出现在店铺的橱窗里。但是对吉姆来说，玻璃上的字母——它们是鎏金的，并呈弧形放置——仍旧存在，"以一种幽灵般的方式"。

"我确实记得大学年代早期的回访并再度体验了我几乎已经遗忘的场景——人感觉跟地区以某种方式共同延伸的如此亲近并且是它一部分的感觉。

"在另一方面，我自己的一部分是在家乡里观察敏锐的陌生人，其中有一种隔阂的感觉。在某种程度上，有时候我着迷于灵魂先在的概念。

尤其是着迷于埃德加·赖斯·巴勒斯[1]的原版书《人猿泰山》，泰山系列里的最初和最好的一本。因为在那本书里，将要成为泰山的人由于他父母的飞机坠毁而降落在丛林里。在这样的构思——来自另一种文化的人从天而降到一个热带环境里——里有某种东西迷住了我。”

那是特别的。不只是（曾发生过不止一次）我找到吉姆·爱泼怀特来跟我交谈，表达我作为孩子和青年在特立尼达曾感受的东西。他还——尽管他来自于铁轨的另一边——像海蒂的儿子霍华德一样与我交谈。在纽约的飞机场，关于他家乡，霍华德曾说：“我恨我年轻时的地方，因为传承。”我曾苦苦思考那个词，“传承”。它意味着旧事物、旧建筑（像烟草库房和农舍）依旧伫立，保持一个地方在物理上令人生厌。如后来显现的，它还意味着存留的旧方式。在我们于南方的周末回到纽约时，霍华德说：“我是不同的。我感觉跟在高中时不同。你所想的和你所感觉的使你不同。我总是感觉不同。那导致我相信我出生在错误的城镇。就像很多人一样。”

吉姆·爱泼怀特说：“在那时我二元性的感觉物理地存在于与我有关的世界里，但是那在另一方面彻底地留出了我心智与灵魂的完整的另一面。这里仍旧有一种文化传承——从某种完全不同的东西——通过教堂、赞美诗、言语和音乐、钦定版《圣经》里的诗以及书。我的叔叔会在夏天跟我们待在一起。他是一名学士。他可能是我最初的文学启蒙。当我六岁大时，他给我讲了一个我后来认识到是来自《奥德赛》的故事。

“作为孩子和年轻人，一种世界的二元性很可能并非完全为一种有艺术倾向的人所特有，但是通过在这个小镇世界里那么多对与它相异的价值观的藐视或反对的强度来看，那些文化价值观是从远方传播过来的，

①埃德加·赖斯·巴勒斯（Edgar Rice Burroughs，1875－1950），美国作家，在美国文学史上的地位虽然不高，但是他的《人猿泰山》长篇系列小说却可称得上经典之作。自问世以来，一直经久不衰，深受广大读者喜爱。

它被赋予了一种异常的紧张。有关南方有一种自给自足的感觉——它就是它自己，了解它自己并且不需要别的东西。由于这种被包围的自给自足的感觉，它可以是极其顽固的。它可以珍视无知。它可以珍视不合理的、无理性的东西。

“我渴望把事情解释清楚。我曾经望着天上的星座却不知道星座的名字，或者不知道树木的名字。我现在有当时我没有的望远镜。

“最后，一个人想要觉悟、醒悟的权利，或者用语言来指定，用悦耳的语言或者用音乐——识别事物，要不然仅仅是指定。艺术是一种神圣的无用。那是我也被烟草吸引的理由之一。它不具有实用性。没有对任何东西有利的任何用途。”

我们已经从迪伊·格莱姆斯和吉姆·爱泼怀特的父亲那里听说了很多有关邻居丹的事情，这个有灌溉系统和机械式收割机的幸运男人那天正在“安置”烟草。我们离开斯坦顿斯堡时去看丹。

他是一个戴着眼镜、友好、经常锻炼的中年男人，穿着浅褐色衣服，戴着一顶深褐色棒球帽（“以烟草为骄傲”），尽管他自己并不抽烟。他的双手因为油脂和他种植的叶片的烟油——我第一次从霍华德那里听说的绿叶烟油——而变黑。

他的收割机——由一名黑人控制——在工作时跨越很多条垄。观察这个大型、难看但精巧的机器让人着迷，它摒弃了烟草收割的野蛮劳动。收割机的轮子和驾驶员的座位沿犁沟移动；在两侧，两个在中间留一点空隙的长橡胶滚筒夹住烟草梗，向上辗轧叶片到一定高度。被辗轧的叶片掉入接收器，接着被快速转动的传送带卷起放入烟叶篓里。留有上部未收割叶片的烟草梗迅速回到他们竖立的位置；到最后，只有偶尔的黄绿色叶片留在地上，显示收割机刚刚经过。

在丹的密集库房外面的棚屋里，两男两女四个黑人（从他们相当好的服装可以判断出是散工：没有工作服）卸下烟叶，把它们固定在金属夹上，然后沿着密集库房里的货架滑动夹子。在密集库房里“安置”要比在高大的旧式库房里容易，在那里一个人不得不爬上梯子把棍子挂在上层货架上。几年前，吉姆说，迪伊·格莱姆斯从高货架上跌落，导致手部骨折。在密集库房里分架的烟叶看上去就像超大份的蔬菜色拉。

有密集库房事情会变得更容易。但是男孩子曾在爱泼怀特农场学习的旧日的一些仪式也消失了——很多黑人妇女在棍子上缠绕烟叶，整夜照料加热的库房，在木炭上烘烤甜玉米和猪肉。

有爱泼怀特旧家族墓地的田地不再属于这个家庭。不过总是有去墓地的通行权，有一条青草小道从路上引向它。那是一个小围场，大约三十乘二十平方。铁轨上野草和橙色凌霄花丛生。几乎难以辨认的最老的墓碑是在一八四九年竖起的。小墓碑意味着儿童的坟墓。那里有两个木头标志。

吉姆说：“很可能是松树心，我们叫‘多脂松木’，或许是一个奴隶。有时候埋葬奴隶的地方会有木头作为标志。”

这些标志看上去已被烧焦。我认为或许是因为年代久远，不过吉姆说在田地里曾有一次火灾。较松软的木头在较硬的木纹脊周围已磨损。

在从墓地出来的青草小道的另一边，有一片烟草田，有脉纹、有弹性、伞状的叶片在几星期的干旱之后稍稍耷拉着。这些小农田和生锈的废弃烟草库房——在我初见它们时如花一般——现在为重要而细致的劳作提供证据。在田地中央的墓地里，很容易想象在道路、汽车和电气化之前的岁月里那应该受到了多大限制，还有十英里远的乡镇威尔逊是如何花上一天才能到达的。

……大踏步地接近

沙路、松林荒地、沼泽致使
好奇心受限制。星光、
钦定版《圣经》和卫斯理赞美诗，
行进了相等距离，毫无疑问。

不过现在有一条容易走的路去杜勒姆。

出于他对童年时期的物质世界的密切关注——这种行为使我感觉离他更近，尽管他的世界并不完全像我的一样——并且出于他跟属于他的最初的世界的隔阂，吉姆·爱泼怀特已经超越了他父亲和祖父的宗教信仰，到达了一种“最小姿态的圣洁”的感觉。

那是一种富于想象的、诗意的对简单生活之美的解答，跟源自巴里·麦卡蒂作为一名政客和基督会牧师的感觉在其冷静、积极和含义上相当不同——对于他，那似乎也跟一个失去控制的有威胁的世界相连。

如此不同的人；然后他们有某种重要的共同之处。他们由相同的历史塑造。而且是一种特殊的往事，作为伤口的往事的感觉，我几乎一向北去弗吉尼亚，去到夏洛茨维尔（Charlottesville）就开始想念。

在数量上那里也有历史——杰斐逊、蒙蒂塞洛[①]（Monticello）、弗吉尼亚大学[②]。但那是作为庆典的历史，胜地的历史，造成住宅小区（或者住宅开发）在弗吉尼亚成倍增加甚至威胁到猎狐（在那里，早已有猎犬被训练来猎狐，而狐狸独自在有围栏的特别租用的狐狸大院里；在那里，猎人知道所有狐狸在“领土”的什么地方，并且接种所有的幼兽疫苗以防得病）的历史。

---

①位于美国弗吉尼亚州阿尔比马尔县的夏洛茨维尔，是美国第三任总统托马斯·杰斐逊的出生地。

②由美国第三任总统托马斯·杰斐逊于1819年创建的美国历史上首个独立于教会的高校。

直到那时之前——这或许使得美国南方或东南方的人跟我意气相投——我一直跟甘心忍受一种更加令人绝望的新大陆历史，以及反映这个历史的更贫穷土地上的人住在一起。这段历史在吉姆·爱泼怀特的诗《南方之声》里被他编排为斜体的词“挫败”来记述，他听说的用南方口吻说的挫败：

这苍白的色调，像面粉
轻拍在面颊上，是又穷又白的粉末
为了隐藏游吟诗人的低沉声音
在我们的音域里，来自一条棕色表面的河流

图书在版编目(CIP)数据

南方的转折/〔英〕奈保尔著；陈静译.－海口：南海出版公司，2016.8

ISBN 978-7-5442-6311-5

Ⅰ.①南… Ⅱ.①奈…②陈… Ⅲ.①游记－作品集－英国－现代 Ⅳ.①I561.65

中国版本图书馆CIP数据核字(2016)第007062号

著作权合同登记号 图字：30-2011-037

南方的转折
〔英〕V.S. 奈保尔 著
陈静 译

出 版 南海出版公司 (0898)66568511
海口市海秀中路51号星华大厦五楼 邮编 570206
发 行 新经典发行有限公司
电话(010)68423599 邮箱 editor@readinglife.com
经 销 新华书店

责任编辑 黄宁群
特邀编辑 柳艳娇
装帧设计 伦洋工作室
内文制作 王春雪

印 刷 北京中科印刷有限公司
开 本 850毫米×1168毫米 1/32
印 张 11
字 数 283千
版 次 2016年8月第1版
2016年8月第1次印刷
书 号 ISBN 978-7-5442-6311-5
定 价 55.00元